MO HAYDER · DER VOGELMANN

Mo Hayder

DER VOGELMANN

ROMAN

Aus dem Englischen von
Angelika Felenda

Goldmann Verlag

Die Originalausgabe erschien 2000
unter dem Titel »The Birdman«
bei Bantam Press, a division of Transworld Publishers Ltd,
London

Umwelthinweis:
Dieses Buch und der Schutzumschlag wurden auf
chlorfrei gebleichtem Papier gedruckt.
Die Einschrumpffolie (zum Schutz vor Verschmutzung)
ist aus umweltschonender und
reyclingfähiger PE-Folie.

1. Auflage

Satz: Uhl + Massopust, Aalen
Druck und Bindung: Graph. Großbetrieb Pößneck
Printed in Germany
ISBN 3-442-30869-0

1. KAPITEL

North Greenwich, Ende Mai. Es war drei Stunden vor Sonnenaufgang, und der Fluß wirkte verlassen. Dunkle Kähne zerrten flußaufwärts an ihrer Vertäuung, und eine Flutwelle hob sanft kleine Schaluppen aus dem Schlamm, in dem sie ruhten. Nebel stieg vom Wasser auf und zog landeinwärts, an unbeleuchteten Läden mit Schiffszubehör vorbei, über den verlassenen Millennium Dome, über einsames Ödland und seltsame Mondlandschaften hinweg – bis er sich schließlich nach einer halben Meile im Inland zwischen dem geisterhaften Räderwerk eines halb aufgegebenen Betonwerks niederließ.

Plötzlich flammten Schweinwerfer auf: Ein Polizeiwagen bog mit geräuschlos blinkendem Blaulicht in die Lieferstraße. Momente später folgten ein zweiter und ein dritter. Während der nächsten Stunde trafen weitere Polizeiwagen auf dem Gelände des Betonwerks ein – acht Streifenwagen, zwei Ford Sierra und der weiße Transitbus des Kamerateams der Gerichtsmedizin. Am Eingang der Lieferstraße wurde eine Sperre errichtet, und Polizisten des zuständigen Reviers wurden abgeordnet, den Zugang von der Flußseite her abzuriegeln. Der erste Kriminalbeamte, der das Gelände betrat, setzte sich sofort mit der Fernsprechzentrale Croydon in Verbindung, um die Funknummern des Area Major Investigation Pools (AMIP) zu erfragen, und fünf Meilen entfernt wurde Detective Inspector Jack Caffery von Team B des AMIP aus dem Schlaf geweckt.

Blinzelnd blieb er ein oder zwei Minuten im Dunkeln liegen, sammelte seine Gedanken und wehrte sich gegen den Drang, wieder einzuschlafen. Dann holte er tief Luft, nahm alle Kraft zusammen, schwang sich aus dem Bett, ging ins Badezimmer, klatschte sich Wasser ins Gesicht und zog sich an – nicht zu gehetzt, besser, man kam vollkommen wach und gelassen an. Jetzt die Krawatte, etwas Zurückhaltendes, *kein Glenmorangie mehr während der Bereitschaftswoche, Jack, schwör das jetzt, schwör es,* die Leute vom CID, vom Criminal Investigation Department können es nicht leiden, wenn wir toller aussehen als sie, den Piepser und Kaffee, mengenweise Instantkaffee, mit Zucker, aber ohne Milch, keine Milch, und vor allem: *Kein Essen, man weiß ja nie, was man sich ansehen muß.* Er trank zwei Tassen, fand die Wagenschlüssel in der Tasche seiner Jeans und fuhr, vom Koffein inzwischen hellwach, durch die verlassenen Straßen von Greenwich zum Tatort. Sein Vorgesetzter, Detective Superintendent Steve Maddox, ein kleiner, frühzeitig ergrauter Mann, der, tadellos wie immer, in einen steingrauen Anzug gekleidet war, wartete bereits am Eingang des Betonwerks auf ihn. Maddox ging unter einer einsamen Straßenlaterne auf und ab, spielte mit dem Wagenschlüssel und kaute auf der Innenseite seiner Backe.

Er sah Jacks Wagen heranfahren und ging zu ihm hinüber; er legte den Ellbogen aufs Dach, beugte sich durchs offene Fenster und sagte:

»Ich hoffe, Sie haben noch nicht gefrühstückt.«

Caffery zog die Handbremse an. Er nahm Zigaretten und Tabak von der Ablage. »Großartig. Genau das, was ich hören wollte.«

»Die Leiche dort drin sieht ziemlich übel aus.« Er trat zurück, als Jack aus dem Wagen stieg. »Weiblich, zum Teil eingegraben. Mitten im Niemandsland abgeworfen.«

»Sind Sie schon drinnen gewesen?«

»Nein, nein. Das CID hat mich kurz ins Bild gesetzt. Und, ähm…« Er sah über die Schulter zu einer Gruppe CID-Beamter hinüber. Als er sich wieder umdrehte, fuhr er mit leiser Stimme fort. »Jemand hat eine Autopsie an ihr vorgenommen. Die typische Y-Reißverschlußtechnik.«

Jack hielt inne, die Hand auf die Wagentür gelegt. »Eine *Autopsie?*«

»Ja.«

»Dann ist sie vermutlich aus einem Pathologielabor hierherspaziert.«

»Ich weiß …«

»Ein Ulk von Medizinstudenten …«

»Ich weiß, ich weiß.« Maddox hob die Hände, um ihn zum Schweigen zu bringen. »Es fällt eigentlich nicht in unseren Zuständigkeitsbereich, aber hören Sie …« Er sah wieder über die Schulter und beugte sich näher. »Hören Sie, gewöhnlich sind die Leute vom CID Greenwich recht freundlich zu uns. Wir wollen sie bei Laune halten. Es wird uns nicht umbringen, wenn wir einen kurzen Blick auf sie werfen. In Ordnung?«

»In Ordnung.«

»Also gut.« Er richtete sich auf. »Jetzt zu Ihnen. Wie geht's denn? Meinen Sie, Sie sind bereit?«

»Verdammt, nein.« Caffery warf die Tür zu, zog seinen Ausweis aus der Tasche und zuckte die Achseln. »Natürlich bin ich nicht bereit. Wann werde ich das je sein?«

Entlang der Umzäunung gingen sie zum Eingang. Das einzige Licht kam vom schwachen gelblichen Schein der Straßenlaternen und dem gelegentlichen Aufblitzen der Lampen des gerichtsmedizinischen Kamerateams, deren Lichtstrahlen über das Ödland streiften. Eine Meile dahinter stand der strahlende Millennium Dome, der die nördliche Skyline beherrschte und dessen rote Warnlichter vor den Sternen aufblinkten.

»Sie ist vermutlich in einen Müllsack gesteckt worden«, sagte Maddox. »Aber es ist so dunkel dort draußen, daß der erste Beamte, der sie in Augenschein genommen hat, nicht sicher war; es ist sein erster Kriminalfall, und er hat ziemliches Muffensausen bekommen.« Er machte mit dem Kopf ein Zeichen in Richtung einer Gruppe von Wagen. »Der Mercedes. Sehen Sie den Mercedes?«

»Ja.« Caffery ging ungerührt weiter. Ein breitschultriger Mann in einem Kamelhaarmantel saß zusammengesunken auf dem Vordersitz und redete erregt auf einen CID-Beamten ein.

»Der Besitzer. Wegen der Jahrtausendfeier wird die ganze Gegend hier aufgemöbelt. Letzte Woche, behauptet er, habe er eine Gruppe von Leuten angeheuert, um das Gelände aufzuräumen. Wahrscheinlich sind sie, ohne es zu wissen, auf das Grab gestoßen, eine Menge schweres Gerät war im Einsatz, und dann, um null Uhr…«

Er blieb am Tor stehen, sie zeigten ihr Ausweise, schrieben sich bei dem Police Constable ein und duckten sich unter dem Absperrband hindurch, das den Tatort abriegelte.

»Und dann um null Uhr heute morgen waren drei junge Burschen hier draußen, die an einer Klebstoffdose rumgeschnüffelt haben, und die sind über sie gestolpert. Sie sind jetzt unten auf dem Revier. Die Koordinationsbeamtin am Tatort wird uns Genaueres sagen. Sie war schon drinnen.«

Detective Sergeant Fiona Quinn, die Einsatzleiterin, die von Scotland Yard geschickt worden war, erwartete sie an einer mit Flutlicht erleuchteten Stelle in der Nähe einer Containerkabine. Sie wirkte in ihrem weißen Plastikoverall wie ein Geist. Ernst zog sie die Kapzuze ab, als sie sich näherten.

Maddox übernahm die Vorstellung.

»Jack, darf ich Ihnen Detective Sergeant Quinn vorstellen. Fiona, das ist mein neuer Detective Inspector, Jack Caffery.«

Caffery näherte sich mit ausgestreckter Hand. »Freut mich, Sie kennenzulernen.«

»Mich auch, Sir.« Sie streifte die Handschuhe ab und schüttelte Caffery die Hand. »Ihre erste Leiche, nicht wahr?«

»Beim AMIP, ja.«

»Nun, ich wünschte, ich hätte was Hübscheres für Sie. Es sieht nicht besonders erfreulich aus dort drinnen. Überhaupt nicht erfreulich. Irgendwas hat ihr den Schädel gespalten, vermutlich irgendeines der Geräte, die hier im Einsatz waren. Sie liegt auf dem Rücken.« Sie lehnte sich anschaulich mit ausgestreckten Armen und offenem Mund zurück. Im Zwielicht konnte Caffery das Blitzen von Amalgamfüllungen erkennen. »Von der Taille abwärts ist sie unter vorgefertigten Betonteilen begraben, die Umrandung eines Gehsteigs oder dergleichen.«

»Hat sie lange dort gelegen?«

»Nein, nein. Nach grober Schätzung...« Sie zog den Handschuh wieder an und reichte Maddox eine Gesichtsmaske aus Baumwolle. »Weniger als eine Woche; aber zu lange, als daß es Sinn hätte, noch während der Nacht mit der Untersuchung anzufangen. Ich glaube, Sie sollten bis Tagesanbruch warten, bevor Sie den Pathologen aus dem Bett werfen. Er wird Ihnen mehr sagen können, wenn er sie auf dem Seziertisch hatte und die Insektenaktivität überprüft hat. Sie liegt zur Hälfte unter der Erde, halb in einen Müllsack gesteckt, das wird etwas bewirkt haben...«

»Der Pathologe...«, sagte Caffery. »Sind Sie sicher, daß wir einen Pathologen brauchen? Das CID glaubt, es sei eine Autopsie vorgenommen worden.«

»Das stimmt.«

»Und Sie wollen immer noch, daß wir sie uns ansehen?«

»Ja.« Quinns Gesichtsausdruck veränderte sich nicht. »Ja, ich finde immer noch, daß Sie sie sehen sollten. Wir reden hier nicht von einer professionellen Autopsie.«

Maddox und Caffery sahen sich an. Es enstand eine kurze Pause, dann nickte Jack:

»Also gut. Gehen wir.« Er räusperte sich, nahm die Handschuhe und die Gesichtsmaske, die Quinn ihm reichte, und steckte schnell seine Krawatte ins Hemd. »Also kommen Sie. Wir wollen einen Blick auf die Leiche werfen.«

Ganz nach alter CID-Manier marschierte Caffery trotz übergestreifter Schutzhandschuhe mit den Händen in den Taschen los. Ab und zu verlor er den Lichtstrahl von Detective Quinns Taschenlampe aus dem Blick, was ihm momentweise Unbehagen bereitete, denn so tief drinnen im Gelände war es stockdunkel: Das Kamerateam war fertig und saß in seinem weißen Transitbus, wo es das Originalband überspielte, und die einzige Lichtquelle war jetzt das schwache Leuchten des fluoreszierenden Bandes, das die Einsatzleiterin angebracht hatte. Damit wurde das Gelände zu beiden Seiten des Wegs abgesperrt, bis die Beamten vom AMIP eintrafen, um alle etwaigen Spuren und Beweismittel mit Anhängern zu versehen und in Tüten zu verschließen. Wie Geister tauchten sie aus dem Nebel auf: schwache grüne Umrisse von Flaschen, zerdrückte Dosen, etwas Formloses, das ein T-Shirt oder ein Handtuch hätte sein können. Förderbänder und Brückenkräne erhoben sich dreißig Meter in den Nachthimmel über ihnen und wirkten so grau und reglos wie stillgelegte Achterbahnen.

Quinn hob die Hand und bedeutete ihnen stehenzubleiben.

»Da«, sagte sie zu Caffery. »Sehen Sie? Sie liegt auf dem Rücken.«

»Wo?«

»Sehen Sie das Ölfaß?« Sie ließ den Lichtstrahl darübergleiten.

»Ja.«

»Und die beiden Armierungseisen rechts davon?«

»Ja.«

»Folgen Sie ihnen nach unten.«

»Gütiger Gott.«

»Sehen Sie es?«

»Ja.« Er richtete sich auf. »Ja. Ich sehe es.«

Das ist ein Körper? Er hielt es für Sprühschaum, für Schaum aus einer Dose, so aufgebläht, gelb und glänzend wirkte er. Dann sah er Haar und Zähne und erkannte einen Arm. Und schließlich, als er den Kopf zur Seite neigte, erkannte er, worauf er blickte.

»Ach, um Himmels willen«, flüsterte Maddox gequält. »Na los. Jemand soll ein Zelt über ihr aufspannen.«

2. KAPITEL

Nachdem die Sonne aufgegangen war und den Flußnebel weggebrannt hatte, wußten alle, die die Leiche bei Tageslicht gesehen hatten, daß es sich nicht um einen Scherz von Medizinstudenten handelte. Harsha Krishnamurthi, der diensthabende Pathologe des Innenministeriums, traf ein und verschwand für eine Stunde unter dem weißen Zelt. Ein Team der Spurensicherung wurde herbeigerufen und eingewiesen, und um zwölf Uhr mittags hatten sie die Leiche aus den Betonteilen geborgen.

Caffery fand Maddox auf dem Vordersitz des Sierra von Team B.

»Alles okay?«

»Wir können hier nichts mehr tun, werter Kollege, wir überlassen jetzt Krishnamurthi die Arbeit.«

»Gehen Sie heim, und schlafen Sie etwas.«

»Sie auch.«

»Nein, ich bleibe.«

»Nein, Jack. Sie auch. Wenn Sie sich in Schlaflosigkeit üben wollen, haben Sie in den nächsten Tagen Gelegenheit dazu. Glauben Sie mir.«

Caffery hob die Hand. »Schon gut, schon gut. Ganz wie Sie meinen, Sir.«

»Genauso meine ich es.«

»Aber ich werde sicher nicht schlafen.«

»Na schön. Gut. Gehen Sie trotzdem heim.« Er deutete in die Richtung, wo Cafferys zerbeulter alter Jaguar stand. »Gehen Sie heim, und *tun* Sie einfach so, als würden Sie schlafen.«

Das Bild der tiefgelben Leiche unter dem Zelt ließ Caffery nicht los, auch nicht, als er nach Hause kam. Im weißlichen Morgenlicht schien sie realer zu sein als in der Nacht davor. Ihre Finger mit den abgebissenen, himmelblau lackierten Nägeln waren nach innen in die angeschwollenen Handflächen gebogen.

Er duschte und rasierte sich. Sein Gesicht, das er im Spiegel sah, war von einem Morgen am Fluß gebräunt, und um seine Augen hatten sich neue Sonnenfältchen gebildet. Er wußte, daß er nicht schlafen würde.

Die neuen Beamten im AMIP, die durch schnelle Beförderung aufgestiegen waren, waren jünger, härter und fitter, und er bemerkte den Unmut in den niedrigen Rängen, er verstand die kleine, grausame Freude, die sie verspürten, als der achtwöchige Bereitschaftsdienst turnusmäßig wieder auf Team B überging und gemeinerweise genau mit seinem ersten Einsatz zusammenfiel.

Sieben Tage, vierundzwanzig Stunden Bereitschaftsdienst, schlaflose Nächte: und dann direkt kopfüber in den Fall, keine Zeit, um Atem zu schöpfen. Er wäre wohl nicht in bester Verfassung.

Und es sah nach einem schwierigen Fall aus.

Nicht nur der Tatort und die fehlenden Zeugen dürften die Recherchen erschweren; im Morgenlicht hatten sie außerdem die schwarzen, schwärenden Spuren von Nadeleinstichen entdeckt.

Und der Täter hatte mit der Brust des Opfers etwas angestellt, woran Caffery hier, in seinem weißgekachelten Badezimmer, gar nicht denken wollte. Er trocknete sich das Haar ab und schüttelte das Wasser aus den Ohren. *Hör auf, jetzt daran zu denken. Hör auf, dich davon verrückt machen zu lassen.* Maddox hatte recht, er brauchte Ruhe.

Er war in der Küche und goß sich ein Glas Glenmorangie ein, als es an der Tür klopfte.

»Ich bin's«, rief Veronica durch den Briefkastenschlitz. »Ich kann doch reinkommen? Ich hätte angerufen, aber ich hab' mein Handy zu Hause gelassen.«

Er öffnete die Tür. Sie trug einen cremefarbenen Hosenanzug, und in ihrem Haar steckte eine Armani-Sonnenbrille; ihre Beine waren von Einkaufstüten aus Chelsea-Boutiquen umstellt. Ihr knallrotes Tigra-Cabrio parkte in der Abendsonne vor dem Gartentor, und Caffery sah, daß sie seine Haustürschlüssel in der Hand hielt, als hätte sie gerade selbst aufsperren wollen. »Hallo, Süßer.« Sie beugte sich vor, um sich küssen zu lassen. Er küßte sie und schmeckte Lippenstift und Mentholspray.

»Mmmm!« Sie hielt sein Handgelenk fest, trat zurück und betrachtete sein gebräuntes Gesicht, die Jeans und die bloßen Füße. Und die Flasche, die zwischen seinen Fingern baumelte. »Du hast dich ausgeruht, nicht wahr?«

»Ich war im Garten.«

»Penderecki beobachten?«

»Du meinst, ich könnte nicht in den Garten gehen, ohne Penderecki zu beobachten?«

»Natürlich kannst du das nicht.« Sie lachte, dann sah sie ihm ins Gesicht. »Ach komm, Jack. Das war ein *Scherz.* Da.« Sie hob eine Einkaufstüte hoch und reichte sie ihm. »Ich war einkaufen: Garnelen, frischer Dill, frischer Koriander und, oh, der *beste* Muskateller. Und das…« Sie hielt eine dunkelgrüne Schachtel hoch. »Von Daddy und mir.« Wie ein exotischer Vogel hob sie eines ihrer langen Beine und legte die Schachtel aufs Knie, um sie zu öffnen. Darin lag eine braune, in bedrucktes Seidenpapier eingeschlagene Lederjacke. »Eine der Marken, die wir importieren.«

»Ich habe eine Lederjacke.«

»Oh.« Ihr Lächeln verschwand. »Oh, na schön. Macht nichts.« Sie schloß die Schachtel. Beide schwiegen einen Moment. »Hör zu, ich kann sie zurückbringen.«

»Nein.« Caffery war sofort beschämt. »Tu's nicht.«

»Ehrlich. Ich kann sie im Lager umtauschen.«

»Nein wirklich. Hier, gib sie mir.«

Typisch Veronica, dachte er, als er mit dem Knie die Tür aufhielt und ihr ins Haus folgte. Sie machte einen umwälzenden, wichtigen Vorschlag, er wies ihn zurück, sie schob die Unterlippe vor, zuckte tapfer mit den Achseln, und sofort fühlte er sich schuldig, nahm eine Unterwerfungshaltung ein und kapitulierte. Wegen ihrer Vergangenheit. *Einfach, aber effektiv, Veronica.* In den sechs kurzen Monaten, die sie nun zusammen waren, war sein bequemes, verwohntes Haus in etwas Fremdes verwandelt worden, das mit exotischen Pflanzen und arbeitssparenden Geräten vollgestopft war, und seine Schränke quollen über vor Kleidungsstücken, die er nie tragen würde: Designeranzüge, handgenähte Jacketts, Seidenkrawatten, Jeans aus Maulwurfleder. Alles aus der Importfirma ihres Vaters in der Goodge Street.

Während Veronica sich in seiner Küche häuslich einrichtete, die Fenster öffnete, die Espressomaschine einschaltete und in leuchtendgrünen Pfannen Erdnußöl brutzelte, nahm Caffery den Whisky mit auf die Terrasse hinaus.

Der Garten. Nun, dachte er, während er den Glenmorangie eingoß, er war der perfekte Beweis, daß ihre Beziehung auf der Kippe stand. Lange bevor seine Eltern das Haus gekauft hatten, waren die Hibiskusbüsche, die Lupinen und die alte, knorrige Clematis gepflanzt worden. Er ließ sie jeden Sommer wuchern, bis ihre Blätter fast die Fenster verdeckten. Aber Veronica wollte Ordnung schaffen, beschneiden, düngen, in bemalten Tontöpfen auf den Simsen Zitronengras ziehen, Gartenanlagen planen, Kieswege anlegen und Lorbeerbäume pflanzen. Um ihn schließlich, nachdem sie ihn und sein Haus neu verpackt hatte, dazu zu bringen, alles zu verkaufen und hinter sich zu lassen: das kleine Südlondoner Häuschen aus rotem Backstein mit den Strebenfenstern, dem verwilderten Garten und den nahe vorbeidonnernden Zügen, sein Geburtshaus. Sie wollte ihren Job in dem Familienbetrieb aufgeben, bei ihren Eltern ausziehen und ein perfektes Heim für sie beide schaffen.

Aber das brachte er nicht fertig. Seine Geschichte war zu tief in diesem Stückchen Erde verwurzelt, als daß er wegen einer Laune alles aufgeben könnte. Und nach sechs Monaten Beziehung mit Veronica war er sich seiner Sache sicher: Er liebte sie nicht.

Er beobachtete sie jetzt durchs Fenster, während sie Kartoffeln schrubbte und Butterflöckchen schabte. Ende letzten Jahres, nach vier Jahren Dienst im CID, war er erschöpft und gelangweilt gewesen, er trat auf der Stelle; er wartete auf etwas Neues. Bis er auf einer inoffiziellen Halloweenparty des CID bemerkte, daß ihn, wann immer er sich umdrehte, ein Mädchen in einem Minirock und goldenen Riemchensandalen beobachtete, auf deren Gesicht ein wissendes Lächeln lag.

Veronica löste bei Jack eine hormonell bedingte Besessenheit aus, die zwei Monate andauerte. Sie kam seinem Sextrieb entgegen. Jeden Morgen um sechs weckte sie ihn auf, um mit ihm zu schlafen, und die Wochenenden verbrachte sie damit, durchs Haus zu spazieren, mit nichts am Leib außer hochhackigen Schuhen und pinkfarbenem Lippenstift.

Sie gab ihm neue Energie, und auch andere Bereiche seines Lebens begannen, sich zu verändern. Im April war das Kopfende seines Bettes von den Absätzen ihrer Stöckelschuhe zerkratzt, und er hatte eine Versetzung zum AMIP in der Tasche. Zur Mordkommission.

Aber im Frühling, gerade als sein Begehren nach ihr nachließ, änderte Veronica ihre Haltung. Sie meinte es jetzt ernst mit ihm und startete den Versuch, ihn an die Leine zu legen. Eines Abends mußte er sich auf ihr Geheiß setzen, und sie erzählte ihm mit gewichtiger Miene von der großen Ungerechtigkeit in ihrem Leben: Lange bevor sie sich kennengelernt hatten, hatte sie zwei Jahre ihrer Teenagerzeit dem Kampf gegen Krebs geopfert.

Der Trick funktionierte. Überrumpelt, wie er war, wußte er plötzlich nicht mehr, wie er mit ihr Schluß machen sollte.

Wie anmaßend, Jack, dachte er, *als wäre es eine Wiedergutmachung, wenn er sie nicht verlassen würde, wie anmaßend du doch sein kannst.*

Drinnen in der Küche senkte sie ihr schmales Kinn auf die Brust, schob ihre Zunge zwischen die Lippen und zupfte einen Minzestengel in Stücke. Er goß sich etwas Whisky ein, den er in einem Schluck hinunterstürzte.

Heute abend würde er es tun. Vielleicht beim Abendessen.

Nach einer Stunde war das Essen fertig. Veronica drehte alle Lichter im Haus an und entzündete auf der Veranda nach Citronelle duftende Gartenkerzen.

»Pancetta und grüner Bohnensalat mit Rauke, Garnelen mit Honig und Sojasoße, gefolgt von einem Sorbet aus Clementinen. Bin ich die perfekte Hausfrau oder nicht?« Sie schüttelte ihr Haar und lächelte. »Ich dachte, ich probier es an dir aus, um zu sehen, ob es für die Party passend wäre.«

»Die Party.« Die hatte er vergessen. Sie hatten sich darauf geeinigt, als sie meinten, daß zehn Tage nach der Bereitschaftswoche ein günstiger Zeitpunkt wäre, um eine Party zu feiern.

»Zum Glück habe *ich* sie nicht vergessen, nicht wahr?« Den Topf mit den neuen Kartöffelchen in der Hand, schob sie sich an ihm vorbei. Im Wohnzimmer waren die Fenstertüren zum Garten geöffnet. »Wir essen heute abend hier drinnen, es wäre doch sinnlos, extra ins Eßzimmer umzuziehen.« Sie blieb stehen und sah auf sein zerknittertes T-Shirt, die frische Sonnenbräune und das dunkle, wilde Haar. »Findest du nicht, daß du dich zum Essen umziehen solltest?«

»Du machst wohl Scherze?«

»Nun, ich …« Sie breitete eine Serviette über ihren Schoß. »Ich finde, es wäre hübsch.«

»Nein.« Er setzte sich. »Ich brauche meinen Anzug. Ich habe einen neuen Fall.«

Mach weiter, frag mich über den Fall aus, Veronica, zeig an etwas anderem Interesse als an meiner Garderobe.

Aber sie begann, Kartoffeln auf seinen Teller zu laden. »Du hast doch nicht nur einen Anzug, oder? Daddy hat dir doch den grauen geschickt.«

»Der andere ist in der Reinigung.«

»Ach, Jack, das hättest du sagen sollen. Ich hätte ihn doch abholen können.«

»Veronica...»

»Schon gut.« Sie hob die Hand. »Tut mir leid. Ich erwähne es nicht wieder.« Sie brach ab. Im Flur läutete das Telefon. »Ich möchte mal wissen, wer das ist.« Sie spießte eine Kartoffel auf. »Aber ich kann es mir irgendwie fast denken.«

Caffery stellte sein Glas ab und schob seinen Stuhl zurück.

»Mein Gott«, sagte sie gereizt und legte die Gabel weg. »Die haben wirklich den sechsten Sinn. Kannst du es nicht einfach klingeln lassen?«

»Nein.«

Im Flur nahm er den Hörer ab. »Ja?«

»Lassen Sie mich raten. Ich habe Sie geweckt?«

»Ich habe Ihnen doch gesagt, daß ich wohl kaum schlafen würde.«

»Tut mir leid, Ihnen das antun zu müssen, mein Freund.«

»Ja, was gibt's denn?«

»Ich bin wieder hier unten. Der Chief Superintendent hat sich einverstanden erklärte, ein paar Geräte herbringen zu lassen. Einer von der Spurensicherung hat etwas gefunden.«

»Geräte?«

»BSR.«

»BSR? – das ist...?« Caffery brach ab. Veronica schob sich an ihm vorbei, ging zielstrebig die Treppe hinauf und schloß die Schlafzimmertür hinter sich. Eine Hand gegen die Wand gestützt, stand er in dem engen Flur und starrte ihr nach.

»Sind Sie noch da, Jack?«

»Ja, es tut mir leid. Was haben Sie gesagt? BSR – ist das irgendwas zur Überprüfung des Bodens?«

»Bodensonar.«

»Gut. Sie wollen mir also sagen ...« Caffery bohrte mit seinem schwarz verfärbten Daumennagel ein kleines Loch in die Wand. »Sie wollen mir also sagen, daß Sie noch mehr haben?«

»Ja, wir haben noch mehr.« Maddox klang ernst. »Noch vier weitere.«

»Mist. Er massierte seinen Nacken. »Wir stecken wohl bis über die Ohren in der Scheiße?«

»Man hat gerade angefangen sie auszugraben.«

»In Ordnung. Wo kann ich Sie treffen?«

»Am Betonwerk. Wir können den anderen dann zum Devonshire Place nachfahren.«

»Dem Leichenschauhaus? In Greenwich?«

»Mhm. Krishnamurthi hat mit der ersten schon angefangen. Er hat uns versprochen, eine Nachtschicht für uns einzulegen.«

»In Ordnung. Ich treffe Sie dort in einer halben Stunde.«

Veronica befand sich oben im Schlafzimmer, die Tür war geschlossen. Caffery zog sich in Ewans Zimmer an und sah einmal aus dem Fenster, um festzustellen, ob sich auf der anderen Seite des Bahndamms, bei Penderecki, etwas rührte. Nichts. Als er sich die Krawatte band, steckte er den Kopf durch die Schlafzimmertür.

»Veronica, wir müssen miteinander reden. Wenn ich wieder ...«

Er hielt inne. Sie saß im Bett, die Decken bis zum Hals hinaufgezogen, und hielt eine Pillenflasche in der Hand.

»Was ist das?«

Sie sah zu ihm auf. Ihre Augen waren blau umrändert und trübe. »Ibuprofen. Warum?«

»Was machst du da?«

»Nichts.«

»Was machts du da, Veronica?«

»Mein Hals ist wieder geschwollen.«

Er blieb stehen und hielt mit der linken Hand die Krawatte von sich gestreckt. *»Dein Hals ist geschwollen?«*

»Na ja, kein Grund zur Aufregung.«

»Seit wann?«

»Ich weiß nicht.«

»Also, entweder ist dein Hals geschwollen oder nicht.«

Sie murmelte etwas, das er nicht verstand, öffnete die Flasche, schüttelte zwei Pillen auf die Hand und sah ihn an.

»Hast du irgendeine nette Verabredung?«

»Warum hast du mir nicht gesagt, daß dein Hals geschwollen ist? Hättest du keine Tests machen lassen sollen?«

»Mach dir deswegen keine Sorgen. Du mußt an wichtigere Dinge denken.«

»Veronica…«

»Was *jetzt*?«

Er schwieg einen Moment. »Nichts.« Er band die Krawatte und wandte sich ab, um die Treppe hinunterzugehen.

»Mach dir bitte keine Sorgen um mich«, rief sie ihm nach. »Ich werde nicht auf dich warten.«

3. KAPITEL

Zwei Uhr dreißig morgens. Caffery und Maddox standen schweigend da und starrten in den weiß gekachelten Obduktionsbereich; fünf Seziertische aus Aluminium, fünf Körper, vom Schambein bis zu den Schultern aufgeschnitten, die Haut zurückgeklappt, worunter sich nackte Rippen zeigten, die von Fett und Muskeln umschlossen waren. Flüssigkeit tropfte in die Schale unter ihnen.

Caffery kannte das gut; den Geruch von Desinfektionsmitteln, der sich in der kalten Luft mit dem unverkennbaren Gestank von Innereien vermischte. Aber fünf. *Fünf.* Alle an ein und demselben Tag gefunden. Die Sektionsdiener, die schweigend in ihren pfefferminzgrünen Galoschen und Kitteln umhergingen, schienen nichts Ungewöhnliches daran zu finden. Eine der Gehilfinnen lächelte, als sie ihm eine Gesichtsmaske reichte.

»Nur noch einen Augenblick, meine Herren.« Harsha Krishnamurthi bearbeitete am hintersten Seziertisch eine Leiche.

»Wer ist dran?«

»Ich.« Ein kleiner Sektionsdiener mit runder Brille erschien an seiner Seite.

»Gut, Martin. Wieg sie, wasch sie, bereite Proben vor. Paula, ich bin hier fertig, du kannst sie zumachen. Laß die Nähte nicht über die Wunden lappen. Also, meine Herren …« Er schob eine Halogenlampe beiseite, hob sein Plastikvisier und wandte sich, die behandschuhten Hände starr nach vorn gestreckt, Maddox und Caffery zu. Er sah gut aus, war schlank, in den Fünfzigern, sein Bart war sorgfältig gepflegt, und seine Augen, die die Farbe dunklen Holzes hatten, glänzten ein wenig altersmüde. »Großes Gastspiel, nicht wahr?«

Maddox nickte. »Kennen wir die Todesursache?«

»Ich glaube schon. Und wenn ich mich nicht irre, ist es eine sehr interessante. Darauf komme ich noch.« Er deutete den Raum hinunter. »Die entomologische Untersuchung wird Genaueres ergeben, aber annähernde Angaben kann ich Ihnen zu allen liefern: Die erste, die Sie gefunden haben, war die letzte, die gestorben ist, wir wollen sie Nummer fünf nennen. Sie ist vor weniger als einer Woche gestorben. Dann springen wir etwa einen Monat zurück, dann zweieinhalb Monate. Die erste ist vermutlich im Dezember gestorben; aber dann werden die Abstände geringer. Wir haben Glück; die Einwirkungen von dritter Seite sind gering, sie sind ziemlich gut erhalten.«

Er zeigte auf einen trostlosen Haufen schwarzen Fleisches auf dem zweiten Seziertisch.

»Sie starb als erste. Die langen Knochen verraten, daß sie noch keine achtzehn war. Auf ihrem linken Arm ist etwas, das wie eine Tätowierung aussieht. Das könnte der einzige Anhaltspunkt sein, um sie zu identifizieren. Das oder die Zähne. Nun...« Er hob einen Finger. »Was das Aussehen bei der Auffindung betrifft – ich weiß nicht, wieviel Sie draußen erkennen konnten, aber alle trugen Make-up. *Starkes* Make-up. Deutlich erkennbar. Obwohl sie so lange im Boden gelegen haben. Lidschatten, Lippenstift. Der Fotograf hat alles festgehalten.«

»Make-up. Tätowierungen...«

»Ja, Mr. Maddox. Und wenn wir in dieser Richtung weiterdenken, hatten zwei Beckenentzündungen, eine einen verhornten Anus, massenhafter Hinweis auf Drogenmißbrauch; Endokarditis der Trikuspidalklappen. Ich will keine voreiligen Schlüsse ziehen...«

»Ja, ja, ja«, murmelte Maddox. »Also sagen wir, es geht um Prostituierte. Ich glaube, das wußten wir schon. Was können Sie uns über die Verletzungen sagen?«

»Ah! Jetzt wird es interessant.« Krishnamurthi schob eine

Hängelampe zur Seite, trat zu einer Leiche heran und bat die beiden, ihm zu folgen. »Sehen Sie, ich habe den zweiten Thorako-Abdominalschnitt sehr eng angelegt, ohne den zu berühren, den der Täter gemacht hat, und ohne die Brüste zu verletzen, so daß ich aus den Einschnitten Gewebe entnehmen und einen Blick nach innen werfen konnte, um nachzusehen, was dort drinnen los ist.«

»Und?«

»Irgendwelches Gewebe ist entfernt worden.«

Maddox und Caffery tauschten Blicke aus.

»Das Ganze stimmt grob mit dem üblichen Vorgehen bei einer Brustverkleinerung überein. Es ist auch vernäht. Wichtig ist meiner Ansicht nach, daß der Täter diese Verschönerung bei den Opfern mit kleineren Brüsten nicht vorgenommen hat.«

»Welchen?«

»Bei Opfer zwei und drei. Und lassen Sie mich Ihnen etwas Interessantes zeigen.« Er führte sie zu einem Tisch, an dem ein Sektionsdiener den Torso zunähte, aus dem er die Eingeweide entnommen hatte. »Die Kratzspuren sehen gräßlich aus – aber seltsamerweise kann ich keinerlei Anzeichen für einen Kampf feststellen. Außer hier bei Opfer Nummer drei.«

Sie versammelten sich um die Leiche. Sie war klein, so klein wie ein Kind, und Caffery wußte, daß sie wegen dieses äußerlichen Merkmals bei den Überlegungen des Teams hintangestellt werden würde, gleichgültig, ob das nun rational war oder nicht.

»Sie wog nicht mehr als vierzig Kilo«, sagte Krishnamurthi, und fügte Cafferys Gedanken lesend hinzu: »Aber sie war keine Jugendliche. Sondern einfach nur sehr klein. Vielleicht wurden deswegen ihre Brüste nicht verstümmelt.«

»Die Haarfarbe?«

»Gefärbtes Haar. Haar verwest sehr langsam. Dieser Auberginetton dürfte sich seit ihrem Tod nicht sehr verändert haben. Jetzt sehen Sie her.« Er zeigte mit seinem nassen, schwarzen

Finger auf ein Muster, das sich um die Handgelenke zog. »Es ist schwer von den normalen Verwesungsmerkmalen zu unterscheiden, aber das hier sind tatsächlich Spuren von Fesseln, die vor Eintritt des Todes angebracht waren. Und ein Knebel hier auf dem Gesicht. Auch an den Fußgelenken gibt es Spuren von Wundscheuern und Blutungen. Die anderen sind vollkommen reglos gestorben; sie sind einfach...« Er streckte die Hand aus und machte Fingerbewegungen, als klettere er einen Berg hinauf. »Sie sind einfach über den Rand gekippt. Ganz einfach so. Aber bei der hier – bei der war es anders.«

»Anders?« Caffery sah auf. »Warum anders?«

»Die hat gekämpft, meine Herren. Sie hat um ihr Leben gekämpft.«

»Die anderen nicht?«

»Nein.« Er hob die Hände. »Dazu komme ich noch. Hören Sie mir einfach in Ruhe zu, okay?« Er rollte einen Lampengalgen beiseite und ging zu dem Körper des Opfers hinüber, das als erstes gefunden wurde. »Also...« Er sah auf und wartete, daß Maddox und Caffery ihm folgten. »Also. Diese hier nennen wir Nummer fünf. Sie ist in einem wirklich entsetzlichen Zustand, zweifellos wurden die Kopfverletzungen post mortem zugefügt, mit schwerem Gerät. Ihre Vermutung mit dem Bulldozer dürfte hinkommen. Das macht es sehr schwer für uns, sie zu identifizieren. Unsere ganze Hoffnung sind die Fingerabdrücke, obwohl wir auch hier auf Probleme stoßen. Sehen Sie, wie die Haut wegflutscht? Nicht die geringste Hoffnung, einen genauen Abdruck zu kriegen. Ich werde also die Haut ablösen und dann den Abdruck abnehmen müssen.« Er legte die Hand wieder zurück. »Sie war drogenabhängig, aber ihr Tod ist plötzlich eingetreten, keine Überdosis, keine Aspiration in Speise- und Luftröhre, kein Lungenödem.« Er rollte den Körper vorsichtig auf die Seite und deutete auf einen grünlichen Fleck am Gesäß. »Das meiste, was Sie hier sehen, ist Verwesung. Aber darunter, können Sie die schwarzen Pünktchen erkennen?«

»Ja.«

Er rollte den Körper wieder zurück. »Diffuse Hypostase. Sie wurde nach dem Tod bewegt. Hier auf dem Arm ebenfalls, ungewöhnlicherweise sogar auf den Fußgelenken.«

»Ungewöhnlicherweise?«

»Man würde das bei einem Opfer finden, das erhängt wurde. Das Blut fließt nach unten in die Beine und die Fußgelenke.«

Caffery runzelte die Stirn. »Sie sagten, das Zungenbein sei intakt.«

»Das stimmt. Und aufgrund dessen, was vom Hals noch übrig ist, kann ich garantieren, daß sie nicht erhängt wurde.«

»Also?«

»Sie befand sich einige Zeit in stehender Position. Nach Eintritt des Todes.«

»Stehend?« fragte Caffery. »Stehend?« Die Vorstellung beunruhigte ihn. Er wandte sich an Maddox, erwartete eine Erklärung, schlichte Beruhigung. Aber die bekam er nicht. Maddox kniff die Augen zusammen und schüttelte den Kopf. *Ich weiß nichts,* wollte er damit sagen, *versuchen Sie nicht, von mir eine Antwort zu bekommen.*

»Vielleicht ist sie aufgestellt worden«, fuhr Krishnamurthi fort. »Ich kann allerdings keine weißlichen Flecken entdecken, um zu sagen, wie das geschehen wäre, die Verwesung ist zu weit fortgeschritten, aber sie könnte unter den Armen aufgehängt oder irgendwo eingeklemmt worden sein, damit sie aufrecht stehenblieb. Irgendwann kurz nach Eintritt des Todes, als das Blut noch nicht viskös war.« Er hielt inne. »Mhm. Das habe ich übersehen.«

»Was denn?«

Er beugte sich vor und nahm vorsichtig mit der Pinzette etwas von der Kopfhaut ab. »Gut.«

»Was ist das?«

»Ein Haar.«

Caffery beugte sich vor. »Ein Schamhaar?«

»Vielleicht.« Krishnamurthi hielt es ins Licht. »Nein. Das ist ein Kopfhaar. Negroid. Abgesehen von der Analyse der Mitochondrien für eine DNA-Analyse nicht zu gebrauchen, weil zu wenig Haarbalg dran ist.« Sorgfältig steckte er das Haar in eine Tüte und reichte sie dem Sektionsdiener zur Beschriftung. »Von drei Opfern habe ich bereits ein paar blonde Haare abgenommen. Sie sind auf dem Weg nach Lambeth.« Er ging zum nächsten Tisch. »Nummer zwei. Sie ist vor vierzehn oder fünfzehn Wochen gestorben. Einsfünfundsechzig. Alter vielleicht dreißig. Die Finger sind ausgetrocknet, aber wir kriegen dennoch gute Abdrücke, es gibt einen ausgezeichneten Weichteilaufbauer aus Gelatine, der die Fingerspitzen anschwellen läßt.«

Er ging zum nächsten Tisch, wo ein Leichnam lag, der in der Mitte aufgeschnitten war. Ein Gespinst aus Bindegewebe schimmerte zwischen bläulichen Rippen, das gebleichte blonde Haar war angefeuchtet und aus der klaren Stirn gestrichen worden. Auch der Hals war einen Spaltbreit aufgeschnitten und gab den Blick auf ein milchigweißes Stimmband frei. »Opfer vier, meine Herren.«

Caffery berührte leicht das Fußgelenk. »Gut.« Er deutete auf eine Tätowierung, die überraschend deutlich ein paar Zentimeter über dem Fußwurzelknochen angebracht war. Bugs Bunny. Mit seinem Markenzeichen, der Karotte.

»Sie sagen, keine typischen Anzeichen für eine Überdosis?«

»Das stimmt. Auch keine Verletzungen.«

»Woran ist sie dann gestorben?«

Krishnamurthi hielt einen beschmutzten Finger hoch und lächelte zögernd. »Ich habe da eine Idee. Sehen Sie sich das an.« Langsam führte er den Finger in die Halsöffnung ein, dehnte vorsichtig den Spalt etwas weiter aus, umging die Luft- und Speiseröhre, bis die Halswirbelsäule zum Vorschein kam. »Dieser Mann ist schlau, aber nicht so schlau wie ich. Wenn Sie von hier unten genügend Gehirnflüssigkeit ablassen«, er richtete sich auf und tippte auf seinen Nacken, »tritt sofort der Tod ein, und es bleiben kaum Spuren zurück. Selbst eine übliche

Lumbalpunktion muß sehr vorsichtig durchgeführt werden, denn entnimmt man zu viel von der Flüssigkeit, macht es klatsch, und der Patient beißt ins Gras. Aber diese Opfer hier haben etwa die richtige Menge an spinaler Flüssigkeit im Rückenmarkskanal und keine Punktionswunden auf dem Rücken. Also frage ich mich, ob er direkt«, er schob das Kalibrierungsskalpell in die Öffnung zwischen die Halswirbel und schnitt vorsichtig eine geringe Menge der weißen Myelinschicht heraus, »in den Hirnstamm selbst eingedrungen ist.«

»In den Hirnstamm?«

»Genau.« Krishnamurthi machte eine zweiten Einschnitt und beugte sich hinunter, um hineinzusehen. »Hmmm.« Sorgfältig führte er das Skalpell und sagte murmelnd: »Nein, ich habe unrecht.« Er runzelte die Stirn und sah auf. »Das ist nicht durch Ablassen von Gehirnflüssigkeit gemacht worden.«

»Nein?«

»Nein. Aber hier wurde invasiv vorgegangen. Verstehen Sie, Superintendent Maddox, der Hirnstamm ist von sehr zarter Struktur. Sie bräuchten nur eine Nadel in die Medulla oblongata zu stecken, sie ein bißchen herumzudrehen, und alle physiologischen Funktionen würden sofort zum Stillstand kommen – genau so, wie wir es bei diesen Opfern hier sehen.«

»Sofortiger Eintritt des Todes?«

»Genau. Allerdings sehe ich die weitreichenden Schädigungen nicht, die man hier erwarten würde, aber das heißt nicht, daß hier nicht *injiziert* wurde. Egal was, sogar Wasser wäre ausreichend; das Herz und die Lungen des Opfers wären einfach zum Stillstand gekommen. Sofort.«

»Und Sie sagen...« Caffery stieß langsam den Atem aus. »Daß sich außer dieser hier keine gewehrt hat?«

»Genau.«

»Wie denn?« Caffery rieb sich leicht die Schläfen. »*Wie* haben sie stillgehalten?«

»Ich schätze, wenn Sie die Magen-, Blut- und Tiefengewebeanalyse aus der Toxikologie vorliegen haben, werden Sie auf etwas stoßen, womit sie sediert wurden.« Er reckte den Kopf. »Man muß wohl annehmen, daß sie nur halb bei Bewußtsein waren, als diese Nadel eingeführt wurde.«

»Also gut.« Caffery verschränkte die Arme und ließ sich auf den Fersen zurückkippen. »Lambeth muß auf Alkohol, Rohypnol und Barbiturate testen. Und diese …« Er machte mit dem Kopf ein Zeichen in Richtung der Stirn des Opfers. Etwa einen Zentimeter unter dem Haaransatz entdeckte er eine waagrechte Linie zarter ockerfarbener Male. »Diese Flecken am Kopf untersuchen.«

»Ja, die sind komisch, nicht?«

»Haben die alle?«

»Alle außer Nummer vier. Sie erstrecken sich um den ganzen Kopf. Fast ein perfekter Kreis. Und es handelt sich um ein sehr deutliches Muster; ein paar Punkte, dann ein Schrägstrich.«

Caffery beugte sich ein wenig näher. *Punkt, Punkt, Strich – hatte sich da jemand einen Scherz erlaubt?* »Wie sind die angebracht worden?«

»Keine Ahnung. Ich werde mich bemühen, es herauszufinden.«

»Und wie steht's mit dem Fadenmaterial?«

»Ja.« Krishnamurthi schwieg einen Moment. »Es ist professionelles Material.«

Caffery richtete sich auf. Maddox sah ihn mit klaren grauen Augen über die Maske hinweg an. Caffery zog die Augenbrauen hoch. »Also wenn *das* nicht interessant ist.«

»Ich habe nicht gesagt, daß die *Technik* professionell ist, meine Herren.« Krishnamurthi streifte seine Handschuhe ab, warf sie in einen gelben Kübel für gefährlichen Biomüll und ging zum Waschbecken hinüber. »Nur das Material. Es ist Seide. Aber der Einschnitt reicht nicht bis zum Schwertfortsatz des Brustbeins. Ziemlich primitiv. Der klassische Schnitt zur Brustverkleinerung, wie er in der Chirurgenausbildung gelehrt wird.« Er nahm das gelbe Stück Desinfektionsseife und seifte sich die Arme ein. »Er hat das Fett von der ungefähr richtigen Stelle entnommen, und der Einschnitt ist mit einem Skalpell durchgeführt worden. Aber die Nähte, die sind nicht professionell. Überhaupt nicht.«

»Aber wenn ich davon ausginge, unser Täter hätte gewisse Grundkenntnisse, würden Sie sagen…«

»Ich würde sagen, Sie hätten einen Anhaltspunkt. Einen guten Anhaltspunkt. Er war in der Lage, den Hirnstamm zu finden, was bemerkenswert ist.« Er spülte sich die Hände ab und nahm die Schutzbrille vom Gesicht. »Nun. Wollen Sie sehen, was er gemacht hat, bevor er sie wieder zugenäht hat?«

»Ja.«

»Hier entlang.«

Während er sich die Hände abtrocknete, führte er sie in einen Nebenraum, wo der kleine Sektionsdiener kaugummikauend die Gedärme in einem Porzellanbecken untersuchte; er hielt sie unter einen Wasserhahn und spülte den Inhalt in eine Schüssel. Sorgfältig untersuchte er die Innen- und Außenseiten, um Verätzungen festzustellen. Als er Krishnamurthi sah, legte er die Eingeweide beiseite und wusch sich die Hände.

»Zeigen Sie ihnen, was wir in den Brusthöhlen gefunden haben, Martin.«

»Sicher.«

Er schob den Kaugummi in die Backe und nahm eine große Stahlschüssel, die mit einem Stück braunem Papier bedeckt war. Er entfernte das Papier und hielt die Schüssel hoch. Maddox beugte sich darüber und riß den Kopf zurück, als hätte er einen Schlag bekommen. »Jesus.« Er wandte sich ab und zog ein Taschentuch mit Monogramm aus der Anzugtasche.

»Zeigen Sie es mir?«

»Sicher.« Er hob die Schüssel hoch, und Caffery spähte zögernd über den Rand.

In der Schüssel drängten sich fünf winzige tote Körper zusammen, als versuchten sie, sich warm zu halten. Er sah zu dem Sektionsdiener auf. »Ist es das, wofür ich es halte?«

Der Sektionsdiener nickte. »O ja. Es ist genau das, wonach es aussieht.«

4. KAPITEL

Caffery ging um vier Uhr morgens ins Bett. Neben ihm schlief Veronica tief und fest und schnarchte leise. Wenn ihr Hals geschwollen war, hieß das, daß ihre Drüsen geschwollen waren. Geschwollene Drüsen bedeuteten, daß der Morbus Hodgkin wieder ausgebrochen war, daß der tödliche Lymphkrebs zurückgekehrt war.

Genau zum richtigen Zeitpunkt, Veronica, genau zum richtigen Zeitpunkt; als hättest du es gewußt.

Um vier Uhr dreißig fiel er schließlich in leichten, unruhigen Schlaf und wachte um halb sechs schon wieder auf.

Er starrte an die Decke und dachte über die fünf Leichen in der Devonshire Street nach.

Etwas an der Verletzungen war typisch für den Mörder: Die Male an den Köpfen – *stammten sie von etwas, das sie tragen mußten? Von Fesselungsgegenständen?* – waren nur bei Opfer vier nicht vorhanden. Keines der Opfer war vergewaltigt worden, es gab keine Anzeichen von Penetration, weder anal noch vaginal; dennoch hatte Krishnamurthi unter dem Mikroskop Samenspuren auf dem Unterleib entdeckt. Verbunden mit den Verstümmelungen der Brüste bei drei der Frauen und der fehlenden Kleidung, wußte Caffery, daß sie nach einem Täter suchten, der für die Polizei der Alptraum war: der sexuelle Serienmörder, jemand, der bereits zu krank war, um aufzuhören. Und das, was ihm überhaupt nicht mehr aus dem Kopf gehen wollte, waren die fünf blutigen Körper am Boden der Stahlschüssel. Wohin er sich auch wandte, sie verfolgten ihn.

Als ihm klarwurde, daß er nicht mehr einschlafen würde,

duschte er, zog sich an, ohne Veronica zu wecken, und fuhr durch das morgendliche London zum Hauptquartier von Team B.

Team B, das zuweilen nach der Straße, in der es seinen Sitz hatte, Shrivemoor genannt wurde, teilte sich mit der Four Areas' Territorial Support Group ein schlichtes Backsteingebäude. Die Außenseite war anonym, aber die Statistiken über Verkehrstote, die in einem unbeleuchteten Schaukasten daran angebracht waren, hatten der Öffentlichkeit den Eindruck vermittelt, es handle sich um ein normales Polizeirevier. Schließlich wurde an der Garageneinfahrt ein Schild angebracht, das die Leute davon abhalten sollte, mit ihren Alltagsproblemen hereinzukommen. Suchen Sie ein gewöhnliches Polizeirevier auf, gleich unten an der Straße gibt es eines, stand darauf.

Als Caffery ankam, war über den Reihenhäusern aus den dreißiger Jahren die Sonne aufgestiegen, und Schulkinder wurden in Volvos verfrachtet. Er parkte den Jaguar – auch er sollte Veronicas Ansicht nach gegen eine neuere, glänzendere Version ausgetauscht werden.

»Du könntest ihn verkaufen und dir was wirklich Hübsches besorgen.«

»Ich möchte nichts wirklich Hübsches. Ich will den Wagen, den ich habe.«

»Dann laß ihn mich wenigstens waschen.«

Er steckte seine Karte in den Schlitz am Eingang und stieg die Treppe hinauf, vorbei an den fünfzehn gepanzerten Ford Shepard der TSG, die dort in Öllachen standen. In den Räumen der AMIP brannten alle Neonlampen, vier Datenverarbeiter, alle Frauen und zivile Mitarbeiterinnen, saßen an ihren Schreibtischen und tippten.

Er fand Maddox, der gerade vom Frühstück mit dem Chief Superintendent gekommen war, in seinem Büro. Bei Earl Grey und geräuchertem Lachs im Chislehurst-Golfclub hatte der Chief Superintendent einen Plan ausgebreitet.

»Er hat mit der Presse ein Stillhalteabkommen vereinbart.«

Maddox wirkte erschöpft; Caffery sah, daß er nicht geschlafen hatte. »Alle weiblichen Beamten oder Mitarbeiterinnen, die der Fall zu sehr beunruhigt, können um anderweitigen Einsatz bitten, und ...« Er rückte einen Bleistift gerade, so daß dieser sich exakt in einer Linie mit den anderen Gegenständen auf seinem Schreibtisch befand, und sagte mit blutleeren Lippen: »Und wir kriegen Verstärkung. Das ganze Team F wird von Eltham hierher beordert.«

»Zwei Teams für einen Fall?«

»Ja. Der Chief macht sich Sorgen wegen dieser Geschichte. Große Sorgen. Ihm gefallen diese immer kürzer werdenden Zeitabstände nicht, die Krishnamurthi festgestellt hat. Und ...«

»Ja?«

Maddox seufzte. »Das Haar, das Krishnamurthi bei diesem Mädchen gefunden hat. Das *schwarze* Haar.«

»Er hat auch blonde Haare gefunden. Im Fall von Prostituierten führen derartige Spuren in die Irre.«

»Richtig, Jack, richtig. Aber der Chief hat die Stephen-Lawrence-Paranoia, er sieht nur noch Menschenrechtsgruppen in dunklen Ecken und Rasierklingen in seiner Post.«

Es klopfte, und Maddox öffnete mit einem bitteren Ausdruck auf dem Gesicht. »Er will auf *keinen* Fall, daß wir uns auf einen Schwarzen einschießen.«

»Morgen, Sir.« Es war Detective Sergeant Paul Essex in seiner üblich liebenswert schlampigen Aufmachung: offene Krawatte, die Ärmel über die riesigen roten Unterarme hochgekrempelt. Er stand in der Tür und hielt einen orangefarbenen Aktenordner in der ausgestreckten Hand. »Vom Erkennungsdienst.«

»Fingerabdrücke?«

»Ja.« Er strich das schütter werdende Blondhaar aus der breiten roten Stirn. »Opfer fünf war so freundlich, sich im Register für Prostituierte eintragen zu lassen. Eine gewisse Shellene Craw.«

Caffery öffnete den Ordner, las und stieß ein leises Pfeifen aus. »Die waren im Register über Zuhälter erfaßt.« Er sah zu Maddox auf. »Komisch, daß sie nie auf der Vermißtenliste aufgetaucht sind, nicht?«

»Das heißt, daß irgend jemand aus dem Bekanntenkreis von Craw eine Menge zu erklären hat.«

»Namentlich ein gewisser, ähm, Harrison.« Er reichte ihm den Ordner. »Mr. Barry Harrison. In Stepney Green.«

»Hätten Sie Lust, ihm heute einen Besuch abzustatten?« fragte Maddox.

»Mach ich.«

»Und, Essex, mein Lieber, ich glaube Sie sind bei diesem Fall für die Familienbetreuung zuständig. Hab' ich recht?«

»So ist es, Sir. Wegen meines Zartgefühls bin ich eigens dafür ausgewählt worden.«

»Dann sollten Sie Caffery begleiten. Vielleicht braucht jemand eine zartfühlende Schulter, um sich auszuweinen.«

»Mach ich. Und, Sir, das ist reingekommen.« Er reichte Caffery einen langen Computerauszug. »Von Scotland Yard. Die Operationsbezeichnung: Operation Alcatraz.«

Caffery nahm stirnrunzelnd den Auszug entgegen. »Ist das ein Scherz?«

»Nein.«

»In Ordnung. Geben Sie es zurück, und lassen Sie es ändern. Es paßt nicht.«

»Warum?«

»Der Vogelmann. Der Vogelmann von Alcatraz. Haben Sie die ersten Obduktionsberichte nicht gelesen?«

»Ich bin gerade erst hier angekommen.«

Maddox seufzte. »Unser Täter hat bei den Opfern kleine Geschenke hinterlassen.«

»*In* den Opfern«, korrigierte ihn Caffery und verschränkte die Arme. »Im Brustkorb, neben das Herz genäht.«

Essex' Gesicht verfiel. »Scheußlich.« Er sah von einem zum anderen und wartete, was kommen würde. Maddox räusperte sich und sah Caffery an. Keiner der beiden sagte etwas.

»Also?« Essex drehte frustriert die Handflächen nach oben. »*Was?* Worüber reden wir hier eigentlich? Was hat er zurückgelassen?«

»Einen Vogel«, sagte Caffery schließlich. »Einen kleinen Vogel. Einen Käfigvogel, vermutlich einen Fink. Und das erfährt keiner außerhalb des Teams. Verstanden?«

5. KAPITEL

Um zehn Uhr morgens stellte der Erkennungsdienst eine weitere Übereinstimmung mit registrierten Fingerabdrücken fest. Opfer Nummer zwei war eine Michelle Wilcox, eine Prostituierte aus Deptford. Ihre Akte wurde am gleichen Morgen von Bermondsey nach Shrivemoor überstellt, während Caffery und Essex durch den Rotherhithe-Tunnel fuhren, um Shellene Craws Freund zu befragen. Es war ein frischer, strahlender Tag. Selbst das East End, das an den Wagenfenstern vorbeistrich, schien lebendig, und die armseligen, schmutzigen Londoner Bäume prangten in neuem Blattgrün.

»Dieser Harrison...« Paul Essex sah durch die Eichen von Stepney Green zuerst auf eine Reihe mit hellen Ziegeln gedeckter georgianischer Häuser, die frisch gestrichen und der ganze Stolz ihrer mit Aktien handelnden Besitzer waren, und dann auf den roten viktorianischen Backsteinbau, in dem Harrison wohnte. Jahrelange Luftverschmutzung hatte ihn geschwärzt, und beim Vorstoß der wohlhabenden Schichten war er vergessen worden. »Ich *weiß*, daß Sie ihn nicht für unseren Täter halten.«

Caffery blieb stehen und zog die Handbremse an. »Natürlich nicht.«

»Also, was glauben Sie?«

»Weiß nicht.« Er kurbelte das Fenster hoch, stieg aus und wollte gerade die Tür schließen, als er zögerte und den Kopf wieder ins Wageninnere steckte. »Unser Täter besitzt ein Auto, das steht fest.«

»›Er hat ein Auto.‹ Ist das die Lösung?« Essex hievte sich aus dem Jaguar und knallte die Tür zu. »Haben Sie keine bessere Theorie als ›er hat ein Auto?‹«

»Nein«. Er ließ die Autoschlüssel kreisen und steckte sie dann in die Tasche. »Noch nicht.«

In Harrisons Haus war der Lift kaputt, also gingen sie die vier Stockwerke zu Fuß hinauf, und Caffery blieb einmal stehen, um Essex aufholen zu lassen.

Steve Maddox hatte Caffery über Paul Essex bereits informiert. *»Jedes Team braucht einen Witzbold. In Team B haben wir Essex. Er zieht die Burschen gern auf; behauptet, er gehe abends heim, ziehe sich ein Babydoll über und erledige so das Staubsaugen. Das ist natürlich Blödsinn. Hören Sie sich's an, aber fallen Sie nicht drauf rein, nehmen Sie ihn ernst. Man kann sich absolut auf ihn verlassen, er ist der Stützpfeiler des Teams, er würde sich den rechten Arm abhacken lassen ...«*

Und langsam begann Caffery, an die Qualitäten dieses Dragonerpferds von einem Mann zu glauben. Er erkannte sie vor allem daran, wie die Frauen Essex behandelten: wie einen verwundeten alten Bären. Sie flirteten mit ihm und neckten ihn, setzten sich auf seinen Schoß und gaben ihm kleine Klapse als Antwort auf seine Scherze. Aber vielleicht wußten sie insgeheim, daß seine Gefühle tiefer reichten, als ihre es vermochten; im Alter von siebenunddreißig Jahren lebte Essex noch immer allein. Caffery hatte deswegen manchmal Schuldgefühle, weil sein eigenes Leben, verglichen mit dem seines Kollegen, so leicht und unbeschwert war. Selbst in diesem Moment traten seine physischen Unzulänglichkeiten offen zutage: Caffery kam bei Harrison frisch und einsatzbereit an, Essex schleppte sich die letzten paar Stufen herauf und blieb am Ende der Treppe schwitzend stehen. Er zupfte an seinem Kragen und zerrte an seiner Hose, die an seinen Beinen klebte. Er brauchte mehrere Minuten, um sich zu erholen.

»Sind Sie soweit?«

»Ja«, sagte er nickend und wischte sich über die Stirn. »Nur zu.«

Jack klopfte an Harrisons Tür.

»Was is'?« Die Stimme aus der Wohnung klang schläfrig.

Caffery beugte sich zum Briefkastenschlitz hinunter. »Mr. Harrison? Barry Harrison?«

»Wer is'n da?«

»Detective Inspector Caffery.« Er warf Essex einen schnellen Blick zu. Sie rochen den süßlichen Duft von Marihuana. »Wir hätten gern kurz mit Ihnen gesprochen.«

Ein Zischen und das Geräusch eines Körpers, der sich aus dem Bett schwang. Dann das Rinnen eines Wasserhahns. Eine Toilettenspülung wurde gezogen, und die Tür ging auf. Die Sicherheitskette teilte ein Gesicht mit hervorquellenden blauen Augen und Stoppelbart in zwei Hälften.

»Mr. Harrison?« Caffery zückte seinen Ausweis.

»Was gibt's?«

»Können Detective Sergeant Essex und ich reinkommen?«

»Wenn Sie mir sagen, warum, schon.« Er war dünn, mit Sommersprossen übersät und von der Taille aufwärts nackt.

»Wir möchten mit Ihnen über Shellene Craw reden.«

»Sie is' nicht da, Mann. Schon seit Tagen nicht mehr.« Er wollte die Tür schließen, aber Caffery lehnte sich mit der Schulter dagegen.

»Ich möchte *über* sie reden, nicht *mit* ihr.«

Harrison musterte zuerst Caffery und dann Essex, als wollte er abschätzen, wer bei einer Schlägerei besser abschneiden würde. »Hör'n Sie, wir beide ham nix mehr miteinander zu tun. Wenn sie Schwierigkeiten hat, tut's mir leid, aber wir war'n nicht verheiratet oder so was, klar, also bin ich nicht verantwortlich für sie.«

»Wir halten Sie nicht lange auf, Sir.«

»Sie lassen wohl nicht locker, was?«

»Nein, Sir.«

»Ach, verdammte Scheiße.« Die Tür ging zu, und die Sicherheitskette wurde ausgehängt. »Also bringen wir's hinter uns. Kommen Sie rein, kommen Sie.«

Harrisons Wohnzimmer war klein und schmuddelig, auf einer Seite befand sich ein Balkon und auf der anderen eine Küche, die mit ein paar staubigen Topfpflanzen und mit Schachteln von Kentucky Fried Chicken vollgestopft war. Auf dem staubigen Boden lagen Zigarettenpapiere und Tabak verstreut.

Caffery setzte sich ungefragt auf einen blauen Plastikstuhl in der Nähe des Fensters und verschränkte die Arme.

»Wann haben Sie Shellene zum letzten Mal gesehen, Mr. Harrison?«

»Weiß nicht. Vor ein paar Wochen.«

»Geht's etwas genauer?«

»Wo is' sie denn jetzt wieder reingeraten?«

»Ein paar Wochen; heißt das eine Woche oder einen Monat?«

»Kann mich nicht erinnern.« Harrison streifte sich ein T-Shirt über und zog eine Schachtel Zigaretten aus den Jeans. Er steckte sich eine Silk Cut zwischen die Zähne und hob ein Feuerzeug vom Boden auf. »Es war nach meinem Geburtstag.«

»Der ist wann?«

»Am 10. Mai.«

»Sie hat hier gewohnt, nicht wahr?«

»Sie sind verdammt schlau.«

»Was ist passiert?«

»Keine Ahnung. Sie is' abgehauen. Eines Nachts losgezogen und nicht mehr zurückgekommen.« Er spannte die Hände an, klatschte die Handflächen aufeinander und ließ dann seine Hand in Richtung Fenster schnellen. »Aber so is' Shellene eben. Hat die Hälfte von ihrem Krempel im Schlafzimmer zurückgelassen.«

»Haben Sie die Sachen noch?«

»Nein, ich war so stinksauer, wissen Sie, daß ich sie weggeschmissen hab', ihre Stripperausrüstung und das ganze Zeug.«

»Sie war Stripperin?«

»An guten Tagen. Aber Shellene steht immer mit einem Bein aufm Strich. Sie ham sie wohl geschnappt, als sie am Portland Place Araber gefickt hat, oder?«

»Haben Sie sie als vermißt gemeldet?«

Harrison schnalzte sarkastisch mit der Zunge. »Vermißt? Was soll ich vermissen? Ein Gewissen?«

»Sie hat ihre Sachen hier zurückgelassen, hat Sie das nicht gewundert?«

»Warum denn? Als sie hier eingezogen ist, hat sie bloß ihr Make-up, einen Ghetto-Blaster und ein paar Spritzen mitgebracht.«

»Haben Sie sich gefragt, ob ihr was passiert sein könnte?«

»Nein.« Er schüttelte den Kopf. »Nein. Mit uns beiden war's ohnehin fast aus. Ich hab' mich nicht groß gewundert, daß sie damals in der Nacht nicht heimgekommen is'...« Seine Stimme brach ab. Er sah von Essex zu Caffery und dann wieder zurück. »Hey«, sagte er, plötzlich nervös geworden. »Worauf woll'n Sie raus?« Als keiner von beiden antwortete, schien Harrison etwas zu dämmern. Eilig zündete er sich die Zigarette an und inhalierte tief. »Es wird mir nicht gefallen, was ich zu hören krieg', stimmt's? Also los. Besser, Sie sagen's gleich. Was is' mit ihr? Is' sie *tot* oder so was?«

»Ja.«

»Ja was?«

»Tot.«

»Gott.« Er wurde kreidebleich und ließ sich aufs Sofa sinken. »Ich hätt's wissen müssen. Ich hätt's gleich wissen müssen, wie ich Sie gesehen hab'. Eine verdammte Überdosis.«

»Vermutlich keine Überdosis. Vermutlich haben wir's mit Mord zu tun.«

Harrison starrte Caffery an, ohne mit der Wimper zu zucken. Und dann legte er die Hände über die Ohren, als könnte er sich vor den Worten schützen. Auf seinen weißen Unterarmen waren blasse rosafarbene Nadeleinstiche zu sehen.

»Jesus...«, preßte er heraus. »Jesus, ich kann es nicht...« Mit Tränen in den Augen nahm er einen tiefen Zug aus der Silk Cut. »Warten Sie hier«, sagte er plötzlich, sprang auf und verschwand in den Flur.

Caffery und Essex sahen sich einen Moment an. Sie konnten hören, wie er im Schlafzimmer herumging und Schubladen aufriß. Essex ergriff als erster das Wort.

»Er hat's nicht gewußt, stimmt's?«

»Nein.«

Sie schwiegen einen Augenblick. Im Stockwerk darunter war jemand aufgewacht und ließ die Stereoanlage losdonnern. Trance, Zeug, das Caffery tausendmal in Clubs gehört hatte, als er für das CID Vernehmungen durchführte. Er setzte sich auf. »Was zum Teufel macht er da drinnen?«

»Ich weiß nicht«, sagte Essex unbestimmt. »Mein Gott, Sie glauben doch nicht…?«

»Mist.« Caffery sprang auf und schlug mit der flachen Hand gegen die Schlafzimmertür. »Sie werden sich doch jetzt keinen Schuß setzen, Barry«, schrie er. »Können Sie mich hören? Verdammt noch mal, tun Sie das nicht. Ich werde Sie festnehmen deswegen.«

Die Tür ging auf und Harrisons Gesicht tauchte auf, völlig reglos. »Sie könnten mich wegen der Tabletten nicht drankriegen. Die sind mir verschrieben worden. Bevor sie verboten worden sind.« Er hielt die Innenseite seines linken Ellbogens fest und schob sich an ihnen vorbei ins Wohnzimmer. Caffery folgte ihm leise fluchend.

»Wir müssen mit Ihnen reden. Das können wir nicht, wenn Sie bis über die Ohren zugedröhnt sind.«

»Wenn ich bedröhnt bin, ham Sie mehr von mir. Dann bin ich klarer.«

»Klarer«, murmelte Essex und schüttelte den Kopf.

Harrison ließ sich aufs Sofa fallen, zog die Knie hoch und schlang mit einer seltsam mädchenhaften Bewegung die Arme um die Waden. »Die meiste Zeit, die ich mit Shellene verbracht hab', war ich bekifft.« Er neigte den Kopf zurück. Einen entsetzlichen Moment lang dachte Caffery, er würde in Tränen ausbrechen. Statt dessen spannte er die Lippen und sagte: »Also gut. Sagen Sie's mir. Wo war sie?«

»Im Südosten.«

»Greenwich?«

Caffery sah auf. »Ja. Woher wußten Sie das?«

Harrison ließ die Arme sinken und schüttelte den Kopf. »Sie hat sich immer da rumgetrieben. Hat da unten die meisten Auftritte gehabt. Und wann? Wann ist es passiert?«

»Wir haben Sie gestern früh gefunden.«

»Ja, aber wissen Sie …« Er hustete. »Wann ist sie …?«

»Etwa um die Zeit, als Sie sie das letzte Mal gesehen haben.«

»Mist.« Harrison seufzte. Er zündete sich eine weitere Zigarette an, zog daran, ließ den Kopf nach hinten sinken und blies den Rauch zur Decke. »Also machen Sie weiter, bringen wir's hinter uns. Was wollen Sie wissen?«

Caffery setzte sich aufs Sofa und zog sein Notizbuch aus dem Jackett. »Das ist eine Aussage, klar, also sagen Sie mir jetzt, ob Sie zu bedröhnt dafür sind.« Als Harrison nicht antwortete, nickte Caffery. »Gut, ich verstehe das als Aufforderung fortzufahren. Detective Sergeant Essex hier ist für die Familienbetreuung zuständig, er ist derjenige, an den Sie sich wenden, wenn Sie uns etwas zu sagen haben. Er wird bei Ihnen bleiben, wenn ich gegangen bin, er wird die Aussage mit Ihnen durchgehen und Sie bitten, uns bei der Kontaktaufnahme mit Shellenes Familie zu helfen. Wir wollen alle Einzelheiten, bis sie uns zu den Ohren rauskommen; was sie angehabt hat, welches Make-up sie benutzt hat, welche Unterwäsche sie trug, ob sie die ›Eastenders‹ oder ›Coronation Street‹ lieber mochte.« Er hielt inne. »Und ich schätze, daß es vergeudete Zeit wäre, wenn er Sie zu überreden versuchte, einen Drogenberater aufzusuchen? Wenn er Sie davon abhielte, ihre Venen zu ruinieren?«

Harrison legte den Kopf in die Hände. »Jesus.«

»Das dachte ich mir.« Er seufzte. »Also, wissen Sie, wo Shellene in der Nacht hinging?«

»In einen ihrer Pubs. Sie hatte einen Auftritt.«

»Name?«

»Keine Ahnung. Fragen Sie ihre Agentur.«

»Die heißt?«

»Little Darlings.«

»Little Darlings?«

»Kein besonders passender Name, das können Sie mir glauben. Sie ist in Earl's Court.«

»Also gut. Und irgendwelche anderen Namen? Irgend jemand, mit dem sie sich getroffen hat?«

»Ja.« Harrison streckte die Silk Cut zwischen die Zähne. »Da gab es Julie Darling, die Agentin.« Er zählte die Namen an den Fingern ab. »Und die Mädchen: Pussy, komisch, daß immer eine Pussy darunter ist, nicht? und Treasure und Tracey oder Lacey oder sonstwas, Petra und Betty, und das ...« Plötzlich ärgerlich geworden, klatschte er die Hände auf die Knie. »... das macht sechs, und das is' tatsächlich alles, was ich über Shellenes Leben weiß, und Sie sagen mir, Sie sind überrascht, daß ich sie nicht als vermißt gemeldet hab', als *wüßte* ich was, ihr Haufen verdammter Wichser ...«

»Schon gut, schon gut. Nur die Ruhe.«

»Ja, ja, ja.« Er war gereizt. »Ich bin ganz ruhig. Verdammt ruhig.« Er wandte sich ab und starrte aus dem Fenster. Alle schwiegen einen Moment. Harrison sah auf die Dächer der Mile End Road, auf die grünlichen Kuppeln von Spiegelhalters Einkaufszentrum, die hoch ins Blau hinaufragten. Eine Taube landete auf dem Balkon, Harrison zuckte mit den Schultern, seufzte und wandte sich Caffery zu.

»Okay.«

»Was?«

»Sie sagen's mir jetzt lieber.«

»Sage Ihnen was?«

»Sie wissen schon. Hat der Mistkerl sie vergewaltigt?«

Die Sonne hatte Caffery in bessere Laune versetzt, als er in der Mackelson Mews in Earl's Court ankam. Die Agentur zu finden war leicht: LITTLE DARLINGS stand in abblätternden Goldlettern an der Tür.

Julie Darling war eine kleine Frau Mitte Vierzig, ihr glänzendes schwarzgefärbtes Haar trug sie zu einem adretten Pagenkopf geschnitten, und ihre Nase wirkte unwahrscheinlich winzig in dem angespannten Gesicht. Sie hatte einen erdbeerfarbenen Jogginganzug aus Samt an, dazu passende hochhackige Pumps, und sie hielt den Kopf, als balancierte sie ein unsichtbares Glas, während sie Caffery durch den korkgefliesten Flur führte. Eine weiße Perserkatze, die Jacks Anwesenheit aufgeschreckt hatte, sprang vor ihnen durch eine offene Tür. Caffery hörte eine männliche Stimme, die drinnen im Zimmer auf sie einredete.

»Mein Mann«, sagte Julie ausdruckslos. »Ich habe ihn vor zwanzig Jahren in Japan kennengelernt.« Sie schloß die Tür. Caffery erhaschte kurz einen Blick auf einen riesigen Mann in einer Weste, der auf der Bettkante saß und sich mit der Trägheit eines Walrosses den Bauch kratzte. Das Zimmer war durch die Sonne schwach erhellt, die durch einen Spalt zwischen den Vorhängen einfiel. »Amerikanische Luftwaffe«, flüsterte sie, als würde dies erklären, warum er sich ihnen nicht anschloß.

Caffery folgte ihr ins Büro, einen Raum mit niedriger Decke, in den durch zwei kleine Bleiglasfenster helles Sonnenlicht floß. Eine Biene summte zwischen den Fenstern, und hinter diesen entdeckte er einen roten Mercedes der E-Klasse, der in der Sonne glänzte. Irgendwo in der Gasse übte jemand Arpeggios auf einem Klavier.

»Nun.« Julie setzte sich an ihren Schreibtisch, schlug die Beine übereinander und sah ihn nachdenklich an. »*Caffery.* Was für ein Name. Sind Sie Ire?«

Er lächelte. »Vermutlich, Generationen zurück. County Tyron, dann Liverpool.«

»Dunkles Haar, dunkelblaue Augen. Typisch irisch. Meine Mutter hat mich immer vor irischen Jungs gewarnt: *Wenn sie nicht dumm sind, sind sie gefährlich, Julie.*«

»Ich hoffe, Sie haben sich daran gehalten, Miss, ähm, *Darling.*«

»So heiße ich wirklich.«

»Ja.« Er steckte die Hände in die Tasche und sah zu der niedrigen Decke hinauf. Sie war mit glänzenden Fotos bedeckt, unzählige Gesichter starrten auf ihn herab. »Ich wüßte gern, was Sie mir über …« Er brach ab.

Unter einem lächelnden Gesicht, von Blondhaar umrahmt, war der Name Shellene Craw gedruckt.

Also so hast du ausgesehen.

»Shellene Craw war in Ihrer Kartei?«

»Ah, Sie suchen also nach Shellene Craw. Das überrascht mich nicht sonderlich, Detective. Sie schuldet mir zwei Monate Vermittlungsgebühren. Zweihundert Pfund. Und jetzt schickt sie mir Sie auf den Hals, um mich wegen irgendwas dranzukriegen. Wegen Drogen vermutlich?«

»Ich glaube nicht, daß Sie Ihr Geld bekommen werden.« Er setzte sich und faltete die Hände. »Sie ist tot.«

Julie ließ sich nicht aus der Fassung bringen. »Ich hätte Ihnen gleich sagen können, daß das passiert – es war nur eine Frage der Zeit, wann sie eine Überdosis abkriegen würde. Die Kunden haben sich beschwert. Sie hatte Nadeleinstiche auf der Innenseite der Schenkel. Das hat die Freier abgestoßen. Und die zweihundert Pfund kann ich jetzt abschreiben. Ich schätze nicht, daß sie mich in ihrem Testament bedacht hat.«

»Wann haben Sie das letzte Mal von ihr gehört?«

»Vorletzte Woche. Dann ist sie letzten Mittwoch zu einem Auftritt nicht erschienen, ohne anzurufen.« Sie hielt inne und trommelte leicht mit den Fingerspitzen auf den Schreibtisch. »Den Kunden habe ich sofort verloren.«

»Wo?«

»Nag's Head. Archway.«

»Und wo war der letzte Auftrittsort, an dem sie erschienen ist?«

»Hm …« Julie beugte sich vor, befeuchtete einen Finger und blätterte einen großen Loseblattordner durch. Caffery entdeckte einen grauen Streifen entlang des Scheitels, unter dem die Kopfhaut leuchtendrosa durchschien. »Da.« Sie tippte auf eine Seite. »Sie muß im Dog and Bell noch aufgetaucht sein, weil ich von dort nichts gehört habe. Es war ein Auftritt zur Mittagszeit, letzten Montag.«

»Das Dog and Bell?«

»Trafalgar Road. Das ist in ...«

»Ja, ich weiß.« Caffery erschauerte leicht. »Das ist in Greenwich.« Das Betonwerk war weniger als eine Meile davon entfernt. Er begann eine neue Seite in seinem Notizbuch. »Hat Shellene an diesem Tag allein gearbeitet?«

»Nein.« Sie neigte den Kopf zur Seite und sah ihn eindringlich an. »Werden Sie es mir sagen? *War* es eine Überdosis?«

»Es war also noch ein anderes Mädchen bei dem Auftritt dabei?«

Julie sah ihn einen Moment mit leicht zuckendem Mund an. »Pussy Willow. Sie tritt nur in Greenwich auf.«

»Hat sie einen richten Namen?«

»Wir haben alle richtige Namen, Mr. Caffery. Nur die elendesten Freier glauben, daß unsere Mütter und Väter uns tatsächlich Frooty Tootie oder Beverly Hills genannt haben. Joni Marsh. Sie ist seit Jahren bei mir.«

»Haben Sie ihre Adresse?«

»Es wird ihr nicht gefallen, wenn ich sie weitergebe. Vor allem an die Bu ...« Julie lächelte zögernd. »Vor allen an einen Detective.«

»Sie wird's nicht erfahren.«

Sie sah ihn mit zusammengekniffenen Augen an und kritzelte eine Adresse auf die Rückseite einer Geschäftskarte. »Sie teilt sich eine Wohnung mit Pinky. Die früher auch in meiner Kartei war. Becky heißt sie jetzt, nachdem sie aufgehört hat.«

»Danke Ihnen.« Er nahm die Karte. Der Luftwaffenehemann hustete im Schlafzimmer Schleim ab.

»Haben Sie ein Mädchen namens Treasure in Ihrer Kartei?«

»Nein.«

»Und Antoinette?«

Julie schüttelte den Kopf.

»Betty?«

Sie sah ihn verständnislos an.

»Und sagt Ihnen der Name…«, er sah auf seine Notizen, »der Name *Tracey* irgendwas?«

»Nein.«

»Petra?«

»Petra? Ja.«

Caffery sah auf. »Ja?«

»Ja – Petra. Komisches kleines Ding.«

Er zog die Augenbrauen hoch. *Klein?*

»Klein gewachsen, meine ich.« Sie sah ihn böse an. »Wir sind keine Kinderpornographen, Mr. Caffery. Ich meine eine der Stripperinnen. Sie hat mich auch reingelegt, dabei habe ich mich für eine gute Menschenkennerin gehalten.«

»Sie ist verschwunden?«

»Wie vom Erdboden. Ich habe an ihr Hotel geschrieben. Hab' natürlich nie eine Antwort bekommen.« Sie zuckte die Achseln. »Sie hat mir nicht viel geschuldet, also hab' ich's dabei bewenden lassen. Hab's mir eine Lehre sein lassen.«

»Wann war das?«

»An Weihnachten. Nein, Anfang Februar, weil wir gerade aus Mallorca zurückkamen.«

»Drogen?«

»Sie? Nein. Hat nie welche angerührt. Die anderen ja. Aber Petra nicht.«

»Also, sie sagten, sie sei klein…«

»Winzige Knochen. Wie ein kleiner Vogel. Und klapperdürr.«

Er rutschte unbehaglich auf dem schmalen Stuhl herum. »Erinnern Sie sich an den letzten Auftritt, den sie gehabt hat?«

Julie sah ihn lange nachdenklich an, dann wandte sie sich langsam und steif ihren Unterlagen zu. »Hier.« Sie fuhr mit dem Finger über eine Seite. »25. Januar. Im King's Head. Wembley.«

»Ist sie je im Dog and Bell aufgetreten?«

»Ständig. Ihre Pension befand sich in Elephant and Castle. Joni kennt sie.« Sie befeuchtete den Finger und blätterte die Seite um. »Komisch«, sagte sie leise. »Sie ist vor dem King's Head im Dog and Bell aufgetreten. Am Tag, bevor sie verschwunden ist.«

»In Ordnung. Ich brauche ihre Adresse.«

»Hören Sie.« Sie lehnte sich zurück und legte die Hände auf den Schreibtisch. »Was geht hier vor?«

»Und ein Foto von Petra.«

»Ich habe gefragt, was hier vorgeht.«

Er machte mit dem Kopf ein Zeichen zur Decke. »Und das von Shellene.«

Sie schnaubte laut und holte unter dem Schreibtisch einen Ordner hervor. Sie blätterte ihn durch und zog zwei Porträts von Shellene und ein schlecht ausgeleuchtetes Farbfoto von einer Brünetten in einem Netztrikot heraus, die in ganzer Größe zu sehen war, und reichte sie Caffery, ohne ihn anzusehen.

Petra war nicht hübsch. Sie hatte ein kleines Gesicht, dunkle Augen und das entschlossene, eckige Kinn eines Straßenkinds. Das einzige Make-up, das sie trug, war eine dunkle Lippenumrandung. Caffery hielt das Foto ins Sonnenlicht und sah es lange an.

»Was ist?«

Er sah auf. »Hat sie ihr Haar gefärbt?«

»Das tun sie alle.«

»Es sieht…«

»Blaurot aus. Schrecklich, nicht wahr? Ich hab' ihr gesagt, daß sie das lassen soll.«

Er steckte das Foto in seine Samsonite-Tasche und dachte an den kindlichen Körper, der im Leichenschauhaus von Greenwich lag; sie war die einzige, die sich gegen den Tod gewehrt hatte, die einzige, die gefesselt worden war. Er schloß die Aktentasche und war peinlich berührt von dem plötzlich aufkommenden Gefühl für eine arme Magersüchtige, die gefesselt und geknebelt um ihr Leben gekämpft hatte.

»Danke für Ihre Hilfe, Mrs. Darling.«

»Werden Sie mir sagen, was Petra mit Shellene zu tun hat?«

»Wir wissen es noch nicht.«

Julie platzte heraus. »Sie ist auch tot, nicht wahr? Die kleine Petra.«

Die beiden sahen sich lange über den Tisch hinweg an. Caffery räusperte sich und stand auf.

»Mrs. Darling, bitte sprechen Sie mit niemandem über die Sache. Wir stehen erst ganz am Anfang der Ermittlungen. Wir sind Ihnen dankbar für Ihre Hilfe.« Er streckte die Hand aus, aber sie ergriff sie nicht.

»Werden Sie mir mehr sagen, wenn Sie können?« Sie wirkte sehr blaß unter ihrem blauschwarzen Pagenkopf. »Ich würde gern wissen, was mit der armen kleinen Petra geschehen ist.«

»Sobald wir es selbst wissen«, antwortete Caffery. »Sobald wir es wissen.«

6. KAPITEL

Das AMIP stützt sich hauptsächlich auf das große Datenermittlungssystem des Innenministeriums, die zur Gegenprüfung dienende Datenbank, die unter dem Initialwort HOLMES bekannt ist, und die Schlüsselfigur in jedem Team ist der HOLMES-»Empfänger«, der Beamte, der die Daten sammelt, auswählt und interpretiert. In Shrivemoor war diese Person Marilyn Kryotos.

Caffery hatte Marilyn gleich gemocht; sie war geradeheraus und ruhig und erzählte mit ihrer tiefen, eigenartigen Stimme von ihren Kindern und Haustieren, deren Krankheiten, kleinen Triumphen und aufgeschlagenen Knien. Mit einem Mord schien die Übermutter Marilyn Kryotos auf die gleiche resignierte Weise umzugehen wie mit einer schmutzigen Windel; als handle es sich um ein etwas unangenehmes, aber zu behebendes Alltagsproblem. Es freute ihn, daß ihr bevorzugter Mitarbeiter im Team Paul Essex war; als bestätigte diese Freundschaft Cafferys eigenes Urteil über die beiden.

Er traf sie am Abend, als er mit seinen Notizen nach Shrivemoor zurückkam. Sie brachte gerade Ermittlungsakten aus dem Büro des Senior Investigation Officers in den Einsatzbesprechungsraum, und er wußte sofort, daß sie etwas verägert hatte.

»Hallo, Marilyn.« Er beugte sich zu ihr. »Was ist los? Die Kinder?«

»Nein«, zischte sie. »Es ist das verdammte F-Team. Sie schneien hier rein und treiben mich in den Wahnsinn. Mal wollen sie dies, mal wollen sie jenes. Als Neuestes verlangen sie auch noch ein eigenes Büro, als wären sie was Besseres.« Sie strich sich das dunkle Haar aus dem Gesicht. »Der Chief Superintendent hat die Hosen voll wegen dieses Falls, und *wir* haben darunter zu leiden. Ich meine, jetzt sehen Sie sich mal die Räume hier an, Jack, sie reichen nicht mal für ein Ermittlungsteam, geschweige denn für zwei.«

Caffery verstand, was sie meinte, und als er seine Notizen zu den Sachbearbeitern brachte, mußte er sich an unbekannten Gesichtern vorbeidrängen. Die Beamten des F-Teams trugen alle frisch gebügelte Hemden und Krawatten, von denen viele so aussahen, als wären sie gerade aus den Wäschereitüten gezogen worden. Der Stolz auf ihre makellose Kleidung würde ihnen nach einer Woche mit Fünfzehnstundenschichten schon noch vergehen, das stand fest.

»'tschuldigung, Kollege.« Jemand hielt ihn am Arm fest. Es war ein Mann mit scharfen Zügen, ein wenig kleiner als Caffery, gebräunt, mit blaßblauen Augen und schmaler, gerader Nase. Sein blondes Haar war mit massenweise Gel wie ein glänzender Helm an seinen Kopf geklatscht. Er trug einen steifen, flaschengrünen Anzug und hatte zwei weitere in Reinigungssäcken über die Schulter gehängt. »Wissen Sie, wo ich die aufhängen kann?«

Caffery fand Maddox im Büro des Senior Investigation Officers, wo er Überstundenformulare unterschrieb. Er warf die Wagenschlüssel auf den Schreibtisch.

»Das Dog and Bell.«

»Wie bitte?«

»Das Dog and Bell. Es ist ein Pub in East Greenwich.«

Maddox lehnte sich in seinem Stuhl zurück und sah ihn eindringlich an. »Nun?« Er öffnete die Hände. »Was meinen Sie?«

»Eine Befragung. Ich würde mir gern die Stammgäste ansehen, die irgendeine Verbindung zur Medizin haben.«

»Das bringt die Presse auf den Plan. Sie werden sich nicht an das Stillhalteabkommen halten, wenn wir in der Öffentlichkeit das Maul aufreißen. Ich werd's dem Chief Superintendent vortragen.« Er schüttelte langsam den Kopf. »Ich glaube nicht, daß er uns das bewilligt. Noch nicht. Sie müssen doch noch andere Spuren haben?«

»Ich habe Namen. Möglicherweise die Identität von Opfer Nummer drei.«

»Gut, übergeben Sie Marilyn das Material, damit sie es aufteilt. Was ist die vielversprechendste Spur?«

»Joni Marsh. Sie hat an dem Tag im Dog and Bell gearbeitet, als Craw verschwand.«

»Gut. Sie übernehmen das morgen. Aber nehmen Sie um Himmels willen noch jemanden mit. Sie wissen, wie diese Frauen sein können.« Es klopfte an der Tür. Maddox seufzte. »Ja? Was gibt's? Kommen Sie rein, Mr. Diamond. Kommen Sie rein.«

Der blonde Detective trat ein und schüttelte die Anzugärmel herunter, so daß sie über die Manschetten fielen. »Guten Abend, Sir.« Er ignorierte Caffery und streckte Maddox seine gebräunte Hand entgegen, wobei kurz eine superflache Armbanduhr aufblitzte. »Sie werden mich nicht kennen, aber ich kenne Sie vom Met-Yachtclub, Sir.«

Maddox schwieg einen Moment und sah ihn ausdruckslos an.

»Chichester«, sagte Diamond, um ihm auf die Sprünge zu helfen.

»Gütiger Himmel, tatsächlich.« Maddox stand auf und schüttelte ihm die Hand. »Natürlich, natürlich. Ich kenne Ihr Gesicht doch. Also...« Er lehnte sich gegen den Schreibtisch, verschränkte die Arme und sah Diamond von oben bis unten an. »Also Sie sind der Detective, der das Glück hat, bei uns mitzuarbeiten. Willkommen in Shrivemoor.«

»Danke, Sir.« Seine Stimme war eine Spur zu laut für das kleine Büro, ganz so, als sei er gewohnt, daß man ihm zuhörte. »Ich komme direkt aus dem ruhigen Eltham.«

»Wir teilen Sie umgehend ein; Sie und Ihre Männer gehen morgen von Tür zu Tür. In einem Umkreis von drei Meilen. Ist Ihnen das recht?«

»Das wird es wohl sein müssen, nicht wahr? Der Chief Superintendent will, daß wir Routinearbeiten übernehmen, das ansässige Team unterstützen.«

Maddox schwieg einen Moment. »Ja, dagegen ist nicht viel zu machen«, sagte er langsam. »Dagegen können wir nicht viel tun, Mr. Diamond. Ich bin sicher, Sie begreifen das.«

»Aber natürlich«, sagte er. »Natürlich ist mir das klar. Ich habe absolut *kein Problem* damit. Überhaupt keines. Wenn der Chief Superintendent das so will, bin ich natürlich einverstanden – das ist gar keine Frage.« Er nickte. Und dann, ganz so, als wolle er einen Schlußstrich unter das Thema ziehen, deutete er auf die Fotos an der Wand und sagte: »Hübsches Boot. Gehört es Ihnen?«

»Ja, ja«, antwortete Maddox zögernd.

»Eine Valiant.«

»Ja, das stimmt, tatsächlich.«

»Gute Boote, die Valiants. Manche finden sie ein bißchen klobig, aber ich mag sie. Sie liegen gut am Wind.«

»Ja, nun.« Maddox taute ein wenig auf. »Ich sag's nicht gern, aber die Amerikaner stellen einfach die besten Segelschiffe her. Natürlich ist es reine Geldverschwendung.«

»Ein Kutter hat dieses Jahr die Met-Regatta von Frosbite gewonnen.« Diamonds Zunge bewegte sich in seinem Mund. »Das waren nicht zufällig...?«

»Ja.« Maddox nickte bescheiden. »Doch.«

Caffery, der mit verschränkten Armen an der Wand lehnte, war überrascht, daß das Gespräch ihn ärgerte. Als hätte er allein das Anrecht auf Maddox' Unterstützung und Anteilnahme, als dürfe diese Gunst nicht nach Lust und Laune auf einen anderen Detective übertragen werden. So irrational das auch sein mochte. *Er ist nicht dein Vater, Jack, du hast keinerlei Anrecht auf ihn.* Es ärgerte ihn, daß Maddox für Schmeicheleien so anfällig war, und als Diamond, übers ganze Gesicht entzückt strahlend, sagte: »Gütiger Gott, gütiger Gott. Na warten Sie, bis ich meinen Kollegen erzählt habe, mit wem ich da zusammenarbeite« – wandte Caffery sich ab und verließ leise den Raum.

7. KAPITEL

An diesem Abend saß Caffery an seinem Schreibtisch in Ewans Zimmer und starrte auf die Wolken von Windows 98 auf seinem Bildschirm. Die oberen Äste der alten Rotbuche warfen schwankende, kupferfarbene Schatten an die Decke. Er brauchte sich nicht umzudrehen, um zu wissen, daß die frischen Blätter die vier rostigen Nägel verbargen, die tief im Fleisch des Baums und in den paar bemoosten Brettern steckten: den Überresten des Baumhauses, in dem Ewan und er als Kinder gesessen und zu den Zügen hinübergerufen hatten, die unten auf dem Bahndamm vorbeidonnerten.

Manchmal, wenn er allein war, versuchte Jack, sich angestrengt zu erinnern, wie es war, wie *er* war. Früher. Er trug das Bild eines Kindes in sich, das leichter war als eine Feder, und durch nichts davon abgehalten werden konnte, über die Dachfirste hinweg in die blaue Luft davonzuschweben.

Und dann – jener Tag, der als Abfolge verwackelter, nachlässig zusammengestoppelter, leicht körniger Bilder in seiner Erinnerung gespeichert war, ganz so, als hätte er gemogelt und die Erinnerungen nicht dem wirklichen Leben, sondern einem 8-mm-Film entnommen, der in einem dunklen Winkel auf dem Dachboden seiner Eltern verstaut war.

Es war Mitte September 1974, ein windiger, sonniger Tag, und die trockenen Planken des Baumhauses knarrten, als die Buche, die noch immer grün war und voll im Saft stand, im Wind schwankte.

Jack und Ewan hatten sich gestritten. Sie hatten auf einem Abfallhaufen vier Dielenbretter gefunden; Ewan wollte in den südlichsten Ästen des Baums eine Aussichtsplattform errichten, um darauf die Züge zu beobachten, die vom Bahnhof in Brockley kommend hier vorbeifuhren. Jack wollte die Plattform auf der Nordseite anbringen, um über die Gleise auf die nebligen Brücken von New Cross zu sehen und die Gesichter der Pendler zu erspähen, die, mit der London Evening News in der Hand, nach Hause fuhren.

Jack, ein jähzorniger Achtjähriger, drängte seinen Bruder gegen den Baumstamm. Ewans Reaktion darauf war gewalttätig und verblüffend; er fand das Gleichgewicht wieder, streckte die kräftigen Arme aus, hämmerte auf Jack ein und brüllte: »Ich sag's, ich sag's.« Speichel floß ihm aus dem Mund. »Ich sag's Dad.«

Jack verlor das Gleichgewicht, er wurde an den Rand des Baumhauses geschleudert und fing sich erst wieder, als er halb über der Plattform hing; seine Shorts waren an einem Nagel zerrissen, seine Beine baumelten herunter, und der Daumen seiner linken Hand war zwischen zwei Bretter festgeklemmt. Er geriet außer sich vor Schmerz.

»Dann sag's doch. Sag's doch, verdammt noch mal.«

»Das mach' ich auch!« Ewan verschanzte sich hinter grollenden Schuldgefühlen. Seine Augenbrauen zogen sich zusammen, seine Unterlippe schob sich vor. »Ich hasse dich sowieso, du gemeiner Mistkerl.«

Er drehte sich um, kletterte mit zornverzerrter Miene die Strickleiter hinunter und sprang auf den Bahndamm. Laut fluchend befreite Jack seinen Daumen, zog sich wieder ins Baumhaus hinauf und blieb, still atmend, die Hand zwischen die bloßen Knie geklemmt, dort liegen. Er war wütend und erschöpft.

Unter dem Baumhaus, wo die Böschungen des Bahndamms in einen breiten Streifen wirren Buschwerks ausliefen, hatten die Brüder für ihre Spiele ein Netz von Wegen angelegt, von denen jeder sorgfältig erforscht, verzeichnet und benannt worden war; ein kompliziertes Gewirr aus Trampelpfaden, das sich bis in das Dickicht aus Rankengestrüpp erstreckte. Wie Jack vom Baumhaus aus beobachtete, schlug Ewan den südlichen Pfad ein, den sie den »Todespfad« genannt hatten, weil er an einem verrosteten Tauchsieder vorbeiführte. *Siehst du da, Ewan? Das ist eine nichtexplodierte Bombe. Eine V2 vermutlich.* Sein hübscher dunkler Kopf tauchte ein paarmal über dem Buschwerk auf, sein senffarbenes T-Shirt leuchtete. Er erreichte die Lichtung, die sie als Lager 1 bezeichneten, hinter dem die DMZ lag, die demilitarisierte Zone, die tödliche V2 und das Land der Gooks.

Jack verlor das Interesse. Ewan war immer sehr schnell eingeschnappt. Es langweilte ihn. Wütend und von Schmerzen geplagt ließ er sich vom Baum herunter, ging ins Haus und jammerte über den schwarz-gelb verfärbten Fleck, der sich unter seinem Fingernagel bildete.

Später war es das Baumhaus, das seine Mutter mehr bedrückte als alles andere. Caffery sah sie deutlich vor sich, wie sie plötzlich bei der Reinigung des Backofens oder mitten unter dem Abwasch innehielt und starren Schritts in den Garten lief, dort stehenblieb und den Baum anstierte, während von den rosafarbenen Gummihandschuhen Seifenlauge ins Gras tropfte. Es war der letzte Ort, an dem sie ihren Sohn gesehen hatte.

Und dann die halb hysterischen, hilflosen Ausbrüche ihrem Mann gegenüber. *Was soll das Baumhaus, Frank; warum ist es noch da, obwohl er nicht mehr da ist? ERKLÄR MIR DAS, Frank! Sag's mir!*

Und Cafferys Vater hielt sich die Ohren zu und sank, mit den zerknüllten Seiten der Sportzeitung auf dem Schoß, in den Sessel, unfähig, den Schmerz seiner Frau zu ertragen, bis er eines Tages einen Hammer nahm und, noch mit Hausschuhen an den Füßen, in den Matsch und Regen hinausmarschierte.

Caffery war in dieses Zimmer hinaufgeschlichen und hatte sich auf das nachgebende Bett gestellt, um vom Fenster aus zuzusehen, wie das Holz krachte, Bretter auf den Boden fielen und die Strumpfhose seiner Mutter, die schluchzend auf dem aufgewühlten Rasen stand, mit Schlamm bespritzt wurde.

Und dann bemerkte er durch die kahlen Äste der Bäume auf der anderen Seite des Bahndamms etwas anderes.

Ivan Penderecki. Blaß, die fleischigen Arme auf seinen verfallenen Holzzaun gestützt, stand er mit einem Anflug von Lächeln auf dem Gesicht im grauen Regen.

Etwa zwanzig Minuten blieb Penderecki so stehen, während sich das Haus hinter ihm gegen die dunklen Wolken abzeichnete. Dann drehte er sich um, als wäre er zutiefst befriedigt, und ging davon.

Für den neunjährigen Caffery, der die kleine Nase an das beschlagene Fenster gedrückt hielt, war dies der Beweis für das Unfaßbare und Unaussprechliche, den er benötigte. Der Beweis für das, was die Polizei als unmöglich ausgeschlossen hatte. *Wir haben jedes Haus in der Gegend abgesucht, Mrs. Caffery; wir werden die Suche auf den Bahndamm ausdehnen; bis über die New-Cross-Brücke hinaus.*

Auf die instinktive Weise, mit der Kinder Dinge wissen, die ihnen niemand gesagt hat, wußte Caffery, daß Penderecki der Polizei ganz genau zeigen könnte, wo Ewan zu finden wäre.

In den frühen achtziger Jahren gaben die Cafferys den Kampf auf. Sie zogen nach Liverpool zurück und überließen dem einundzwanzigjährigen Jack das Haus, als Gegenleistung dafür, wie er glaubte, ihn nie mehr sehen zu müssen. Jack, den Widerspruchsgeist, den Schwierigen, der nicht gehorchen, nicht schweigen und nicht stillsitzen wollte. *Denjenigen, den sie lieber verloren hätten.* Diese Worte wurden zwar nie ausgesprochen, aber er las sie in den folgenden Jahren auf dem Gesicht seiner Mutter, wenn er sie dabei ertappte, wie sie auf seinen schwarzen Daumennagel starrte, den er eigensinnigerweise nie herauswachsen ließ, als sei er entschlossen, die Familie an diesen bestimmten Tag zu erinnern. Ewans Verschwinden hatte mehr bewirkt als nur die Verachtung seiner Person in den Augen seiner Mutter. Er wußte, daß sie auch heute noch in den weitläufigen

Vororten von Liverpool wartete, worauf? Daß er Ewan fand? Daß er *starb*? Caffery wußte nicht, was sie von ihm verlangte, welche Wiedergutmachung er dafür erbringen sollte, daß er derjenige war, der überlebt hatte. Trotz Veronica und den Frauen, die es vor ihr gegeben hatte, fühlte er sich zuweilen vor lauter Verlustgefühlen und Einsamkeit wie vernichtet. Also verwendete er all seine Energie darauf, bei der Polizei schnell Karriere zu machen. Pendereckis Name war der erste, den er in den Polizeicomputer PC2 einspeicherte. Und dort fand er die Wahrheit.

John (Ivan) Penderecki, überführter Pädophiler, zwei Haftstrafen in den sechziger Jahren, bevor er sich in jener Straße mitten in London niederließ, in der Jack und Ewan Caffery wohnten.

Auf den Regalen im Arbeitszimmer (immer noch »Ewans Zimmer«) standen zwölf mit verschiedenen Farbaufklebern bezeichnete Kartons, die mit Papierfetzen, in Folie eingewickelten John-Player-Päckchen, verblichenen Streichholzschachteln, Zeitungsausschnitten, rostigen Nägeln und den Überresten einer halbverkohlten Gasrechnung vollgestopft waren: den banalen Fakten von Pendereckis Leben, die Caffery, der schon als Junge ein besessener Amateurdetektiv war, im Lauf von sechsundzwanzig Jahre gesammelt hatte. Jetzt übertrug er den Inhalt der Kartons auf Computer. Er setzte die Brille auf und stellte das Gerät an.

»Schon wieder bei deiner Lieblingsarbeit?«

Er zuckte zusammen. Veronica stand mit verschränkten Armen und zur Seite geneigtem Kopf in der Tür. Sie lächelte. »Ich habe dich beobachtet.«

»Ich verstehe.« Er nahm die Brille ab. »Du hast dich selbst reingelassen.«

»Ich wollte dich überraschen.«

»Hast du die Tests machen lassen?«

»Nein.«

»Es ist Montag. Warum nicht?«

»Ich war den ganzen Tag im Büro.«

»Wollte dich dein Vater nicht gehen lassen?«

Sie runzelte die Stirn und massierte ihren Hals. Die primelgelbe Jacke war tief genug ausgeschnitten, um den Fleck an ihrem Brustbein zu enthüllen. Eine Erinnerung an die Strahlentherapie in ihrer Jugend. »Es gibt keinen Grund, sauer zu werden.«

»Ich bin nicht sauer. Nur besorgt. Warum gehst du nicht in die Notaufnahme. Jetzt.«

»Beruhig dich. Ich ruf' morgen Dr. Cavendish an. In Ordnung?«

Er wandte sich wieder dem Bildschirm zu, biß sich auf die Lippen und versuchte, sich auf seine Arbeit zu konzentrieren, während er sich zum hundertsten Mal wünschte, er hätte Veronica nie einen Hausschlüssel gegeben. Halb seufzend beobachtete sie ihn von der Tür aus, strich sich das Haar hinter die Ohren, ließ die Fingernägel über den Türrahmen gleiten, wobei die unauffällig teuren Ringe und Armbänder klirrten – die beste Art, wie ein Vater die Liebe zu seiner Tochter zeigen konnte. Er wußte, sie wünschte sich, er sähe sie an. Er gab vor, nichts zu bemerken.

»Jack«, sagte sie schließlich, trat auf ihn zu, hob eine Strähne seines dunklen Haares und strich mit dem Daumen über die entblößte Kopfhaut. »Wir sollten die Party besprechen. Es sind nur noch ein paar Tage, bis es soweit ist.« Sie setzte sich auf seinen Stuhl und schmiegte sich an ihn wie Öl, sie drückte den Mund auf seine Wange, spielte mit seinem Haar und legte ihr linkes Bein über die Stuhllehne. Ihr Haar kitzelte seinen Hals. »Jackie. Hallooo. Kannst du mich hören?« Sie drückte ihm die Finger ins Gesicht, die Finger, die immer nach Menthol und teurem Parfüm rochen, und kuschelte sich in seinen Schoß.

»Veronica...« Er spürte eine zögerliche Erektion.

»Was?«

Er machte sich frei. »Ich möchte eine Stunde hier arbeiten.«

»O Gott«, stöhnte sie und kletterte herunter. »Du bist krank, weißt du das?«

»Vermutlich.«

»Vollkommen zwanghaft. Du gehst noch ein in diesem Loch, wenn du nicht aufpaßt.«

»Das haben wir schon besprochen.«

»Wir leben im 21. Jahrhundert, Jack. Du weißt, es geht immer weiter vorwärts und aufwärts.« Sie stand am Fenster und starrte in den Garten hinaus. »In meiner Familie wurde man dazu erzogen, die alten Bindungen hinter sich zu lassen, sich zu verbessern.«

»Deine Familie ist ehrgeiziger als ich.«

»Mein Gott.«

»Was?«

Er setzte die Brille ab und rieb sich die Augen. Bonbonfarbene Fische schwammen über den Bildschirm. Er war dreißig Jahre alt und brachte es dennoch nicht über sich, dieser Frau zu sagen, daß er sie nicht liebte. Nach den Tests und nach der Party, *du Feigling, Jack, du Feigling,* falls die Tests gut ausfielen, wäre es leicht. Dann würde er es ihr sagen. Ihr sagen, daß es vorbei war. Ihr sagen, daß sie ihm die Schlüssel zurückgeben sollte.

»Was ist denn?« fragte sie. »Was habe ich jetzt schon wieder gesagt?«

»Nichts«, antwortete er und machte sich erneut an die Arbeit.

8. KAPITEL

Die Sonne brannte so steil vom Himmel, daß man Kopfschmerzen bekam und die Schatten um die Gegenstände zu dunklen Rändern schrumpften. Caffery ließ beim Fahren die Fenster offen, aber Essex beklagte sich so sehr über die Hitze und machte ein solches Theater, indem er sich mit den Fingern unter den Kragen fuhr und sein Hemd wie ein geblähtes Segel vom Leib abhielt, daß Caffery sich geschlagen gab; nachdem sie geparkt hatten, schlossen beide ihre Jacketts im Kofferraum des Jaguar ein und spazierten mit hochgekrempelten Hemdsärmeln die Greenwich South Street hinunter.

Hausnummer acht erwies sich als ein zweistöckiges georgianisches Gebäude mit einem Trödelladen im Erdgeschoß.

»Harrison hat sich erinnert, was Craw getragen hat«, sagte Essex, als sie mit eingezogenem Kopf in einen kleinen Hauseingang auf der Linken traten. »Durchsichtige Plastiksandalen mit rosafarbenem Glitter in den Absätzen, schwarze Strumpfhose, einen Minirock und ein T-Shirt, *glaubt* er.« Er beugte sich zur Sprechanlage. »Klingt ganz nach dem Typ von Frau, den ich mag.«

»Wie nehmen es ihre Eltern auf?«

»Es scheint sie einen Dreck zu scheren. Sie kommen nicht nach London runter, bringen die Kosten für die Zugfahrt nicht auf. *›Sie war 'ne richtige kleine Nutte, Detective, wenn Ihnen das weiterhilft‹*, ist Mamis Vorstellung davon, wie der Polizei zu helfen sei.«

Das metallene Gehäuse der Sprechanlage begann plötzlich zu knistern, und beide zuckten zusammen. »Wer ist da?«

Caffery nahm seine Sonnenbrille ab und beugte sich zur Sprechanlage. »Detective Inspector Jack Caffery. Ich suche Joni Marsh.«

Ein paar Augenblicke später ging die Tür auf, und ein schlankes Mädchen mit kastanienfarbenem Haar sah zu ihnen heraus. Er schätzte sie auf Ende Zwanzig, aber das lange Haar, die praktischen flachen Lederschuhe an den gebräunten Füßen und ein kurzes, himmelblaues Schürzenkleid aus Cordsamt verliehen ihr die Frische eines Schulmädchens.

Er hielt seinen Ausweis hoch. »Joni?«

»Nein.« Die Malpinsel, die aus zwei Schürzentaschen hervorlugten, vermittelten den Eindruck, sie sei beim Kunstunterricht gestört worden. Beim Kunstunterricht an einer teuren Mädchenschule. »Joni ist oben. Kann ich Ihnen helfen?«

»Sie sind?«

Sie lächelte ansatzweise und streckte die Hand aus. »Becky, Rebecca, meine ich. Joni und ich wohnen zusammen.«

Caffery schüttelte ihr die Hand. »Dürfen wir hereinkommen?«

»Ich, das heißt wir…« Sie wirkte verlegen. »Also…, nein. Eigentlich nicht. Tut mir leid.«

»Wir haben ein paar Fragen bezüglich einer Bekannten von Miss March.«

Rebecca strich den Pony aus den grünen Augen und starrte an ihnen vorbei auf die Straße hinaus, als erwarte sie Heckenschützen, die auf den Hauseingang zielten. »Es ist ein bißchen, es ist ein bißchen ungünstig im Moment.« Sie hatte eine sehr nette, sanfte Stimme, wohlerzogen und wohlklingend, eine Stimme, die mit einem Flüstern Gespräche zum Verstummen bringen konnte. »Können wir hier draußen reden?«

»Der Kiff interessiert uns nicht«, sagte Caffery.

»Was?«

»Ich kann ihn riechen.«

»Oh.« Sie sah verlegen auf ihre Füße.

»Deswegen sind wir nicht hier. Wirklich.«

»Ähm.« Sie zog die volle Unterlippe unter strahlendweiße Zähne. »Na schön, na schön.« Sie drehte sich um. »Dann kommen Sie rein.«

Sie folgten ihr ins Innere des kühlen Hauses, gingen an einem Mountainbike vorbei, das ans Treppengeländer gelehnt war, und Essex bekam glasige Augen angesichts des wehenden Haars und der langen, braunen Beine, die vor ihm die Treppe hinaufstiegen.

Im Inneren der Wohnung führte sie die beiden durch einen kleinen Gang – in einem Schlafzimmer zur Rechten erhaschte Caffery einen Blick auf ein achtlos abgeworfenes Baumwollhöschen, das in einer Insel aus hellem Sonnenlicht lag, bevor Rebecca die Tür schloß – und brachte sie in einen großen sonnigen Raum.

»Mein Atelier«, sagte sie.

Licht strömte durch zwei hohe Schiebefenster herein, das weiße Rechtecke auf die nackten Bodendielen warf. An den Wänden hingen fünf riesige Aquarelle in leuchtendbunten Farben. In der Mitte des Raums versprühte ein Mädchen, das ein rückenfreies Oberteil und eine limonengrüne ausgestellte Hose trug, hastig dichte Wolken von Deo-Spray in der Luft, die sie mit den Armen verteilte, an denen Armbänder klirrten. Als sie sie kommen hörte, ließ sie die Sprühdose sinken, griff schnell nach einem kleinen, in Folie verpackten Briefchen auf dem Tisch und wandte sich ihnen wie ein Kind zu, das man bei etwas Verbotenem ertappt hatte. Ihr Haar war wikingerblond gefärbt, ihr stupsnasiges Gesicht wie das einer Porzellanpuppe bemalt, ihre blauen Augen waren grotesk aufgerissen. Caffery war klar, daß sie bedröhnt war.

»Joni?« Er zückte seinen Ausweis. »Joni Marsh?«

»Ähm, ja.« Sie warf einen Blick auf den Ausweis. »Und wer sind Sie?«

»Polizei.«

Sie riß die Augen noch weiter auf. »*Polizei*? Becky, was zum…?«

»Schon in Ordnung«, sagte Rebecca. »Der Stoff interessiert sie nicht.«

»Ja?« Unschlüssig und zappelig trat sie von einem Fuß auf den anderen.

»Ja«, sagte Caffery.

Joni strich das Haar hinter die Ohren und musterte ihn mit argwöhnisch flackernden Augen, während sie auf die Hemdsärmel, das dunkle, ungekämmte Haar und den flachen Bauch sah. Plötzlich kicherte sie laut. »Nein, wirklich.« Sie legte die Hand auf den Mund. »*Wirklich* die Polizei? Bist du *sicher*?«

»Hören Sie zu, Joni.« Caffery steckte seinen Ausweis in die Hemdtasche. »Sie legen das Zeug jetzt weg. Vielleicht können wir dann zur Sache kommen?«

Verständnislos blinzelnd sah sie von ihm zu Rebecca und wieder zu Caffery zurück. Ihr Make-up erinnerte an die Obduktionsfotos: leuchtendmeerblauer Lidschatten und ein Mund, dessen Oberlippenbogen stark überzeichnet war. »Sind Sie *sicher*, daß Sie von der Polizei sind?«

»Joni«, wiederholte er. »Das Marihuana. Wollen Sie es nicht weglegen?«

»Joni.« Rebecca nahm ihren Arm. »Komm her.« Sie führte sie in die Küche, und die beiden Männer hörten Rebecca mit leiser geduldiger Stimme auf sie einreden. Durch den Türspalt konnte Caffery einen großen Eichentisch erkennen, an der Wand hingen Matisse-Drucke, und in einer Nische stand eine Gefriertruhe. Plötzlich hörte er Jonis Schritte auf der Treppe, eine Tür schlug zu, mit klappernden Absätzen kam sie wieder herunter, und dann unterhielten sich die beiden Frauen in der Küche, während sie kichernd im Kühlschrank herumwühlten.

Caffery steckte die Hände in die Taschen, wanderte im Raum umher und sah beiläufig auf die Skizzen, die auf Zeichentische aufgespannt waren. Es waren viele mit verwischter Kohle gezeichnete Akte darunter, hier und da war ein Arm erkennbar, dort der Umriß eines Kopfes. Ein großes Aquarell zeigte eine

Frau, die zu dreiviertel dem Betrachter zugewandt war und sorgfältig einen Strumpf über die Wade hinunterrollte.

»Hey.« Essex betrachtete ein halbfertiges Gemälde, das auf einer Holzstaffelei stand. »Jack. Sehen Sie sich das mal an.«

Eine Frau stand vor einem burgunderfarbenen, mit Quasten besetzten Vorhang und hielt mit vollkommener Unbekümmertheit die Arme erhoben. Ihr Publikum, drei Männer, waren mit breiten flachen Kohlestrichen auf den Hintergrund geworfen.

»Ich dachte mir schon, daß Sie das herauspicken würden«, murmelte Joni unter der Tür stehend. »Das bin ich.«

Die Männer drehten sich um.

»Sie ist Stripperin, wissen Sie.« Rebecca trat neben sie und hielt einen Eiskübel mit Bierflaschen in der Hand.

»Das wissen wir«, sagte Essex.

»Ja.« Joni hatte die Hände in die Taschen gesteckt und streckte eine Hüfte heraus. »Das dachte ich mir schon.«

Rebecca kam herüber und stellte sich hinter die beiden an der Staffelei.

»Haben Sie das hier gemalt?« frage Caffery. »Im Atelier?«

»Nein, nein. Ich habe es im Pub angefangen. Ich war gerade dabei, letzte Hand anzulegen.«

»Sie arbeiten viel mit den Mädchen? Und wissen eine Menge über sie?«

»Sie sind keine Ungeheuer, wissen Sie.« Sie lächelte ihn an und hielt dabei den Kopf zur Seite geneigt, als hätte er sie zum Lachen bringen wollen. »Ich habe selbst eine Weile gestrippt. Es hat mir die Kunstakademie finanziert. Das Goldsmith.«

»Vielleicht sollten wir, ähm.« Er sah sich im Zimmer um. »Hören Sie, warum setzen wir uns nicht und unterhalten uns.«

»Äh.« Rebecca stellte den Eiskübel auf den Boden und wischte sich die Hände ab. Der Kübel hatte einen kleinen dunklen Fleck auf ihrem Cordsamtkleid hinterlassen. »Na, *das* hört sich aber bedrohlich an.«

»Grausig«, stimmte Joni zu.

»Vielleicht ist es das. Vielleicht ist es das.«

»Also gut, wenn's schon so schlimm wird«, verkündete Rebecca und holte gekühlte Bierflaschen aus dem Eiskübel, »dann brauche ich jedenfalls was zu trinken.« Sie reichte Essex eine Flasche. »Kann ich Sie verführen und die Geschichte dann den Zeitungen verkaufen?«

Essex zögerte nicht. »Ja, dann.«

Sie reichte auch Caffery eine Flasche, der sie wortlos annahm, ging dann zum Fenster hinüber, setzte sich mit angezogenen Knien auf den Sims und hielt ihre Flasche an die schmalen Fesseln gedrückt. Essex stand neben der Küchentür, trat unbehaglich von einem Bein aufs andere, fummelte mit dem Verschluß der Flasche herum und warf verstohlene Blicke auf Jonis Brüste.

»Also gut«, sagte Jack und räusperte sich. Er stand in der Mitte des Zimmers. »Zur Sache.«

Ohne Umschweife und Beschönigung teilte er ihnen die Fakten über die fünf Frauen in dem nur ein paar Straßen entfernten Leichenschauhaus mit sowie deren Verbindung zu dem Pub. Als er fertig war, schüttelte Joni ungläubig den Kopf. Jetzt grinste sie nicht mehr. Der Spaß war vorbei.

»O Mann. Das ist ja furchtbar.«

Rebecca saß bewegungslos da und starrte ihn mit ihren klaren katzenhaften Augen entsetzt an.

»Sollen wir eine Pause machen?«

»Nein, nein.« Sie kauerte sich fester zusammen, umschlang mit zitternden Armen ihre Beine und hatte die Knie bis unters Kinn gezogen. »Nein, machen Sie weiter.«

Caffery und Essex warteten geduldig, bis sich die beiden Frauen von dem Schock erholt hatten. Sie redeten fast eine Stunde, zuerst fassungslos: »Sagen Sie es noch einmal: Shellene, Michelle *und Petra*?«, und wurden später dann konstruktiver, als sie die reinen Fakten durchgingen und selbst Spuren verfolgten. Dabei entpuppte sich das Dog and Bell als Treffpunkt für die ansässige Drogen-Prostituierten-Szene. Wie es schien, stand alles, was in East Greenwich passierte, in irgendeiner Verbindung mit dem schäbigen kleinen Pub auf der Trafalgar Road. Hier hatten Rebecca und Joni auch Petra Spacek, Shellene Craw und Michelle Wilcox kennengelernt. Sie glaubten auch Opfer Nummer vier zu kennen.

»Stark gebleichtes weißblondes Haar, ja?« Joni hielt eine Strähne ihres eigenen Haars hoch. Sie war inzwischen nüchtern und hatte einen klaren Kopf. »Wie meines. Und hier eine Bugs-Bunny-Tätowierung ...«

»Das stimmt.«

»Das ist Kayleigh.«

»Kayleigh?«

»Ja, Kayleigh Hatch. Sie ist eine, Sie wissen schon ...« Sie machte eine Bewegung, als setze sie sich eine Spritze. »Sie ist *wirklich* süchtig.«

»Adresse?«

»Weiß ich nicht. Sie wohnt bei ihrer Mutter, glaube ich. In West London.«

Caffery notierte den Namen. Er saß inzwischen in der Nähe der Staffelei auf einer kleinen Holzbank. Rebecca hatte weitere Bierflaschen aus der Küche geholt, sich einen Stuhl herangezogen und saß nun, nach vorn gebeugt, die schlanken Arme locker um die Knie geschlungen, weniger als einen halben Meter von ihm entfernt. Unschuldig: Aber Jack empfand ihre Nähe als unerträglich.

Er sah zu Joni hinüber.

»Noch etwas.«

»Ja?«

»Sie haben letzte Woche mit Shellene Craw gearbeitet.«

»Ja, hab' ich.«

»Versuchen Sie sich zu erinnern: Ist sie an diesem Tag mit jemandem weggegangen? Wurde sie abgeholt?«

»Hm.« Joni strich mit der Zunge über die Lippen und starrte auf ihre mandarinfarbenen Fußnägel, die aus ihren Sandalen mit den Korkabsätzen herausspitzten.

»Hallo?«

»Ja, ich denke nach.« Sie sah auf. »Becky?«

Rebecca zuckte die Achseln, aber Caffery war der gequälte Blick nicht entgangen, den Joni ihr zugeworfen hatte. Er war sofort wieder verschwunden, wie eine Seifenblase, die geplatzt war, und er fragte sich, ob er sich alles nur eingebildet hatte.

»Nein«, sagte Rebecca. »Sie ist mit keinem weggegangen.«

»Waren Sie dort?«

»Ich habe gemalt.« Sie deutete auf die Skizzen auf den Zeichentischen.

»Also gut, ich möchte ...«

Er war einen Moment abgelenkt und hielt inne, weil er die Gänsehaut bemerkt hatte, die sich über Rebeccas Beine ausbreitete. Diese plötzliche, winzige Reaktion ihrer Haut verwirrte ihn, und ihr war sein Stutzen nicht entgangen. Sie senkte ebenfalls den Blick, begriff und sah zu ihm auf.

»Nun?« sagte sie langsam. »Was wollen Sie sonst noch von uns wissen? Was können wir sonst noch für Sie tun?«

Caffery rückte seine Krawatte zurecht. *Sie ist eine Zeugin, um Himmels willen!*

»Ich brauche jemanden, der Petra Spacek identifiziert.«

»*Ich* kann das nicht«, sagte Joni unumwunden. »Ich müßte mich übergeben.«

»Rebecca?« fragte er nachdrücklich. »Werden Sie es tun?«

Nach einem Moment des Zögerns schloß sie den Mund und nickte schweigend.

»Danke.« Er trank den Rest seines Biers aus. »Und Sie sind absolut sicher, daß Sie Shellene Craw das Pub nicht in Begleitung von jemandem haben verlassen sehen?«

»Nein. Wir würden es Ihnen sagen, wenn es so gewesen wäre.«

Sie gingen zum Wagen zurück. Essex sah erschöpft aus.

»Alles okay?«

»Ja«, sagte er krächzend, griff sich an die Brust und grinste.

»Ich komm' drüber weg. Ich komm' drüber weg. Glauben Sie, daß die beiden lesbisch sind?«

»Das würde Ihnen gefallen, nicht wahr?«

»Nein, im Ernst, glauben Sie das?«

»Sie hatten getrennte Schlafzimmer.« Er sah Essex ins Gesicht und verkniff sich ein Lachen. »Sie waren nicht echt, wissen Sie.«

Die Hand auf die Wagentür gelegt, blieb Essex stehen. »Was soll das heißen?«

»Joni. Silikon. Sie waren nicht echt.«

Essex stützte die Ellbogen aufs Wagendach und starrte ihn an. »Und weshalb sind Sie Experte auf diesem Gebiet?«

Er lachte. »Erfahrung. Drei Jahrzehnte sich wandelnder Formen in *Men's Only*. Ich sehe es einfach auf den ersten Blick. Sie nicht?«

»Nein.« Essex blieb der Mund offenstehen. »Nein. Wenn Sie mich so fragen. Nein, ich würde es nicht erkennen.« Schnaufend stieg er ein und legte den Sicherheitsgurt an. Nachdem sie ein kurzes Stück gefahren waren, wandte er sich erneut an Caffery. »Sind Sie sicher?«

»Klar bin ich mir sicher.«

Essex seufzte ermattet und sah aus dem Fenster. »Wohin ist es nur mit der Welt gekommen?«

Es war noch hell, als Caffery nach Hause kam. Veronica lag in einem Liegestuhl auf der Veranda und beobachtete mürrisch und still die länger werdenden Schatten im Garten. Sie hatte eine apricotfarbene Mohairjacke um die Schultern gelegt, und neben dem Liegestuhl stand eine halbleere Flasche Muscadet.

»'n Abend«, sagte er leichthin. Eigentlich wollte er sie wieder fragen, was sie in seinem Haus mache, aber die starre Neigung ihres Kopfes ließ ihn vermuten, daß sie auf Streit aus war. Er ging an ihr vorbei bis zum Ende des Gartens, wo er, mit abgewandtem Gesicht, die Hände in den Drahtzaun legte.

Auf der anderen Seite des Bahndamms stieg ein kleines

Rauchwölkchen in den rosafarbenen Himmel hinauf. Caffery preßte den Kopf gegen den Draht. Penderecki.

Am Abend beobachtete er Penderecki zuweilen, der in seinem Garten umherging, rauchte und sich abwesend zwischen den Hinterbacken kratzte, wie ein alter Gorilla, der sich zum Schlafenlegen vorbereitete. Der Garten war nicht mehr als ein kleiner Streifen grauer Erde zwischen dem Haus und dem Bahndamm, in dem alte Motoren, ein Kühlschrank und die verrostete Achse eines Wohnwagens herumlagen. Das Gelände auf der anderen Seite des Damms war einst eine Ziegelei gewesen, und die Gärtner aus den Fünfzigerjahrehäusern holten mit ihren Hacken noch immer eine Menge Baumaterial aus dem Boden.

Es war harter, schwer zu bearbeitender Boden. Caffery glaubte nicht, daß Ewan dort begraben lag.

Penderecki, der Caffery den Rücken zugewandt hatte, trug wie üblich seine tabakbraune Weste. Eine Hand ruhte auf einem Rechen, und neben ihm pustete der zerbeulte Verbrennungsofen Rauch in die Luft. Vor siebzehn Jahren hatte Penderecki entdeckt, daß Caffery Sachen von ihm sammelte, seinen Abfall durchwühlte und alles mitnahm, was auf Spuren von Ewan hätte deuten können. Seitdem hatte er sich angewöhnt, seinen Hausabfall zu verbrennen, und um sicherzustellen, daß Caffery dies auch mitbekam, machte er es im hinteren Garten, vor Cafferys Augen.

Während Caffery zusah, räusperte sich Penderecki, spuckte Schleim auf den Boden und blieb dann, eine Hand auf den Deckel des Verbrennungsofens gelegt, vollkommen reglos stehen, um mit gespannter Wachsamkeit auf Jacks Gegenwart zu reagieren. Diese wissende Pose, diese weiblichen Hüften und dieses graue, über die leuchtendrosafarbene Kopfhaut gestriegelte Haar; Caffery spürte, wie die alte Wut ihn wieder packte, ganz so, als könnte Penderecki sie über die zweihundert Meter, die sie trennten, wie einen Film abspulen.

Langsam drehte sich Penderecki um und sah ihn lächelnd an.

Blut schoß Caffery ins Gesicht. Darüber verärgert, daß er erwischt worden war, wandte er sich vom Zaun ab und marschierte durch den Garten zurück.

Von der Veranda aus hatte ihn Veronica nicht aus den Augen gelassen.

»Was?« fragte er und blieb stehen. »Worauf starrst du?«

Als Antwort atmete sie geräuschvoll durch die Nase aus und schloß dabei halb die Augen.

»Was? Was ist?«

Sie seufzte schwer.

Caffery öffnete die Hände. »WAS??«

Und dann erinnerte er sich. Die Tests.

»Jesus.« Er schüttelte ernüchtert den Kopf. »Tut mir leid. Hast du was gehört?«

»Ja.«

»Und?«

»Oh, ich fürchte, er ist wieder ausgebrochen. Der Krebs ist wieder ausgebrochen.« Sie kniff die Augen zusammen, und ihr Gesicht zuckte, aber sie weinte nicht.

Caffery stand ganz still und starrte sie an. Das war es also.

»Doktor Cavendish hat angerufen. Tatsache ist, daß ich mit der Chemotherapie wieder anfangen muß.« Sie zog die Jacke enger um die Schultern. »Aber wir werden keine große Sache daraus machen. In Ordnung?«

Caffery senkte den Kopf und starrte blicklos auf den Beton. »Tut mir leid.«

»Mach dir nichts draus.« Sie griff nach vorn und tätschelte ihm die Hand. »Es ist nicht deine Schuld.«

»Wir sagen die Party ab«, sagte er.

»Nein! Nein, ich möchte nicht, daß mich jemand bemitleidet. Wir sagen die Party nicht ab.«

9. KAPITEL

Als die morgendliche Besprechung begann, hatte Caffery bereits mit *Virgo* gesprochen, einer Ostlondoner Agentur, die die zweiundzwanzigjährige Kayleigh Hatch, Stripperin, Gelegenheitspostituierte und Vollzeitdrogenabhängige vertrat. Dort erinnerte man sich an die Bugs-Bunny-Tätowierung, und als Caffery erfuhr, daß Kayleighs letzter Auftritt im Dog and Bell stattgefunden hatte, bat er *Virgo*, ein Foto rüberzuschicken.

Das steckte er an die Pinnwand neben die Aufnahmen von Petra Spacek, Shellene Craw und Michelle Wilcox.

»Dieses Pub ist unser Ausgangspunkt.« Er stützte die Ellbogen auf den Schreibtisch und sah auf die versammelten Ermittlungsteams. »Wir lassen es seit heute morgen beobachten, aber der Chief Superindendent hat deutlich gemacht, daß er zuerst die Identifizierung der Opfer wünscht, bevor wir dort einfallen. Also arbeiten wir heute daran.« Er machte mit dem Kopf ein Zeichen auf das neue Foto. »Nun zu Hatch. Wenigstens haben wir einen Namen. Ich würde sagen, daß wir hier Opfer Nummer vier vor uns haben. Und das einzige, wenn Sie sich an das Obduktionsprotokoll erinnern, das keine Kopfwunden aufwies. Abgesehen davon entspricht sie dem Muster: Drogen und Prostitution. Und ebenso wie die anderen wurde sie *nicht* vergewaltigt. Falls sie Verkehr hatte, wurde ein Kondom benutzt, wie in ihren Kreisen üblich.« Er schwieg einen Moment, um den anderen Zeit zu geben, seine Worte aufzunehmen. »Hatchs Mutter hat sie vor zwei Wochen als vermißt gemeldet. Sie wohnt drüben in Brentford, also könnten Sie, Essex, vielleicht heute morgen dort rüberfahren. Aber vergessen Sie nicht, daß sie außer Wilcox das einzige Opfer ist, das als vermißt gemeldet wurde. Bei allen anderen war es verdächtigerweise sehr leicht, sie verschwinden zu lassen. Denken Sie daran, wenn Sie die Nachbarn befragen. Nun zu Ihnen, Logan.« Er wandte sich an den Beamten, der für die Beweismittel zuständig war. »Wie steht's mit der DNA-Analyse?«

»Abgesehen von der Blutgruppe, fast wertlos, Sir. Die Verwesung ist zu stark fortgeschritten, um auch nur eine einzige Polymerasekette herzustellen.«

»Die Blutgruppe?«

»AB negativ. Nicht die von Harrison.«

»Irgendwas aus der Toxikologie?«

»Im Moment nicht.«

»Also wissen wir immer noch nicht, womit er sie sediert?«

»Keinerlei Vermutung bis jetzt.«

»Nun gut.« Er nahm die Brille ab und rieb sich die Augen. Er war müde. Letzte Nacht war Veronica mühelos neben ihm eingeschlafen, während er bis tief in die Nacht ruhelos auf ihren Rücken gestarrt hatte, als könnte er den Krebs erkennen, der durch die weichen Muskeln und Adern kroch. »In Ordnung, Logan, geben Sie uns Bescheid, wenn Sie etwas erfahren.« Er legte den Stift weg und nickte Maddox zu. »Ja. Das ist alles.«

»Gut.« Maddox beugte sich auf seinem Stuhl nach vorn. »Also, ich weiß, daß es nicht viel nützen wird, aber ich möchte Sie in aller Form darum bitten sicherzustellen, daß keiner im Team den Fall mit einem Spitznamen belegt. Wir bezeichnen den Verdächtigen als ›Zielperson‹ oder schlicht als ›Täter‹. Schluß mit dem ›Vogelmann‹-Mist, der mir zu Ohren gekommen ist. Und ich möchte hier nie reinkommen und hochgezogene Jalousien vorfinden, ganz egal, wie heiß es werden sollte: Die Presse hält im Moment noch still, aber wie lange noch, kann sich jeder selbst ausrechnen. Also, nur zur Erinnerung, ich kann es nicht oft genug sagen: *Seien Sie vorsichtig!*«

Er sah mit seinen scharfen grauen Augen in die Runde und

versuchte, ein schwaches Glied auszumachen. Alle hielten seinem Blick stand. Er nickte zufrieden.

»Gut. Der Anschiß ist vorbei.« Er steckte seinen Füller in die Tasche. »Das ist alles im Moment, meine Herren. Sehen Sie zu, daß Sie die anstehenden Aufräge heute erledigen, rufen Sie alle zwei Stunden an, und seien Sie um sieben Uhr wieder hier. Und Vorsicht draußen.« Er hatte sich erhoben und sammelte seine Papiere ein, als jemand im hinteren Teil des Raums das Wort ergriff.

»Ja, tut mir leid, Sir, aber da wäre noch etwas.«

Alle drehten sich um. Detective Inspector Diamond, sauber rasiert und in einem dunkelgrünen Pierre-Cardin-Anzug, trommelte sich im Sitzen auf die Knie. Alle im Raum beugten sich ein wenig weiter nach vorn.

»Detective Diamond.« Maddox setzte sich wieder.

»Ein Ergebnis aus der Befragung der Nachbarschaft. Es ist jemand beobachtet worden.«

Im Raum wurde es mucksmäuschenstill. Caffery öffnete seine Akte und setzte seine Brille wieder auf. Das hätte bei Beginn der Besprechung vorgebracht werden sollen.

»Es wurde jemand *beobachtet*?« Maddox runzelte die Stirn. »Warum haben Sie das nicht …?«

»Es handelt sich um eine heikle Sache, Sir.«

»Das heißt?«

»Es handelt sich um eine männliche Person schwarzer Hautfarbe, Sir. Sitzt in einem roten Wagen vor dem Betonwerk. Hält sich stundenlang dort auf, tut nichts, steht bloß mit Standlicht dort herum.«

»Also gut.« Maddox öffnete seine Akte und schraubte seinen Füller auf. »Irgendwelche Nachforschungen? Eine Autonummer?«

»Nein. Möglicherweise eine D-Nummer. Wissen Sie, ich dachte, da es sich um einen Schwarzen handelt, könnte es eine heikle Sache sein. Dann gibt es noch das hier –« Er beugte sich hinunter und zog eine Tüte unter seinem Stuhl hervor. Es war eine Plastiktüte, die zur Aufbewahrung von Beweismitteln diente, mit Anhänger und doppeltem Aufkleber. Er hielt sie hoch; ein paar mit Erde überkrustete Flaschen klirrten aufeinander.

»Ich verstehe nicht«, sagte Maddox.

»Wray- und Nephew-Rum.« Diamonds Gesicht war blaß und beherrscht, als lauere ein höhnisches Lächeln in seinen Wangenmuskeln. »Sie wurden in einem Radius von eineinhalb Metern um die erste Leiche gefunden. In der Nähe der anderen fand man weitere.« Maddox sah ihn verständnislos an. »Wray und Nephew, Sir. Der stammt aus Jamaika, wie die Aufschrift besagt.«

Caffery und Kryotos tauschten Blicke aus. Maddox legte seinen Füller weg.

»Weder notwendig noch hilfreich, Mr. Diamond.« Maddox' Gesicht war angespannt. »Außerdem brauchen Sie meine Erlaubnis, um etwas aus der Asservatenkammer zu entnehmen.«

»Es ist eine Spur.«

»Was denn für eine *Spur,* zum Teufel?« murmelte Caffery.

Diamond sah ihn eiskalt an. »Haben Sie etwa eine bessere Idee?«

»Mehrere.«

»Schon gut«, unterbrach Maddox und trommelte ungeduldig mit seinem Füller auf die Tischplatte. »Wir werden diesen Gesichtspunkt bei allen Befragungen berücksichtigen. Wenn ein Name auftaucht, stellen Sie *behutsam* fest, welche Hautfarbe die Person hat. Und ich meine behutsam.« Er schraubte seinen Füller zu. »Wir fordern eine weitere Überwachungsmannschaft für das Betonwerk an. Selbst wenn es sich dabei *nicht* um unseren Täter handelt, werden wir uns mit ihm unterhalten müssen. Und, Diamond...«

»Ja?«

»Lassen Sie den rassistischen Mist.« Er stand auf. »In Ordnung?«

10. KAPITEL

Caffery verließ die Besprechung, ohne mit Maddox zu reden. Ihm gefiel die Wendung nicht, die die Sache genommen hatte. Er glaubte nicht, daß der Täter ein Schwarzer war: Von Krishnamurthis Ergebnissen ausgehend, nahm er an, daß die Spur des Vogelmanns irgendwo zwischen dem Pub auf der Trafalgar Road und einem hiesigen Krankenhaus zu finden war. Es handelte sich wohl gar nicht um einen Arzt, wahrscheinlich auch nicht um eine Hilfskraft, sondern um jemanden, der im medizinischen Bereich tätig war, möglicherweise aus dem technischen oder administrativen Sektor. Vielleicht sogar um einen Krankenpfleger.

Er parkte vor dem Trödelladen und wollte gerade Geld in die Parkuhr werfen, als eine Tür zuschlug und Rebecca auf seinen Wagen zukam. Sie trug ein enganliegendes Baumwollkleid in blassem Rosa, und ihr langes zimtfarbenes Haar fiel glatt bis zur Taille hinunter. Sie stieg auf den Rücksitz, und der zerbeulte alte Jaguar war plötzlich vom Duft ihres Parfüms erfüllt.

Er drehte sich herum. »Sind Sie sicher, daß Sie das machen wollen?«

»Warum nicht?«

»Ich weiß nicht«, sagte er aufrichtig und fuhr an. »Ich weiß nicht.«

Schweigend fuhren sie den kurzen Weg zum Leichenschauhaus, und Caffery beobachtete sie im Rückspiegel. Sie starrte aus dem Fenster, ihre Schultern waren entspannt; sie hatte eine Hand in den Schoß gelegt und die langen, glänzenden Beine waren lässig ausgestreckt, während die Schatten von Laternenpfählen und Häusern über ihr Gesicht strichen. Ihre Kooperationsbereitschaft war eine äußerst unsichere Sache – er wußte nicht, ob er sie bei der Stange halten konnte.

»Darf ich Ihnen eine persönliche Frage stellen?« sagte er, als sie durch den Gedenkgarten zum Empfang gingen.

»Darüber, was Joni macht? Was ich getan habe?« Sie sah ihn nicht an. Mit der seltsamen Ernsthaftigkeit einer First Lady hielt sie den Kopf erhoben. »Wollen Sie mich fragen, wie ich dazu gekommen bin, so etwas zu machen?«

»Nein.« Auf der Suche nach Tabak klopfte er seine Taschen ab. »Ich wollte Sie fragen, warum Sie mit Joni zusammenwohnen.«

»Sollte ich das nicht?«

»Sie sind sehr verschieden, finden Sie nicht?«

»Weil sie aus dem Arbeitermilieu stammt, meinen Sie?«

»Nein. Ich ...« Er stockte. Vielleicht war es tatsächlich das, was er meinte. »Sie wirkt viel jünger als Sie.«

»Wir lieben uns. Ist das nicht klar?«

Caffery lächelte und schüttelte den Kopf. »Ich glaube nicht.«

»Aber das wollten Sie doch hören, oder? Es ist das erste, was die meisten Männer wissen wollen; ob wir miteinander vögeln.«

»Ja«, gab er lächelnd zu. »Ich bin auch nur ein Mensch, es war das erste, was ich mich gefragt habe. Aber ich meine etwas anderes. Sie haben Ihre Malerei; Sie haben ein Ziel, Joni hingegen ...«

»Läßt sich bloß treiben?«

»Ja.«

»Und nimmt außerdem Drogen?«

»Ich glaube nicht, daß *Sie* das tun.«

»Doch, wenn ich Lust dazu habe.« Sie lächelte ihn kurz an. »Ich bin Künstlerin, Mr. Caffery, von mir erwartet man, zügellos zu sein. Und Joni wird ihr Ziel bald finden. Ich selbst habe lange genug dafür gebraucht.«

»Also werden sie bei ihr bleiben und warten?«

Den Kopf zur Seite geneigt, dachte sie einen Moment darüber nach. »Wahrscheinlich schon«, sagte sie langsam und strich das Haar zurück. »Ich schulde ihr, glaube ich...« Sie zögerte und überlegte, wie sie es ausdrücken sollte. »Es klingt albern, wenn man es recht überlegt, es ist ein alberner Grund bei jemandem zu bleiben, aber Joni...« Sie fing seinen Blick auf und hielt lächelnd inne. »Nein. Ich mache es Ihnen zu leicht.«

»Ach, kommen Sie.«

»Wie gesagt, ich mache es Ihnen zu leicht.« Sie blieb vor dem Empfang stehen und wandte sich ihm zu. »Jetzt beantworten Sie mir eine Frage.«

»Ja.«

»Werde ich je vergessen, was ich heute zu sehen bekomme?«

»Es wirkt auf jeden anders.«

»Wie wirkt es auf Sie?«

»Möchten Sie das wirklich wissen?«

»Ja.«

Caffery sah durch die getönten Scheiben in den klimatisierten Empfangsbereich. »Hier zu enden ist immer noch besser, als für immer zu verschwinden. Sie hätten auch nie gefunden werden können.«

Daraufhin sah ihn Rebecca mit zusammengepreßten Lippen lange und nachdenklich an, bis er ihrem eindringlichen Blick nicht länger standhalten konnte.

»Genug«, sagte er und hielt ihr die Tür auf. »Wollen wir hineingehen?«

In der Schaukabine raschelten die purpurfarbenen Vorhänge, was bewies, daß sich ein Sektionsdiener an Petra Spaceks Leiche zu schaffen machte. Mit abgewandtem Kopf stand Rebecca da, während ihre Finger leicht auf der Scheibe ruhten.

»Es riecht wie im Krankenhaus«, sagte Rebecca. »Wird sie *riechen*?«

»Sie werden nicht so nahe herankommen.«

»Gut«, sagte sie angespannt. »Ich bin soweit.«

Langsam bewegten sich die elektrisch betriebenen Vorhänge zurück. Petra Spaceks Mund und Augen waren geschlossen. Die Stellen, an denen Krishnamurthi die Kopfhaut über den Schäden gezogen und wieder angenäht hatte, waren unter purpurnem Satin verborgen. Die Leiche war für die Identifizierung hergerichtet worden, kleine Wattebäuschchen lagen unter den Augenlidern, um die eingefallenen Augäpfel aufzupolstern, aber Caffery erkannte zu spät, wie zerschunden und verzerrt Petra Spaceks Gesicht war, da er während des Gemetzels der ersten Sektion vergessen hatte, wie stark es im Lauf der Monate, die es im Betonwerk gelegen hatte, verwest war. Er war verlegen.

»Rebecca, hören Sie, vielleicht ist das keine so gute Idee …«

Aber sie hatte sich bereits umgedreht. Ihr Blick strich nur ein paar Sekunden über das Gesicht. Sie gab einen kleinen kehligen Laut von sich und wandte sich ab.

»Alles okay?«

»Ja«, sagte sie, gegen die Wand gerichtet.

»Ich hätte Sie nicht hierherbringen sollen. Sie ist nicht zu erkennen.«

»Doch.«

»Glauben Sie, daß sie es ist?«

»Ja. Ich meine, vielleicht. Ich weiß es nicht. Geben Sie mir einen Moment Zeit.«

»Soviel Sie wollen.«

Sie holte tief Luft und richtete sich auf. »In Ordnung«, murmelte sie. Sie schlang ihr Haar zu einem Knoten, hielt es im Nacken fest und benutzte die andere Hand, um sich den Mund zuzuhalten. Langsam drehte sie sich um. Ihr Blick glitt über das Gesicht, diesmal ließ sie sich Zeit und gestattete sich nicht wegzusehen.

»Was sind das für Flecken auf der Stirn?«

»Wir wissen es nicht.«

Sie ließ das Haar fallen und wandte sich ihm zu. Es sollte

beiläufig wirken, aber Caffery spürte, daß sie damit vermeiden wollte, länger auf Petra Spacek sehen zu müssen. »Ich glaube, daß sie es ist.« Sie sprach im Flüsterton, ihr Blick wich zur Seite, als hätte sie Angst, Petra könnte sie hören.

»Sie glauben es nur?«

»Nein. Ich bin sicher, daß sie es ist.«

»Ihr Gesicht ist fast unkenntlich.«

Rebecca schloß die Augen und schüttelte den Kopf. »Sie war ohnehin sehr dünn. Man konnte sie immer erkennen: an ihren Knochen.« Langsam öffnete sie die Augen und sah ihn an. Zum ersten Mal bemerkte er, daß sie zitterte. »Können wir jetzt gehen?«

»Kommen Sie.« Er legte die Hand auf ihren Arm und spürte, wie eisig ihre Haut plötzlich geworden war. »Wir erledigen den Papierkram am Empfang.«

Er brachte ihr Wasser in einem Pappbecher.

»Danke.«

»Sie müssen hier unterschreiben.« Er setzte sich neben sie, öffnete seine Aktentasche und suchte nach den Formularen. Rebecca legte ihre kalte Hand auf sein Handgelenk und deutete in die Samsonite-Tasche.

»Was ist das?«

Durch eine klare Plastikhülle waren Petras Obduktionsfotos zu sehen. Caffery schloß die Aktentasche.

»Tut mir leid, daß Sie das gesehen haben.«

»Wurden die aufgenommen, als man sie hergebracht hat? Hat sie so ausgesehen?«

»Ich hätte nicht zulassen dürfen, daß Sie das sehen.«

»O Gott.« Sie zerknüllte den Pappbecher. »Es war nicht schlimmer als die Alpträume, die ich hatte, nachdem Sie beide bei uns waren.«

»Wir versuchen, die Sache kurz zu machen.«

»Wenn das ein Entschuldigung sein soll, ist sie angenommen.«

Er stellte die Aktentasche auf seinen Schoß und breitete die

Formulare aus. »Hier.« Er zog die Kappe eines Stifts mit den Zähnen ab und kreuzte verschiedene Stellen an. »Sie müssen hier und hier unterschreiben. Dies bestätigt, daß Sie die Leiche gesehen haben, und ...« Er hielt inne. Jemand hatte sich geräuschvoll geräuspert. Eine eindeutige Warnung, einen Moment den Mund zu halten.

Sie sahen beide auf.

Detective Sergeant Essex stand am Eingang des Empfangs, er hielt die Tür auf und hatte die andere Hand ausgestreckt, um zwei Frauen hereinzuführen, die fast identisch in Jeans und Lederblousons gekleidet waren. Zögernd traten sie nacheinander ein und setzten sich auf die Plätze, die Essex ihnen wortlos anwies.

»Ich sehe nur schnell nach, ob alles bereit ist.« Essex berührte die Hand der älteren Frau. »Sagen Sie Ihrer Schwester, wenn Sie irgend etwas brauchen. In Ordnung?«

Sie nickte teilnahmslos und preßte ein Taschentuch an den Mund. Ihr Gesicht war ausdruckslos und leer. Ihre Jeans waren hauteng, und an ihren Fußgelenken, wo die Sandalen gescheuert hatten, waren kleine Schorfränder zu sehen.

Rebecca starrte verständnislos auf die beiden Frauen und begriff dann unwillkürlich, daß dies die Verwandten eines anderen Opfers waren. Caffery schwieg. Er wußte, daß es sich um Kayleigh Hatchs Mutter und Tante handelte, die hergekommen waren, um die schreckliche Wahrheit zu erfahren.

Die Tante, die an der Topfpalme vorbei in den von Sonnenlicht erfüllten Gedenkgarten gestarrt hatte, rutschte auf ihrem Sitz herum, seufzte und legte einen Arm um ihre Begleiterin. Weiches Leder knirschte.

»Vielleicht ist sie es nicht. Daran mußt du ganz fest glauben, Dor.«

»Aber es könnte doch sein, oder? Ach Gott.« Sie sah mit ausdruckslosem Blick zum Fenster. »Hier ist es doch sicher nicht verboten zu rauchen, oder?«

Die Glastür öffnete sich, und einer aus dem F-Team trat mit einem Anflug von Lächeln auf dem Gesicht in den kühlen Raum. Ihm folgte Detective Diamond, der lachend seine Sonnenbrille abnahm. Er sah Rebecca an, und sein Lachen verflüchtigte sich zu einem wissenden Lächeln, als die beiden Männer durch den Empfangsraum zum Büro des Leichenbeschauers gingen. Nachdem sie um die Ecke gebogen waren, setzte ihr Lachen wieder ein.

»Wie finden Sie den?« fragte Diamond. »Hören Sie zu.«

»Ja.«

»Also. Was ist der Unterschied zwischen einer Nutte und einer Zwiebel?«

»Na, sagen Sie schon. Was für einer?«

»Liegt doch auf der Hand, 'ne Nutte und 'ne Zwiebel.«

»Ja, also was für einer? Ich geb' auf.«

»Also gut.« Er hielt inne, und da er das Quietschen der Ledersohlen auf dem Linoleum hörte, wußte Caffery, daß Diamond stehengeblieben war und sich dem anderen Detective zugewandt hatte. »'ne Nutte kann man aufschneiden, ohne zu weinen.«

Im Empfangsraum starrten drei Menschen zu Boden. Caffery sprang auf und rannte um die Ecke.

»Hey.«

Diamond wandte ihm leicht erstaunt den Blick zu. »Was gibt's?«

»Zeigen Sie wenigstens ein bißchen Anstand, verdammt noch mal«, zischte er. »Sie wissen doch, wo Sie hier sind.«

»Tut mir leid, Kollege.« Diamond hob die Hand. »Kommt nicht mehr vor.« Er drehte sich um, und die beiden Männer setzten ihren Weg zum Büro des Leichenbeschauers fort. Sie kicherten leise und stießen sich leicht an die Schultern, als hätte Cafferys Einwand den Witz nur noch köstlicher gemacht. Caffery atmete langsam aus und ging zum Empfang zurück. Der Schaden war nicht mehr gutzumachen. Das Gesicht von Kayleighs Mutter war tränenüberströmt.

»Ach Dor, ach Dor.« Die Tante verbarg ihr Gesicht am Kragen der Schwester. »Wein doch nicht, Doreen.«

»Aber was ist, wenn das mein Baby ist dort drin, mein kleines, kleines Mädchen. Was ist, wenn sie es ist?«

11. KAPITEL

Kayleigh Hatch wurde von ihrer Tante identifiziert.

»Sie hat ihr Haar abgeschnitten, aber sie ist es. Ich bin mir sicher.«

Damit hatte das AMIP nun vier der fünf Leichen identifiziert. Der Chief Superintendent hatte beschlossen, am gleichen Abend das Stillhalteabkommen mit der Presse aufzuheben, und Maddox glaubte, es riskieren zu können, dem Pub einen Besuch abzustatten.

Wie so oft hatte es sich über London eingeregnet. Es war ein frischer, scharfer Regen, frühlingshell, verglichen mit dem üblichen schmierigen Nieseln, aber dennoch war es Regen. Sieben Beamte in Regenmänteln fuhren in zwei Wagen los. Diamond machte sich mit zwei Leuten aus dem F-Team im Sierra auf den Weg. Caffery nahm seinen Jaguar, zusammen mit Maddox, Essex und Logan.

Das Dog and Bell, an dessen schmutziger Außenseite die Farbe abblätterte, befand sich auf der stickigen Trafalgar Road zwischen einem heruntergekommenen Reisebüro und einem KLEENEZIE-Waschsalon. Im Innern roch es nach kaltem Rauch und Desinfektionsmitteln. Alle Gespräche verstummten, und die Freier, die in der blauen Dunstglocke vor ihren geschätzten Biergläsern saßen, wandten den sieben Detectives ausdruckslose Gesichter zu. Detective Inspector Diamond ging zum hinteren Ausgang, Detective Constable Logan überwachte die große, geschwungene Treppe mit dem glänzenden viktorianischen Geländer. Maddox warf mit dem Fuß die Tür hinter sich zu. Die Barfrau, eine Frau in den Sechzigern, so straff wie eine Ledergerte, mit dickem blauem Lidschatten und schwarzgefärbtem Haar, stand, keineswegs überrascht, rauchend hinter dem Tresen und beobachtete sie mit glänzenden Glubschaugen.

»Also, meine Herren.« Maddox hielt seinen Ausweis hoch. »Eine reine Routineangelegenheit. Kein Grund zur Panik.«

Caffery stahl sich schnell von der Bar fort und hatte innerhalb von zehn Minuten zwei Namen von Harrisons Liste herausgefunden. Die Barfrau hieß Betty, und die heute engagierte Tänzerin, eine große, leicht reizbare Blondine mit engstehenden Augen und den Händen und Füßen eines jungen Mannes, stammte aus dem Norden und hieß Lacey.

Sie trug Strümpfe unter einem ausgebeulten, hüftlangen roten Pullover und stäubte sich in der oberen Toilette gerade Silberglitzer auf die Wangenknochen, als Caffery, mit einem Glas doppeltem Orange-Wodka in der Hand, an die Tür klopfte. Der war Teil der üblichen Handelsbedingungen.

»Machen Sie die Tür zu«, murmelte sie und nahm das Glas. »Hier drin ist es so verdammt kalt. Eigentlich sollte doch Sommer sein.«

Er schloß die Tür und setzte sich auf einen kleinen Hocker in der Ecke. Lacey zog kurz an einer Zigarette, inhalierte den Rauch durch die Nase, lehnte sich gegen das Waschbecken und beobachtete ihn, während er die Neuigkeit mitteilte.

Sie blieb gelassen.

»So ist es mit diesen Typen«, sagte sie achselzuckend und wandte sich zum Spiegel. »Ich mache mir deswegen keine Sorgen. Ich bin sehr vorsichtig.«

»Wir wissen, daß Sie Shellene gekannt haben.«

»Hab' sie alle gekannt. Was nicht heißt, daß ich ihnen getraut hätte. Oder sie auch nur ausstehen konnte.« Sie legte die Zigarette aufs Waschbecken, wo sie weiterglühte und zu den zahllosen orangefarbenen Nikotinspuren einen weiteren Flecken hinzufügte. »Man konnte seine Klamotten nicht im Umkleideraum lassen, wenn sie in der Nähe war. Das ist das Problem mit Süchtigen. Wenn Sie mich fragen, dann sind sie deswegen über die Klinge gesprungen, weil sie auf einen Schuß aus waren und dafür mit irgendeinem verdammten Irren gebumst haben.«

»Und Petra?«

»Sie war keine Süchtige, also hätte sie es nie für Drogen getan. Aber das heißt nicht, daß sie mit keinem gebumst hätte. Oder?«

»Kennen Sie die Freier hier?«

»Ich bin nicht so oft hier.« Sie nahm wieder einen Zug aus der Zigarette und warf die Kippe unter den Wasserhahn. »Fragen Sie Pussy Willow, die tritt fast ständig hier auf. Heute ist es hier leer, aber wenn sie da ist, ist das Lokal proppenvoll. Alle sind in sie und ihre aufgeblasenen Titten verknallt.«

»Arbeitet irgendeiner der Freier im Krankenhaus?«

»Anwälte, Beamte, Studenten. In diesem Lokal verkehrt nicht bloß der Abschaum der Menschheit, wissen Sie?« Sie nippte an dem Wodka. »Und es kommen ein paar piekfein gekleidete Typen rein, ich glaube, es sind Ärzte oder so was.«

Caffery nahm den Tabak aus seiner Tasche und drehte sich eine Zigarette. »Wo kommen die denn her? Die Ärzte?«

»Von St. Dunstan drüben.«

»Können Sie sich an irgendwelche Namen erinnern?«

»Nein.«

»Ist irgendeiner von ihnen jetzt unten?«

Sie dachte einen Moment nach. »Nein. Nicht, als ich das letzte Mal nachgesehen hab'.«

Er senkte den Kopf, um die Selbstgedrehte anzuzünden. »Danke für die Hilfe, Lacey, vielen Dank.«

Am Fuß der geschwungenen viktorianischen Treppe blieb Caffery stehen und stützte seinen Arm leicht auf das abgenutzte Geländer.

Maddox stand mit verschränkten Armen einen Schritt vor ihm und beobachtete den Raum. Die Beamten waren über das

Lokal verteilt, ihre Regenmäntel lagen zerknittert auf Hockern neben ihnen. Auf jedem Tisch lagen die vier Fotos der Mädchen gedrängt zwischen Gläsern und Aschenbechern, und runde Bierflecken sickerten durch das Papier. Diamond saß mit aufgeknöpftem Jackett da, seine Hose war nach oben gerutscht und enthüllte einen kleinen Teil seiner Socken, auf denen eine amerikanische Comicfigur, der Tasmanische Teufel, zu sehen war. Ihm gegenüber starrten ein paar Arbeiter mit gerunzelter Stirn in ihre Biergläser.

Die Tür ging auf, und ein junger Mann in den Zwanzigern kam geduckt aus dem Regen herein. Er trug eine graue Tommy-Hilfiger-Baseballmütze, hohe Nike-Stiefel und war schlank, aber muskulös. Sein linker Eckzahn war mit Gold überzogen. Er war schon fast an der Bar, bevor er bemerkte, daß alle ihn anstarrten.

Mit vor Begeisterung über die Jagd zusammengekniffenen Hinterbacken war Detective Diamond in Sekunden neben ihm. Leicht, aber bestimmt legte er die Hand auf seine Schulter und führte ihn zu einem Tisch.

»Sie dürfen nicht zulassen, daß er ihn befragt«, flüsterte Caffery Maddox ins Ohr. »Nicht als Zeugen. Er macht die Vernehmung eines Verdächtigen daraus.«

»Mischen Sie sich nicht ein«, sagte Maddox.

»Er ist sich bereits sicher, nach wem er suchen muß.«

»Das«, sagte Maddox, »war ein Befehl.«

Jerry Henry, der in den Straßen um Deptford als Gemini bekannt war, war noch nie verhaftet worden. Das führte er auf die Tatsache zurück, daß er ein kleiner Fisch war. Das war seine Stärke. Für die Bullen war er einfach nicht der Mühe wert. Er sah sich als lauernden Hai, der an den Rändern von Deptford entlangstrich und alles aufschnappte, was von den beiden großen Gangs angeschwemmt wurde, welche die Gegend beherrschten. Er richtete keinen Schaden an.

Aber andererseits bedeutete klein auch schutzlos. Die Bullen waren nicht blöd; sie wußten, daß die Ware irgendwo herkommen mußte. Manchmal übten sie auf einen seiner Sorte Druck aus, nur um die Sache immer weiter und weiter zurückzudrängen, bis sich alles gegen einen der *Oberen* wandte. Die Bullen würden sich kein Gewissen daraus machen, ihn zu opfern, wenn es darum ging, eine der großen Südlondoner Gangs auszuheben.

Egal, was sie wollen, sagte er sich, als er dem Polizisten zu einem Tisch folgte, *laß dich nicht aus der Ruhe bringen, streit alles ab, sie müssen's erst beweisen.* Er überlegte schnell, was er heute bei sich hatte. Es könnte gerade noch als Eigenbedarf durchgehen, aber Dog aus New Cross hatte etwas Crack aus einem der Peckham-Laboratorien für ihn geklaut, nicht viel, nur ein paar Krümel, die Gemini aufgeteilt hatte. *Behalt sie im Mund, Mann. Schluck sie, wenn du in Schwierigkeiten kommst.* Aber Gemini hatte dazu keine Lust gehabt, sie steckten in seinen Stiefeln, und jetzt zahlte er den Preis dafür.

»Streit alles ab. Red dich raus.«

»Was haben Sie gesagt?« fragte der Polizist.

»Nichts«, murmelte Gemini. Er ließ sich auf den Stuhl fallen.

»Also gut, im Moment handelt es sich nur um eine Routineüberprüfung.« Der Polizist schob seine Rockschöße nach hinten, setzte sich rittlings auf den Stuhl und sah ihn an, während sein kleiner runder Bauch auf seinen Schenkeln ruhte und seine Ellbogen auf dem runden Tisch aufgestützt waren. Gemini lehnte sich lässig zurück, eine Hand in den Bund seiner Calvin-Klein-Jeans geschoben, den Kopf zur Seite geneigt, die Mundwinkel trotzig nach unten gezogen.

»Laß dich nicht aus der Ruhe bringen. Streit alles ab. Sie müssen's erst beweisen. Red dich raus«, murmelte er.

Das machte den Polizisten wütend. Er schob den Kopf nach vorn, bis er nur noch Zentimeter von Geminis Gesicht entfernt war. »Was? Versuchen Sie, mit mir zu *re-den*?«

»Regen Sie sich nicht auf, Mann.« Gemini zuckte vor dem bitteren Atem nicht zurück. Beiläufig drehte er die Handfläche nach außen. »Wer sind 'n Sie, Mann?«

Der Polizist schluckte schwer und zog sich zurück. Er trommelte mit seinem Kugelschreiber auf den Tisch. »Detective Inspector Diamond.« Das Detective Inspector sprach er mit übertriebener Deutlichkeit aus. »Sind Sie hier Stammgast?«

»Was geht 'n Sie das an, Mann?«

»Kennen Sie eines der Mädchen, die hier arbeiten?«

»Nein.« Gemini schnalzte verächtlich mit der Zunge. »Ich kenn' die Mädchen hier nicht.«

»Sie haben nie eines von ihnen kennengelernt? Das überrascht mich.« Der Polizist sah ihn mit einem hochmütigen Blick aus seinen farblosen Augen an und schob ein Foto über den Tisch. »Hilft Ihnen das auf die Sprünge?«

Gemini erkannte sie sofort. Vor allem die Blonde. Shellene. Monatelang hatte er kleine Mengen an sie verkauft und ihr als Fahrer gedient. Vor ein paar Wochen hatte sie ihm auf dem Rücksitz seines GTI einen geblasen, als Gegenleistung für ein bißchen Kokain. Er fragte sich, was die Mädchen den Bullen über seine Geschäfte erzählt hatten.

»Ich hab' sie vielleicht mal gesehen. Vielleicht is' die da 'ne Tänzerin hier. Aber das is' alles.«

»Sie wissen, daß sie hier Tänzerin ist.«

»Ich hab' sie gesehen.«

»Wann haben Sie sie zum *letzten* Mal gesehen?«

Gemini zuckte die Achseln. »Is' lang her, weiß nicht.«

»Haben Sie jemanden gesehen, der mit einem der Mädchen weggegangen ist?«

Gemini lachte höhnisch auf. Er wußte, daß dies eine Fangfrage war. »Also, wieso verarschen Sie mich mit solchen Scheißfragen, Mann? Und da heißt es, die englische Polizei sei schlau!«

»Werden Sie mir antworten?«

»Ich kenn' mich aus mit euch.«

Der Polizist wurde ganz ruhig. Er starrte auf seine Hände. Gemini sah, wie sich unter seiner glatten, weißen Haut die Zornesröte ausbreitete. Als er aufsah, hatten sich seine Pupillen zu Stecknadelköpfen verengt. »Mr. wie?«

»Für Sie Mr. Niemand.«

»Ah ja, natürlich. Mr. Niemand.« Er hob die Hände; sie hatten Schweißabdrücke auf dem Tisch hinterlassen. »Nun, Mr. Niemand. Mr. *Scheißegal*, ich habe Ihre letzte Bemerkung nicht verstanden. Handelte es sich dabei möglicherweise ...« Er beugte sich vor, die Lippen lösten sich von den Zähnen, seine Stimme war leise. »... um eine *Beleidigung* der Gesetzeshüter dieses Landes, des Landes, das sie großzügig unterstützt hat und das alle Negerbälger unterstützen wird, die Sie in die Welt setzen, das Ihnen Wohnung und Essen gibt und hinter Ihnen die Scherben aufräumt, wenn Sie einer armen alten Dame die Rente gestohlen haben? Ist es das, was Sie gesagt haben?«

»Sie sind ein Rassist, Mann«, erwiderte Gemini matt lächelnd. »Ich bin vielleicht ein dummer Niggerjunge für Sie, aber ich kenne meine Rechte. Ich hab den MacPherson Report gelesen.«

Der Polizist blieb ungerührt. »Wenn du den MacPherson Report *wirklich* gelesen hättest, wüßtest du, daß du nichts in der Hand hast. Keiner kann hören, was ich sage. Ich kann so oft Nigger, Tintenkopf und Schwarzarsch zu dir sagen, wie ich will.« Er lächelte. Er hatte Gefallen daran. »Ich kann dir alles an den Kopf werfen. Und weißt du was? Am Schluß steht mein Wort gegen deines. Auch wenn alle Dschungelaffen im Land im Karree springen und ›Rassist‹ brüllen, meinst du wirklich, daß dir irgend jemand zuhört, du kleine Kanalratte?«

Gemini riß der Geduldsfaden. »Ich muß mir das nicht anhören.« Er stand auf. »Sie wollen, daß ich Ihnen helfe, Bulle, dann müssen Sie mich erst kriegen.«

Der Polizist war in Sekundenschnelle auf den Beinen und blockierte die Tür. »Wo glaubst du denn, daß du hinkommst?« sagte er freundlich. Die Worte flossen wie Honig aus seinem Mund. »Negerarsch.«

Und Gemini verlor die Nerven. Er packte ein Bierglas vom nächsten Tisch und schüttete dem Polizisten das Bier ins Gesicht. Der Polizist schloß die Augen nicht schnell genug. Das

Bier traf ihn, er duckte sich weg und riß die Hände vors Gesicht.

»Du mieses Dreckstück!«

Aber Gemini war schon aus der Tür, bevor der andere reagieren konnte.

Für Caffery, der am Fuß der Treppe stand, schien die ganze Begegnung in der surrealistisch wirkenden Langsamkeit eines Stummfilms abzulaufen. Die beiden Männer hatten gelächelt, sich fast beiläufig unterhalten, und in der nächsten Sekunde lag Diamond am Boden und hielt sich das Gesicht, als wäre er mit einem Glas niedergeschlagen worden. Caffery erwartete Blut, aber Diamond wischte sich schnell die Augen ab und rannte mit fliegenden Rockschößen aus der Tür. Zwei vom F-Team sprangen auf, vergaßen ihre Befragungen und standen unter der Tür, wo sie sich vom Regen naß spritzen ließen, während sie die Straße hinuntersahen, um nach ihrem Detective Ausschau zu halten.

Sie mußten nicht lange warten. Mel Diamond tauchte schwer schnaufend wieder am Eingang auf, sein Jackett war mit Regen und Bier benäßt.

»Alles in Ordnung.« Er beugte sich vor und spuckte auf den Gehsteig. »Ich hab' seine Autonummer. Der kleine Heckskerl.«

Caffery fuhr den Weg zurück nach Shrivemoor. Maddox saß neben ihm, sein nasser Regenmantel lag mit der Innenseite nach außen auf seinem Schoß zusammengefaltet, Essex und Logan lungerten auf dem Rücksitz und rochen leicht nach Bier. Caffery schwieg. Im Rückspiegel sah er, daß der Sierra in kurzer Entfernung folgte. Diamond saß am Steuer. Caffery bekam ihn jedesmal kurz zu Gesicht, wenn der Scheibenwischer die Windschutzscheibe frei machte. Der Sierra war von Kondenswasser überzogen, die Fenster des Jaguars hingegen kühl und klar.

»Sie haben sich alle mit einem Speicheltest einverstanden erklärt.« Maddox seufzte und sah hinaus, als sie an der bläulichen Doppelkuppel der Marineakademie vorbeifuhren. »Jeder außer Diamonds neuem Freund. Er fährt einen roten GTI, zwei Zeugen behaupten, Craw sei mit ihm weggegangen …«

»Ein Weißer«, murmelte Jack. »Durch und durch weiß.«

»Wie bitte?«

»Serienmörder schlagen bei anderen Rassen nicht zu. Das Prinzip ist so einfach, daß es fast lachhaft ist.«

Einen Moment lang schwiegen alle. Maddox räusperte sich und sagte: »Jack, ich will Ihnen eines sagen: Es gibt nichts, rein gar nichts auf Gottes grüner Erde, was den Chief so auf die Palme bringt wie Täterprofile. Ich glaube, wir haben das diskutiert, als Sie zu uns kamen.«

»Ja.« Er nickte. »Ich glaube, es ist an der Zeit, daß wir darüber reden sollten.«

»Also gut, fahren Sie fort, reden Sie.«

Caffery sah im Rückspiegel auf Essex und Logan. »Unter vier Augen.«

»Wirklich? Gut. Dann machen wir das. Jetzt. Kommen Sie. Halten Sie an.«

»Jetzt? Gut.« Er bog nach links in den Park ab, hielt am Straßenrand an und schaltete die Warnblinkanlage ein. Die beiden stiegen aus.

»Also.« Das Wasser tropfte prasselnd von einer alten Eiche und spritzte vom Pflaster gegen ihre Fußgelenke. Maddox hielt sich den Mantel über den Kopf wie eine Mönchskapuze. »Was ist los mit Ihnen?«

»Na schön.« Caffery hängte sich seine Jacke über den Kopf, und die beiden Männer traten näher aneinander heran. Essex und Logan, die im Wagen geblieben waren, sahen taktvollerweise in eine andere Richtung. »Ich habe den Eindruck, Steve, ich habe den Eindruck, daß wir beide uns in verschiedene Richtungen bewegen.«

»Nur weiter. Reden Sie es sich von der Seele.«

»Es war mir Ernst mit dem, was ich gesagt habe. Hier handelt es sich nicht um die Tat eines Schwarzen.«

Maddox verdrehte die Augen. »Wie oft muß ich...« Er hielt inne und schüttelte den Kopf. »Wir haben das alles doch schon besprochen. Ich habe Ihnen die Haltung des Chief erklärt.«

»Und wenn er wüßte, daß wir nur einen flüchtigen Blick auf ein paar verdreckte *Rumflaschen* geworfen haben, um Himmels willen, Rumflaschen, die vom Nazi unseres Teams angeschleppt wurden, und daraus schlossen, daß wir nach einem Schwarzen suchen müssen – wie würde seine Haltung dann aussehen? Denken Sie darüber mal nach.« Er preßte die Fingerspitzen aufeinander, die vor Anstrengung weiß waren. »Denken Sie an den Vogel. Können Sie sich denn wirklich vorstellen, daß dieser elende Nichtsnutz aus dem Pub den Grips, oder auch nur so viel *Phantasie* hat, um so etwas zu tun.«

»Jack, Jack, Jack. Vielleicht haben Sie recht. Aber betrachten Sie es einmal von meinem Standpunkt aus. Ich will genausowenig wie Sie, daß ein Schwarzer verdächtigt wird, ebensowenig der Chief Superintendent. Und das ist genau der Grund, warum wir klare Beweise brauchen...«

»Klare Beweise?« Jack zog die Luft ein. »Das nennen Sie klare Beweise?«

»Es wurde ein afrokaribisches Haar von Craws Kopfhaut gezogen, und in der Nähe von Norths Betonwerk wurde so jemand gesehen, dazu all das Zeug, das wir in der letzten Stunde zusammengetragen haben. Das reicht, damit ich mir Sorgen mache. Seien Sie jetzt nicht beleidigt, Jack, aber vergessen Sie nicht, ich trage die Verantwortung in Team B und nicht Sie. Und wenn ich die Wahl habe, auf einen neuen Detective zu hören, den ich erst seit kurzem kenne, oder den Chief Superintendent vor den Kopf zu stoßen, nun dann, Jack, bei allem Respekt...« Er hielt inne und holte Luft. »Jetzt mal ehrlich, was würden *Sie* dann tun?«

Caffery sah ihn lange an. »Dann möchte ich, daß das in die Akte aufgenommen wird.«

»Nur zu.«

»Wir steuern in die falsche Richtung. Jemand da draußen hält sich für einen Arzt. Wir sollten nach einem Krankenhausangestellten Ausschau halten. Einem *weißen* Krankenhausangestellten.«

Maddox zog die Augenbrauen hoch. »Basierend auf …?«

»Basierend darauf, was Krishnamurthi gesagt hat; der Täter hat rudimentäre medizinische Kenntnisse. Steve, heute war kein normaler Tag im Pub, wir haben uns getäuscht. An normalen Tagen ist das Lokal voll, und einige der Freier arbeiten im Krankenhaus.«

»Schon gut, schon gut, beruhigen Sie sich. Halten Sie sich bis zur Besprechung morgen zurück, ja? Dann können wir das alles nochmal in Ruhe durchgehen.«

»Ich möchte jetzt anfangen.«

»Was wollen Sie denn tun? Alle Krankenhäuser in der näheren und weiteren Umgebung abklappern?«

»Ich werde mit dem St. Dunstan beginnen – es liegt am nächsten beim Pub – und mit dem Personal reden. Dann werde ich den Kreis enger ziehen und umfassende Vernehmungen durchführen.«

Maddox schüttelte den Kopf. »Die werden das nicht zulassen. Diese Personalchefs halten absolut dicht.«

»Lassen Sie es mich versuchen.«

Maddox ließ seinen Regenmantel herabhängen und blickte mit zusammengekniffenen Augen in den Himmel. Als er wieder nach unten sah, wirkte er gelassen. »In Ordnung. Sie haben gewonnen. Sie können Essex haben, wenn Sie ihn wollen, und Sie haben von Montag an vier Tage, um etwas herauszufinden.«

»Vier Tage?«

»Vier Tage.«

»Aber …«

»Aber was? Sie werden die Zeit schon nutzen. Und Sie verpassen keine Teambesprechung, und wenn ich Sie abziehen muß, werde ich das ohne Vorwarnung tun. Sonst noch was?«

»Ja.«
»Was?«
»Kommen Sie noch zu unserer Party, Sir?«
»Fragen Sie mich das, wenn ich nicht mehr sauer auf Sie bin.«

12. KAPITEL

Das Mädchen auf dem Rücksitz seines GTI trug einen limonengrünen Stretchminirock und Plateausandalen. In ihr kinnlang geschnittenes Haar war eine goldene Strähne eingesprüht. Sie hatte dunkle Augen und kaffeebraune Haut, und Gemini wußte, daß in ihren Adern afrikanisches Blut floß.

Die Nacht zuvor, vor den Schwierigkeiten mit der Polizei, war sie im Dog and Bell an ihn herangetreten und hatte ihn gebeten, sie heute nacht an der Nordseite des Blackwell Tunnels zu treffen und sie nach Crooms Hill zu fahren. Sie hatte dort zu tun. Zu dem Zeitpunkt hatte er sich nichts dabei gedacht, aber seit der Razzia im Pub heute nachmittag war er nervös.

Gemini war nicht mehr als ein Möchtegern-Yardie, ein angebliches Mitglied einer karibischstämmigen Gang, aber er war in Deptford geboren, und trotz seines Gehabes war er den hispanischen Inseln nie näher gekommen als in Form einer Flasche Bounty-Rum, die seine Tanten bei Besuchen nach London mitbrachten. Dog, sein Hauptkontaktmann, wußte das und nutzte dies aus, indem er Gemini einsetzte, um Stoff zu verkaufen, der für seinen eigenen Geschmack zu »weiß« war. Ecstasy, LSD und Heroin – letzte Woche waren es sechzig Gramm »Spezial K«, ein Pferdeanästhetikum. Gemini war angewidert und beschämt, aber er hatte keine andere Wahl, als es für ihn weiterzuverkaufen, und jetzt sah es so aus, als hätte eines der Mädchen, nach dem die Bullen fragten, geplappert. Oder, der Gedanke ließ ihm das Blut gefrieren, was wäre, wenn eine von dem Zeug, das er ihnen verkauft hatte, krank geworden war? Der Stoff hätte absolut rein sein sollen. Aber was das

Heroin anbelangte, so erwartete jeder in Deptford, daß der hiesige Stoff verschnitten war. Aber womit verschnitten? Mit Abführmittel für Babys? Milchpulver? *Ammoniak*? Oder sogar mit etwas Tödlichem? Wenn das passiert war, müßte sich Gemini nicht nur wegen der Polizei Sorgen machen: Die Öffentlichkeit würde eine Hexenjagd veranstalten, und dann würden die Oberen wissen wollen, wer sie ins Rampenlicht gezerrt hatte.

Plötzlich kam ihm der Gedanke, daß das Mädchen in seinem Wagen eine Falle sein könnte. Er beobachtete sie beim Fahren im Rückspiegel. Sie waren gerade am St. Dunstan vorbeigekommen, als sie sich vorbeugte und ihm auf die Schulter tippte.

»Ich hab' im Pub gehört, du könntest mir vielleicht helfen.«

»Ja?«

»Mit Koks oder Heroin oder so was.«

Er betrachtete sie im Rückspiegel. Was immer die Polizei auch vorhatte, er konnte es sich nicht leisten, einen Handel auszuschlagen. Davon lebte er schließlich.

»Ich hab' was dabei«, sagte er nach einer Weile, setzte den Blinker und fuhr den roten GTI in eine Sackgasse. Am Nachmittag hatte es zu regnen aufgehört. Vor sich konnte er die vier Türme vom Versorgungswerk des Londoner Transportsystems vor dem nächtlichen orangefarbenen Himmel sehen, und aus den feuchten Schrebergärten entlang der Eisenbahn stieg eine Rauchsäule auf. Er schaltete den Motor aus. Das Mädchen rauchte schweigend und sah unbeteiligt aus dem Fenster. Er war sicher, er mußte sicher sein, daß sie keine Polizistin war. Er drehte sich um und umfaßte die Kopfstütze mit dem rechten Arm. »Womit kann ich dir helfen?«

Sie sah ihn nicht an, sondern starrte weiterhin aus dem Fenster. »Was hast du?«

»Ich bin nicht blöd, weißt du? Seitdem mich die Bullen auf dem Kieker haben, werd' ich doch nicht sehenden Auges in 'ne Falle tappen.«

»Ich will H. Heroin, Stoff, was zum Drücken... scheißegal,

wie du's nennen willst. Drogen, in Ordnung? Ich bin nicht von den Bullen.«

Gemini entspannte sich ein bißchen. »Is' ja gut, is' ja gut. Ich hab' ein bißchen was. Ich deal hauptsächlich mit Koks oder Kiff, weißte.«

»Ein Briefchen.«

»Eines?«

»Ja. Ich krieg' was, wo ich hingeh'.«

Er hatte sich einen größeren Deal erhofft, aber sein Lächeln ließ nicht nach. »In Ordnung, Süße. Das gibt's für'n Zehner.«

»Dann los.«

»In Ordnung. In Ordnung.« Aus der Tasche seiner blauen Helly-Hansen-Jacke zog er ein kleines zusammengefaltetes Briefchen, das er auf seine Handfläche legte. Er hielt es zwischen Zeige- und Mittelfinger fest und streckte die Hand zwischen den Vordersitzen durch. Sie sollte lieber nichts fallen lassen, dachte er. Am Ende der Nacht würde er direkt zur Creek Road runterfahren und seinen Wagen innen und außen reinigen lassen. Er hatte gehört, daß die Bullen bestimmte Techniken hatten, womit das kleinste Körnchen Stoff aufgespürt werden konnte.

Das Mädchen überprüfte es, verschloß das Briefchen wieder und bezahlte ihn. »Fahren wir.«

Gemini legte krachend den Rückwärtsgang ein. »Crooms Hill?«

»Ja. Auf der Seite von Blackheath.«

Auf dem Hügel hielten sie bei einer Fußgängerampel an.

»Bieg hier rechts ab, dann kannst du mich absetzen.«

»Wohnst du hier oben?«

»Mein Freund wohnt hier.«

»Wirklich?« Er trommelte mit den Fingern aufs Steuerrad und sah sie im Spiegel an. In den letzten paar Monaten hatte er eine Reihe von Mädchen hier abgesetzt, und sie alle hatten das gleiche gesagt. Vielleicht wohnte ein Freier hier oben. »Wer ist denn dein Freund, Süße?«

»Ein Freund eben.« Das Mädchen sah aus dem Fenster und rauchte weiter. Sie hatte ein kleines Muttermal über dem linken Mundwinkel.

»Ich hab' hier oben schon ein paar andere von den Mädchen abgesetzt.«

»Wirklich?« Sie war nicht interessiert.

»Ein paar weiße Mädchen.«

»So?«

Es wurde grün. Gemini bog rechts ab und freute sich, wie gut sich der Wagen anfühlte. »Sie sind in eines der großen Häuser gegangen. Weißt du, was ich meine?« Er grinste sie im Rückspiegel an, aber sie beachtete ihn nicht.

»Du kannst hier anhalten.«

Gemini fuhr an den Randstein und nahm den Gang heraus. »Vier Pfund.«

Sie stieg aus, schlug die Tür zu und steckte eine Fünfpfundnote durch den schmalen Fensterspalt.

»Und, hey ...«

»Ja?« Er sah grinsend auf.

»Laß den Yardie-Mist ...« Sie hob elegant den Finger und ihre Augenbrauen waren sarkastisch nach oben gezogen. »Weil du dich wie ein echtes Arschloch anhörst, verstanden?«

Sie wandte sich ab. Gemini nahm den Geldschein von seinem Schoß und sah zu, wie sie im Zwielicht davontrippelte. Er war nicht beleidigt.

»Du hast vielleicht 'nen *süßen* Niggerarsch unterm Rock, Mädchen«, flüsterte er, immer noch grinsend. »Da kriegt einer ein saftiges Stück heut nacht.«

Sie ging um die Biegung nach Crooms Hill, und Gemini ließ den Wagen ein paar Meter vorwärts rollen. Aber sie war verschwunden. Er wartete eine Weile, um zu sehen, ob sie hinter der Straßenbiegung wiederauftauchen würde, aber er sah sie nicht mehr. Mücken kreisten träge unter den Sicherheitslampen eines Hauses, das von einer Backsteinmauer umgeben war. Die Straße blieb leer. Er schnalzte mit der Zunge und schüttelte den

Kopf, dann drehte er mit voller Lautstärke Shabba Ranks auf und fuhr wieder nach East Greenwich hinunter.

Erst als er zu dem Pub zurückkam, erinnerte er sich, wann er diese Shellene, nach der die Bullen ihn gefragt hatten, zum letzten Mal gesehen hatte. Letzte Woche. Letzten Montag. Nachdem sie ihm einen geblasen hatte, hatte er sie genau an derselben Stelle abgesetzt.

13. KAPITEL

Das Haus:

Eine weitläufige Regency-Villa, von der Straße zurückversetzt, in einem ummauerten Garten, der von dichten hohen Zedern umsäumt war. Einst gehörte sie einem reichen Gönner des Bloomsburyzirkels, der Grissaille- und Trompe-l'œil-Malereien in Auftrag gegeben hatte. Es gab sogar eine siebzig Quadratmeter große Orangerie, die angeblich von Lutyens stammte. Die letzten Besucher des Hauses hätten sich wahrscheinlich an Gärten erinnert, die viel weitläufiger waren, als sonst bei Stadthäusern üblich. Man konnte in einem der vielen abgetrennten Bereiche untertauchen und sich inmitten der Ziergärten und Spalierpflaumen verirren. Weiße Heckenrosen wucherten über Laubengänge, Bienen flogen durch die Eibenalleen und suchten nach Feuerlilien und Fuchsien.

Aber jetzt türmten sich Berge faulenden Laubs gegen die Mauern, und hier lagen, zum Teil hinter dem Garageneingang verborgen, die skelettierten Überreste eines Hundes, der sich im Dezember 1999 hierher verlaufen hatte. Die Vorhänge blieben tagsüber geschlossen. Der Putzfrau war wegen der Schwierigkeiten, die sie machte, vor Monaten gekündigt worden, und allmählich war ein Teil des Hauses unbewohnbar geworden. Nur während der Nacht kam der Besitzer noch dorthin und schlurfte durch den Unrat. Tagsüber war die schwere Eichentür, die in diesen Teil des Hauses führte, verschlossen. Mr. T. Harteveld konnte nicht riskieren, daß unerwartete Besucher seine Besitztümer sahen. Seine *Habe*…

Heute abend hatte er die Tür verschlossen und befand sich

nun im »öffentlichen Bereich«, jenem Teil, den er Außenstehenden zeigen konnte: die Eingangshalle, die Küche, die Garderobe, das kleine Arbeitszimmer und das Wohnzimmer, wo er im Moment am Kamin vor dem Porträt seiner Eltern stand.

Den Nachmittag hatte er mit Putzen verbracht, um alles für den Abend *sicher* zu machen; er hatte einen Schlauch ins Abwaschbecken der Hauptküche gehängt und den Abfalleimer mit Desinfektionsmittel ausgespült. Dennoch hatte ihn der Geruch überwältigt. Er kam von – aber an diesem Punkt hatte er, die Hand auf die alte Tür gelegt, gezögert. Lange Zeit starrte er auf die Einlegearbeit der Paneele, auf den Bambus und die kleinen Brückchen, auf denen Geishas mit Sonnenschirmchen standen. Nein. Er wandte sich ab. Das Chaos dort drinnen ließ sich nicht beseitigen.

Jetzt schluckte er zwei Buprenorphin und spülte sie mit Pastis und Wasser hinunter. Dann öffnete er mit dem spitzen Nagel seines kleinen Fingers die Schnupftabakdose aus Lapislazuli und stopfte sich eine Portion Koks in den linken Nasenflügel. Den Rest verrieb er auf dem Zahnfleisch und schloß einen Moment die Augen.

Wenn sie nicht bald käme, würde er explodieren.

Er biß sich auf die Lippen und starrte auf das Porträt seiner Eltern; Lucilla und Henrick.

Nein, stellte er fest, er würde nicht *explodieren.* Statt dessen würde er sich auf den Kaminsims schwingen, warten, bis er das Gleichgewicht wiedergefunden hatte, sich dann vorsichtig nach vorn beugen und sehr exakt, ohne viel Aufhebens Lucillas Gesicht aus der Leinwand beißen.

14. KAPITEL

Das Schlachtfeld.«

Das Wort sprang Caffery von den Aushängen der Zeitungsläden her an, als er nach St. Dunstan fuhr. Gestern abend war die Nachricht von der Polizei bestätigt worden, und jetzt wimmelte es vor Journalisten in Greenwich, die die Straßen verstopften, die Anwohner belästigten und vor Norths Betonwerk ein Lager aufgeschlagen hatten. Der Aufmacher der *Sun* lautete: »Jahrtausendterror«, mit Farbfotos von Shellene, Petra, Michelle und Kayleigh über einem Schwarzweißfoto des Betonwerks. Der *Mirror* brachte ein Einzelporträt von Kayleigh. Sie trug ein pinkfarbenes schulterfreies Kleid und hielt ein Glas in die Kamera. Wie vorauszusehen, gab es Vergleiche mit den Wests, Fotos aus der Cromwell Street 25. *»Wie konnte das wieder passieren?«* fragte die *Sun.* Wie vorauszusehen bezeichnete der *Mirror* den Mörder als »Millennium-Ripper«. Caffery hatte mit Essex gewettet, daß dies die beliebteste Bezeichnung werden würde.

Der Rest des AMIP schloß sich mit dem Geheimdienst in Dulwich zusammen. Sie nahmen Gemini ins Visier und überprüften, ob er bereits aktenkundig war und schon von einer anderen Dienststelle gesucht wurde. Also fuhr Caffery, dem bewußt war, daß die Zeit jetzt lief, allein zum St.-Dunstan-Krankenhaus. Er parkte am Fuß von Maze Hill, wo die Lindenbäume und die roten Mauern des Greenwich Parks endeten.

Sie halten absolut dicht, diese Leute aus den Personalabteilungen, Jack. Kein Richter im ganzen Land wird die Erlaubnis geben, die Personalakten eines ganzen Krankenhauses offenzu-

legen, nur weil ein grünschnäbliger Detective irgendeine »Eingebung« hat.

Doch jetzt war es mehr als eine Eingebung, mehr als bloß ein Gefühl, inzwischen war er überzeugt, daß der Mann, nach dem er suchte, dieses Gebäude kannte. Egal, welche Wendung die Sache auch nehmen mochte, er war sicher, daß hier alle Fäden zusammenliefen. Er stand einen Moment vor dem Krankenhaus und glaubte, an den grauen Gebäuden und den leuchtendgelben Containerkabinen etwas Ungewöhnliches zu entdecken. Der Himmel über dem Verbrennungskamin war von demselben satten, surrealen Blau wie Jonis Lidschatten und verflachte die Perspektive zu Mondrian-Vierecken. Aber dann stellte er fest, daß er alles mit seinen eigenen Vorstellungen versehen hatte, damit sich die Außenwelt seinem inneren Bild von diesem Ort anpaßte, und daß die Umrisse der Gebäude normal und die Fenster nicht bemerkenswert waren. Er rückte seine Krawatte zurecht, ging durch die Feuerschutztüren aus Plastik und war froh, seine Augen etwas schonen zu können.

Im Innern war das Krankenhaus schäbig; die Gänge waren stickig vom Dampf unsichtbarer Küchen und Sterilisationskammern, und an der Decke flackerte eine Reihe beschädigter Neonlampen. Er war allein, nur hinter einer Biegung des Gangs war das Echo weiterer Schritte zu hören, und ein Spatz flatterte zwischen den Rohren an der Decke hindurch. Ein paar Zentimeter vor Caffery ließ er ein zinnweißes Tröpfchen fallen, gerade als er die Tür mit der Aufschrift »Personalabteilung« öffnete.

Geh's langsam an. Wenn du's zu schnell angehst, merken sie, daß du verzweifelt bist.

Das Büro war groß und mit mobilen Trennwänden unterteilt, das einzige Geräusch war das stockende Tippen auf einer Tastatur.

Caffery spähte um eine Trennwand. Er sah einen kleinen, gebückt dasitzenden Angestellten mit zurückweichendem Haaransatz, der ein vergilbtes Nylonhemd trug. Er tippte auf einem Computer.

Nicht sehr vielversprechend.

Caffery räusperte sich.

Der Angestellte sah auf. »Morgen, Sir. Zum Komitee, nicht wahr?«

»Nein, nicht zum Komitee, Mr., ähm.« Er sah auf das Namensschild auf dem Schreibtisch. »Mr. Bliss. Detective Inspector Caffery. Der Leiter des Personalbüros, ist er ...?«

»Sie.« Er war halb aufgestanden. *»Sie* ist in der Konferenz des Komitees. Sie werden nicht vor elf herauskommen.« Er streckte Caffery die Hand entgegen, der sie schüttelte. »Vielleicht kann ich Ihnen helfen, Detective – wie war der Name?«

»Caffery.«

»Detective Caffery.«

»Ich würde gern Ihre Personalakten einsehen.«

»Oh.« Der Angestellte setzte sich wieder und spähte kurzsichtig zu ihm auf. »Wenn ich nein sagen würde, würden Sie sich einen Durchsuchungsbefehl besorgen?«

»Das ist richtig.« Er wischte sich diskret die Hand an der Hose ab. Genauso wie das Krankenhaus war auch die Hand des Angestellten feucht. »Das ist richtig, einen Durchsuchungsbefehl.«

»Und dann bekämen Sie all die Informationen, die Sie ohnehin brauchen?«

»Das ist richtig.«

»Dürfte ich Sie wohl um Ihren Ausweis bitten?«

»Natürlich.«

Caffery stand mit den Händen in den Taschen vor dem Schreibtisch und beobachtete, wie sich der Angestellte alle Angaben auf seinem Ausweis sorgfältig notierte.

»Danke, Detective Inspector Caffery.« Er legte den Ausweis auf die Schreibtischkante und beugte sich vor. »Ich werde es mit meiner Chefin absprechen, wenn sie aus ihrer Konferenz zurückkommt, aber über wen wollen Sie Informationen haben? Über jemand Bestimmten?«

»Über niemand Bestimmten. Über Ärzte, Sektionsdiener,

Schwesternhelfer, alle, die Erfahrung im Operationsraum haben.«

»Hmm.« Der Angestellte kratzte sein rosafarbenes Ohr. »Was wollen Sie? Die Privatadressen?«

»Alter, Adresse, Kontaktnummern.«

»Das wird einige Zeit dauern. Kann ich es Ihnen faxen? Ich glaube, unser Fax funktioniert noch.«

Caffery kritzelte eine Nummer auf die Rückseite seiner Karte. Glücklicherweise hatte er die Sache richtig angepackt.

»Und gibt es ein Personalzimmer? Einen Ort, wo ich die Befragungen durchführen könnte, wenn ich alles gesichtet habe?«

»Hmm. Lassen Sie mich nachdenken; Wendy, eine unserer Büroangestellten, betreut die Bibliothek. Vielleicht würde sie den hinteren Konferenzraum für Sie aufschließen. Wir wollen mal nachsehen.« Er kam hinter seinem Schreibtisch hervor und blieb stehen, um das Büro hinter sich abzuschließen, als sie weggingen. »Ich hoffe, Sie haben günstig geparkt. Es ist ein komisches Viertel hier.«

»Oben am Hügel, neben dem Park.«

»Heutzutage muß man sich einen Platz erkämpfen, bei all den Komiteemitgliedern mit ihren großen Wagen und Parkausweisen. Ich habe keine Wahl, ich lasse meinen Wagen nicht zu Hause, bei den vielen Baustellen, die es heute gibt, da rammt einem ein Bauarbeiter leicht mal einen Träger durch die Windschutzscheibe, also fahre ich damit hierher und streite mich mit den großen Tieren um einen Parkplatz. Sie sind diese Woche alle hier, wissen Sie, man kann ihnen nicht aus dem Weg gehen...« Er blieb stehen. »Hier wären wir. Die Bibliothek.« Er öffnete die Tür. »Wendy?«

Sie sahen in ein kleines holzverkleidetes Vorzimmer. Hinter einem Schiebefenster saß eine Frau in grauer Strickjacke mit einer geschwungenen Brille auf der Nase, die von ihrem Reader's Digest aufsah. Als sie Caffery entdeckte, errötete sie und griff nach ihrem zusammengeknüllten Taschentuch, das in ihrem Ärmel steckte. »Hallo.«

»Das ist Wendy. Sie arbeitet gewöhnlich bei mir in der Personalabteilung.«

Wendy schenkte Caffery ein schwaches Lächeln und streckte die Hand aus.

»Hallo, Wendy.« Sie errötete noch tiefer, als er ihre Hand ergriff. Sie war genauso schlaff und feucht wie die ihres Kollegen.

»Wir überlegen, ob wir Detective Caffery hier helfen könnten. Er sucht nach einem diskreten Ort, um ein paar Befragungen durchzuführen. Wäre Ihr kleines Hinterzimmer frei?«

Wendy stand auf und zog die Strickjacke enger um die Brust. Caffery sah, daß sie jünger war, als er gedacht hatte; es war ihre Kleidung, die sie so alt wirken ließ. »Warum nicht. Wir haben hier eine sehr altmodische Einstellung gegenüber der Polizei. Wir freuen uns, sie in jeder nur möglichen Hinsicht unterstützen zu können.«

»Ich gehe dann wieder zurück.« Der Angestellte streckte erneut die Hand aus, und Caffery schüttelte sie.

»Ich bin Ihnen sehr dankbar für Ihre Hilfe. Ich erwarte dann ihr Fax.«

Nachdem sie allein waren, sah Wendy Caffery mit scheuer Ehrfurcht an und wartete, daß er das Wort ergriff, bis ihr Schweigen ihn schließlich irritierte.

»Der Raum?«

Der Bann war gebrochen. »Tut mir leid!« Sie errötete und betupfte ihre Nase . »Wie dumm von mir. Hier kommen nicht oft Leute von der Polizei her. Wir bewundern Sie, wir bewundern Ihre Arbeit, wir finden, daß Sie großartig sind. Mein Bruder wollte zur Polizei gehen, aber er war nicht groß genug. Bitte kommen Sie, kommen Sie hier entlang.« Sie nahm eine Karte vom Computer und befestigte sie an einer Kette um ihren Hals. »Es ist der kleine verglaste Raum am Ende des Ganges. Ich schließe ihn für Sie auf, Sie können dann sehen, ob er geeignet ist.«

In der Bibliothek war es sehr still. Sonnenlicht fiel durch die ungeputzten Fenster und breitete sich in fahlen Vierecken auf dem Boden aus. Ein paar Ärzte saßen in den kleinen Nischen und waren in Studien vertieft. Eine hübsche indische Frau in weißem Kittel sah zu ihm auf und lächelte. Vor ihr lag eine Zeitschrift, die auf einer Seite aufgeschlagen war, deren Überschrift lautete: »Vorgehen beim Platzen der Fruchtblase«, und darunter war ein großes Farbfoto eines Frühgeborenen ohne Kopf zu sehen, das wie ein entbeintes Huhn neben einem Maßband ausgestreckt lag. Caffery lächelte nicht zurück.

Wendy blieb vor dem kleinen verglasten Raum stehen. Jalousien waren heruntergezogen und trennten ihn von der Bibliothek ab. »Das ist ein ruhiges Zimmer.« Sie öffnete die Tür. »Oh, Mr. Cook.«

Im Schatten am Ende des Raums erhob sich eine Gestalt hinter einem Schreibtisch. Der Mann trug einen grünen Overall, unter dem ein ähnlich gefärbtes T-Shirt zum Vorschein kam. Seine Augen waren blutunterlaufen, seltsam farblos, und sein blaßrotes Haar war so lang, daß es im Nacken mit einem Netz zusammengehalten wurde. Nachdem sich Cafferys Augen an die Dunkelheit gewöhnt hatten, sah er, daß ein paar Strähnen, die am Kragen des T-Shirts hervorstanden, grau waren.

Cook bemerkte seinen Blick. »Ist es so schlimm?« Er warf einen besorgten Blick auf sein T-Shirt, sein Gesicht lag ganz im Schatten. »Ich bin farbenblind. Hilflos wie ein Kind, wenn es darum geht, Kleider zusammenzustellen.«

»Es sieht sehr – jugendlich aus.«

Cook verdrehte die Augen zur Decke. »Das habe ich mir gedacht. Sie lügen einen an, diese Verkäufer. Sie treiben ihre Scherze mit einem.« Er kam hinter dem Schreibtisch hervor, und erst jetzt bemerkte Caffery ein Buch auf dem Tisch. Er hatte gerade noch Zeit genug, ein Schwarzweißfoto einer Knochensäge zu erkennen, als Cook das Buch zuschlug, es unter den Arm klemmte und zur Tür ging. »Ich räume den Platz für Sie.« Er zog eine Sonnenbrille aus dem Overall und rieb sich die Augen. »Er gehört Ihnen.« Er schlüpfte hinaus und schloß leise die Tür.

Caffery und Wendy standen einen Moment schweigend da,

bis Wendy den Kopf schüttelte und ein mißbilligendes Schnalzen ertönen ließ.

»Einer der Leute, die wir beschäftigen. Es ist wirklich eine Schande.« Sie wischte sich die Nase mit dem Taschentuch aus ihrem Ärmel ab und rückte ihre Brille zurecht. »Also, Mr. Caffery, kann ich Ihnen eine schöne Tasse Tee bringen? Er ist aus dem Automaten, fürchte ich, aber ich habe ein bißchen Pulverkaffee unter meinem Schreibtisch, und ich würde mich freuen, Ihnen …«

In Cafferys und Maddox' Büro waren die Jalousien hochgezogen, und die Nachmittagssonne, die durch die staubigen Fenster schien, hatte alles auf dem Schreibtisch glühend heiß werden lassen. Caffery bemerkte den Geruch des heiß gewordenen Telefongehäuses, als er ein Fenster öffnete, die Jalousien herunterzog, den Ellbogen aufstützte und Pendereckis Telefonnummer auf der Schreibtischunterlage heraussuchte. Er ließ es klingeln und sah zu, wie sich die Zeiger der Uhr bewegten. Er wußte, daß sich niemand melden würde.

Eines Tages im letzten Jahr hatte er versucht, Penderecki mitten am Nachmittag anzurufen. Er kannte Pendereckis Tagesablauf so genau, daß er sich wunderte, warum das Telefon nicht abgenommen wurde. Er ließ es klingeln, sah aus den Fenstertüren und fragte sich, ob das Undenkbare passiert war und Penderecki tot bei sich zu Hause auf dem Boden lag.

Aber dann erschien Pendereckis füllige Gestalt an der Hintertür, er hatte die Hosenträger über die schmutzige Weste gezogen. Die Bäume waren dicht belaubt, aber Caffery konnte sein Gesicht und einen verschwitzten, weißen Arm erkennen, der zwischen den Blättern herauswinkte. Er brauchte einen Moment, um zu begreifen, daß Penderecki ihm zuwinkte, die Daumen nach oben streckte und zahnlos grinste. Er teilte Caffery mit, daß er wußte, wer am Telefon war.

Von diesem Tag an ließ es Penderecki klingeln, wenn Caffery ihn vom Büro oder von zu Hause aus anrief. Wenn er tatsächlich einmal abnahm, meldete er sich mit einem trockenen, ausdruckslosen »Hallo, Jack«. Caffery vermutete, daß er eine digitale Anlage geschaltet hatte. Jetzt bestand die einzige Freude in dem Bewußtsein, daß das Geräusch des Klingelns das Haus erfüllte, solange er dies wollte. *Kleine, kindische Freude, Jack. Vielleicht hat Veronica recht, was dich anbelangt.* Manchmal rief er mehrmals täglich an.

Er ließ es zehn Minuten klingeln, legte dann auf und spazierte in den Einsatzbesprechungsraum, um zu sehen, ob von dem Angestellten aus St. Dunstan ein Fax angekommen war.

15. KAPITEL

Lucilla war halb Italienerin, halb Deutsche und die explosivste Persönlichkeit im Hause Harteveld. Sie hatte grobe Knochen, walnußfarbene Haut und war so lang und so breit wie die Türrahmen. Bei Einladungen ließ sie sich nicht davon abhalten, gegen den Steinway-Flügel gelehnt zu singen, während ihr Wimperntusche über die Backen rann, weil sie von irgendeiner Arie zu Tränen gerührt wurde. Toby Harteveld, der hinter der Herablassung des wohlerzogenen englischen Knaben einen zurückhaltenden Charakter verbarg, konnte nicht glauben, daß diese Frau mit dem wehenden schwarzen Haar und den Eifersuchtsausbrüchen tatsächlich seine Mutter war. Er begann früh, sie zu hassen.

Sie lächelte. »Hallo, Kleiner. Da…« Sie streckte ihm den Rasierapparat entgegen. »Du kannst mir helfen.«

»Nein, Mutter.« Er war ruhig. Als hätte er gewußt, daß dies passieren würde.

»Nein?« Sie lächelte. »Nein, Mutter?« Sie senkte den Kopf. »Bist du ein kleiner Homo, Toby? Sag's mir? Bist du ein kleiner Arschficker? Hm?«

»Nein, Mutter.«

»Ich werde deinem Vater sagen, daß du versucht hast, mich anzugrapschen.«

»Nein, Mutter.«

»Nein, Mutter? Du meinst wohl, das mach ich nicht?« Den Kopf zur Seite geneigt, sah sie ihn mit ihren glänzenden schwarzen Augen prüfend an, als überlegte sie, welches Ende sie zuerst verschlingen sollte. Dann warf sie ungeduldig den dunklen Kopf herum, stieß das Fenster auf und beugte sich zu dem kiesbestreuten Hof hinunter, während ihre weichen Brüste plattgedrückt auf dem Fenstersims lagen. »Henrick! Henrick! Bitte hol deinen Sohn.«

Toby nutzte die Gelegenheit, um aus der Tür zu schlüpfen. Ohne die ärgerlichen Rufe aus dem Badezimmer zu beachten, rannte er an zitternden Kronleuchtern und schockierten Dienstboten vorbei die Treppe hinunter und durch holzverkleidete Gänge ins Freie hinaus. Er fand einen Ulmenstamm am Seeufer, hinter dem er sich duckte und bis zum Abend versteckt hielt.

Als er zurückkehrte, war das Haus still, als wäre nichts geschehen. Sein Vater löffelte Hummersuppe am Tisch, seine dünnen Lippen waren ein wenig blasser als sonst, und der Vorfall wurde nie wieder erwähnt.

Während der folgenden Monate zog sich Toby immer mehr zurück. Er verlangte ein Schloß an seiner Schlafzimmertür, und während der Nachmittage lag er mit blassen, über dem Bauch gefalteten Händen da und lauschte den leidenschaftlichen Wutanfällen Lucillas auf den Gängen draußen. Ihre bloße Existenz verursachte ihm Magenkrämpfe; manchmal stellte er sich vor, sie habe heimlich seine Kissenüberzüge aus der Wäsche genommen und ihre Körpersäfte hineingerieben; er hatte den Eindruck, sie überall zu riechen, wohin er auch ging. Er lernte, mit dem Gesicht nach unten, den Bauch fest an die Matratze gepreßt zu schlafen, nur für den Fall, daß sie eine Möglichkeit fände, in sein Zimmer einzudringen. Niemals schlief er ein, ohne *absolut* sicher zu sein, daß seine Mutter auf der anderen Seite des Hauses in ihrem Bett lag.

Zwei Jahre später, nach seiner ersten Jagd, traf Toby in der Familienbibliothek Sophie, die Tochter eines Anwalts aus der Gegend. Lang, dünn und abweisend wie Marmor, stand sie aufrecht und weiß gegen die reichverzierte Täfelung gelehnt. Sie war alles, was Lucilla nicht war. Der vierzehnjährige Toby reichte ihr ein Glas Champagner und war ebenso überrascht wie begeistert, als er spürte, daß die Finger, die es entgegennahmen, kälter waren als der Stiel des gekühlten Glases.

Lucilla bemerkte die Zuneigung sofort und beschloß, daß noch in diesem Sommer seine Einführung ins Erwachsenenleben stattfinden sollte. Sie schickte Vater und Sohn ins Ausland. Sie flogen nach Südostasien, nach Luzon, um genau zu sein, und Henrick, der seine eigenen Vorstellungen davon hatte, wie sein Junge erzogen werden sollte, führte Toby in ein Bordell, wo er fünfzehn Mädchen gegenüberstand, die hinter einer deckenhohen Scheibe auf Kundschaft warteten.

Toby wählte das dünnste, blasseste Mädchen. Im Bett befahl er ihr, nicht zu sprechen, sich nicht zu bewegen, nicht zu strampeln und nicht zu stöhnen. Als er am nächsten Morgen auf dem Balkon über dem sonnenbeschienenen Pasay Kaffee trank und gebratene *sinangag* aß, hatte er das überwältigende Gefühl, daß etwas Abnormales in ihm geboren worden war.

Einen Monat später erwischte ihn seine Mutter mit Sophie zwischen den Eibenhecken; er hatte die Jodhpurhosen bis zu den Knien heruntergelassen, sie hatte die Augen geschlossen, ihr langes Gesicht war ruhig, und sie hielt so still wie für eine Röntgenaufnahme. Als Toby, wieder angezogen, im Haus erschienen war, hatte Lucilla bereits einen Riesenkrach veranstaltet. Die Dienstboten rannten ziellos vor dem Haus herum, und Toby schaffte es gerade noch, nicht von dem düster dreinblickenden Henrick überfahren zu werden, der den Landrover wendete und mit aufspritzendem Kies durch den Vorhof und die Einfahrt hinunterraste.

Die Botschaft war klar: Toby müßte sich mit Lucilla allein auseinandersetzen.

Von den Dienstboten beobachtet, stieg Toby die Treppe hinauf und legte mit halb geschlossenen Augen seine weiße Hand auf die schwere Eichentür, während er auf das kaum wahrnehmbare Zittern wartete, das ihm verriet, wo ihm Haus seine Mutter ihn erwartete.

Sie befand sich im großen Speisesaal, wo sie unter den Antwerpener Bildteppichen auf und ab ging und geräuschvoll durch die Nase atmete. Das blaue Licht, das durch die Fenster einfiel, beleuchtete die feinen Tränenspuren auf ihren Kinnbacken. Es war das erste Mal, daß sie nach dem Vorfall im Badezimmer allein miteinander waren.

»Mutter.«

»Setz dich.«

Er setzte sich ans Tafelende, auf den Platz seines Vaters. Zu seiner Linken sah man durch das blaue Fenster auf die weitläufigen Rasenflächen und die dunklen Zypressen, aber der getäfelte Speisesaal war dunkel, als hätten sich die Spannungen all der Jahre hier aufgestaut. Lucilla ließ sich auf den Mahagonistuhl fallen, auf dem sie immer saß, schloß die Augen, legte beide Hände auf ihren heißen Hals und schüttelte den Kopf. »Dieses blutarme Wesen. Ihr Vater ist ein verdammter Päderast, sie ist ein Irrtum der Natur.«

Toby blieb ruhig. »Ich habe keine Zeit für einen Auftritt, Lucilla. Sag mir einfach, was ich jetzt tun soll.«

Daraufhin öffnete sie die Augen, während ihre Hände zitternd auf ihrem Hals ruhten. »Was habe ich getan, um so einen Sohn zu verdienen?«

»Sag mir, was ich jetzt tun soll.«

»Du gehst nach Sherborne, bis es Zeit ist, an die Universität überzuwechseln.«

»Ist das alles?«

»Und da du mich so verachtest, verbringst du die Ferien bei den Chase-Greys in Connecticut. Wir werden dir eine gewisse Apanage überweisen.«

»Du möchtest mich nicht wiedersehen?«

Lucilla bekreuzigte sich, eine altertümliche Geste, die er nur einmal bei ihr gesehen hatte. »Ich möchte dich nicht wiedersehen.«

Toby kehrte nach Sherborne zurück, und er und Sophie sahen einander nicht wieder. Drei Jahre später heiratete sie einen

Beamten aus dem Finanzministerium und zog nach Walton-on-Thames. Toby hatte keine Schwierigkeiten, damit fertig zu werden. Er hatte eingesehen, daß Sophie nicht der Grund, sondern das Symptom von etwas Schlimmerem war. Er spürte, wie es sich, dunkel und unförmig, in ihm zusammenbraute; genauso unheilvoll wie ein Sturm.

Während seines letzten Jahres in Sherborne konzentrierte er sich darauf, sich auf ein Studium der Medizin vorzubereiten. Er war intelligent, und die neugegründete medizinische und zahnmedizinische Fakultät von Guys und St. Thomas, die UMDS, nahm ihn an.

Die UMDS war gleichzeitig der Ort, wo der Vogelmann erstmals seine Flügel zu entfalten und zu erproben begann.

16. KAPITEL

Um neun Uhr abends gingen in der Shrivemoor Street die Laternen an, und ätzend gelbes Licht leuchtete durch die heiße Nacht. Das Gebäude war still und dunkel, abgesehen von einem Streifen Neonlicht, das durch die Jalousien im ersten Stock schien, wo sich Caffery und Essex mit geöffnetem Kragen und gelösten Krawatten an einem Schreibtisch gegenübersaßen, ein Sechserpack Speckled Hen Bier tranken und eine Familienpackung Kentucky Fried Chicken verzehrten.

Als er in den Einsatzbesprechungsraum zurückging, hatte Caffery beschlossen, Maddox nichts von seinem Fortschritt zu erzählen. Als um vier Uhr nachmittags das Fax eintraf, gerade als Detective Diamond losging, um sich einen Durchsuchungsbefehl für Geminis roten GTI zu besorgen, hatte Jack Essex ins Büro des Senior Investigation Officers gebeten. »Haben Sie schon was vor heute abend?« Er zeigte ihm die lange Papierrolle: »Das bringt mich einen Riesenschritt weiter, aber das ist erst der Anfang.«

Nun lag das Fax ausgebreitet auf dem Schreibtisch, hing zu beiden Seiten über die Kanten hinab und bauschte sich auf dem Boden zu einem Knäuel zusammen.

»Einhundertachtundsechzig Frauen«, sagte Essex, den Mund voller Hühnchensandwich. »Die von dreihundertzwanzig abgezogen macht, hmm…«

»Einhundertzweiundfünfzig.«

»Danke.« Er kritzelte die Zahl ans Ende der Liste, wo seine Finger fettige Flecken hinterließen. »Schließen wir alle, sagen wir, über fünfzig aus?«

»Was nicht so viele sein dürften.«

»Grob geschätzt – etwa zwanzig? Und uns bleiben einhundertund–«

»–zweiundreißig.« Caffery trank einen Schluck Bier. »Geben Sie das in HOLMES ein, und wenn nichts dabei rauskommt, machen wir Befragungen. Übers Wochenende können wir nichts tun, aber fangen Sie am Montag an, eine durchschnittliche Befragung dauert zwanzig Minuten, also könnten wir am Tag etwa fünfzig zwischen uns aufteilen und am Mittwoch etwa durch sein; damit wären wir im Zeitplan. Gerade noch.«

»Kein Problem«, sagte Essex und griff nach seinem Bier.

»Sie lügen.« Caffery hob seine Dose. »Und dafür werde ich Ihnen ewig dankbar sein.«

Sie schlugen die Dosen aneinander und tranken. »Komisch.« Essex wischte sich den Mund ab und lehnte sich zurück. »Komisch, daß Sie es nicht bemerken.«

»Was?«

»Das Vertrauen, das Maddox in Sie setzt.«

»Vertrauen?« Er schüttelte den Kopf und lächelte über die Ironie. »Ist das Vertrauen? Er hat mir *vier Tage* gegeben.«

»Das sind vier Tage mehr, als er jedem anderen Detective zugestanden hätte. Der Mann geht streng nach Vorschrift vor, Jack. Er ist ein stures Arbeitstier. Und Sie …« Auf der anderen Seite des Raums sprang der Drucker an. »Jetzt sehen Sie die Sache doch einmal aus seiner Sicht …« Essex stand auf, ging zum Drucker hinüber und hob die durchsichtige Abdeckung hoch. »Obwohl er Angst hat, daß Sie den Fall vermasseln, läßt er Sie von der Leine. Denken Sie mal darüber nach.« Er sah in das Gerät, wo der Druckkopf über das Papier ratterte. »Ah, von unserer lieben Kollegin in Lambeth.«

»Dem Labor?« Caffery war froh, das Thema wechseln zu können.

»Ja.« Essex lächelte. »Es ist von Jane Amedure, dem kleinen Genie aus dem Lake District. Sie hat mir alle Kniffe beigebracht, als ich das Beweismaterial im Fall Ambleside sammelte.«

»Ambleside?«

»Letztes Jahr.« Essex sah nicht auf. »Ein Algerier, der in einer Sozialwohnung in der Old Kent Road seine alte Dame umgebracht und in eine Gefriertruhe gesteckt hat. Sechs Monate, bevor man sie gefunden hat.« Er nahm einen Schluck Bier. »Drei Monate lang war der Strom abgestellt gewesen.«

»Sie sind nicht zu erschüttern, was?«

»Stimmt. Dann gab es unseren Freund Colin Ireland. Hat die Katze seines Opfers getötet und sie dem Opfer ...«

»Ja, ich habe davon gehört. Vielen Dank.« Caffery war plötzlich sehr müde. Er rieb sich die Augen. »Also sagen Sie schon: Was hat sie für uns?«

»Hm.« Essex überflog die Nachricht. »Wollen mal sehen, Toxikologie und Histologie, Haaranalysen. Also gut, hier steht: Toxikologie, von unserem nichtidentifizierten Opfer, diejenige, die als erste gestorben ist, war drogenabhängig: In tiefen Gewebeschichten wurden Benzoylecogonin und Diamorphin gefunden.«

»Benzoylecogonin und Diamorphin – das heißt Koks und Heroin?«

»Mit Sicherheit.« Bei Shellene Craw haben wir eigentlich keine Bestätigung gebraucht, aber unsere Expertin hat sie uns dennoch geliefert, und zwar für Heroin, Koks, Ecstasy und Crack. Und für Wilcox ist ebenfalls die Bestätigung gekommen, ebenfalls Heroin. Bei Hatch war der Befund auch positiv, genau wie wir gedacht haben, und, Überraschung, Überraschung ...« Er sah auf. »Ein negativer Befund bei Spacek. Nicht einmal Crack. Sie war clean.«

»Todesursache?«

»Ah, ja.« Er überflog den Befund und stieß einen leisen Pfiff aus. »Krishnamurthi ist ein Einstein! Volltreffer.« Er sah Caffery aufgeregt an. »Heroin. Direkt in den Hirnstamm injiziert. Alle Funktionen sind sofort zum Stillstand gekommen, Herz, Lungen, alles. Die Opfer haben überhaupt nichts gespürt. Sie waren sofort tot.«

»Sehen Sie?« sagte Jack. »Verstehen Sie, worauf ich hinauswill?«

»Ja, die Sache mit dem Krankenhaus.«

»In den *Hirnstamm*, um alles in der Welt. Können Sie sich vorstellen, daß irgendein schäbiger Dealer weiß, wie er den Hirnstamm finden sollte, mein Gott…«

»Mich müssen Sie nicht überzeugen«, murmelte Essex und las den Bericht weiter. »Wissen Sie was?« Er hielt das Papier hoch. »Das wird Ihnen auch gefallen, Jack. Der Vogelmann ist ein reinlicher Verrückter. Entweder das, oder er kennt sich im Bereich der Gerichtsmedizin genügend aus, um seine Spuren zu beseitigen.« Essex brachte den Bericht zum Schreibtisch und faltete ihn sorgfältig entlang der Perforation zusammen. »Sieht aus, als hätten sie einverständlichen Sex gehabt, aber der Vogelmann benutzt ein Kondom, *und* Jane Amedure sagt, er achtet darauf, daß sich die Mädchen hinterher waschen. Oder er wäscht sie, nachdem sie tot sind. Sie alle haben Spuren von Seife in der Vagina. Sehen Sie, jede Probe hat die gleiche Konzentration von Sodastearat oder Fett. Marke: die gute alte Wrights Kernseife.«

»Aber wenn er so vorsichtig ist, wie erklären Sie sich dann den Samen auf dem Unterleib?«

»Vielleicht verschüttet er ein bißchen, wenn er das Kondom abnimmt.« Essex zuckte die Achseln. »Oder er geht aus ihnen raus, nimmt das Kondom ab und holt sich einen runter – tut mir leid, wir wollen den richtigen Ausdruck benutzen, er *masturbiert* auf ihren Bauch. Er veranlaßt sie, sich zu waschen, oder er wischt es später selbst ab, nachdem er sie umgebracht hat. Aber…« Er hob die Hände. »Er ist nicht ganz so vorsichtig, wie er denkt, weil er Spuren hinterläßt.« Er trank sein Bier aus und zerdrückte die Dose. »Außerdem haben wir hier noch die hämatologische Untersuchung, die Spektralanalyse des Müllsacks und der Haare. An diesem schwarzen Haar war keine Wurzel, also gibt es keine DNA, aber es *ist* Kopfhaar, es *ist* afrokaribisch. Und, also sehen Sie sich das an…« Er blickte auf. »Der Verdächtige trägt eine Perücke.«

»Eine Perücke?«

»Ja, sehen Sie. Die blonden Haare, die Krishnamurthi bei den Opfern gefunden hat?«

»Ja?«

»Jane Amedure sagt, die Haare sind gefärbt, asiatischen Ursprungs, keines hatte Wurzeln und beide Enden waren stumpf abgeschnitten. Nicht ausgerissen, nicht abgerissen. Ich nehme an, daß es sich hierbei um das Haar einer Perücke handelt.«

»Es waren lange Haare«, sagte Caffery. »Eine Frauenperücke.«

Essex zog die Augenbraue hoch. »Michael Caine.«

»Was?«

»*Dressed to Kill.* Haben Sie den Film nicht gesehen?«

»Paul...« Caffery seufzte.

»Schon gut, schon gut.« Er hob die Hand. »Ich vergesse immer wieder, daß ich in dieser Partnerschaft der Witzbold bin und Sie der humorlose Kerl.«

»Und ich bin stolz darauf.«

»Ja, und bemitleidenswert.« Er wandte sich wieder dem Bericht zu und nagte an der Innenseite seiner Lippen. »Und Sie haben keine Freunde, vergessen Sie das nicht.« Er hielt inne. »Oh, sehen Sie nur, der Precipitintest.«

»Precipitintest? Wozu dient der? Um menschliches Blut aufzuspüren?«

»Ja. Um es von tierischem Blut zu unterscheiden.«

»Sprechen wir von den Vögeln?«

»Richtig.« Essex überflog das Blatt, während sich seine Lippen lautlos bewegten. »Er besagt, daß das Gewebe im Luftsack der Vögel menschliches Gewebe war.«

»*Was?*« Caffery sah auf.

»Das steht hier. Menschlich.«

»Sie wissen, was das heißt?«

»Nein.«

»Nun, wie glauben Sie, daß es in die Lungen gekommen ist?«

»Sie haben es *eingeatmet?*«

»Ja. Das heißt ...«

»Das heißt, oh ...« Essex begriff plötzlich. *»Mist,* ja.« Er setzte sich an Kryotos' Schreibtisch, mit seiner Munterkeit war es vorbei. »Sie meinen, die Vögel waren noch *lebendig?* Sie sind dort drin gestorben?«

Caffery nickte. »Überrascht?«

»Na ja, irgendwie schon. Doch.«

Sie schwiegen einen Moment und dachten darüber nach. Das Klima im Raum hatte sich verändert, ganz so, als wäre die Temperatur um ein oder zwei Grad gefallen. Caffery stand auf, trank sein Bier aus und deutete auf den Bericht. »Lesen Sie weiter. Lesen Sie weiter.«

»Ja, gut.« Essex räusperte sich und nahm den Bericht wieder auf. »Also, was wollen Sie wissen?«

»Womit sediert er sie?«

»Ähm ...« Er ließ den Finger über das Papier nach unten gleiten. »Die hämatologische Untersuchung ergibt – oh ...«

»Was?«

»Ergibt, daß er sie nicht sediert hat.«

»Was?«

»Er hat sie nicht sediert.«

»Unmöglich.«

»Das steht hier. Nichts außer, außer Alkohol, etwas Kokain, aber nicht genügend, um Schaden anzurichten, keine Phenole, kein Benzedrin, keine Barbiturate, außer bei Wilcox und der jungen Kayleigh. Ähm ...« Rasch überflog er die Seite. »Nichts. Außer vielleicht bei unserer anonymen Dame Nummer eins, die bis zum Rand mit Heroin abgefüllt ist. Aber mit Heroin ist es immer eine knifflige Sache; die Toleranzschwelle ist bei jedem anders.«

»Er muß doch *irgendwas* benutzt haben.«

»Nein, Jack. Das hat er nicht. Irgendwelchen Mist haben alle im Leib, aber nichts, was sie bewußtlos gemacht hätte.«

»Sind Sie sicher?«

»Jane Amedure ist sich sicher. Das reicht mir.«

Caffery war aufgebracht. »Womit hat er sie dann so ruhig halten können, um ihnen eine riesenlange Nadel in den Hals zu stechen?«

»Sie sind keine Zauberer, wissen Sie«, sagte Essex ernst und sah von dem Bericht auf. »Diese Typen, die uns geliebte Menschen entreißen, sind keineswegs besonders schlau. Bei den meisten Fällen, an die ich mich erinnere, habe ich festgestellt, wie *wenig* schlau sie waren.«

»Wie wenig schlau?« wiederholte Caffery und sah abwesend auf seinen schwarzen Fingernagel. Er fragte sich, wie wenig schlau der Vogelmann war. Wie wenig schlau Penderecki war. Wie wenig schlau man überhaupt sein mußte.

»Sie haben nur zufällig Glück gehabt«, sagte Essex.

»Nein. Beim Vogelmann ist es keine Frage des Glücks. Er *kennt sich aus.«* Er stand auf und wanderte zu den Fotos hinüber. »Stimmt's nicht?« Er sah die toten Frauen an, die blicklos von den Wänden starrten. »Also? Wie hat er es getan?«

»Jack«, sagte Essex von hinten. »Hören Sie sich das an.«

Die Frauen starrten auf Caffery zurück. Petra: dünne Arme, strahlendes Lächeln, im Trikot; die arme, dumme Michelle Wilcox, die ihre Tochter mit dem wirren Haar umarmte...

»Jack.«

...die große, breit lächelnde Shellene und Kayleigh in ihrem rosafarbenen Partykleid, die ein Glas in die Kamera hielt. *Was, wenn es mein Baby ist, dort drinnen, mein Baby, mein kleines, kleines Mädchen. Was, wenn sie es ist?*

»Wie macht er es?«

»Jack!«

»Was?« Er drehte sich um. »Was gibt's?«

»Die Entomologie.« Essex schüttelte den Kopf. »Ich weiß, warum es so aussieht, als würde er sie nicht vergewaltigen. Der Dreckskerl.«

»Warum?«

»Wissen Sie, womit wir es hier zu tun haben, Jack?«

»Nein, womit haben wir's denn zu tun?«

»Mit einem Nekrophilen. Einem echten Nekrophilen.« Er klopfte auf den Bericht und reichte ihn Caffery. »Es steht alles hier drin. Schwarz auf weiß.«

17. KAPITEL

Frühe achtziger Jahre. UMDS. Allgemeine Anatomie 1.1. Gruppe B.

In einem Kurs von zehn Leuten, die verstreut zwischen den grünverhüllten, auf Stahltischen liegenden Leichen standen, befand sich der neunzehnjährige Harteveld; er hatte den süßlichen Geruch von Formaldehyd in der Nase, und er wußte, daß etwas vor sich ging, was sein Leben verändern würde.

Er sollte mit einer jungen Studentin zusammenarbeiten, und ihnen wurde der Leichnam einer Frau in mittleren Jahren zugeteilt. Während des kommenden Semesters würde sie über Nacht in einem Stahlbehälter aufbewahrt und tagsüber, mit dem grünen Baumwolltuch bedeckt, herausgeschoben, um von seinen zitternden, behandschuhten Händen seziert und mit Bedacht wieder zusammengesetzt zu werden.

Sie hatte scharfe Gesichtszüge, zwei kleine gelbe Beutel als Brüste, dünnes Schamhaar und rasiermesserscharfe Hüftknochen, die unter der papierdünnen Haut hervorstanden. Ihr dunkelblondes Haar war über den Kopf zurückgestrichen.

»Ist Doris bereit für ihren Auftritt?« rief die Studentin jedesmal fröhlich den technischen Assistenten zu, wenn sie das Labor betrat und ihre Handschuhe anzog.

»Sie hat heute morgen verschlafen, sehen Sie sie nur an, ich kann keinen Ton aus ihr rauskriegen.« Sie hatten sie herausgeschoben. »Hallo, Doris, wach auf. Du bist dran.«

Und sie wurde Harteveld übergeben, der zitternd und wortlos dastand, sich den Scherzen nicht anschloß und bei dem Gedanken an die starre Reglosigkeit, die ihn unter dem grünen

Tuch erwartete, ins Schwitzen geriet. Manchmal überkam ihn angesichts ihres hingestreckten Leibs ein so starkes Zittern, daß ihm das Skalpell aus den Fingern glitt.

»Du verträgst das nicht«, murmelte seine Kommilitonin und stieß ihm während der gastrointestinalen Untersuchung in die Rippen. »Verstehst du? Du verträgst…, ach, vergiß es.«

Er sparte das Geld, das ihm überwiesen worden war, und kaufte eine Wohnung in Lewisham, eine Wohnung im Erdgeschoß mit einem viereckigen Garten und einer Backsteinmauer darum. Nach dem Unterricht lag er bei geschlossenen Vorhängen im Schlafzimmer und phantasierte so ausgiebig über die Leiche, daß er den Eindruck hatte, sich das Hirn wundgescheuert zu haben. In seiner Vorstellung nahm sie die Ausmaße einer Göttin an: ihr wächsernes, regloses weißes Gesicht, das gelassen und kühl wirkte, eine marmorne Muse, an deren Lippen sich blaue Venen zeigten und deren blondes Haar sich über das Kissen ergoß. Und die in unendlicher Ruhe wartete. Es war die Reglosigkeit und Blässe, die ihn anzog: das genaue Gegenteil der dicken, fahrigen Lucilla.

Von Panik ergriffen, unternahm er hilflose Versuche einer selbstverordneten Gegentherapie. Er schrieb an Forscher in den Staaten und bat um Lieferung von Depo-Provera, eines Mittels zur Unterdrückung des Sexualtriebs. Als sie sich weigerten, versuchte er, sich vor dem Anatomiekurs Heroin zu spritzen. Aber es machte ihn zu schläfrig, um auf die Beine zu kommen. Schlimmer noch, es befreite ihn nicht von seinen Phantasien.

Nur sechs Wochen später, fast am Ende des ersten Semesters, kurz vor Weihnachten, trat das Unheil wirklich ein.

Die Laborangestellten hatten ihre Mittagspause im Pub überzogen und die Leichen nicht in die Kühlfächer im Vorraum zurückgebracht. Harteveld, dem schwindelte und der am ganzen Körper zitterte angesichts der Möglichkeit, die sich ihm eröffnete, blieb zurück, nachdem der letzte Anatomiekurs des Semesters vorbei war. Er duckte sich in die Ecke, in Augenhöhe mit den glänzenden pneumatischen Ventilen, die zum Heben und Senken der Seziertische dienten.

Es war zwei Uhr nachmittags, und das harte Nordlicht am Himmel begann zu verblassen. Im Bauch des Gebäudes quietschte und rumpelte das alte Heizsystem, aber im Labor war die Luft kalt und abgestanden. Harteveld schlang die Arme um die Knie und wiegte sich leicht. Die Leichen lagen reglos in dem schwachen winterlichen Licht, ihre Haut war in sauberen Schichten von den Armen gelöst, und Klammern und Wundhaken sprossen wie kleine Stacheln aus dem eisigen, grauen Bauchfleisch. *Sie* befand sich in der Mitte des Raums. Er konnte ihr fahl herabfallendes Haar sehen.

Und dann ging die große Tür am anderen Ende des Laboratoriums auf.

Der Sicherheitsdienst.

Hartevelds Herz blieb stehen. Er durfte hier nicht gefunden werden. Er sollte aufstehen und so tun, als würde er ganz beiläufig etwas zusammenräumen. Jetzt schnell. Aber seine Beine zitterten und gehorchten ihm nicht. Kalter Schweiß brach auf seiner Kopfhaut aus. Er saß in der Falle.

Und dann geschah etwas, was alles veränderte.

Der Wachmann verschloß die Tür von innen und zog die Jalousien herunter.

18. KAPITEL

Als Caffery um zweiundzwanzig Uhr dreißig Shrivemoor verließ, war es immer noch warm. Er stellte das Radio nicht an und fuhr in der Stille nach Hause, wo er sich ein Bad und einen ordentlichen Schluck Malt-Whisky genehmigen wollte. Trotz der schnell wechselnden Eindrücke und Empfindungen, seiner Müdigkeit, der Verkehrsampeln und der zu grellen Straßenlaternen auf der South Circular, bemerkte er, daß ein neuer Gedanke in ihm aufgetaucht war, ganz ähnlich einer unscharfen Erscheinung am Grund eines unruhigen Sees, die sich langsam zu einem deutlichen Bild des Vogelmanns formte.

Ein Nekrophiler. Wie konnten sie das übersehen haben? Bei Honor Oak bog er links ab und fuhr direkt durch Peckham Rye, wo die weißen Grabsteine des Friedhofs von Nunhead hinter den Bäumen vorbeistrichen. Der blutige Verlauf der Karriere des Vogelmanns nahm in seinem Kopf allmählich Gestalt an. Ein Mann, *groß? klein?*, geduckt wie ein Inkubus, eine Aaskrähe, dessen Augen vor Erregung trieften, dessen Hände über eine Leiche strichen. Die Toten und die Untoten. Eine unheilige Allianz.

Und das unterschwellige Pochen der unbeantworteten Fragen hielt an; ein lebendiger Vogel, der in eine Körperhöhlung genäht wurde, lange nachdem der Tod eingetreten war. Warum? *Und warum kannst du dieses Bild nicht vergessen?* Diese zu einem seltsamen Muster geordneten Schnitte an den Köpfen, *außer bei Kayleigh,* und sein Unbewußtes flüsterte: *Warum nicht bei Kayleigh?* Und wie stellte der Vogelmann seine Opfer für die Injektion ruhig? Diese Frage war von einem ganz besonderen Unbehagen begleitet. Sie roch nach Gehirnwäsche, schlimmer noch, nach einem Gift, das mit modernen gerichtsmedizinischen Methoden nicht aufgespürt werden konnte.

Er parkte den Wagen unter der schuppigen Platane seines Nachbarn und stieg erschöpft und mit hämmerndem Kopfschmerz aus. Alles, was er jetzt wollte, war Ruhe. Er legte die Jacke über die Schulter. Ein Glenmorangie und ein Bad.

Aber etwas unnatürlich Blasses wartete in den Schatten der Türschwelle auf ihn.

Er blieb stehen und legte die Hand aufs Gartentor, während sich seine Augen an die Dunkelheit gewöhnten. Als er feststellte, was im Halbdunkel sanft glänzte, wußte er, daß dies Pendereckis Werk war.

Zwei Puppen, nackt, von der Farbe lebloser Säuglinge, die Plastikglieder ineinander verschränkt, die Genitalien einander zugewandt. Vor ihnen lag eine Nachricht auf der Treppe, die auf einen rosafarbenen Wettbeleg geschrieben war:

Mich anzurufen ist genauso, als würdest du deinen Hals in die Schlinge stecken.

Caffery knöpfte seine Manschette auf, zog sie über die Hand hinunter und drehte das Bündel vorsichtig um. Eine Kinderpuppe mit blondem Nylonhaar fiel heraus, die blicklosen Augen nach oben gedreht und die Arme ausgestreckt, als wollte sie einen Strandball fangen: Barbie oder Sindy. Sanfte Brüste ohne Brustwarzen, eine fingerdünne Taille und, in obszöner Weise auf den Hügel zwischen den Beinen gemalt, übergroß und wie entzündet: eine Vulva aus roter Tinte.

Typisch Penderecki.

Er stupste die andere Puppe an und rollte sie auf den Rücken. Es war Action Man oder GI Joe, dasselbe blicklose Starren und ebenfalls aufgemalte Genitalien, die gleichen starren, flehenden Hände, HAMBRO stand auf dem Hinterteil gedruckt.

Und daran erinnerte sich Caffery. Diese Puppe war einst Ewans Spielzeug gewesen.

Deutlich erinnerte er sich an ihr unerklärliches Verschwinden. Eines sonnigen Nachmittags in den frühen Siebzigern. Vor dem Mittagessen hatte sie noch mit dem Gesicht nach unten im hinteren Teil des Gartens im Gras gelegen, niedergedrückt vom Gewicht der Miniaturgranaten und winzigen Wasserflaschen. Nach dem Mittagessen war sie verschwunden. Wie weggezaubert. *»Nun, Ewan«*, sagte ihre Mutter, genauso verwundert wie sie selbst und richtete argwöhnich den Blick zum Himmel, *»vielleicht hat eine Krähe sie gestohlen.«* Am nächsten Tag kaufte sie alle neuen Action-Man-Figuren bei Woolworth in Lewisham. *»Sieh dir seine Hände an, Ewan. Sie können richtig zufassen. Ist das nicht besser?«*

Das war nichts Neues bei Penderecki, diese subtile Quälerei. Caffery hob die Puppen auf, fand seine Schlüssel und ging niedergeschlagen durch die Vordertür ins Haus.

Das Küchenlicht war an, und er sah einen Stapel seiner Hemden, die frisch gefaltet auf dem Bügelbrett lagen.

Veronica.

In seiner Müdigkeit hatte er ihren Wagen draußen nicht bemerkt.

Sei gut zu ihr, Jack. Sie ist krank. Vergiß das nicht, sei nett.

In der Küche warf er sein Jackett auf den Stuhl, nahm eine Rolle Plastikfolie und wickelte jede Puppe einzeln ein, um sie anschließend in Ewans Zimmer aufzubewahren. Der Le Creuset stand auf dem Herd, und aus dem Wohnzimmer drang Gershwins Rhapsody in Blue, deren Klänge sich mit den guten Kochdüften von Ingwer und Koriander vermischten. Er nahm ein Glas und den Glenmorangie vom Regal und goß sich einen ordentlichen Schluck ein. Sein Körper schmerzte vor Müdigkeit. Er wollte Ruhe, seinen Whisky, ein Bad und dann ins Bett. Nichts weiter. Auf keinen Fall wollte er Veronica.

»Jack?«

»Ja, hallo«, rief er matt in den Gang hinaus.

»Ich hab' mich selbst reingelassen. Ich hoffe, es macht dir nichts aus.«

Und wenn doch, was würde es helfen?

In Ewans Zimmer. Warum zog es sie immer in dieses Zimmer? Er nahm die Puppen und den Whisky und stieg langsam die Treppe hinauf.

Sie saß in der Mitte auf dem Boden und trug ein maßgeschneidertes marineblaues Kostüm mit gestärkten Manschetten und goldenen Manschettenknöpfen. Sie hatte die Schuhe abgestreift, und durch ihre hautfarbene Strumpfhose konnte er die blassen Monde ihrer Zehnägel sehen. Um sie verstreut lag der Inhalt der gesamten Karteikästen, die er über Penderecki angelegt hatte.

»*Veronica*?«

»Was?«

»Was machst du da?«

»Ich ordne deine Unterlagen. Ich dachte, bei der Party haben die Leute vielleicht Lust, sich das Haus anzusehen, also ordne ich deine Akten und Karteikästen für dich.«

»Bitte, tu das nicht.« Er stellte den Whisky und die eingewickelten Puppen auf den Schreibtisch und begann, verschiedene Dinge aufzuheben. »Laß das doch.«

Veronica starrte ihn an. »Ich wollte doch bloß helfen ...«

»Ich habe dich gebeten, hier nicht reinzugehen.« Er drehte sich um. »Ich sag's noch einmal; geh hier nicht rein. Und rühr die Akten nicht an.«

Ihre Stirn runzelte sich, ihr Mund schob sich ein wenig vor. »Tut mir leid. Hier, laß mich das zurücklegen ...«

»Nein.« Er stieß sie zur Seite. »*Laß – sie – einfach liegen –!*«

Veronica zuckte zurück, und er hielt inne. *Du schreist, Jack. Schrei sie nicht an.*

»Hör zu.« Er holte tief Luft. »Es tut mir leid – wirklich – Veronica ...«

Zu spät. Ihr Gesicht verzog sich bereits, ihre Stirn zuckte, ihr Mund bewegte sich von einer Seite auf die andere. Sie stand auf, und Tränen quollen aus ihren Augen.

»O Gott ...« Er schloß die Augen und zwang sich, sich zu ihr zu beugen und ihr über ihre zitternden Schultern zu streichen.

»Veronica, es tut mir leid, es tut mir leid, es war ein schlimmer Tag.«

»Es ist der Krebs, nicht wahr? Du willst mich verlassen, weil ich krank bin?«

»Natürlich will ich dich nicht verlassen. Ich gehe nirgendwohin.« Er zog sie an sich und legte sein Kinn auf ihren Kopf. »Hör zu, ich hab' eine Menge Überstunden angesammelt. Wenn du willst, kann ich mir freinehmen, mit dir zur Chemotherapie gehen.«

»Du hast dir freigenommen?« Sie hörte auf zu schniefen und sah zu ihm auf.

»Ich möchte bei dir sein.«

»Wirklich?«

»Ja, wirklich. Jetzt komm, setz dich.« Er drückte seine Hand auf ihre Schulter, und gemeinsam setzten sie sich, mit dem Rücken an die Wand gelehnt, auf den Boden. »Ich will davon nichts mehr hören, in Ordnung?« Er verschränkte seine Finger mit den ihren. »Ich habe keine Angst vor dem Krebs.«

»Es tut mir leid, Jack.« Sie wischte sich mit dem Handrücken über die Augen. »Es tut mir leid, daß mir das passiert ist. Ich wünschte, ich könnte es ändern, wirklich.«

»Es ist nicht deine Schuld.« Er vergrub seinen Kopf in ihrem Haar. »Also, vergiß nicht«, er räusperte sich, »vergiß nicht, daß wir das gemeinsam durchstehen.«

»Das werde ich nicht vergessen.«

Schweigend saßen sie zusammen und beobachteten die pilzbraunen Motten, die, aus dem Dunkel kommend, leise gegen die Scheiben prallten. Er führte ihre Hand zum Mund, küßte sie leicht und drehte sie um, um ihre Handfläche anzusehen.

»Geht's dir gut?«

»Ja«, murmelte sie.

Er küßte ihr Haar und sah halb lächelnd auf ihre Hand. »Wie kommt es, daß du diesmal den intrakutanen Test nicht machen mußtest?«

»Hm?«

»Denjenigen, von dem du mir erzählt hast. Der letztes Mal gemacht wurde?«

»Der ist gemacht worden«, sagte sie abwesend.

Er hielt die Hand nahe ans Gesicht. Die Haut war blaß, leicht fleckig, wie die eines Fischers. Aber es gab keine Spuren von Linien, kein Netzwerk tief im Innern des kühlen Fleisches. »Ich dachte, man könnte den Farbstoff hinterher sehen.«

»Eigentlich nicht. Er verblaßt ziemlich schnell.« Sie strich das Haar hinter die Ohren und sah ihn an. Wimperntusche war halbkreisförmig unter ihren Augen verschmiert. »Jack?«

»Hm?«

»Vielleicht sollte ich die Sache allein durchstehen. Ich möchte Dr. Cavendish zeigen, daß mir niemand die Hand zu halten braucht.«

»Bist du sicher?«

»Ja, wirklich.«

»Na schön, in Ordnung.« Er zog den Saum ihres Rocks ein wenig herunter und betrachtete die geschwungene Linie ihres Knies. Er hatte Veronica noch nie zuvor weinen sehen. Merkwürdigerweise erregte ihn das. »Darfst du dann etwas trinken?« Er ließ die Hand über die Innenseite ihres Schenkels hinabgleiten. »Im Kühlschrank ist etwas Gordon's Gin, wenn du willst.«

19. KAPITEL

1984 wurde Lucilla Harteveld, Alter 55, Gewicht 70 kg, mit Brustschmerzen ins King Edward VII. Hospital in der Cavendish Street eingeliefert. In der kardiologischen Abteilung zeigte das EKG, daß sie einen leichten Herzinfarkt erlitten hatte. Sie wurde mit Anestreplase und Disopyramid vollgepumpt. Henrick Harteveld setzte sich sofort mit seinem Sohn in Verbindung.

Nach einer vorsichtigen Wiedervereinigung von Mutter und Sohn – Lucilla roch in ihrem Krankenhausbett, als hätte sie unter ihren Decken etwas Geheimnisvolles angestellt und genösse das Unbehagen, das sie ihren Besuchern bereitete – spazierten Toby und Hendrick mit ernsten Mienen durch Mayfair zum Abendessen in den Oxford and Cambridge Club. Zum ersten Mal seit Jahren allein gelassen, ohne Lucillas Aufsicht, redeten die beiden Männer bis Mitternacht. Henrick, der erwartete, seine Frau zu verlieren, saß aufrecht auf seinem Stuhl und bestellte Perrier-Jouët. Toby gestand, daß er das Medizinstudium aufgegeben hatte und seine Tage damit verbrachte, tatenlos in seiner Wohnung im Südosten von London herumzusitzen.

Am nächsten Tag machte sich Henrick an die Arbeit.

Ohne sich mit Lucilla zu besprechen, verkaufte er an der Börse Aktien seiner pharmazeutischen Firma *Harteveld Chemicals,* behielt eine Mehrheit für sich und überwies 1,5 Millionen Pfund des Erlöses an seinen Sohn. Er setzte sich über Lucillas Kopf hinweg, was ihn erzittern ließ, und als er allein in der holzverkleideten Bibliothek saß, schüttelte es ihn buchstäblich vor Angst und Aufregung, wenn er daran dachte, wie sie auf diese Wahnsinnstat reagieren würde. Um dem ganzen Vorgang einige Würde zu verleihen, ernannte er Toby zum stellvertretenden Marketingdirektor, ein Job, der so sehr aufs Äußerliche beschränkt war, daß er nur alle paar Tage einen Anzug anziehen und draußen im Hauptsitz der Firma, in dem Chrom- und Glasgebäude vor Sevenoaks, sein Gesicht zeigen mußte.

Und so wurde Toby Harteveld reich.

Die winzige Wohnung in Lewisham mit den ältlichen Nachbarn und den schläfrigen Katzen auf den Gartenmauern gab er vorübergehend auf und kaufte das Haus in Crooms Hill, für das er Gartenarchitekten und Bauleute, Reinigungspersonal und Gärtner engagierte. Unter Verwendung seines wohlklingenden Namens in der Pharmaindustrie ließ er sich in den Verwaltungsrat des St.-Dunstan-Krankenhauses wählen. Er veranstaltete Parties, und die Villa füllte sich mit elegantem Volk: Herzchirurgen und Erbinnen, Schiffsmagnaten und Schauspielerinnen, Frauen, die wußten, wie man Rohseide trug, und Männer, die wußten, wie man mit einem Blick einen Kellner zu sich beorderte. Die Gespräche drehten sich um zukünftige Entwicklungen, Off-Theater und Dingisegeln in Kennybunkport. Er versuchte, seinem Leben Sinn und Form zu geben, und schaffte es kurzfristig, die Illusion von geistiger Gesundheit aufrechtzuerhalten.

Aber im selben Maß, in dem er äußerlich um Vollkommenheit rang und sein Leben den Gipfel des Erfolgs erreichte, nahmen in seinem Inneren Verzweiflung und Entfremdung zu. Seine heimliche Krankheit wurde schlimmer.

Keiner seiner Bekannten wußte von den Mädchen, für die er bezahlte, die er auf der Straße kennenlernte und nach Crooms Hill brachte, wo er sie nackt in den Garten schickte, um dort auszuharren, bis sie, blau vor Kälte, eisig und zitternd in sein Doppelbett stiegen. Oder er verlangte von ihnen, daß sie still und absolut reglos dalagen und die Augen nach oben verdrehten…

»Ich kann das nicht, davon bekomme ich Kopfschmerzen.«

»Halt den Mund, halt einfach den Mund, und bleib ruhig liegen.«

... während er sie bestieg und den Höhepunkt nur dadurch erreichte, daß er fest die Augen schloß und sich mit aller Kraft seinen Phantasien hingab.

Eines Tages, als er, den mittäglichen Aperitif neben sich, in seinem klimatisierten, doppelt verglasten Büro in Sevenoaks saß, beobachtete er, wie kanadische Gänse auf den künstlichen Teichen landeten, und er sah die Last, die ihn bedrückte, in einem neuen Licht. Vielleicht, dachte er, vielleicht war er unheilbar. Der Gedanke ließ ihn stutzen. War es möglich, fragte er sich, daß jedes Lebewesen sein ganzes Leben lang zu einem bestimmten Tun verurteilt war und die Pflicht hatte, dies mit Anstand und Haltung hinzunehmen? Und war es möglich, daß er hierin, in seiner Besessenheit, seine eigene Lebensaufgabe gefunden hatte?

Er holte tief Luft und richtete sich auf seinem Stuhl auf. Nun gut. Er würde sie hinnehmen. Er würde mit immerwährenden Einschränkungen und Kompromissen leben.

Aber er brauchte Hilfe. Er fuhr mit dem Finger über das hohe, milchige Glas mit Pastis. Er müßte sein Bewußtsein betäuben, und zwar mit etwas Besserem als Alkohol.

Zwei Wochen später fand er das Sicherheitsventil, nach dem er gesucht hatte, als er mit einem ehemaligen Schulkameraden aus Sherborne zu Abend aß, der gerade von einer Feldstudie in den Regenwäldern von Tanjung Puting zurückgekommen war. Nach dem Essen nahm der Freund eine leichte Reisetasche und legte sie vor Harteveld auf den Tisch.

»Kokain, Toby? Oder etwas, um mehr abzudriften? Hier ist Opium. Süßes, samtiges Opium, einfach köstlich.« Er rieb die Finger aneinander. »Von den Malaysiern geradezu aus dem Land *herausgekitzelt.*«

Harteveld zögerte einen Moment, dann ließ er die Augenlider fallen. Er öffnete die Hände, und seine Handflächen zeigten mit einer Geste der Erleichterung und Dankbarkeit nach oben. Da war es also, wonach er gesucht hatte. Das schöne, ersehnte Ufer des Vergessens.

20. KAPITEL

Mr. Henry. Hier ist Detective Inspector Diamond. Wir haben uns gestern im Dog and Bell getroffen.« Ein knirschendes Geräusch, und die Briefkastenklappe wurde geöffnet, ein Ausweis wurde gezückt, und die bekannte braune Nase tauchte kurz auf. »Ich stecke Ihnen ein paar Fotos durch den Briefkastenschlitz. Ich nehme an, Sie haben sie schon gesehen.« Ein Regen von Dreizehn-auf-neun-Aufnahmen landete auf dem Boden. Gemini stand an die Wand gepreßt und starrte schweigend auf die Gesichter in seinem Flur. »Wir haben bestätigte Aussagen, daß sich mindestens drei dieser Mädchen in Ihrer Gesellschaft befunden haben. Möchten Sie dazu Stellung nehmen?«

Gemini schwieg. Auf der anderen Seite der Tür hustete Diamond.

»Vielleicht möchten Sie zu einer Unterhaltung aufs Revier kommen?« Er wartete einen Moment. Gemini gab keinen Mucks von sich, starrte auf den Briefkasten und lauschte auf das Rascheln von dünnem Papier, das gefaltet wurde. Seine Mutter schlief noch in dem Zimmer am Ende des Flurs, er wollte nicht, daß sie aufwachte und gestört wurde.

»Ich stecke Ihnen auch eine Kopie unseres Durchsuchungsbefehls durch. Laut Gesetz zur Beschaffung von Beweismitteln bin ich verpflichtet, Sie zu fragen, ob Sie mit der Durchsuchung Ihres Wagens, der auf die Nummer C 172 UH registriert ist, einverstanden sind, und gebe Ihnen hiermit die Möglichkeit, mir die Schlüssel zu überreichen.«

Gemini rutschte an der Wand nach unten und ging in die Hocke.

»Ich fasse das als ›Nein‹ auf.« Ein Durchschlag flatterte auf den Boden. »Der Durchsuchungsbefehl, Mr. Henry. Wir kommen mit einer Aufstellung der beschlagnahmten Gegenstände zurück, was in diesem Fall heißt, dem Wagen und seinem Inhalt.«

»Sie werden keinen Wagen mitnehmen.«

»Hallo?« Ein blaßblaues Auge erschien am Briefkastenschlitz, es blinzelte. »Hallo?«

»Sie nehmen mir meinen Wagen, was?«

»Das ist richtig.«

»Weil Sie meinen, die Mädels war'n in meinem Wagen?«

»Sie wissen genau, warum wir an Ihnen interessiert sind.« Sogar von hier aus konnte Gemini Diamonds sauren Atem riechen. »Nicht wahr?«

»Vielleicht«, flüsterte Gemini. »Vielleicht.«

»Es war nicht Gemini«, sagte Caffery. »Das ist unmöglich.«

Maddox schlug den Mantelkragen hoch, um sich gegen die Windstöße zu schützen und sah ihn mit rotgeränderten Augen an. Sie standen am Fuß eines hohen Sozialwohnungsblocks, der zum Pepys Estate in Deptford gehörte, während das technische Personal der Gerichtsmedizin in grünen Overalls Geminis roten GTI auf den Tieflader des Labors verlud. Hoch über ihnen trieb der Wind die Wolken von Deptford weg und zur Themse hinüber. Es war Samstag, die Vernehmungen in St. Dunstan waren auf Montag festgesetzt, und Caffery hatte nichts zu tun. Also hatte er beschlossen, sich dem Team an die Fersen zu heften.

»Haben Sie von dem Serotonin gehört? Freien Histaminen? Ersten und zweiten Larvenstadien?«

»Ich bin kein Wissenschaftler.«

»Die Wunden wurden den Opfern nach Eintritt des Todes zugefügt«, sagte Caffery. »Ich meine *sehr* viel später.«

Maddox steckte die Hände in die Taschen. »Das wußten wir durch die Obduktion.«

»Nein. Wir dachten, sie seien in der Hitze des Gefechts zugefügt worden, nachdem sie tot waren, als Teil des Tötungsvorgangs.« Er warf einen Blick zu dem Labortechniker hinüber, der ein weißes Schild mit der Aufschrift BESCHLAGNAHMTER BESITZ am Scheibenwischer des GTI anbrachte. »Hören Sie, Steve. Die Frauen *wurden* vergewaltigt. Er hat ein Kondom benutzt, weil er ein Sauberkeitsfanatiker ist oder Angst vor Aids hat, und er hat es nach Eintritt des Todes getan.«

»Nach Eintritt des Todes?«

»Deswegen gab es keine Anzeichen von Gewalt, keine Verletzung der Genitalien. Totes Gewebe reagiert nicht auf nichtinvasive Gewalt.«

»Wie sind Sie denn darauf gekommen?«

»Die Gerichtsmediziner behaupten, die Verletzungen wären den Opfern möglicherweise erst *drei* Tage nach Eintritt des Todes zugefügt worden.«

»*Drei* Tage?«

»Es hat uns keine Ruhe gelassen, warum sie nicht vergewaltigt worden sind. Und das ist die Erklärung. Er hat die Leichen bei sich behalten. Die Vergewaltigung ist vermutlich zur gleichen Zeit geschehen wie die Verstümmelung; vermutlich wiederholt und vermutlich nachdem die Leichenstarre schon nachgelassen hatte.« Caffery sah, daß sich Maddox' Gesicht leicht anspannte. »Er ist nekrophil, Steve. Das erklärt nicht die Mühelosigkeit, mit der er sie getötet hat, aber es erklärt, warum er sie möglichst ohne Gegenwehr umbringen will, warum es keinerlei Anzeichen von Blutergüssen und blau geschlagenen Augen gab.«

»Ich glaube nicht, daß ich das hören möchte.«

»Der Tod muß schnell, ohne viel Umstände eintreten. Er ist nicht am Töten selbst interessiert. Das ist nicht der Spaß dabei. Der Spaß ist die Leiche. Er schafft sie erst dann fort, wenn sie zu verwest sind.« Maddox erschauerte, als hätte sich die Sonne hinter einem Berg versteckt. Caffery steckte die Hände in die Taschen, trat einen Schritt näher und beugte den Kopf zu Maddox. »Der Vogelm…, *der Täter* behält die Leichen drei Tage bei sich, und dann, wenn der Mord selbst nur noch eine Erinnerung ist, *dann* verstümmelt er sie. Sie wissen, was das heißt?«

»Abgesehen davon, daß er ein noch schlimmerer Irrer ist, als wir dachten?«

»Es verrät uns mehr als das.«

Maddox biß sich auf seine Lippe. Die Regenfälle der letzten Wochen hatten nachgelassen. Heller, strahlender Sonnenschein flimmerte über das Betongebäude, und Maddox sah plötzlich alt aus. Er blickte am Rand des nahe stehenden Hochhauses zu Geminis Wohnung hinauf. »Er hat eine eigene Wohnung?«

»Ja, und er lebt allein.« Caffery folgte Maddox' Blick zu der Wohnung. Die Vorhänge waren zugezogen. »Höchstwahrscheinlich hat er eine Gefriertruhe.«

Maddox räusperte sich. »Wir kriegen keinen Durchsuchungsbefehl für die Wohnung: Die freundlichen Richter verhalten sich uns gegenüber neuerdings politisch korrekt.«

»Nun gut.« Caffery machte sich auf den Weg zum Eingang des Gebäudes.

»Wo wollen Sie denn hingehen?«

»Ich muß Ihnen etwas zeigen.«

»Hey.« Maddox holte ihn ein. »Ich will nicht, daß Sie ihn nervös machen, Jack.«

»Das werde ich nicht.«

Im Flur starrte sie ein kleines, ungefähr zehnjähriges Mädchen mit langem fahlblonden Haar und einem rotznasigen Baby auf der Hüfte durch die Scheibe an. Sie trug ein schmutziges, rosafarbenes T-Shirt und hatte aufgeschürfte nackte Füße. Caffery klopfte gegen die Scheibe. Sie öffnete die Tür und sah sie schweigend an.

»Danke.« Er drückte den Liftknopf, und die Türen gingen auf. Er stieg ein und drehte sich zu Maddox um. »In welchem Stockwerk wohnt er?«

»Im siebzehnten. Wir werden nicht mit ihm reden, Kollege. Noch nicht.«

»Nein.« Caffery drückte auf den Knopf fürs siebzehnte Stockwerk. »Steigen Sie ein, wir wollen sehen, wie oft zwischen hier und dem siebzehnten Stockwerk die Türen aufgehen. Wir wollen nur überprüfen, wie tauglich Mel Diamonds Idee wirklich ist.«

Mit den Händen in den Taschen, die Köpfe zu dem roten Licht erhoben, das über die Anzeige oberhalb der Tür wanderte, standen die beiden Männer da. »Stellen Sie sich vor, Sie wären er, Steve. Sie hätten eine Leiche in einem Müllsack hier auf dem Boden. Wir sprechen vom Körper einer Frau. Zerstückelt und zusammengerollt. Stinkend.«

Der Lift fuhr hinauf; neuntes, zehntes, elftes Stockwerk. Maddox schwieg und beobachtete die roten Ziffern, die auf zwölf, dreizehn, vierzehn sprangen. Der Lift blieb stehen, und die Türen gingen auf. Eine alte Frau mit einer wasserdichten Einkaufstasche und einem winzigen, zitternden Hündchen an einer Leine sah sie an.

»Fahren Sie runter?«

»Rauf.«

»Ich steig' trotzdem ein.« Sie stieg lächelnd ein und setzte eine Plastikhaube auf ihre Dauerwellen. »Man weiß nie, ob er beim Runterfahren anhält.«

Caffery sah Maddox an und flüsterte: »Erinnern Sie sich. Auf dem Boden.«

Im fünfzehnten Stockwerk stieg eine Mutter mit zwei Kleinkindern ein, und nachdem der Lift im siebzehnten Stockwerk angehalten hatte, fuhr er zum zwanzigsten, dem obersten Stockwerk, weiter. Inzwischen befanden sich sechs Leute und ein Hund im Lift. Maddox trat unbehaglich von einem Fuß auf den anderen. Auf dem Weg nach unten hielten sie dreimal an. Der Lift war voll, als sie die Eingangshalle erreichten.

»Es ist Tag«, sagte Maddox, als sie ins Tageslicht hinaustraten und er sich erschöpft übers Gesicht strich. Das Mädchen mit dem Baby drückte die Nase ans Fenster, als sie weggingen. »Er hat sie nachts transportiert.«

»Ja, aber können Sie sich vorstellen, bei Tag oder bei Nacht all die Stockwerke runterzufahren? Auf die Nummern zu starren, wie wir es gerade getan haben, und sie dann, nachdem Sie das alles hinter sich gebracht haben, aus dem Lift zu zerren?« Er schlug die Richtung zum Parkplatz ein. In der Hebevorrichtung des Tiefladers schwankte gefährlich der GTI über ihnen. »...den ganzen Weg über den Vorhof?« Er blieb stehen und öffnete die Hände. »Sehen Sie hinauf. Wie viele Fenster können Sie sehen?«

»Jack, das hier ist Pepys Estate. Es wäre wohl nicht das erste Mal, daß hier mitten in der Nacht ein verdächtig aussehendes Bündel über den Vorhof geschleppt wird, da können Sie sicher sein.«

»Sie haben die Leichen in der Pathologie gesehen.« Er senkte die Stimme. »Tun Sie nicht so, als hätten Sie den Geruch nicht bemerkt. Schon drei Tage nach Eintritt des Todes riechen sie, Steve, sie *stinken.* Das wissen Sie. Es ist ein Geruch, den Sie nie mehr vergessen, ein Geruch, den Sie nicht abwaschen können.«

»Er könnte eine andere Wohnung haben.«

»Sicher.« Jack nickte und zog die Luft durch die Nase ein. »Hm, sicher. Und Sie klammern sich daran, schon gut. Klammern Sie sich nur an diese Hoffnung.«

Daraufhin veränderte sich Maddox' Gesicht. An seiner Schläfe pulsierte eine blaue Vene, und als er sprach, war seine Stimme leise, fast unhörbar. »Ich hatte den Chief Superintendent heute morgen am Telefon; er hat gehört, daß es in unserem Team einen Fan für Täterprofile gibt. Jetzt darf ich Sie also auch noch decken.«

»Der Chief Superintendent stützt sich also lieber auf die zufällige Beobachtung von Verdächtigen und nebensächliche Beweise?« Er schüttelte den Kopf. »Steve, sehen Sie den Tatsachen ins Gesicht: Das F-Team hat vermutlich bei jedem Rassisten in East Greenwich angeklopft, und alle geraten aus dem Häuschen angesichts der Möglichkeit, einen elenden Drogendealer aus der Gegend einzubuchten. Na los, Hauptsache, er verschwindet ein paar Tage hinter Gittern. Detective Diamond *liebt* so was geradezu, es liegt ihm im Blut, und ich frage mich, Steve, ob er es tut, weil er es kann, weil ...« Er schob die Hände in die Taschen, und die beiden Männer sahen sich voller Trotz in die Augen. »Weil *Sie ihn lassen.*«

»Ihre dreimonatige Probezeit bei uns ist noch nicht vorbei, Jack. Vergessen Sie das nicht.«

»Das habe ich nicht vergessen.«

»Ich sehe Sie dann in Shrivemoor. Ich wünsche Veronica Glück für die Chemotherapie.«

»Steve, warten Sie ...«

Aber er ging davon, und Caffery mußte das Dröhnen des Tiefladers überbrüllen.

»Superintendent Maddox.« Seine Stimme hallte von den Hochhäusern wider. Die Kinder am Eingang streckten, verblüfft von dem Lärm, die Köpfe heraus. *»Ich werde beweisen, daß Sie die falsche Person im Visier haben, Superintendent Maddox, ich werde beweisen, daß sie nicht einmal schwarz ist!«*

Aber Maddox ging weiter. Der Tieflader legte den Gang ein, und Geminis GTI, über den eine weiße Plane gelegt worden war, paradierte wie ein indischer Hochzeitszug durch die Straßen von Deptford.

Das Pub war leer. Ein Schäferhund, der den Kopf auf die Pfoten gelegt hatte, schlief neben einem Gasbrenner und öffnete ein Auge, als Caffery die Bar betrat. Betty, die Barfrau, die eine tief ausgeschnittene Nylonspitzenbluse trug und um deren Hals eine große Brille an einer Kette hing, machte sich nicht die Mühe, ihn zu begrüßen. Sie drückte ihre Zigarette aus und stand, die Hand mit den lackierten Fingernägeln leicht auf die Bierhähne gelegt, einfach da und wartete, daß er das Wort ergriff.

Caffery zückte seinen Ausweis. »Der Bulle wieder.«

»Ja, ich erinnere mich. Wollen Sie was trinken oder nicht?«

»Ja. Ein ...« Es gab keinen unverschnittenen Malt in diesem Pub. »Ein Bells.« Er suchte in den Taschen nach Kleingeld.

»Wie läuft das Geschäft?«

»Sehen Sie sich um. Die Reporter sind hier eingefallen und haben die Hälfte der Freier vertrieben.«

»Haben Sie mit ihnen gesprochen?«

Betty schnaubte, und ihre langen Türkisohrringe zitterten. »Ich hab' ihr dreckiges Geld nicht nehmen wollen, ich wünschte, nichts von alledem wäre je passiert.«

»Das wünschen wir uns alle.« Caffery setzte sich auf den Hocker. »Betty, erinnern Sie sich an den Jungen, den wir hier vernommen haben?«

»Den jungen Farbigen? Der, der abgehauen ist?«

»Ja.«

»Das ist Gemini. Die geben ihren Kindern vielleicht komische Namen, was? Hör'n Sie.« Sie winkte ihn mit ihrer blaugeäderten Hand näher heran. Es war sonst niemand im Pub, aber es schien ihr zu gefallen, daß Caffery sich nahe heranbeugte, um ihr Flüstern zu hören. »Dieser Gemini...« Sie legte die Hand um ihr Handgelenk. »Die Zeitungen behaupten, die Mädchen seien süchtig gewesen, wissen Sie, Drogen.«

»Ja.«

»Nun, Sie müssen sie ja irgendwo herkriegen, oder?« Sie tippte sich verschwörerisch an die Nase. »Und das ist *alles,* was ich sage.« Sie wischte mit einem Tuch ein Glas aus, hob es an die Augen und stellte es vor ihn hin. »Er tut so, als würde er sie bloß fahren, aber ich bin ja nicht blind, ich weiß, daß sie dann ihre kleinen, Sie wissen schon, ihre *Geschäfte* machen können.«

»Kennt Joni ihn?«

»Natürlich.« Betty zwinkerte ihm zu, und Caffery kam in den vollen Genuß ihrer Augenlider, die aufleuchteten wie der Bauch eines Eisvogels. »Sie wurde immer von Gemini gefahren. Sie und Pinky, wenn sie ihr Fahrrad nicht dabeihatte.«

»Sie und *wer*?«

»Sie wurde Pinky genannt, als sie noch arbeitete.«

»Rebecca«, murmelte er, seltsam verlegen ihretwegen.

»Ja, genau. Sie ist jetzt Künstlerin. Sie sitzt mit ihren Farben immer in dieser Ecke in der Bar, ist todernst bei der Sache und sagt den ganzen Nachmittag kein Wort.«

Plötzlich sprang der Schäferhund auf und knurrte. Caffery sah sich gerade noch rechtzeitig um, um zu sehen, wie die Tür zuging und der Schatten eines Mannes hinter der Milchglasscheibe verschwand.

»Komm rein, mein Lieber, es ist offen«, rief Betty, warf sich das Tuch über die Schulter und kam hinter dem Tresen hervor. Sie öffnete die Tür, blieb einen Moment stehen, kaute an ihren Nägeln und starrte auf die Straße hinaus, bevor sie aufgab und die Tür wieder zufallen ließ.

»Einer der Stammgäste. Er muß Sie gesehen und gedacht haben, Sie sind einer von der Zeitung.« Sie nahm sein Glas, wischte über die Bar und stellte es auf einen frischen Untersetzer. »Entweder das, oder er wußte, daß Sie ein Bulle sind.«

Der Hund setzte sich neben den Heizofen, kratzte sich mit einem struppigen Hinterbein am Ohr und kniff vor Behagen die Augen zu.

Als Caffery ging, waren die Straßen leer. Die Gehsteige waren trocken, aber von den Bäumen tropfte es noch, und aus den Ritzen zwischen den Pflastersteinen krochen Regenwürmer. Plötzlich bemerkte er einen Schatten auf dem Pflaster, der mit ihm Schritt hielt, und er hörte das leise Knirschen einer Fahrradgangschaltung. Er drehte sich um.

»Tag, Detective.«

Rebecca hielt an und stellte ein Bein auf den Gehsteig, um das Gleichgewicht zu halten. Sie trug braune Shorts, einen losen naturfarbenen Pullover, und ihr langes Haar war zu einem Pferdeschwanz zusammengebunden. Auf dem Gepäckträger war eine lederne Aktentasche mit abgenutzten Leinwandbändern festgeschnallt.

Jack steckte die Hände in die Taschen. »Ist das eine zufällige Begegnung?«

»Nicht ganz.« Von dem Fliederbusch über ihr fielen Tropfen

auf ihren Pullover, die kleine dunkle Flecken hinterließen. »Ich gehe immer wieder in das Pub, wissen Sie, und habe mich gefragt – ich hab' Sie herauskommen sehen.«

»Ich verstehe.« Er merkte, daß sie ihm etwas sagen wollte. »Haben Sie sich an etwas erinnert?«

»Nun, ja...« Ihr Mund verzog sich entschuldigend. »Aber es ist wahrscheinlich nichts. Wahrscheinlich vergeude ich nur Ihre Zeit.« Starke weiße Nägel bohrten sich in die winzigen Nähte der Leinwandbänder. Er hatte vergessen, wie hübsch sie war.

»Das glaube ich kaum.«

»Also gut«, sagte sie, argwöhnisch, darauf gefaßt, ausgelacht zu werden. »Mir ist etwas über Petra eingefallen.«

»Was?«

»Manchmal, wenn ich einschlafe, Sie wissen doch, genau bevor man völlig wegtaucht, in dem Moment, wenn alle Träume aus der Nacht zuvor wiederkommen?«

»Ja.« Caffery kannte das nur zu gut. Es war der Moment, in dem er oft Ewan und Penderecki traf.

»Ich bin sicher, daß es nicht wichtig ist, aber letzte Nacht war ich schon halb im Traum, da erinnerte ich mich, daß Petra mir gesagt hat, sie sei allergisch gegen Make-up. Sie trug nie welches. Sie können es auf meinen Bildern sehen. Sie war immer blaß.« Die Sonne brach durch die Wolkendecke und warf den scharfen Schatten von Rebeccas Augenlidern über die grüngoldene Iris. »Diese Fotos in Ihrer Aktentasche, sie sah – wie eine Puppe aus. Ich habe schon mehr Tote gesehen, und die sahen echter aus als sie.«

»Es tut mir leid, daß Sie das gesehen haben.«

»Es muß Ihnen nicht leid tun.«

»Rebecca.«

»Ja?« Sie neigte den Kopf zur Seite und sah ihn an. Ein Regentropfen fiel aus dem Baum auf ihre Wange. »Was ist?«

»Warum haben Sie mir nichts von Gemini erzählt?«

»Was ist mit ihm?«

»Er ist an dem Tag mit Shellene weggegangen. Warum haben Sie das nicht gesagt?«

Sie verschränkte die Arme unter den kleinen Brüsten und sah auf ihre Füße. »Warum *glauben* Sie, daß ich nichts gesagt habe?«

»Ich habe keine Ahnung.«

»Stellen Sie sich nicht dumm. Er handelt mit Drogen; er verkauft an Joni, deshalb.«

»Ach Gott.« Caffery schüttelte frustriert den Kopf. »Also, wissen Sie, Rebecca, *wissen* Sie eigentlich, wie ernst das ist?«

»Natürlich weiß ich das. Glauben Sie, ich hätte etwas anderes gedacht?« Sie biß sich auf die Lippe. »Gemini hat nichts damit zu tun.«

»Schon gut, schon gut.« Er rieb sich die Stirn. »Ich glaube, Sie haben recht. Aber das Problem ist, daß ich mit meiner Meinung allein stehe. Alle, die etwas zu sagen haben, finden, daß Gemini genau der Typ ist, nach dem sie suchen müssen. Er steckt in Schwierigkeiten, Rebecca, in echten, wirklichen Schwierigkeiten.«

»Er *war* es nicht. Ich weiß nicht, wie Sie nur auf den Gedanken kommen können …«

»*Ich* komme ja nicht darauf! Das habe ich Ihnen doch gerade gesagt. *Ich glaube nicht, daß er es war!*«

»Himmel.« Sie drehte die Lenkstange von ihm weg und war plötzlich ganz geknickt. »Kein Grund, deswegen grob zu werden.«

»Rebecca, hören Sie.« Er hatte sich wieder beruhigt und kam sich plötzlich albern vor. »Es tut mir leid. Ich brauche, ich bräuchte ein bißchen Hilfe. Ich brauche jemanden, der offen zu mir ist, bei dem ich zur Abwechslung mal entspannen kann.«

»Ach, um Himmels willen«, murmelte sie. »Wir alle brauchen Entspannung. Und *Sie* werden dafür bezahlt, den Fall aufzuklären.«

»Rebecca …«

Aber sie sah nicht zurück. Sie radelte davon, der Pullover

rutschte von der braunen Schulter, und Caffery blieb ein paar Minuten ärgerlich und verwirrt auf dem Gehsteig stehen und behielt genau die Stelle im Auge, an der sie von der Stadt verschluckt wurde.

21. KAPITEL

Hartevelds Mutter, die es nicht geschafft hatte, die empfohlenen zwanzig Pfund abzunehmen, erlitt 1985 einen zweiten Herzinfarkt. Der brachte unkontrollierbare Rhythmusstörungen mit sich, die nach dreißig Minuten zum Tod führten. Nach der Beerdigung kam Henrick mit nach Greenwich, und sie spazierten zusammen durch den Park.

Im Schatten von Henry Moores »Stehender Figur« blieb Henrick stehen. Unvermittelt wandte er sich seinem Sohn zu und begann leise, in seinem starken gelderländischen Akzent die Geschichte zu erzählen, die er fast sechzig Jahre lang für sich behalten hatte. Sie war eine holländische Krankenschwester gewesen, erklärte er, die er zum letzten Mal am 20. September 1944 auf Ginkel Heath gesehen hatte. Später wurde ihm gesagt, sie sei in dem Chaos der Schlacht bei Arnheim umgekommen, zusammen mit den Mitgliedern der South Stafford Brigade, die sie betreut hatte. Das hatte er geglaubt, bis sie fünfzehn Jahre später wieder auftauchte; als frischgebackene Witwe eines belgischen Chirurgen, die inzwischen in einem Waisenhaus in Sulawesi arbeitete.

Toby sah an Henrick vorbei ins Tal hinunter, wo die blaßrosafarbenen Kolonnaden von Queen's House leuchteten wie die Innenseite einer Muschel. Langsam dämmerte ihm, daß sein Vater während der meisten Zeit, die seine Eltern verheiratet gewesen waren, auf der Stelle getreten war. Einen Monat nach der Unterhaltung verkaufte Henrick das Anwesen in Surrey, überwies weitere zwei Millionen Pfund an seinen Sohn und ging nach Indonesien.

Nachdem sein Vater im Ausland war und er noch mehr Geld hatte, geriet Toby immer mehr auf Abwege: Er ließ sich nur noch selten in seinem Büro in Sevenoaks sehen. Die einzige Gelegenheit, bei der er jetzt noch einen Geschäftsanzug trug, war für die Komiteesitzungen im St. Dunstan. Die übrige Zeit rasierte er sich nicht und kleidete sich, als hätte er ständig Ferien, in Leinenanzüge, teure Hemden mit hochgekrempelten Ärmeln und trug Espadrillos oder Kalbslederschuhe an den bloßen Füßen. Das Opium und später das Kokain und Heroin taten ihre Wirkung; sie unterdrückten seine schlimmsten Neigungen, sie dämpften und beruhigten und hinterließen keine Anzeichen von physischen Schäden. Er achtete darauf, keine allzu große Menge in Crooms Hill zu lagern, und benutzte die verschwiegene kleine Wohnung in Lewisham als Bunker. Keiner seiner Bekannten kannte die Adresse, und er konnte sie unbemerkt aufsuchen und seine Vorräte auffrischen.

Fast zehn Jahre lang schaffte er es, sein Leben einigermaßen unter Kontrolle zu halten.

In den späten neunziger Jahren jedoch hatten die Parties eine andere Wendung genommen, eine neue Bedenkenlosigkeit war hinzugekommen. Nun wurde zusammen mit gekühltem Champagner und Wodka auch Kokain serviert, das in japanischen Miso-Schüsseln mit Weidenmuster gereicht wurde. Mädchen, die er in Mayfair-Clubs kennengelernt hatte, lehnten schlaff an den Wänden, rauchten St.-Moritz-Zigaretten und zupften an den Säumen ihrer Miniröcke. Seine Drogen besorgte er sich nun in näherer Umgebung und benutzte ein Netzwerk von Kontakten, das ihm die entsprechenden Quellen eröffnete. Einige seiner alten Bekannten blieben, aber sie waren bald hoffnungslos in der Minderzahl im Verhältnis zu der neuen Art seiner Gäste; den Mädchen und ihrem Anhang.

»Das ist irre, nicht?« sagte eines zu Harteveld, das sich, kurzzeitig von einem Heroinschuß erfrischt, auf den Walnußlehnstuhl in der Bibliothek niederließ.

»Wie bitte?« Er sah mit vernebeltem Blick auf. »Wie bitte?«

»Ich sagte, daß es irre ist, nicht?« Sie war ein großes, ruhiges Mädchen Mitte Zwanzig mit zartem Knochenbau, lang herabfallendem kastanienfarbenen Haar und langen, schlanken Beinen. Er hatte sie noch nie zuvor gesehen. Sie wirkte hier seltsam fehl am Platz mit ihrem verschmierten Make-up, dem zugeknöpften grauen Wollkleid und den flachen Schuhen.

Ist sie wirklich eines der Mädchen? Wirklich?

»Ja«, sagte er zögernd. »Ja, wahrscheinlich, wahrscheinlich ist es das.«

»So was habe ich noch nie gesehen. Offensichtlich verteilt der Typ, der die Party schmeißt, Drogen an die Leute. Man braucht bloß ins Badezimmer zu gehen, und da ist er und verteilt das Zeug wie Bonbons. Er setzt einem sogar den Schuß, wenn man ein bißchen ängstlich ist...«

Harteveld sah sie ungläubig an. »Wissen Sie, wer ich bin?«

»Nein. Sollte ich?«

»Mein Name ist Toby Harteveld. Das ist mein Haus.«

»Ah.« Sie lächelte ungerührt. »*Sie* sind also Toby. Nun, Toby, freut mich, Sie endlich kennenzulernen. Sie haben ein wundervolles Haus. Und dieser Patrick Heron auf dem Treppenabsatz, ist das ein Original?«

»Natürlich.«

»Es ist wundervoll.«

»Danke. Aber...« Mit aller Kraft stemmte er sich aus dem Stuhl hoch und streckte zitternd die Hand aus. »Was das Heroin betrifft: Ich schätze, eine Einladung zur Teilnahme würde nicht auf Ablehnung stoßen?«

»Nein...« Sie schüttelte den Kopf, immer noch lächelnd. »Danke, aber ich vertrage keine Drogen. Ich würde bloß kotzen oder sonst was Schreckliches tun.«

»Na schön. Einen Schnaps vielleicht? In der Orangerie? Dort hängt ein Bild von, warten Sie, von Frida Kahlo. Ich glaube, das würde Sie interessieren.«

»Von Frida Kahlo? Sie machen Scherze, nicht wahr. *Natürlich* interessiert mich das.«

Die Orangerie, die sich hinten ans Haus anschloß, war kalt. Mangofarbene Lichtbündel fielen von der Party auf die in Pflanzkübeln stehenden Bäume, die dichte graue Schatten auf den Steinboden warfen. Hier drinnen roch es nach Dünger und kalter Erde, die Stimmen der Gäste waren nur gedämpft zu hören. Harteveld kratzte sich die Arme, seine Gedanken schweiften ab. Warum waren sie hier? Was wollte er eigentlich?

Den lebendigen blauen Saft ihrer Adern, Toby, abgefüllt und gefroren. Ihr Haar naß und aus der Stirn zurückgestrichen.

Das Mädchen drehte sich um und sah zu ihm auf. »Nun?«

»Wie bitte?«

»Das Bild? Wo ist es?«

»Das Bild«, wiederholte er.

»Ja. Das Frida-Kahlo-Bild?«

»O das…« Harteveld kratzte sich am Bauch und sah auf ihr sanft gerundetes Gesicht hinab. »Nein, ich habe mich getäuscht. Es ist nicht in der *Orangerie.* Es hängt im Arbeitszimmer.«

»Ach, zum Teufel.« Sie wandte sich zum Gehen, aber er packte ihren Arm.

»Hör zu, du mußt etwas für mich tun. Gewöhnlich…« Seine Gedanken rasten. »Gewöhnlich gebe ich zweihundert, aber bei dir würde ich dreihundert zahlen.«

Sie sah ihn ungläubig an. »Ich bin nicht in diesem Gewerbe, tut mir leid. Ich bin mit meiner Mitbewohnerin gekommen. Das ist alles.«

»Komm schon!« sagte er, plötzlich beunruhigt von ihrer Ablehnung. »Vierhundert, du kriegst vierhundert. Du mußt dich nicht anstrengen bei mir, du mußt bloß stillhalten, das ist alles. Ich brauche…«

»Ich sagte doch, daß ich das nicht tue.«

»Ich brauche nicht lange.« Er packte fester zu. »Wenn du stillhältst, bin ich in ein paar Minuten fertig. Komm!«

»Ich habe nein gesagt!« Sie schüttelte den Arm, um sich zu befreien. »Jetzt lassen Sie schon los, oder ich schreie.«

»Bitte –«

»NEIN!!«

Harteveld, der von dem plötzlichen Befehlston in ihrer Stimme schockiert war, ließ ihren Arm fallen und trat einen Schritt zurück. Aber das Mädchen war wütend geworden, sie ließ es nicht dabei bewenden. Sie paßte sich seiner Bewegung an und ging wie eine Furie auf ihn los.

»Ist mir ganz egal.« Sie holte aus und erwischte ihn mit ihren scharfen rosafarbenen Nägeln unterm Kinn. Blut floß. »Wer zum Teufel sind Sie?«

»Mist.« Verblüfft von ihrer plötzlichen Gewalttätigkeit, griff er sich an den Hals. »Mist, was hast du getan, *warum hast du das getan*?«

»Damit Sie lernen, ein Nein als Antwort zu akzeptieren.« Sie drehte sich auf dem Absatz um. »Verstanden?«

»Du!« schrie er ihr nach, die Hand an den Hals gedrückt. *»Du hörst mir zu, du kleines Miststück!* Du bist in diesem Haus nicht willkommen. Verstanden?« Aber ihre weichen schwarzen Pumps entfernten sich auf dem Steinboden. Selbstgefällig, eigenständig. »Du kommst her und nutzt meine Gastfreundschaft aus, meinen Wein, meine Drogen, und tust mir das an, du blöde Kuh. Du bist *nicht mehr willkommen*!«

Aber sie war fort, und als er die Hände wegzog und die dunklen Striemen untersuchte, wußte er, daß ihm die Kontrolle zu entgleiten begann, daß das Unheil bis dicht unter die Oberfläche gedrungen war.

Er kehrte nicht zur Party zurück. Die Putzfrau fand ihn am nächsten Tag auf einem Sofa zusammengerollt, wohin er sich in den frühen Morgenstunden geschleppt hatte, seine Hände waren über dem Kopf gefaltet, Tränen rannen ihm übers Gesicht, und Blut verkrustete seinen Kragen. Sie sagte nichts, riß die Fenster auf und räumte geräuschvoll die Aschenbecher weg.

Später brachte sie ihm Kaffee, geschnittenes Obst und ein Glas Perrier, sie stellte das Tablett auf den Tisch aus Carrara-Marmor und sah ihn mitleidvoll an. Harteveld drehte sich um und schnupperte die frische Luft, die durch die Fenster drang. Sie roch nach Winter, nach Wolken und Schnee. Und nach etwas anderem. Nach etwas Bösem in der Ferne, das in die Stadt kam. Es roch nach Krise.

Vierter Dezember, sein achtunddreißigster Geburtstag. Und das Verhängnis trat ein.

Kurz vor drei Uhr morgens, als die Party sich aufzulösen begann, fand er das Mädchen unter dem Klavier. Ihre Augen waren nach hinten verdreht, ihre Arme umschlossen die Schultern. Von Zeit zu Zeit stöhnte sie und wand sich unruhig wie ein dicker Kokon. Sie war sehr pummelig und trug ein kurzes, babyblaues Kleid. Auf ihrem Bizeps war eine Tätowierung, die aussah, als wäre sie durch die Haut gesickert, und weißliche Schleimfäden überzogen ihren Mund.

Amüsiert von ihrem Anblick, stützte er den Ellbogen auf den Flügel und beugte sich vor, um sie zu betrachten. »Hallo, du. Wie heißt du?«

Ihre Augen rollten herum und versuchten, sich auf die Richtung einzustellen, aus der die Stimme kam. Ihr Mund öffnete sich zweimal, bevor sie etwas herausbekam. »Sharon Dawn McCabe.« Mit diesen drei Worten hatte sie sich als Kind aus den Gorbals zu erkennen gegeben.

»Du weißt, daß du völlig bedröhnt bist, oder?«

Sie hustete einmal auf und nickte mit geschlossenen Augen. »Ah, weiß ich.«

Also trug er die arme, dicke Sharon in sein Schlafzimmer, zog sie im Dunkeln aus und legte sie ins Bett. Er fickte sie sehr schnell und still, ohne Emotionen, und hielt von hinten ihre kalten Brüste fest. Sie bewegte sich nicht und gab keinen Laut von sich. Unten ging die Party zu Ende, er hörte, wie der Lieferservice die Gläser abräumte. Draußen schwirrten Schneeflocken an den Fenstern vorbei.

Neben ihm begann Sharon Dawn McCabe laut zu schnarchen; er fickte sie noch einmal, sie war zu betrunken, um das zu bemerken, vermutete er, und schlief ein.

Er träumte, er befände sich an jenem Wintertag wieder im Anatomielabor der UMDS, hockte geduckt am Boden und sähe in panischer Erregung zu, wie der fette Wachmann mit weicher, weißer Hand seine stummelhafte Erektion vergrößerte und, auf Zehenspitzen vor einem Sektionstisch stehend, mit einem Ausdruck angespannter Konzentration im Gesicht, die Hüften der leblosen Frau herumschob, um sie an sich heranzuziehen.

Harteveld hielt es nicht länger aus, er stieß mit einem leichten Stöhnen die angehaltene Luft aus.

Der Wachmann hielt inne, erstarrte in dem schwindenden Licht, und seine Blicke schossen herum, als er zu erspähen versuchte, wer ihn beobachtete. Er war nicht groß, aber für Harteveld, der auf dem Boden kauerte, erschien er wie ein Koloß, der den Horizont verdunkelte. Seine Augen waren naß und kalt.

Es hätte eine Möglichkeit geben müssen aufzustehen, zu protestieren, sich von dem Bild zu befreien, aber Harteveld war starr vor Angst. Und in der Sekunde, als er beschloß, sich nicht zu rühren, erkannte der Wachmann, über dessen Stirn der Schweiß lief, daß der dünne Medizinstudent in seinem Laborkittel hier in der Dunkelheit darauf gewartet hatte, allein zu sein und genau das zu tun, was er tat.

Die Luft schien zu flimmern während dieses Augenblicks. Dann lächelte der Wachmann.

Jahre später erwachte Harteveld in seinem Haus in Greenwich und wimmerte wie ein Tier, als ihm, heiß vor Erregung, das Bild wieder vor Augen trat. Es war noch immer dunkel in dem Zimmer, nur ein dünner Mondstrahl drang durch die Vorhangspalten. Schweißbedeckt starrte er an die Decke, lauschte, wie sein Herzschlag langsamer wurde und wartete, daß seine Gedanken sich beruhigten.

Ich verstehe, hatte das Lächeln gesagt. *Ich bin wie du, die Unmenschlichen und Kranken können sich nicht lange voneinander fernhalten. Sie werden sich begegnen.*

Harteveld strich sich durchs Haar und stöhnte. Er rollte auf die Seite, sah, wer neben ihm auf dem Kissen lag, und mußte sich die Finger in den Mund stecken, um den Schrei zu unterdrücken, der sich ihm entringen wollte.

22. KAPITEL

Sharon Dawn McCabe lag weniger als dreißig Zentimeter von ihm entfernt mit offenen Augen auf dem Rücken. Mit Blut vermischter Schaum quoll ihr aus Nase und Mund und tropfte in schleimigen Spuren über Kinn und Hals.

»O mein Gott«, flüsterte Harteveld von Furcht ergriffen. »Ach du lieber Gott, was zum Teufel hast du dir angetan?« Er schob die Hand unter die Laken und tastete nach ihrem Puls.

Die Uhr auf dem Nachttisch zeigte vier Uhr sechsundvierzig morgens.

Mit klopfendem Herzen eilte er ins Badezimmer und füllte das Waschbecken mit kaltem Wasser. Er tauchte das Gesicht ein, bis ihm das Wasser um den Hals schwappte.

Er zählte bis zwanzig.

Die ganze Zurückhaltung, der stete Drang der Begierde, der Tage zu Wochen und Wochen zu Jahren werden ließ, und jetzt, nach all den Qualen *dies*, diese teuflische Verlockung des Schicksals, die in Form des stillen, bleichen Mädchens in seinem Bett lag. Genau, was er sich all die Jahre ersehnt hatte, das einzige, was er von den Mädchen nicht bekommen konnte, ganz gleichgültig, wieviel er bezahlte.

Naß und keuchend richtete er sich auf.

Sein Gesicht starrte ihn aus dem Spiegel an. Es wirkte hager in dem fahlen Licht, und man sah ihm seine achtunddreißig Jahre an; als wäre er von innen *ausgesaugt* worden, innerlich vertrocknet von der Anstrengung. Er zwickte sich fest in die Wangen in der Hoffnung, der Schmerz würde ihm Klarheit bringen. Aber alles, was er verspürte, war das dumpfe, vertraute Ziehen in seinem Bauch.

»Hilf mir, hilf mir bitte.«

Seine Stimme klang hohl, sie war nicht mehr als ein Flüstern. Nichts würde ihm helfen. Das wußte er. Er trocknete sich das Gesicht ab und ging ins Schlafzimmer zurück.

Der Raum war von purpurnem Dämmerlicht erfüllt. Sie lag da und starrte mit offenem Mund blicklos an die Decke, die Laken waren züchtig bis zum Schlüsselbein hinaufgezogen, als habe sie ordentlich sterben wollen. Zitternd durchquerte Harteveld den Raum und öffnete das Fenster. Die Nachtluft war kalt und süß, mit Schnee durchsetzt. Die libanesische Zeder zeichnete sich scharf vor dem sternenbesäten Himmel ab.

Wenn du wirklich möchtest, wenn du wirklich möchtest, sie könnte dir nicht Einhalt gebieten. Niemand würde es wissen. Niemand darf es wissen...

Bebend ging er zum Bett hinüber und zog langsam das Laken zurück, entblößte ihren Leib und knüllte es an ihren Füßen zusammen. Ihre Arme waren weit ausgebreitet, er legte sie ordentlich neben die Hüften, ihre immer noch rosafarbenen Handflächen bogen sich nach innen. Die schleimige Spur auf ihrem Kinn blinkte in dem trüben Licht auf. Ein Ödem. Ein Lungenödem. Er holte ein feuchtes Handtuch aus dem Badezimmer und wischte den Schleim vorsichtig ab. Dann säuberte er sie zwischen den Beinen, wo ihre Gedärme sich entleert hatten, und wechselte die beschmutzten Laken. Die Totenstarre hatte noch nicht eingesetzt, und sie ließ sich leicht bewegen: ein ruhiger Hügel beweglicher weißer Rundungen in dem bläulichen Licht, runde Brüste, runder Bauch, dicke Knie, lange, ovale Schenkel, alle Linien fielen sanft nach unten ab, um sich in dem dunklen Fleck der Scham zu vereinigen.

Auf der Innenseite des rechten Arms befanden sich Schorfspuren. Wahrscheinlich hatte sie etwas von dem hochwertigen Heroin genommen, mit dem er seine Gäste versorgte. Sie mußte an Straßenstoff aus Gorbal gewöhnt gewesen sein. Ihr Körper konnte die reine Ware, die er in seinem Haus servierte, nicht vertragen. Von Reinheit getötet. Harteveld entging die Ironie nicht.

Er kauerte sich nieder, auf gleicher Höhe mit den kleinen weißen Füßen. Die Haut, die sich über die Sehnen des Rists spannte, sah aus wie eingesalzener Fisch. Ihre blicklosen Augen glänzten in dem purpurnen Licht. Vorsichtig strich er mit den Fingern über die Fußgelenke, die Stoppeln von rasiertem Haar kratzten auf seinen Fingerspitzen, die Kühle ihrer Haut ließ sein Herz klopfen. Sie war weich. Weich und kühl – und *reglos.*

Das Haus war ruhig und dunkel, als er die Fäuste öffnete und sich aufs Bett legte.

Danach war er so sehr von Selbstekel erfüllt, daß er eine ganze Flasche Pastis trank. Das meiste davon erbrach er wieder und war wütend, daß er am Morgen noch immer am Leben war. Mit dem grauen, geschändeten Leichnam an seiner Seite.

Er versperrte die große Eichentür am Fuß der Treppe und ging wieder zu Bett, wo er den ganzen nächsten Tag neben ihr liegen blieb. Die Hände starr an die Seiten gepreßt, stierte er aus dem Fenster auf den Turm der angrenzenden Kirche, der die Farbe der winterlichen Luft widerspiegelte und sich von kaltem Knochengrau in Korallenrot, dann in Blau und Weiß verfärbte und schließlich wieder in Grau getaucht war. Die Putzfrau traf ein und klopfte an die Tür. Als er nicht antwortete, gab sie auf, und nicht lange danach setzten wie gewöhnlich die üblichen Geräusche des Tages ein: Der Staubsauger wurde durch die Gänge geschoben, Eis fiel von der Zeder, Gläser klirrten, als sie an ihren angestammten Platz gestellt wurden.

Harteveld starrte weiterhin auf die Kirche.

Er war seltsam ruhig. Die Brücke war überquert, ein verborgener Hebel war umgelegt worden und würde nie mehr zurückgestellt werden. Er wußte, daß sich seine Welt von selbst nach innen stülpte.

Er drehte sich um und streichelte vorsichtig die starren Brustwarzen.

Als die Putzfrau im Lauf der Woche wiederkam, trat ihr Harteveld am Eingang mit einem weißen Umschlag entgegen, in dem sich zweihundertfünfzig Pfund und die Kündigung befanden. Er hatte sich damit abgefunden, er wußte genau, was in den kommenden Wochen passieren würde. Er konnte keine Zeugen brauchen.

Die Mechanismen des Todes waren einfach für jemanden mit seiner Ausbildung, es fiel ihm nicht schwer zu töten. Während der nächsten sechs Monate kamen andere. Etwa eine alle fünf Wochen. Harteveld glaubte, er sterbe, werde von innen her aufgezehrt. Vergessen fand er nur in jenen Stunden, die er mit den Frauen verbrachte.

Bis Ende Mai waren es fünf Leichen, und für den Tod jeder einzelnen Frau war er verantwortlich.

Die zwanzigjährige Peace Nbidi Jackson, die reizende jüngere Tochter von Clover Jackson, war in jener Donnerstagnacht im Haus erschienen, gerade als der Chief Superintendent in Eltham eine Presseerklärung abgab, so daß Harteveld in dem Moment, als die Türklingel läutete, noch immer nichts von der Entdeckung der Polizei wußte: von den fünf mit Würmern durchsetzten Leichen, die auf einem Ödland in East Greenwich gefunden worden waren.

Er stellte sein Glas auf den Kaminsims, berührte leicht Lucillas gemaltes Gesicht und ging zur Tür.

»Du bist gekommen. Wie nett.«

Sie stand auf der Türschwelle, ihre bloßen Arme glänzten kupferfarben im Zwielicht. Er betrachtete sie lange, da er wußte, daß er der letzte Mensch auf Erden wäre, der dieses Mädchen lebend zu Gesicht bekäme.

»Kann ich reinkommen, oder was?«

»Ja, ja, natürlich. Tut mir leid.« Er trat zurück und ließ das

Mädchen eintreten, das mit aufgerissenen Augen die kathedralenhafte Größe des Hauses bestaunte. Falls sie den Geruch bemerkt hatte, so schien sie sich nicht darum zu kümmern. »Geh nur weiter, ich hole dir einen Drink.« Er folgte ihr ins Wohnzimmer, drehte die Lichter an und öffnete den Getränkeschrank. »Möchtest du etwas von hier? Oder Wein?«

Peace saß aufrecht gegen die seidenen Braquenie-Kissen gelehnt. »Haben Sie Baileys?«

»Ja. Natürlich.« Harteveld griff in die Tiefen des Schranks. Er hätte es wissen sollen. Die Mädchen wollten immer etwas Süßes. Er goß den Baileys in ein schweres Bleikristallglas. »Ich nehme an, daß du einen Namen hast.« Mit seinen schlanken Fingern hielt er das Glas ins Licht. »Oder nicht?«

»Peace.«

»Das ist hübsch.« Er lächelte nicht.

Peace sah ihn von der Seite an. »Warum soll ich nichts über die Verabredung sagen?«

Harteveld stellte das Glas mit dem Baileys auf den Tisch, ging zum Schrank zurück und goß sich Pastis ein. »Peace, ich bin in der glücklichen Lage, mich weniger um Geld als um Diskretion zu sorgen. Hier.« Er öffnete die kalbslederne Brieftasche, nahm zehn Zwanzigpfundnoten heraus, die er fachmännisch knickte und faltete, und spreizte die Finger ein wenig weibisch ab, als er sie ihr reichte. »Ich halte *meinen* Teil der Abmachung ein. Und glaub mir, ich erfahre es, wenn du deinen nicht einhältst.«

Peace sah sich um, auf den großen Flügel, das Porträt von Lucilla und Henrick über dem Kamin, auf die Kristallkaraffen, und schien zufrieden zu sein. Sie nahm ihr Glas und lehnte sich in die Kissen zurück. »Ich habe keinem was gesagt.«

»Gut. Also ...« Er setzte sich auf die Sofalehne. »Wenn du ans Ende des Tisches siehst, siehst du eine kleine Elfenbeinschachtel. Kannst du sie sehen?«

Auf dem chinesischen Lacktisch stand eine erlesene Schachtel aus Ju-Holz und Elfenbein. Peace beugte sich darüber und inspizierte sie. »Ja.«

»Mach sie auf.«

Sie hob den Deckel. Auf einem Bett aus weißem Puder lag ein silberner Kokslöffel.

»Es ist das beste. Das reinste. Oder vielleicht ...« Er nahm einen Schluck von seinem Getränk. »Vielleicht möchtest du lieber Heroin.«

»Heroin?«

»Ja.«

Sie sah zu ihm auf, und ihre Zähne blitzten, als sie lächelte. »Wenn es gut ist, möchte ich *natürlich* welches.«

»Das beste, das allerbeste.« Harteveld stand auf, sein Hemd spiegelte sich fahl im dunklen Fenster wider. Er streckte die Hand aus. »Dann komm mit mir. Wir gehen es holen.«

Peace wollte wissen, was hinter der Eichentür war. »Riecht schlecht«, sagte sie. »Putzen Sie denn nie dort drinnen?«

»Kümmer dich nicht darum.« Harteveld führte sie von der Tür fort den Hauptgang hinunter.

»Was ist denn dort drinnen? Gehört das auch zum Haus?«

»Ich zeig es dir später«, versprach er und drückte ihre Schulter. »Darüber mußt du dir jetzt keine Gedanken machen.«

In der Küche erhitzte er schnell etwas Heroin in einer eierbechergroßen Pfanne. Peace lächelte, als sie die Blasen aufsteigen sah und die Ränder der Pfanne klar silbern blieben.

»Guter Stoff«, sagte sie.

»Absolut rein. Ich setze dir die Spritze. Ich kann es, ohne daß es weh tut.«

»Ja?«

»Ich war Arzt.«

»Aber nicht in den Arm, in Ordnung? Meine Mum überprüft meine Arme.«

»In Ordnung.«

Er ließ sie auf einem Hocker Platz nehmen und band ein Handtuch direkt unter ihre Wade, und als die Vene zwischen der kaffeebraunen Haut und dem Weiß ihres Fußknöchels heraustrat, stach er mit der Nadel hinein und drückte den Spritzeninhalt aus.

»Au«, schrie sie leicht auf, grinste und schloß die Hände um das Fußgelenk. »Au. Sie *Metzger.*« Sie lächelte, als der Flash eintrat und sie in die rotlederne Eckbank sank. »Sie sind kein Doktor, Sie sind ein Metzger«, murmelte sie und lächelte abwesend. Ihr Kopf hing schlaff herunter, und das schwarze Fenster reflektierte ihre riesengroßen Augen. »O Gott, das is' gut, is' echt gut...«

Harteveld nahm seinen Pastis, stand beim Kühlschrank und beobachtete sie. Er überlegte, was er diese Nacht mit ihr anstellen könnte, was *sie* für *ihn* tun könnte, und eine tiefe, starke Kraft erfüllte seinen Unterleib. Sie konnte ihm auf eine Weise vergessen helfen, wie nicht einmal Heroin es vermochte. Sie war eine kostbare, süße Medizin, um das Vergessen herbeizuführen, dieses Mädchen.

»Wenn du einen noch besseren Flash willst, weiß ich noch eine andere Möglichkeit.« Er nahm einen Schluck von seinem Getränk. »Möchtest du?«

»Ja, das will ich.« Sie lachte träge und schwang sich mit hängendem Kopf aus der Eckbank. »Zuerst muß ich kotzen, wenn's Ihnen nichts ausmacht.«

»Dort ist das Becken.«

»Danke.« Sie lächelte, als sie das Haar aus den Augen strich und sich über die Geschirr- und Gläserberge erbrach. »Huch.« Sie sah lächelnd zu ihm auf und wischte sich die nasse Nase ab. »Huch. Ich *hasse* das. Sie nicht?«

»Willst du den schnellen Flash?«

»Ja, ja, ja.« Sie öffnete den Wasserhahn. Ihr Kopf schwankte leicht. »Will ihn, will ihn, ich *will* ihn.« Sie begann über ihren eigenen Singsang zu lachen. »Peace will ihn, gib ihn Peace.«

Während er eine zweite Spritze füllte, sank sie wieder in die Eckbank, warf den Kopf zurück und zappelte mit dem Fuß. »Gib ihn Peace.« Sie zuckte mit den Schultern, rutschte auf der Bank herum, tanzte zu einer inneren Melodie auf der Stelle, ließ die Hände auf die Bank krachen und lachte sich schief, als hätte es auf der Welt nie etwas Komischeres gegeben.

Harteveld beobachtete sie, während er arbeitete. Trotz seiner panikartigen Erregung war er kaltblütig genug, sich zu beherrschen und den Moment so zu sehen, wie er war. In ihren letzten Minuten verschönte der Hauch des Todes das Leben, und sie hatte wundervoll ausgesehen, wie sie zusammengesunken in seiner Küche saß und leise vor sich hin sang; so hatte sie nur einmal ausgesehen, nämlich bei ihrer Geburt. Dieser Augenblick unter dem sanften Licht der Küchenlampe brachte ihr wahres Wesen zum Vorschein.

»Heb dein Haar, Peace.« Er mußte sich bemühen, damit seine Stimme nicht zitterte. »Heb es hoch, und laß mich hier hinten vorbei. Du wirst nichts spüren.«

Sie gehorchte, ihre glasigen Augen drehten sich zum Fenster, um ihr Spiegelbild zu beobachten. »Was is'n das?«

»Es ist Heroin. Bloß ein bißchen. Aber so eingeführt, kriegst du einen Flasch, der mit *nichts* zu vergleichen ist, was du je erlebt hast.«

»Süüüß«, sagte sie schnurrend und beugte den Kopf nach unten.

Ein Schweißtropfen fiel von Hartevelds kaltem Gesicht auf die Lederbank, aber er zitterte nicht. Nur einmal, nur ein einziges Mal war es schiefgegangen. Das Mädchen hatte sich geweigert, und er mußte es fesseln, es mit einem Handtuch knebeln und seine Hände und Füße mit zwei seiner Hemden zusammenbinden. Sie hatte gekämpft wie eine Bestie, aber sie war sehr klein gewesen, und Harteveld war es gelungen, sie auf den Boden zu werfen, ungeachtet ihres heißen Urins, der auf seine Waden triefte, und die Nadel durch die Schädelknochen zu stoßen.

In der Eckbank öffneten sich Peaces Eingeweide, und ihr Kopf zuckte einmal. Das war die einzige Bewegung.

Harteveld sank gegen die Wand zurück und begann zu zittern.

Das war vor zwei Nächten gewesen. Jetzt saß er hier im Dunkeln mit Peace, die in Klarsichtfolie eingewickelt auf dem Boden lag. Sie war jetzt lange genug bei ihm gewesen. Es war an der Zeit, daß er das tat, was er tun mußte; ihr Lebewohl sagen, das Nötige erledigen.

Er holte die Schüssel des Cobra und öffnete die Tür zur Orangerie.

23. KAPITEL

Er träumte von Rebecca, wie sie in der Straße gestanden hatte, während aus dem Fliederbusch Regen auf ihr Haar tropfte, und wachte um Viertel nach sechs abrupt auf. Veronica war bereits unten in der Küche, schnitt Brot und öffnete die Jalousien, um die Sonne hereinzulassen. Sie trug ein ärmelloses Kleid aus aquamarinfarbener Thaiseide. Unter ihren Achseln waren zwei dunkle Ringe zu sehen, als sie die Pfanne vom Herd nahm und ein Stückchen Normandiebutter auf die safrangelben Heringe gab. Sie schnitt Petersilie aus dem Terrakottatopf auf dem Fenstersims, und Jack, der verschlafen in der Tür stand, hatte keine Ahnung, wo dieser Topf hergekommen war.

»Morgen.«

Sie reckte den Kopf, sah ihn an und betrachtete das wirre Haar, das T-Shirt und die Boxershorts, die er neuerdings im Bett trug. Sie hatte bislang nichts dazu gesagt und würde ganz sicher jetzt nicht damit anfangen. Statt dessen nahm sie einen Teelöffel und fischte eine Vanilleschote aus der Kaffeekanne, goß eine Tasse ein und reichte sie ihm.

»Morgen.«

»Wie fühlst du dich?«

»Ich gehe heute nicht ins Büro, sagen wir's mal so.« Sie schüttelte die Pfanne und warf eine Handvoll geschnittener Kräuter hinein. »Das ist nicht für mich. Ich brächte keinen Bissen runter.«

»Nach letzter Nacht?«

»Ich fühle mich schrecklich. Ich hatte heute morgen Blut im Urin, und diese Heringe riechen wie Benzin.«

»Ich wollte dich nicht aufwecken.« Er legte die Hand auf ihre Schulter. Ganz neutral. »Wie ist es gelaufen?«

»Wie erwartet, denke ich.« Sie strich sich das Haar aus den Augen. »Was hat das eigentlich zu bedeuten?«

»Hm?«

»Dieses *Ding* im Flur?«

»Oh. Ich ähm ...« Pendereckis Barbie-Puppe lag noch immer in Klarsichtfolie eingewickelt auf seiner Samsonite-Tasche neben der Tür. Die ganze Nacht hatte das Bild ihn verfolgt, um zwei Uhr morgens war er aufgewacht und sicher gewesen, daß es ein Hinweis auf den Vogelmann war, er war aufgestanden, hatte die Puppe aus Ewans Zimmer geholt und sie in den Flur gelegt, damit er es nicht vergaß. »Nichts«, murmelte er. »Nur eine Idee.« Beiläufig nahm er ein gelbbraunes Stück Gemüse vom Schneidbrett. »Was ist das? Ginseng?«

»*Ingwer*, du Dummkopf. Ich mache mein Dal Kofta für die Party.«

»Bist du dir sicher wegen dieser Party?«

»Natürlich bin ich mir sicher. Ich möchte wissen, ob alle wie Mike Kellermann aussehen.«

»Mach dir bloß keine allzu großen Hoffnungen.« Caffery warf einen prüfenden Blick auf Pendereckis Garten. »Seit der Sache mit den Puppen hat er sich ruhig verhalten.«

»Sei doch nicht so neugierig.« Sie träufelte Zitronensaft über die Heringe und nahm einen Teller. »Hier. Setz dich und iß.«

Um sieben hatte er gegessen, sich rasiert und angezogen, *Veronica, ich kann selbst bügeln, ich würde es sogar vorziehen selbst zu bügeln,* und saß im Büro. Essex hatte Neuigkeiten.

Er hatte schließlich Petra Spaceks Familie aufgespürt, und Rebecca hatte recht gehabt, Petra *hatte* auf Make-up allergisch reagiert und nie welches getragen. Keine Anzeichen einer allergischen Reaktion bedeutete, daß es entweder kurz vor oder erst nach der Tötung aufgetragen worden war.

Aufgrund dessen, was Caffery über den Vogelmann wußte, bezweifelte er, daß es vor Eintritt des Todes geschehen war.

Er zog sich ins Büro zurück, um eine Zigarette zu rauchen, bevor er und Essex nach St. Dunstan fuhren. Die Puppe, die in die Plastikhülle gewickelt war, lag in einer Silberschale auf dem Schreibtisch. Daneben lag ein blauer Aktendeckel, auf den als Kommentar eines anonymen Beamten aus der Asservatenabteilung mit Tesafilm ein fotokopierter Brief an Paul Condon aufgeklebt war, der von »Spanner«, der Gruppe für die Rechte der SM-Anhänger, stammte. Im Innern befand sich ein riesiger Stapel mit Fotos aller SM-Utensilien, die in den letzten zehn Jahren beschlagnahmt worden waren. Ausführlicher, als ihm lieb war, erfuhr Caffery hier alles über Spreiz- und Aufhängevorrichtungen, Penisknebel, Kettenschließen, D-Ringe, O-Ringe, Präparierscheren und Gummimasken mit zwei Nasenlöchern, damit der unten Liegende atmen konnte.

Er dachte immer noch an die Male auf den Stirnen der Opfer. Vergeblich hatte er die Akte nach etwas durchsucht, was gewöhnlich zum Durchbohren der Haut benutzt wurde. Aber die Einschnitte an den Opfern waren zu klein, zu sauber, um von irgendeinem Gegenstand auf diesen Fotos verursacht worden zu sein. Wenn der Vogelmann den Opfern eine Maske mit Stacheln aufgesetzt hätte, wären die Haut zerfetzt und wundgescheuert und die Muster unregelmäßig gewesen. Tatsächlich aber waren die Wunden so präzise und genau wie die ausgestanzten Löcher an einem Puppenkopf.

Eine Puppe.

Er wickelte die Barbie-Puppe aus und hielt den Kopf zwischen seinem weißen und seinem schwarzen Daumen fest.

»Genau wie die Hunde beim Black-and-White-Whisky«, pflegte seine Mutter zu sagen.

Er dachte an Rebecca, wie sie gegen ihren Fahrradsattel gelehnt mit gebräunten Fingern an den Nähten der Leinwandriemen zupfte, wie in ihren hübschen dunklen Augen die Sonne aufblitzte, während sie ihm von Petra erzählte.

»Sie sah aus wie eine Puppe, mit all dem Make-up auf dem Gesicht.«

Genau! Seine Handflächen juckten. *Das war die Verbindung.* Make-up. Einstiche. Make-up. Stanzlöcher. Mach weiter. *Komm schon, Jack, denk nach!*

Warum hatte er es bei Kayleigh nicht getan? Warum war sie anders?

Sie war die einzige, die keine Male hatte. Irgend jemand hatte ihr kurz vor dem Tod das lange Haar auf Schulterlänge abgeschitten. Ihr Haar war blond, fast das gleiche Weißblond wie das Perückenhaar, das man gefunden hatte. Perücke. Make-up, Einstiche. *Rebeccas gebräunte Finger. Weiße Nägel, die an den Nähten zupften. »Wie eine Puppe, mit all dem Make-up auf dem Gesicht.«* Nach dem Abschneiden war Kayleighs Haar fast exakt genausolang wie das der Perücke.

Er drehte die Puppe herum, strich mit den Nägeln über die perforierten Linien am Kopf, wo aus jedem Loch ein Büschel Nylonhaar hervorsproß, und die Antwort dämmerte ihm, sprang ihm geradezu entgegen.

Nähen.

»Marilyn.« Er riß die Tür zum Einsatzbesprechungsraum auf. »Marilyn.«

Sie sah verblüfft auf. »Was ist los?«

»Wo ist Essex?«

»In der Asservatenkammer.«

»Gut.« Caffrey spürte, wie die Sehnen in seinen Händen zuckten. »Ich muß einen Blick auf die Obduktionsfotos werfen. Ich glaube, ich weiß, woher diese Male stammen.«

In der kleinen Asservatenkammer war nur auf der rechten Regalhälfte genügend Platz für die Beweisstücke des gegenwärtigen Falles. Die Beweisstücke aus allen vergangenen Fällen hatte zuviel Platz eingenommen und wurden nun in Schließfächern im Teeraum aufbewahrt.

»Essex. Ich brauche…« Er hielt inne. Er war mitten in eine Unterhaltung geplatzt. Essex saß an einem winzigen Tisch, sein Gesicht war müde und ausdruckslos. Hinter ihm lehnte Diamond lässig an einem der Regale, seine Ärmel waren hochgekrempelt, und ein Anflug von Lächeln lag auf seinem Gesicht. Logan, der Leiter der Asservatenkammer, saß mit der gelben Sammelliste zu seinen Füßen da und hielt in der einen Hand einen Computerausdruck, in der anderen eine braune Akte. Als er Caffery sah, stand er so hastig auf, daß die Tüten mit den Beweismitteln von seinem Schoß auf den Boden glitten.

»Ah!« Umständlich griff er nach den Tüten. »Morgen, Detective Inspector.«

»Die Obduktionsfotos, Logan.«

»Natürlich, natürlich, kein Problem, Sir.« Ein wenig zu hastig stapelte er all die Tüten auf den Tisch und beschäftigte sich mit einer blauen Ablageschachtel in der Ecke. Essex fing Cafferys Blick auf und sah dann weg. Das genügte. Caffery schloß die Tür hinter sich und lehnte sich mit verschränkten Armen dagegen.

»Nun?« sagte er. »Was gibt's?«

»Unsere Kollegin in Lambeth hat Geminis Wagen untersucht«, sagte Detective Diamond ruhig.

»Ich verstehe. Was hat sie für uns?«

»Vier Haare wurden gefunden.« Die Mitte seiner blaßblauen Augen war von einem harten Indigoblau. »Sie stimmten mit keinem der Opfer überein.«

»Ja?«

»Aber das spielt keine Rolle.« In der Ecke hustete Logan verlegen auf, und Essex starrte auf seine Hände. Diamond nutzte die Zeit, um sich über das mit Gel angeklatschte Haar zu streichen. Er zog die Luft ein, richtete sich auf und nahm mit gezierter Handbewegung den Bericht vom Schreibtisch. »Zahlreiche verwischte Fingerabdrücke, und jemand hat im Innenraum Kodian-C verteilt.«

»Eine industrielle Reinigungsflüssigkeit«, erklärte Logan.

»Was ich ziemlich verdächtig finde.« Langsam wie eine Eidechse blinzelte Diamond in die Sonne. »Außerdem haben die Jungs in Lambeth drei Fingerabdrücke gefunden, die aussagekräftig genug sind, um eine Übereinstimmung festzustellen.«

»Ich verstehe.«

»Einer mit denen von Craw und einer mit denen von Wilcox.«

»Er hat sie gefahren.«

»Er behauptet, sie nicht einmal zu *kennen.*«

»Also gut.« Caffery trat von der Tür zurück. »Weiß der Super Bescheid?«

»O ja. Wir haben ihn auf dem Weg zum Chief Superintendent erwischt.« Diamond lächelte, rollte die Ärmel hinunter und knöpfte sie sorgfältig zu. »Er klärt die Sache mit Greenwich ab. Wir geben dem kleinen Dreckskerl die Gelegenheit, hereinzukommen und freiwillig ein paar Fragen zu beantworten. Und wenn er nicht mitspielen will, nehmen wir ihn fest. Wir wollen nicht, daß er wieder nach Hause geht und auf Nimmerwiedersehen verduftet.«

»Sie begreifen vermutlich, worauf er hinauswill«, sagte Essex, und Caffery spürte, daß ihm der Geduldsfaden riß.

»Ich denke schon«, sagte er kalt. Er wandte sich zum Gehen und hielt kurz, die Hand auf den Türknopf gelegt, inne. »Essex.«

»Sir?«

»Ich möchte trotzdem die Obduktionsfotos auf meinem Schreibtisch haben.«

24. KAPITEL

Mrs. Frobisher zog ihren Mantel aus und hängte ihn sorgfältig an den Haken in Detective Bassets Büro in Greenwich. Den Hut und die Handschuhe behielt sie an.

»Eine Tasse Tee, Mrs. Frobisher?«

Sie lächelte. »Das wäre *sehr* nett.«

Basset behielt sie heimlich im Auge, als er die Jalousien öffnete und den Wasserkocher andrehte. Er verspürte ein leichtes Unbehagen in der Magengegend. Mrs. Frobisher war dem Personal des Polizeireviers von Greenwich wohlbekannt: Während der letzten sechs Monate war sie häufig hier aufgetaucht, um sich über alles mögliche zu beklagen, angefangen von den Schlägereien in dem Sozialwohnungsblock gegenüber bis hin zu dem Lärm und Dreck städtischer Bauarbeiten und dem asozialen Verhalten des Mieters in der Wohnung unter ihr. Sie weigerte sich, ans Umweltamt abgeschoben zu werden, und die jeweils diensthabende Belegschaft betrachtete sie als Teil der montagmorgendlichen Misere.

Bis zu diesem Montag, als sie wie üblich um zehn Uhr morgens und trotz des heißen Sommertags in ihrem besten Hut und Mantel am Schreibtisch des Sergeants eine Meldung machte, die ihn nach dem Telefonhörer greifen ließ. Detective Inspector Basset, der am letzten Wochenende einer der ersten CID-Beamten im Betonwerk war, sagte die morgendliche Besprechung mit dem städtischen Verbindungsbeamten ab und lud Mrs. Frobisher in sein Büro ein.

Wie ein Spatz saß sie auf der Stuhlkante und sah aus dem Fenster in die Sonne hinaus, die auf die gestreifte Markise von

Mullins Milchladen in Royal Hill schien. »Hier ist es aber hübsch«, seufzte sie. »Absolut reizend.«

»Danke«, antwortete Basset. »Das finde ich auch. Also...« Er legte die Teebeutel auf einen Löffel und warf sie in den Abfallkorb. »Also, Mrs. Frobisher, unser Sergeant am Empfang sagte mir, sie hätten Unannehmlichkeiten gehabt. Sollen wir uns darüber unterhalten?«

»Ach, das? Das geht schon seit Monaten so, und keiner hat die geringste Notiz davon genommen.« Sie zog die Handschuhe aus, legte sie in die dazu passende Einkaufstasche aus rehbraunem Kunstleder und zog den Reißverschluß zu. Der Hut blieb auf dem Kopf. »Jede Woche bin ich hergekommen, habe aber bis jetzt kein Glück gehabt. Niemand wollte mich anhören. Ich bin vielleicht alt, aber nicht dumm. Ich weiß, was sie sagen: Verrückte alte Hexe, sagen sie, ich habe sie gehört.«

»Ja, ja.« Er reichte ihr die Tasse. »Das tut mir leid, Mrs. Frobisher. Aufrichtig leid. Es ist nur so, daß Sie in der Vergangenheit einen oder zwei unserer jungen Beamten zu sich gerufen haben, und ich glaube, sie hatten den Eindruck...«

»Nur wegen der Füchse! Um diese Jahreszeit haben die eben ihre kleinen Liebeleien und derlei Dinge. Und der Lärm, den sie machen. Es hört sich an, als würde eine Frau schreien, und man kann ja gar nicht vorsichtig genug sein, nicht in der heutigen Zeit und in meinem Alter.« Sie nahm den Tee und stellte ihn aufs Knie. »Als mein George noch lebte, hat er Steine nach ihnen geworfen. Jedenfalls hat *er* den Unterschied zwischen dem Schrei einer Frau und dem eines Fuches gekannt.« Sie beugte sich vor, froh, ein offenes Ohr zu finden. »Ich bin in Lewisham geboren, wissen Sie, Detective, und ich lebe jetzt seit fünfzig Jahren in der Brazil Street. Die Gegend ist mir ans Herz gewachsen, trotz allem. Ich hab' gesehen, wie die Deutschen den Ort bombardiert haben, dann hat ihn die Sozialverwaltung in die Finger gekriegt, dann die Ausländer und jetzt die Wohnungsbaugesellschaften. Sie haben alles abgerissen, was mir lieb und teuer war, und jetzt werden neue Häuser gebaut. Alles ultramodern. Wohnungen werden in Lofts umgewandelt und was nicht sonst noch alles...«

»Mrs. Frobisher.« Basset stellte seinen Tee neben seinen Notizblock und setzte sich ihr gegenüber. »In der Aussage, die Sie bei unserem Beamten am Schalter gemacht haben, haben Sie von einem Ihrer Nachbarn gesprochen, ist das richtig?«

»Ach, der!« Sie reckte den Kopf und kräuselte die Lippen. »Ja. Und *ihn* gibt es auch noch. Als hätte ich nicht schon genug Sorgen.«

»Erzählen Sie mir von ihm. Ihm gehört die Wohnung unter ihnen?«

»Sie gehört ihm. Aber er kümmert sich einen Dreck darum. Ist nie daheim.«

»Er wohnt schon lange dort, nicht wahr?«

»Seit Jahren. Seit mein George gestorben ist. Kaum war er unter der Erde, hat mein Sohn entschieden, daß die Wohnung zu groß für mich sei. Er hat die Sozialverwaltung geholt, die Planungsleute, das Gaswerk, und ich weiß nicht, wen sonst noch, und es wurde eine Menge Dreck gemacht. Sie haben die Treppe zugemauert, an der Seite eine Tür und eine dieser Garagen angebracht, so ein schrecklich amerikanisches Ding, das ganz und gar nicht nach meinem Geschmack ist. Als nächstes höre ich, daß sie die Wohnung an *ihn* verkauft haben, und ich und die Katze werden in unserem eigenen Zuhause wie ein paar Aussätzige ins obere Stockwerk verfrachtet...«

»Ist der Eingang an der Seite?«

»Auf der Hinterseite, unter der Garage, also gehört ihm der Garten. Nicht, daß er sich darum kümmern würde. Oooh, nein.« Sie zog die Luft ein und schüttelte den Kopf. »Nein, nein, nein. Wo er doch nie da ist. Alles ist mit Unkraut überwuchert, und das wird bis Juli so bleiben, wie ich ihn kenne. Aber selbst wenn er ihn pflegen würde, was dann? Wer wollte schon da draußen sitzen bei dem Lärm, dem Staub und dem Gehämmere den ganzen Tag? Und wenn es das nicht ist, dann brüllen und schreien die auf der anderen Straßenseite – es ist hoffnungslos, Detective, es ist hoffnungslos.«

»Sicher«, sagte Basset nickend. »Sicher. Jetzt wollen wir uns auf das konzentrieren, was Sie unserem Beamten am Schalter über Ihren Nachbarn erzählt haben.«

»Ich habe Ihrem Sergeant gesagt, daß er meiner Meinung nach wieder den Stecker bei seiner Gefriertruhe rausgezogen hat. Dieser Gestank! Also, so einen Gestank haben Sie noch nicht erlebt, Detective. Das ist nicht normal, was immer es auch ist. Am Anfang, als er eingezogen ist, war er in Ordnung, hat die Wohnung in erträglichem Zustand gehalten, soweit ich weiß. Aber verstehen Sie, jetzt ist es soweit gekommen, daß er tage- und wochenlang nicht auftaucht, nie nach der Wohnung sieht. Und das«, sie klopfte mit einem arthritischen Finger auf den Schreibtisch, um jedes Wort zu unterstreichen, »*das* ist genau *das,* was passieren *mußte.* Man sollte doch annehmen, daß er als Akademiker ein bißchen Respekt zeigen würde, oder?« Sie stellte die Tasse auf Bassets Schreibtisch und begann, die Hutnadel herauszuziehen, als fühlte sie sich schließlich behaglich. »Mir tun nur seine Patienten leid.«

»Ist er Arzt?«

»Vielleicht nicht direkt Arzt, aber er hat irgendwas mit Medizin zu tun, das behauptet zumindest mein Sohn. Er muß was Wichtiges sein – bei dem schönen Wagen und den zwei Wohnsitzen. Aber trotz allem ist er ein seltsamer Kauz. So wie er die Wohnung vernachlässigt...«

»Aber es gab doch etwas Bestimmtes, was Sie gestört hat«, sagte Basset, um ihr auf die Sprünge zu helfen. »Gab's da nicht etwas, Mrs. Frobisher? Haben Sie zu dem Beamten am Schalter nicht etwas über, über irgendwelche *Tiere* gesagt?« Er hielt inne. Mrs. Frobisher sah ihn verständnislos an. Einen Moment lang fragte er sich, ob der Sergeant sich verhört hatte. Ob alles nur ein Mißverständnis war. »Haben Sie nicht erwähnt, es seien Tiere im Spiel gewesen? Irgendwas darüber, daß sie mißhandelt wurden?«

»Ach das.« Es dämmerte ihr wieder. »Ja. Das auch. Er kümmert sich nicht wirklich um sie. Ich habe zwei tote Tiere in der Abfalltonne draußen gefunden. Sie sahen aus, als wären sie verhungert.« Sie trank den Tee und seufzte. »Also, der Tee ist wirklich gut. Man sagt doch, mit Teebeuteln kann man keinen guten Tee machen, aber in dem Fall muß ich widersprechen.«

»Mrs. Frobisher.« Basset holte Luft, um sich zu beruhigen. »Mrs. Frobisher, sprechen wir von *Vögeln*? Waren es *Vögel*, die sie in der Abfalltonne gesehen haben?«

»Genau das habe ich gesagt.« Sie sah ihn an, als wäre er schwer von Begriff. »Das habe ich gesagt. Vögel.«

»Und was für Vögel? Große? Tauben? Krähen?«

»O nein, nein. Nein, nein. Kleine.« Sie zeigte mit ihren arthritischen Fingern eine Spanne von etwa sechs Zentimetern. »Ganz winzige, die man im Käfig halten würde, wenn man keine Katze hat. Mit roten Federn, mit rötlichen Federn.«

»Könnte es sich um Finken gehandelt haben?«

Sie hielt inne, eiweißfarbene Katarakte wanderten über ihre Augen. »Ja, genau. Genau. Es waren Finken, darauf würde ich wetten.«

»Gut.« Basset wischte sich die Stirn ab. »Gut.« Er beugte sich vor und legte die Hände auf den Tisch. »Also. Würden Sie Ihre Geschichte einem meiner Kollegen erzählen?«

»Wird er etwas dagegen unternehmen?«

»Er wäre sicherlich sehr interessiert.«

Erfreut über die Aufmerksamkeit, lehnte sich Mrs. Frobisher zurück. »Ich würde mich besser fühlen.« Sie faltete die Hände auf dem Schoß. »Kommt er, um mit mir zu sprechen?«

»Ich rufe ihn sofort an.«

Basset setzte sich auf die Schreibtischkante und rief die Fernsprechzentrale von Croydon an, um sich nach Shrivemoor durchstellen zu lassen. Er beobachtete Mrs. Frobisher, die ihren Tee trank, während es in der Leitung klickte und die Verbindung hergestellt wurde. Ihm war leicht übel.

Essex erschauerte, als die blicklosen, vergißmeinnichtblauen Augen der Puppe ihn anstarrten. »Lassen Sie die Fenster nicht offen, sonst wird das Ding lebendig. Haben Sie je Dr. Who gesehen?«

Caffery stützte den Kopf auf die Hände. Die Müdigkeit saß tief in seinen Muskeln. »Gemini hat gelogen.«

»Ja. Das waren schlechte Neuigkeiten.« Er sah sich im Büro um. »Wohin soll ich die Fotos legen?«

»Mit einem Wort hätte er der Sache eine andere Wendung geben können. *Ja.* Ja, ich habe Shellene gekannt. Ja, ich habe sie mit Drogen versorgt, habe Sex mit ihr gehabt oder was er sonst noch alles mit ihr angestellt hat. Wir wissen, daß er die Mädchen gefahren hat, er hätte es bloß sagen müssen.« Caffery lehnte sich in seinem Stuhl zurück und öffnete die Hände. »Alles, was wir an Beweisen haben, ist die Blutgruppe von dieser Probe; bei dem Glück, das wir haben, wird sie übereinstimmen.« Das Telefon auf seinem Schreibtisch begann zu klingeln. Er starrte es verdutzt an. »Haben wir einen Durchsuchungsbefehl für seine Wohnung?«

»Diamond macht sich gerade auf den Weg, ihn zu besorgen. Dann bestelle ich ihn zur Vernehmung ein.«

»Jesus.« Caffery klopfte ungeduldig auf den Schreibtisch. »Unsere Möglichkeiten sind damit erschöpft. Hoffentlich kommt bei den Befragungen in St. Dunstan etwas heraus.« Er griff nach dem Hörer, aber es hatte zu klingeln aufgehört. »Mist.« Er sank in seinen Stuhl zurück und rieb sich das Gesicht.

»Wollen sie die jetzt oder nicht?«

Caffery nickte und streckte die Hand aus. »Ich glaube, ich weiß, woher die Male an den Köpfen stammen.« Er ließ die Fotos aus dem Umschlag gleiten und breitete sie auf dem Tisch aus. »Da. Sehen Sie es? Diese Einschnitte, ganz sauber. Krishnamurthi ist immer noch nicht sicher, welcher Gegenstand benutzt wurde.«

»Aber Sie schon?«

»Ja.«

»Nun?«

»Die Löcher sind Nadelstiche.«

»Nadelstiche?« Er nahm das Foto von Shellene in die Hand, hielt es dicht ans Fenster und kniff die Augen zu. »Gut. Ich bin Ihrer Meinung. Wozu dienten die Stiche?«

»Erinnern Sie sich daran, was Kayleighs Tante gesagt hat?«

»Was?«

»Sie sagte, Kayleigh habe ihre Frisur verändert.«

»Ja.«

»Kayleigh hatte diese Muster nicht. Ihr Haar hatte fast die gleiche Farbe wie die Perücke. Shellenes Blond war dunkler. Goldblond, nicht aschblond.«

»Und?«

»Er mußte an Kayleighs Kopf nichts annähen, weil das nicht nötig war. Er schnitt ihr Haar so, wie er es wollte. Erinnern Sie sich an die Perücke, die der Täter unserer Meinung nach trug? Ihre Perücke aus *Dressed to Kill*?«

»Ja?«

»Nicht er hat sie getragen. Es waren die Mädchen. Er hat sie angenäht, damit sie nicht herunterrutschte, wenn er mit den Leichen seine Spielchen trieb. Als er die Perücke abnahm, riß die Haut und ist zwischen den Stichen aufgeplatzt. Er will, daß alle Mädchen gleich aussehen.« Caffery schob die Fotos in den Umschlag zurück. »Das ist der Zweck des Make-ups und der Brustverstümmelungen. Er fertigt Klone an. Wahrscheinlich behält er sie tagelang bei sich im Bett.« Er stand auf und zog sein Jackett an. »Wenn wir jetzt noch herausfinden, *wem* die Mädchen gleichen sollen, wären wir schon auf halbem Weg im Old Bailey.« Er nahm seine Schlüssel heraus. »Wollen wir?«

»Wollen wir was?«

»Nach St. Dunstan, glaube ich.«

Im Einsatzbesprechungsraum herrschte rege Geschäftigkeit. Die Detectives, die wegen des frühen Sommeranfangs kurzärmlige Hemden trugen, schleppten Akten durch die Gegend. Die Jalousien waren geschlossen, und die Lichter brannten. Marilyn Kryotos hatte unter dem Schreibtisch ihre Schuhe ausgezogen und verzehrte langsam ein Stück Cremetorte, während sie HOLMES für Jacks Befragungen im St. Dunstan Hospital vorbereitete. Sie müßte bis zu einhundertachtzig Dateien einrichten, nur um all die Querverbindungen abzudecken, die gebraucht wurden.

»Jack, Jack, Jack«, murmelte sie. »Was geht bloß in deinem Kopf vor?«

Der Eindruck, den Caffery auf Frauen machte, blieb Marilyn Kryotos, der Übermutter mit dem aufmerksamen Blick, nicht verborgen. Sie beobachtete die Sachbearbeiterinnen hinter den Bildschirmen, die die Beine überkreuzten und wieder zurückstellten, wenn er durch den Raum ging, die zerstreut nach unten griffen, um sich die Waden zu reiben und die Finger durch die Fesselriemchen gleiten zu lassen. Und er schritt gleichgültig mit desinteressierter Haltung an ihnen vorbei und hatte gelegentlich einen Schnitt vom Rasieren im Gesicht. Marilyn hegte keinerlei Zweifel darüber, was die Mädchen mit diesen Schnitten gern anfangen würden. Aber Caffery schien von alldem vollkommen unberührt zu sein; als gäbe es in seiner Welt lohnendere Beschäftigungen. Marilyn war gespannt, Veronica kennenzulernen, die berühmte, tapfere Veronica, die diese Woche eine Party geben wollte, obwohl sie sich doch gerade einer chemotherapeutischen Behandlung unterziehen mußte.

Als nach fünfmaligem Klingeln im Büro des Senior Officers niemand antwortete, wurde Bassets Anruf automatisch in den Einsatzbesprechungsraum umgeleitet, auf den Apparat neben Marilyns Schreibtisch. Detective Inspector Diamond, der gerade sein Jackett anzog und zur Tür ging, um den Durchsuchungsbefehl für Geminis Wohnung abzuholen, blieb stehen und nahm ab.

»Einsatzbesprechungsraum.« Eine Pause und dann: »Detective Inspector Caffery ist nicht hier, Kollege. Wer möchte ihn sprechen?«

Marilyn sah auf. *»Er ist in seinem Büro«*, flüsterte sie.

»Er ist gerade beschäftigt. Kann ich behilflich sein?« Diamond hörte einen Moment zu und klebte einen grünen Merkzettel ans Telefon. »Wenn Sie eine Spur haben, warum nehmen Sie die Aussage dann nicht selbst auf und schicken sie uns rüber, und wenn wir sie brauchen können, gehen wir der Sache nach.« Er brach ab. »Also gut, Kollege, ganz wie Sie meinen.« Er zog einen Stift heraus, nahm die Kappe ab und beugte sich hinunter, um etwas aufzuschreiben. »Was haben Sie denn für mich?«

Er schrieb schnell ein paar Notizen auf, warf einen gierigen Blick auf Marilyns Cremetorte, hörte zu, steckte die Kappe wieder auf den Stift, klemmte sich den Hörer unters Kinn, sah wieder auf die Torte und kratzte abwesend das Fußgelenk über seiner Socke. Wieder bedruckte Socken, bemerkte Marilyn. Diesmal mit Wallace und Gromit. Ungefähr das, was sie erwartet hätte. Sie wandte sich wieder dem Bildschirm zu.

»Hören Sie, Mr. Basset, *Basset*! Wenn *ich* auch mal was sagen darf. Danke. Jetzt sagen Sie mir: Sprechen wir hier von einem ICI, einem männlichen Weißen? Das tun wir? Gut. Und diese Frau kommt ständig aufs Revier gerannt?« Er hörte zu und lächelte. »Ich verstehe. Nein, nein, nein. Wir nehmen jeden Hinweis ernst. Danke für den Tip. Ich gebe ihn an die Einsatzmannschaft weiter. In Ordnung?«

Nachdem er den Hörer aufgelegt hatte, stand er auf, streckte sich und kratzte sich am Bauch. »Himmel.« Er gähnte. »Genau der Mist, der angeschwemmt wird, sobald die Öffentlichkeit von etwas Wind bekommen hat.« Er leckte sich über seine Lippen. »Wo ist Ihre Akte Nummer dreizehn, Süße?«

Marilyn sah auf. »Wie bitte?«

»Wo ist der Abfall?«

Mit dem bloßen Fuß zog sie den Abfallkorb für vertrauliche Papiere unter dem Schreibtisch hervor. »Der Reißwolf ist außer Betrieb. Sie müssen das hier benutzen.«

»Sie sind ein liebes Mädchen. Wissen Sie das?« Er knüllte das Papier zusammen, trat ein paar Schritte zurück und warf es in den Korb. »Verdammte Füchse.«

»Verdammte Detectives«, sagte Marilyn leise. Vorsichtig wischte sie sich mit einem Taschentuch einen Cremetropfen von den Fingern und machte sich wieder an die Arbeit.

25. KAPITEL

Während Diamond in seiner Eigenschaft als selbsternannter Leiter der Mission, Gemini zu verhaften, nach Deptford fuhr, begaben sich Caffery und Essex nach St. Dunstan in Greenwich. Es war ein schöner, strahlender Tag, und auf den Straßen entlang des Parks, wo Kastanienbäume über die Mauern hingen, spazierten Frauen in blumenbedruckten Kleidern mit Kinderwagen, blieben gelegentlich geduldig stehen und warteten mit ausgestreckter Hand, bis ein dickbeiniger Dreikäsehoch aufholte. Die Straßenränder waren mit abgestellten Autos gesäumt, fast eine halbe Meile entfernt fanden sie erst einen Parkplatz.

»Ich frage mich, was er an einem Tag wie diesem macht«, sagte Essex und sah in den Himmel hinauf, als sie einparkten. »Der Vogelmann, meine ich. Ich frage mich, ob er über das nächste Opfer nachdenkt.«

»Er denkt an eine Frau mit blondem Haar.«

»Sie meinen diesen Klon. Ist das jemand, den er kennt?«

»Oder jemand, den er zu kennen glaubt.« Caffery öffnete die Fenster einen Spaltbreit, sperrte den Wagen ab und zog sein Jackett an.

»Also suchen wir jemanden, der einen Wagen fährt, sich in Anatomie auskennt und ein Faible für Blondinnen mit kleinen Titten hat.«

»Poetisch.«

»Ja.« Sie traten zur Seite, um eine Joggerin in schwarzweißem Sweatshirt vorbeizulassen. Essex drehte sich um und beobachtete, wie ihr weißblonder Pferdeschwanz in der Sonne auf und ab hüpfte. »Vielleicht hat er die nächste schon.« Er sah Caffery an. »Vielleicht macht er es gerade mit ihr.«

Essex dachte über diese Möglichkeit nach, als sie schweigend auf das Krankenhaus zugingen. Eine Weile redete keiner. Bis Essex das Schweigen brach, plötzlich stehenblieb, auf den Fersen nach hinten wippte und ein langes, leises Pfeifen ausstieß.

»Wow. Sehen Sie mal da.«

In der Nähe der Krankenhaustore, in einer der lizensierten Parkbuchten, stand ein grünes Cobra-Cabrio mit Speichenrädern, cremefarbenen Sitzen und Holzsteuerrad, das in der Sonne glänzte. Essex ging ehrfürchtig und mit demselben glasigen Blick darauf zu, den Caffery in der Wohnung von Joni und Rebecca an ihm bemerkt hatte. »Oje, Mamma mia, entschuldigen Sie, wenn mir einer abgeht.«

Caffery verdrehte die Augen zum Himmel und seufzte. »Du lieber Gott, wenn Sie schon nicht anders können, machen Sie es wenigstens diskret. Und schnell, Detective Sergeant Essex. Diese schöne Stadt zählt auf Sie.«

Wendy, die Bibliothekarin, die ihr gewohntes Twinset trug, errötete, als sie Caffery sah. Sie hatte den Raum vorbereitet.

»Obwohl Sie ihn beinahe nicht bekommen hätten, eines der Komitees tagt heute, ich dachte schon, sie würden diesen Raum wollen. Ich schätze, Sie hatten Probleme mit dem Parken, nicht wahr?«

Die Jalousien waren heruntergezogen, auf dem Schreibtisch lag aufmerksamerweise ein Schreibblock, den er nicht benutzen würde, und daneben standen zwei Plastikbecher mit dampfendem Tee und Trockenmilch. Essex schmuggelte heimlich den Tee hinaus, goß ihn in das Urinal und besorgte Kaffee und Twix-Riegel aus der Kantine. Dann marschierte er mit der Liste los, um einige der Leute, die befragt werden sollten, zu holen.

Um zwölf Uhr dreißig hatte Caffery drei Beschäftigungstherapeuten und einen Techniker aus der Augenabteilung befragt, als die Tür aufging und Cook eintrat. Sein schütteres kupferfarbenes Haar war unter einem Haarnetz zusammengerollt, er trug keinen Kittel, sondern nur ein gestreiftes, ärmelloses T-Shirt in Regenbogenfarben, auf das ein Marihuanablatt aufgesteppt war. Er hatte eine übergroße Sonnenbrille auf der Nase, die er erst abnahm, nachdem er die Tür geschlossen hatte. Wiederum verblüfften Caffery die entzündeten, feuchten Augen.

»Wir haben uns schon kennengelernt.« Caffery streckte die Hand aus.

»Thomas Cook.«

»Ein Name, den man sich leicht merken kann.«

»Es geht um diese Mädchen, nicht wahr?« Er ignorierte Cafferys Hand und zog einen Stuhl heraus, ohne zu warten, bis er zum Sitzen aufgefordert wurde. »Seit ich Sie neulich hier gesehen habe, habe ich Ihren Besuch erwartet.«

Caffery legte die Fingerspitzen aneinander. »Sie wissen Bescheid darüber?«

»Es stand in allen Zeitungen, und Krishnamurthi hat es überall herumposaunt. Es wird behauptet, es sei ein Nachahmungstäter von Jack the Ripper.« Er hatte eine weiche, nasale, weibliche Stimme. »Daraus schließe ich, daß dieser Typ sie *aufgeschlitzt* hat. Habe ich recht?«

»Kennen Sie Krishnamurthi?«

»Ich bin beim technischen Personal. Ich habe ihm bei ein paar Obduktionen geholfen, bevor er im Innenministerium ein großes Tier geworden ist.«

»Sind Sie Sektionsdiener?«

»Ich wollte Arzt werden.« Sein Gesicht war ausdruckslos. »Der Job war das letzte, was zu kriegen war, aber damit verdiene ich meinen Lebensunterhalt.«

»Mr. Cook. Ich führe hier nur Routinebefragungen durch. Wie Ihnen mein Detective Sergeant hoffentlich schon erklärt hat, sind Sie zu nichts verpflichtet. Sie reden aus eigenem freien Willen mit mir, nicht wahr?«

»Deswegen bin ich hier.«

»Sie wohnen...« Caffery setzte seine Brille auf und überprüfte die Adresse auf der Liste. »Wo? In Lewisham?«

»Auf der Greenwicher Seite. In der Nähe von Ravensbourne.«

»Kennen Sie das Pub auf der Trafalgar Road? Das Dog and Bell?«

»Glaube nicht.«

»Sie kennen es nicht?«

Er faltete die blassen, haarlosen Hände auf dem Tisch vor sich. »Ich glaube nicht.«

Caffery nahm seine Brille ab. »Kennen Sie es?«

»Ja, kenne ich. Nein, ich gehe dort nicht rein.«

»Danke.« Er setzte seine Brille wieder auf. »Haben Sie je diese Frau gesehen?« Er schob ein Foto von Shellene über den Tisch.

»Ist das diejenige, deren Gesicht von einem Raupenfahrzeug zerquetscht wurde?«

»Sie haben ja eine Menge gehört.«

»Die Leute tratschen.« Er neigte den Kopf zur Seite und sah das Foto an. »Nein, ich kenne sie nicht.«

Caffery schob die Fotos von Petra, Kayleigh und Michelle über den Tisch. Cook legte den Finger auf Kayleighs lächelndes Gesicht und zog es näher heran.

»Kennen Sie sie?«

Er schob das Foto zurück und sah Caffery mit seinen entzündeten, farblosen Augen an. »Nein. Ich würde mich an sie erinnern.«

»Wenn es bei unseren Untersuchungen behilflich wäre, wären Sie mit der Abnahme einer Speichelprobe einverstanden, um eine DNA-Analyse anfertigen zu lassen?«

»Kein Problem.«

Caffery sah ihn prüfend an. »Keine Einwände dagegen?«

»Sie glauben, weil ich aussehe wie ein Hippie, würde ich mich an keinerlei Regeln halten? Nun, das trifft nicht zu; ich vertraue der Wissenschaft. Ich *bin* Wissenschaftler. Zumindest ein bißchen.«

»Können Sie mir sagen, was Sie in der Nacht des 16. April gemacht haben? Und in der Nacht des 19. Mai, das war vor zwei Wochen?«

»Ich habe keine Ahnung. Ich frage, wenn ich nach Hause komme. Sie wird sich erinnern. Mein Norden, mein Süden, mein Osten und Westen.« Sein Ausdruck veränderte sich nicht. »Meine Sekretärin für gesellschaftliche Beziehungen, mein Gedächtnis.«

Caffery suchte in seinem Anzug nach einer Karte. »Wenn Sie sich erinnern, rufen Sie mich an.«

»Ist das alles?«

»Außer Sie haben mir noch etwas zu sagen.«

»Sie haben offensichtlich nicht viele Spuren.«

»Wir haben eine DNA-Probe.«

»Natürlich haben Sie die.« Thomas stand auf. Er war nicht groß. Seine Gliedmaßen waren rund und seine Hände groß. »Ich werde mich melden.« Er griff in seine Gesäßtasche, um seine Sonnenbrille herauszuziehen, setzte sie auf und ging in die lichterfüllte Bibliothek hinaus.

In dem abgedunkelten Raum schnupperte Caffery in die Luft. Cook hatte einen leicht säuerlichen Geruch zurückgelassen. Irgendeine Mischung aus alter Milch und Patschuliöl. Nachdenklich trommelte er mit dem Stift auf den Schreibtisch.

Nach einer Weile schrieb er: *Thomas Cook: behauptet, er sei verheiratet/lebe mit jemandem zusammen. Glaubwürdig?????*

Er dachte einen Moment nach und schrieb dann darunter:

Nein.

Mittags aßen er und Essex im Ashburnham Arms Pasta funghi und tranken Spitfire-Bier dazu. Während der nachmittäglichen Befragung war die Bibliothek ruhiger. Essex marschierte los, um das Personal aus der Radiologie zusammenzuholen, und Caffery setzte sich ans Fenster, um die morgendlichen Notizen durchzugehen. Nach einer Weile bemerkte er einen grauhaarigen Mann in einem weißen Mantel, der in einer Nische am anderen Ende der Zeitschriftenabteilung saß und beim intensiven Studium den Kopf über seine Lektüre beugte. Er kam ihm bekannt vor.

Caffery ging zu ihm hinüber.

»Tag.«

Der Mann nahm seine Nickelbrille ab und sah freundlich auf. »Guten Tag.«

»Tut mir leid, Sie zu stören.«

»Schon gut. Kann ich Ihnen behilflich sein?«

»Ja.« Caffery setzte sich und stützte die Ellbogen auf den Tisch. »Sie sind Dr. Cavendish.«

»Das stimmt.«

»Sind Sie vom Guys-Krankenhaus weggegangen?«

»Nein, nein.« Er schloß die Bücher und steckte die Brille in die Tasche. »Ich bin hier als Gastmediziner. Es geht um Sichelzellen. Ungewöhnlich hohes Vorkommen in Südostlondon.«

»Wir haben uns bereits kennengelernt.«

Cavendish wirkte verlegen. »Entschuldigen Sie. Wenn ich einen Fehler habe, dann den, mir keine Gesichter merken zu können. Ich bin kein Mensch, der in erster Linie von visuellen Eindrücken geleitet wird, eine Eigenart, die sich bei Mrs. Cavendish über die Jahre hinweg als sehr hilfreich erwiesen hat.«

Caffery lächelte. »Wir sind uns vor etwa vier Monaten begegnet. Sie haben eine Freundin von mir nach einer Hodgkin-Erkrankung behandelt, eine Ultraschalluntersuchung durchgeführt.«

»Gut möglich, gut möglich. Um die Milz zu untersuchen.«

»Wir sind Ihnen sehr dankbar.«

»Danke. Wie macht sie sich?«

»Nicht gut. Sie hatte einen Rückfall. Sie haben sie gestern nachmittag im Guys behandelt.«

Cavendish kniff die Augen zusammen. »Ah ja, ich verstehe. Ich glaube, Sie verwechseln mich mit Dr. Bostall?«

»Nein, Veronica Marks. Sie war gestern bei Ihnen.«

»Nun ja. Ich kenne den Namen, aber ich habe sie...« Er

brach ab, schlug die Beine unter dem Tisch übereinander und öffnete sie dann wieder. »Sie werden verstehen, daß ich an die ärztliche Schweigepflicht gebunden bin. Selbst auf das Risiko hin, unhöflich zu erscheinen, sehe ich mich nicht in der Lage, über Patienten zu diskutieren.«

»Aber Sie *haben* Sie gestern abend gesehen?«

»Hmm.« Er öffnete das Buch und setzte die Brille auf. »Ich halte es für das beste, wenn wir diese Unterhaltung jetzt beenden, Mr....?«

»Caffery.« Caffery setzte sich mit klopfendem Herzen ihm gegenüber. »Dr. Cavendish, ich muß Sie etwas fragen.«

»Lieber nicht. Sie bringen mich in eine peinliche Lage.«

»Es bezieht sich auf keinen bestimmten Fall. Ich bin nur, ich bin fasziniert von einem der neuen Tests zur Diagnose von Hodgkin.«

Cavendish sah auf. »Faszination ist gesund und unbedingt wünschenswert. Vor allem bei jungen Leuten.«

»Es handelt sich um den Test mit dem Kontrastmittel.«

»Nicht in bezug auf einen bestimmten Fall?«

»Nein.«

»Gallium oder Lymphangio?«

»Derjenige, der an den Füßen eingebracht wird. Den man sehen kann.«

»Das Lymphangiogramm. Es zeigt an, ob sich der Krebs in die unteren Körperregionen ausgebreitet hat. Meine Patienten gaben mir zu verstehen, daß es sich um eine unangenehme Prozedur handelt.«

»Sie haben den Test in letzter Zeit nicht verändert? Sie führen kein anderes Kontrastmittel ein? Eines, das schneller verblaßt?«

»Nein, nein. Es ist immer noch Leinsamenöl. Es dauert mehrere Tage, manchmal Wochen, bis es den Körper wieder verläßt.« Er strich sich mit dem Finger über die trockenen Lippen. »Mr. Caffery, wenn Sie wirklich daran interessiert sein sollten, verweise ich Sie auf einen Artikel über Vinblastin im British Medical Journal dieses Monats. Sehr interessant, zufälligerweise von einem Kollegen verfaßt, aber meine Empfehlung ist von keinerlei Parteilichkeit geleitet.«

»Danke.« Caffery streckte die Hand aus. »Ich glaube, Sie haben mir alles gesagt, was ich wissen muß.«

26. KAPITEL

Um sieben Uhr abends war es windig geworden, die Böen trieben niedrig hängende, braune Wolken über den Himmel, und die Autofahrer klappten die Blenden vor der ständig wieder aufblitzenden abendlichen Sonne herunter.

Caffery hatte keine Lust, nach Hause zu gehen. Dort wäre Veronica mit ihrer vorgespielten Blässe und Erschöpftheit, und er hatte Angst, was er ihr sagen – oder ihr antun könnte. Genausowenig wollte er ins Büro gehen, um erleben zu müssen, wie die Gespräche um ihn verstummten, weil er trotz allem einen Verlierer stützte und Gemini die Stange hielt, der sich jetzt gerade auf dem Weg zum Polizeirevier von Greenwich befand. Caffery wollte nur eines, nämlich Rebecca sehen. Als ihm die Ausrede dafür einfiel, hörte sie sich auf beruhigende Weise legitim an.

Innerlich plötzlich erregt, setzte er Essex am Revier ab, kehrte um und begab sich wieder in den dichten Abendverkehr auf der Trafalgar Road. Bei Bugsby Way hörte der Regen so plötzlich auf, wie er angefangen hatte, und die Abendsonne machte einen letzten Versuch, die Erde zu trocknen. Glänzend lag sie auf der dick verschlammten Themse und warf lange Schatten auf die abblätternden Werbetafeln auf der anderen Straßenseite. Das einzige, was sich bewegte, waren weggeworfene Plastiktüten, die über die leeren Zufahrtswege wehten, und Caffery war erneut verblüfft über die seltsame, gottverlassene Einsamkeit dieser Gegend.

Das Gelände des Betonwerks hatte sich dramatisch verändert. Der Fundort war nicht freigegeben worden, aber die Spurensicherung hatte ihre Suche nach Fingerabdrücken inzwischen abgeschlossen; die Geräte zur Untersuchung des Bodens waren verschwunden, das Förderband und die Siebe waren außer Betrieb, und die Metallbarrieren, die die Presseleute zurückhalten sollten, standen überflüssig herum; an einer Barriere flatterte noch träge ein Stückchen Absperrband.

Detective Constable Betts saß unauffällig in seinem Dienstwagen am Ende der Auslieferstraße und wärmte sich das Gesicht in der Abendsonne. Caffery erwiderte seinen Gruß und duckte sich unter dem Absperrband hindurch. Seitdem er das letzte Mal hier gewesen war, war überall frisches, regennasses Grün hervorgesprießt. Er marschierte in Richtung Bugsby Way zurück, den gleichen Weg, den er in jener ersten Nacht mit Fiona Quinn gegangen war. Es war schwieriges Gelände, seltsam lange, schlammfarbene Halme schlangen sich um seine Fußgelenke, und als er das andere Ende der Umzäunung erreicht hatte, waren die Schatten länger geworden, und seine Socken waren durchweicht und mit Samenkapseln besät.

Er blieb stehen, hob mit halbgeschlossenen Augen das Gesicht in die Luft und roch den schlechten, bitteren Geruch von wildem Mohn, der sich mit den Gerüchen des Flusses vermischte. Auf dieser Seite des Zauns war nur eine größere Öffnung gefunden worden. Auf der Lieferstraße gab es zahlreiche Löcher. Die anerkannte Theorie lautete, daß der Täter in der Lieferstraße geparkt und die Leichen fast eine Viertelmeile über das schwierige Gelände geschleppt hatte, dann zum Wagen zurückgekehrt war, um den Gartenspaten zu holen, den er, wie man annahm, zur Aushebung der Gräber benutzt hatte. Caffery glaubte, daß der Vogelmann einen Grund gehabt haben mußte, vor den Morden hierherzukommen oder hier vorbeizufahren. Ein Angestellter des St. Dunstan käme auf seinem Heimweg zu einer Vielzahl von Orten hier vorbei, gleichgültig, ob er in Kent, Essex oder sogar in einigen Vierteln von Blackheath wohnte.

Ein Fetzen von Detective Quinns fluoreszierendem Band,

das bei der Suche nach Fingerabdrücken abgerissen und weggeworfen worden war, lag zu Cafferys Füßen. Er hob ihn auf, sah ihn genau an und drehte ihn zwischen den Fingern. All die Flaschen und Dosen von Heineken, Tennants, Red Stripe, Wray und Nephew, die von hier mitgenommen worden waren, wurden nun mit Abdruckpuder bestäubt und in der Asservatenkammer von Shrivemoor aufbewahrt.

Wray und Nephew – Rum – Gemini – Drogen. Irgend etwas an dieser Verbindung schien von Bedeutung zu sein. Drogen und die Fesselspuren an Spaceks Hand- und Fußgelenken.

Nur Spacek hatte sich gewehrt. Irgendwo war eine Verbindung zwischen allem. Zwei Seemöwen strichen über das Gelände und beobachteten ihn. Cafferys Gedanken bewegten sich so langsam voran wie die Wolken.

Vier der Mädchen waren drogensüchtig. Nur Spacek nicht. Es *gab* einen Zusammenhang. Er ließ das Band fallen und drehte es mit der Fußspitze um.

Etwas – ein *Band?* –, um Spacek zu fesseln. Drogen.

Und dann war es ihm mit einem Schlag klar. Er legte den Kopf zurück, holte tief Luft und war überrascht, daß sein Herz klopfte.

Der Täter mußte Spacek fesseln, weil sie die einzige war, die nicht stillhalten wollte. Sie war keine Drogensüchtige, er konnte sie nicht *überreden,* sich eine Nadel in den Nacken stoßen zu lassen. Das Ziel bestand weder darin, den Mädchen Drogen zu verabreichen, damit sie stillhielten, noch bedrohte er sie. Die Wahrheit war viel einfacher, viel tragischer.

Die Opfer machten es freiwillig; sie beugten sich vor, hielten vielleicht sogar das Haar noch hoch und legten es übers Handgelenk, um ihm den Zugang zu der verletzlichen Stelle aus Knochen, Sehnen und Liquor zu erleichtern, an dem sich das neurale Schaltzentrum befindet. Der Hirnstamm. Er hatte sie überzeugt, daß sie genau das wollten, daß es die schnellste Möglichkeit sei, high zu werden, *»der schnellste Weg in den Blutkreislauf«*, und sie waren verzweifelt genug, um es auszuprobieren. Er verfügte über genügend rudimentäre medizinische Kenntnisse, besaß Selbstbewußtsein und kannte den Jargon. So konnte es sich abgespielt haben, vor allem, wenn die Mädchen, deren Willen von jahrelangem Heroinmißbrauch geschwächt war, ihren Mörder bereits kannten und ihm vertrauten.

»Hallo. Sie!«

Caffery drehte sich um. Der Mann, der auf ihn zukam, war groß, hatte eine Brust wie ein Faß und trug einen Nadelstreifenanzug, dessen Jackett offenstand, und über dem dunkelblauen Hemd mit der dunkelblauen Krawatte waren Hosenträger sichtbar. Sein schütteres Haar war genauso pomadisiert wie das von Diamond. Gold blitzte am Hals und an den Handgelenken. »Die Bullen hätten Sie aufhalten sollen. Von Ihrer Sorte haben hier schon genug rumgestöbert.«

Caffery zeigte seinen Ausweis, und der Mann blieb ein paar Meter entfernt stehen. »Nein, mein Lieber, tut mir leid. Nur so rausziehen, das reicht mir nicht. Geben Sie ihn mir.« Er tippte auf seine Handfläche. »Ein beschissener Presseausweis, oder?«

Caffery beugte sich vor und hielt seinen Ausweis hoch. »In Ordnung?«

Der Mann rieb sich die Nase und steckte die Hände in die Hosentaschen. »Ja, ja. Nichts für ungut. Den ganzen Tag über haben hier Leute rumgeschnüffelt.«

»Sie sind North. Der Besitzer.«

»Stimmt.«

»Wir wurden einander nicht vorgestellt, aber ich habe Sie gesehen. In der ersten Nacht, als wir hier waren.« Er steckte seinen Ausweis wieder ein. »Ich sehe mich hier um.«

»Sie glauben wohl, er kommt hierher zurück. Man sagt ja, der Hund kehrt zu seiner Kotze zurück.« Er lehnte sich nach hinten und sah in den Himmel. »Also? Wann kann ich davon ausgehen, daß Sie mein Grundstück räumen?«

»Sobald wir einen Schuldigen haben.«

»Heute nachmittag hab' ich mit Ihrem Superintendent geredet. Ich hab' gehört, Sie hätten jemand auf dem Revier. Stimmt das?«

»Darüber kann ich nichts sagen.«

»Ein Schwarzer, nicht wahr?«

»Woher wissen Sie das?«

North trat von einem Bein aufs andere und rieb sich die Nase. »Ich hab' heute morgen gehört, daß die ganze Gegend zwangsenteignet wird. Ein Unglück kommt selten allein, was?« Er klimperte mit Kleingeld in seinen Taschen und sah in den Himmel hinauf, wo sich Wolken zusammenzogen. »Vielleicht sollte ich Sie auf Entschädigung verklagen, was?«

»Ich kann Sie nicht davon abhalten.« Caffery drehte sich um. »Wenn Sie mich jetzt entschuldigen wollen.«

»Ja. ja.« Er stand bewegungslos da und beobachtete Caffery, der sich auf den beschwerlichen Rückweg zur Lieferstraße machte. Erst als er völlig verschwunden war, rührte sich North. Er ließ den Kopf sinken und kauerte, das Gesicht in die Hände gelegt, auf seinen Fersen.

Über dem Themse Barrier hatte es wieder zu regnen begonnen.

Nachdem er mit Peaces Körper gemacht hatte, was er machen mußte, fuhr er weiter. Es gab nur noch eines zu tun: in Bewegung zu bleiben.

Sieh lieber nicht nach unten, Toby.

Er verbrachte den ganzen Tag mit Fahren, als könnte er den schlechten Geschmack vertreiben, wenn er beständig in Bewegung blieb, durch Sturm und Sonne, durch Nieselregen, belaubte Häuserreihen in Camden, grüne Wiesen in Hampstead und über die klebrigen roten Straßen des Hydeparks, bis der Motor des Cobra heißlief und die Sonne hinter Westminster versank.

Kurz nach Einbruch der Dämmerung befand sich Harteveld auf der London Bridge. Ihm stockte der Atem. London breitete sich vor ihm aus, von der diamantenen Spitze der Canary

Wharf nach Westen, durch Millionen von Lichtern, die sich auf der Themse spiegelten, bis zum Parlament.

Er hielt an, fand das Koksbriefchen in seiner Tasche und wickelte es auf. Mit dem Nagel des kleinen Fingers schob er sich etwas Koks in den linken Nasenflügel. Zu seiner Rechten, hinter Guy's Tower, wo alles angefangen hatte, hing ein tiefer, sanft leuchtender Mond. Harteveld lehnte sich in seinen Sitz zurück und starrte ihn an.

Unter der Brücke schwappte Wasser gegen die Pfeiler.

Er rieb sich die Schläfen und ließ eilig den Cobra an.

Sieh lieber nicht nach unten.

27. KAPITEL

Sie trug ein kurzes, geblümtes Kleid ohne Ärmel und ein schweres kupfernes Armband am Handgelenk: Rebecca war gerade dabei auszugehen, als Jack läutete. Eine Privatausstellung im Barbican Center, normalerweise wäre sie nicht hingegangen, aber dadurch kam sie wenigstens für einen Abend aus Greenwich heraus. Sie brauchte Abwechslung. Seit dem Tag, als die beiden Detectives Caffery und Essex in die Wohnung gekommen waren, hatte Rebecca an kaum etwas anderes denken können. Sie verbrachte die Tage vor der Staffelei, ohne zu arbeiten, zog abwesend ihren Malpinsel durch Daumen und Zeigefinger und stellte sich die Gesichter vor: Kayleigh, Shellene, Petra, während Joni vor sich hin summte, zum Frühstück Joints rauchte und high blieb, bis es an der Zeit war, ins Bett zu gehen. Joni hatte deutlich gemacht, daß sie über die Geschehnisse nicht diskutieren wollte. Sie kam kaum nach Hause, und wenn sie heimkam, senkte sich eine seltsam verlegene Schweigsamkeit über das Paar.

In der Stille spürte Rebecca die ersten zarten Regungen einer Veränderung.

Ach, mein Gott, es hat sich lange genug angekündigt.

Verschiedene Welten, jeder sagte das, die beiden lebten in verschiedenen Welten. Und die einzige Verbindung, die einst so verlockend und bedeutsam erschienen war, hatte sich im Lauf der Zeit abgenutzt und verblaßte.

Rebecca war ein Mädchen vom Land. Ihr Vater, ein großer, ernster Mann mit klassischem Philosophengesicht, fand sein wahres Glück nur im Studierzimmer zwischen goldgeprägten

Ausgaben elisabethanischer Liebessonnette. Während seine Frau im oberen Stockwerk hilflos herumtaumelte und sich massenweise verschriebene Tranquilizer in den Mund stopfte. Die Ärzte raunten etwas von bipolaren Störungen. Manchmal lag sie tagelang im Bett und vergaß, sich zu waschen oder zu essen. Vergaß, daß sie eine Tochter hatte, um die sie sich kümmern sollte.

Und darauf mußte Rebecca ihre Identität aufbauen: auf Spensers Liebesgedichten und Amitriptylin. Und langen Schlafenszeiten. Wenn die kleine Becky laut war, wurden ihr Mamis Tranquilizer in den Orangensaft geschüttet.

Sie wuchs zu einem mageren, ernsten Teenager heran, der sich für sehr einsam und sehr einzigartig hielt.

Es sind die Väter, die Mißbrauch betreiben, nicht die Mütter. In den Zeitungen und im Fernsehen hört man nichts von Müttern.

Sie floh aus Surrey, wollte auf die Universität gehen, landete aber statt dessen in London. Und plötzlich war Joni da: in Shorts, mit einer herzförmigen Sonnenbrille auf der Nase und einer Marihuanazigarette zwischen den Zähnen kam sie ihr schwankend auf den Straßen von Greenwich entgegengetänzelt und schimpfte wie ein Wanderprediger über ihre beschissene Kindheit. Die hatte aus Sozialsiedlungswohnungen, Schlangestehen in Wohltätigkeitseinrichtungen, vollgekotzten Treppenhäusern und vögelnden Tauben auf ihrem Fenstersims bestanden. Aber das Thema war so vertraut, daß Rebecca wie vom Schlag gerührt war:

»Mum. Es war Mum, die mich auf Drogen setzte. Wenn sie einen schlechten Tag hatte, ließ sie mich einfach ihre Pillen schlucken, um mich ruhigzustellen. Sie schob sie mir in den Mund und brüllte das Haus zusammen, wenn ich sie nicht schluckte. Man hätte sie vierteilen sollen, bevor ich geboren wurde, das verdammte verrückte Miststück.«

Und Rebecca sagte:

»Einmal mußte ich mich in ihrem Badezimmer waschen. Sie

weinte. Ich war acht und begann, auch zu weinen. Sie gab mir Pillen, um mich zu beruhigen.«

»Das kenne ich: Tofranil.«

»Ja, irgendwas in der Art. Und wenn sie nicht richtig aß, habe ich auch nichts Richtiges bekommen. Einmal habe ich eine ganze Woche lang von Bananen-Nesquick gelebt. Mein Vater sagte, ich würde dürr werden, und das machte ihr angst. Sie fuhr schnurstracks zu Bejam's in Guildford und kam mit fünf Viertelpfundbechern neapolitanischer Eiscreme zurück, die sie mir runterzwang, bis ich alles auskotzte.«

»Und dann hat sie dich wahrscheinlich windelweich gedroschen.«

Sie wußten, wie verschieden sie waren, schworen sich aber, im Herzen Schwestern zu sein. Gemeinsam verlebten sie die glücklichen, ungestümen Jahre Anfang der Zwanzig, teilten sich Liebhaber und Lippenstifte. Keine der beiden machte sich Gedanken über die Zukunft, und Joni verschlief die Tage, um sich von den vergangenen Nächten zu erholen, während Rebecca früh aufstand und den Bus zum Goldsmith College nahm. Allmählich löste sich die innige Verbundenheit zwischen ihnen, und Rebecca vertraute Joni genausowenig an wie einem Kind.

Vor allem nicht das, was sie über Detective Caffery dachte.

Ein Bulle? Ein Bulle um alles in der Welt, bist du wahnsinnig?

Aber gestern vor dem Pub war sie vom Anblick seines Halses kurzfristig wie gelähmt gewesen. So etwas Albernes, aber sie war gebannt gewesen von der Kombination von gebräunter Haut, weißem Kragen und kurzgeschnittenem Haar. Und sie hatte sich mehrmals dabei ertappt, sich zu fragen, wie er wohl aussah, wenn er zum Höhepunkt kam.

Während sie jetzt in ihrem Partykleid im Atelier saß, bemühte sie sich, das Bild zu verscheuchen.

Wirklich, Becky, jetzt streng dein krankes Hirn mal an, und bemüh dich, an was Nettes, Sauberes und Anständiges zu denken.

Sie wartete, daß ihr das Blut wieder aus Gesicht und Armen wich, und drückte auf den Türöffner, um ihn einzulassen. Kurz darauf stand er, müde und etwas schlecht rasiert, vor ihrer Tür.

»Kommen Sie herein.« Sie hielt die Tür weit auf und beugte sich hinunter, um in einen Schuh zu schlüpfen. »Ich hab' nicht viel Zeit.« Sie zwängte sich in den zweiten Schuh, folgte ihm in die Küche und schaltete beim Gehen die Wandlampen an. »Ein Glas Pouilly?«

»Ist er schon offen?«

»Der Wein *strömt,* wenn ich nervös bin.«

»Weswegen?«

»Abgesehen vom Offenkundigen? Dem Millennium-Ripper?«

»Gibt's noch mehr?«

»Angst vor Gesellschaften im hochgestochenen Kunstmilieu, Horror vor schwarzen Rollkragen, Spitzbärten und endlosen Streitereien über Fluxus versus deutschen Expressionismus, bla-bla-bla. Sie wissen ja, wie das läuft. Irgendwelche Gecken, die zweihundert Pfund zahlen, um sich Farbe ins Gesicht werfen zu lassen, oder was sonst gerade angesagt ist. Wenn ich also schon aus meinem Atelier rauskommen und schlaue Dinge von mir geben muß, werde ich mich verdammt noch mal mit einem Gläschen stärken dürfen.«

Da er nicht lächelte, schwieg sie, holte den Wein aus dem Kühlschrank und stellte ihn auf den Holztisch, wo sich Kondensflüssigkeit um die Flasche sammelte. »Sie sagten, Sie hätten mir etwas mitzuteilen.« Sie stellte sich auf die Zehenspitzen, um im Schrank nach Gläsern zu suchen.

»Gemini ist zur Vernehmung abgeholt worden.«

Rebecca, mit zwei langstieligen Gläsern in der Hand, hielt mitten in der Bewegung inne. »Ich verstehe.«

»Ich dachte, das würde Sie interessieren.«

Sie ließ sich wieder auf die Fersen herab, stand ganz still und starrte den Kühlschrank an. »Wir haben darüber gesprochen.«

»Ich weiß.«

»Was ist schiefgelaufen?«

»Wir haben zu spät darüber gesprochen. Wenn Sie mir von Gemini und Shellene erzählt hätten, als ich beim ersten Mal danach fragte ...«

»Geben Sie mir die Schuld?«

»... oder als wir im Leichenschauhaus waren.«

»Also *geben* Sie mir die Schuld.«

»War nicht die Frau, die Sie in diesem Leichensack gesehen haben, wichtiger als der Drogennachschub Ihrer Freundin? Vielleicht hätte ich Ihnen Petra genauer zeigen sollen. Er hat sie *zerschlitzt,* wissen Sie. Ihre Brüste abgeschnitten, sie aufgemacht ...«

Daraufhin drehte sie sich zu ihm um. Caffery schwieg mit verständnislosem Ausdruck im Gesicht, als könne er nicht fassen, was er gerade gesagt hatte. »Mist. Tut mir leid.«

Rebecca erschauerte. »Ist schon gut.« Sie stellte die Gläser auf den Tisch, goß den Wein ein und reichte ihm ein Glas. Ihre Finger zitterten. »Ich habe früher in diesem Pub gearbeitet. Es hätte mich treffen können. Oder Joni.« Sie sah ihn an. »Das *ist* doch der Ort, wo er sie aufgabelt, oder?«

»Darüber müssen wir uns unterhalten. Sie und ich.«

»Also *ist* das der Ort, wo er sie findet.«

»Vermutlich.«

»Er folgt ihnen, wenn sie weggehen?«

»Das wurde vermutet.« Er hob das Weinglas hoch, sah es nachdenklich an und drehte es, um die letzten Sonnenstrahlen einzufangen, die durchs Fenster fielen. »Aber Sie müssen wissen, was *ich* glaube.«

»Sagen Sie. Was glauben Sie?«

»Ich glaube, sie haben ein Treffen mit ihm *arrangiert.* Um eine Nummer zu schieben, sich Stoff zu beschaffen. Ich glaube, daß sie ihn kannten, ihm bis zu einem gewissen Grad sogar vertrauten, sicherlich genügend, um sich an einem privaten Ort mit ihm zu treffen: in seinem Auto, vermutlich sogar in seinem Haus. Ich glaube, daß er äußerlich völlig angepaßt erscheint; vielleicht ist er Arzt oder Laborangestellter, jemand, der im Krankenhaus arbeitet.« Er hielt inne und wählte seine Worte sehr sorgfältig. »Er ist ganz sicher jemand, dem sie genügend vertrauen, um sich von ihm etwas in die Blutbahn spritzen zu lassen.«

Rebecca hielt mitten in der Bewegung inne und führte das Glas nicht ganz zum Mund. *»Was?«*

»Er sagt ihnen wahrscheinlich, es sei der schnellste Weg, um high zu werden. Vielleicht ist er jemand, mit dem sie zuvor schon zu tun hatten. Jemand, bei dem sie sich schon früher Stoff beschafft haben.«

»Warum erzählen Sie mir das?«

»Weil ich glaube, daß Sie ihm begegnet sind. Ihn kennengelernt haben, ihn vielleicht sogar schon länger kennen. Und Joni wahrscheinlich auch, obwohl ihr das nicht klar ist. Also frage ich Sie jetzt: Wenn Sie irgend jemanden aus irgendeinem Grund schützen, ganz gleichgültig, wie unwesentlich der sein mag …«

»Das reicht schon.« Sie hob die Hände. »Ich schütze niemanden. Das schwöre ich.«

»Ich glaube Ihnen.« Nachdenklich trank er seinen Wein und beobachtete sie über den Glasrand hinweg. »Können Sie sich daran erinnern, im Pub irgend jemanden kennengelernt zu haben, der im St. Dunstan arbeitet? Dem Krankenhaus?«

Sie runzelte die Stirn. »Ich weiß nicht. Nun, Malcolm, glaube ich. Er hat irgendwas mit einem Krankenhaus zu tun. Es ist jemand, den Joni seit Jahren kennt.«

»Familienname?«

»Weiß ich nicht. Sie zieht mit ihm herum, wenn sie nichts Besseres zu tun hat, läßt sich Drinks von ihm bezahlen, so was in der Art.«

»Sieht er wie ein Hippie aus?«

»Nein.«

»Kennen Sie einen Thomas? Thomas Cook?«

»Wie die Reisebüros? Daran würde ich mich wahrscheinlich erinnern.«

»Langes rotes Haar. Komische Augen. Einprägsam.«

Sie schüttelte den Kopf.

Caffery seufzte. »Nun, mein Job ist wahrscheinlich im Eimer, nachdem ich Ihnen das erzählt habe.« Er stellte das leere Glas auf den Tisch und lächelte sie an. »Vielleicht werde ich Kunstkritiker.«

»Ich werde nichts ausplaudern.«

»Danke.« Er meinte es ehrlich. »Danke.«

Sie stand an der Wohnungstür und sah ihm nach, als er die Treppe hinunterging. Er war schon fast aus dem Haus, als sie ihm nachrief.

»Detective Caffery?«

Sein dunkler Kopf tauchte unter ihr im Treppenhaus auf. »Was gibt's?«

Es war ihr schon herausgeplatzt, bevor sie es sich richtig überlegt hatte. »Er macht mir angst, wissen Sie? Der Mörder.«

Caffery antwortete nicht. Er sah plötzlich unglaublich müde aus. »Tut mir leid«, sagte er erschöpft und rieb sich die Stirn. »Ich muß gehen. Rufen Sie mich an, wenn Ihnen etwas einfällt.«

Im Zentrum von Greenwich waren die Straßenlampen angegangen, und die Gebäude waren weiß und golden erleuchtet, so festlich wie ein Ozeandampfer im Hafen. Ein dünner rosafarbener Streifen hinter den Dächern am westlichen Horizont war alles, was vom Tag noch übrig war. Taxis hielten an, Leute drängten sich vor Kinokassen. Rebecca stand vor dem Hotel Ibis, versuchte ein Taxi zu bekommen und zog sich die Strickjacke fester um die Schultern.

Sie war nervöser als sonst. Seitdem sie die High Road hinter sich hatte, hatte sie das unangenehme Gefühl, sie werde von irgendwo hoch droben zwischen den Wasserspeiern von St. Alphege beobachtet. Ihr Rücken juckte, und ihr Schweiß wurde kalt. Sie konnte es nicht erwarten, den Abend über aus Greenwich fortzukommen.

Von der Restaurantterrasse des Spread Eagle ertönte das leise Klirren von teurem Glas und Silber. Von Orangen- und Lorbeerbäumen fielen Blätter auf die Straße herab, und indirektes Licht warf riesige Schatten an die weißgetünchten Wände.

Etwas an den zitternden Blättern ließ Rebecca innehalten.

Was hatte Jack gesagt? Daß sie ihrem Mörder genügend vertrauten, um sich von ihm eine Spritze setzen zu lassen.

Ein eisiger Schauer überlief sie, als ihr die Antwort dämmerte. Die Orangerie in Crooms Hill. *Toby Harteveld.*

Natürlich. Sie warf den Kopf zurück und starrte in den dunkler werdenden Himmel hinauf. *Harteveld.* Daran hatte sie bis jetzt noch nicht einmal gedacht. Unter all den unendlichen Möglichkeiten, die ihr durch den Kopf gegangen waren, war ihr dieser Gedanke noch nie gekommen. Jetzt schien er so klar zu sein wie der Himmel.

Sie fröstelte trotz der warmen Nacht, knöpfte ihre Strickjacke fest zu und wandte sich um, um nach Hause zu gehen. Vergiß das Barbican. Sie wollte mit Jack Caffery sprechen.

28. KAPITEL

Veronica saß am Küchentisch und bereitete das Essen für die Party vor, neben ihr stand ein Glas Wein, und sie hackte und schnitt und warf alles auf ein Häufchen Minze und Tomaten, das auf der Marmorplatte lag. Sie trug eine Seidenbluse, die am Hals mit einer Goldbrosche geschlossen war, und über ihre marineblauen Nadelstreifenhose hatte sie eine Serviette gebreitet. Die Couscousière zischte leise auf dem Herd und dampfte zu dem dunklen Fenster hinauf.

»Ich wollte gerade eine Suchmannschaft zusammenstellen«, sagte sie lächelnd. »Ich habe dich um sieben zurückerwartet.«

Caffery griff nach der Glenmorangie-Flasche. Er füllte ein Glas, tauchte den Finger hinein und leckte ihn ab.

»Da stehen ein paar Lebensmittelkisten auf der Terrasse, die ausgepackt werden müßten.« Sie wischte das Messer an einem Küchentuch ab. »Du könntest etwas Garam Masala für den Spinat machen, wenn du Lust hast, und der Mörser müßte abgewaschen werden.«

Er stellte das Glas auf den Kühlschrank und fand Tabak und Papierchen in seiner Anzugtasche.

»Ich habe keine anständigen Gläser finden können, deshalb leiht uns Mum ihre florentinischen Kelche. Mit denen muß achtsam umgegangen werden. In Ordnung?« Sie schnitt zwei Zitronen entzwei, drückte eine Hälfte auf die Presse und sah ihn über die Schulter an. »Jack, ich sagte: in Ordnung?«

Caffery legte etwas Tabak ins Papier, rollte es zusammen, leckte das Papier an und suchte in seiner Tasche nach einem Feuerzeug.

»Jack. Hast du mich verstanden?«

»Ja.«

Sie legte die Zitrone weg und stützte den Arm auf die Stuhllehne. »Also?«

»Also was?«

»Mum leiht uns ihre Lieblingsgläser. Stell dir vor. Sie vertraut darauf, daß unsere schlimmen Freunde sie nicht zerschmettern. Wir sollten vor Dankbarkeit den Boden küssen.«

»Ich nicht.«

Ihr Gesichtsausdruck veränderte sich. »Nein, ehrlich. Wir sollten dankbar sein, weißt du?«

Er zupfte sich etwas Tabak von der Zunge. »Ich meine es ehrlich.«

Sie sah ihn eindringlich an und stieß dann ein kurzes Lachen aus. »Na schön, Jack.« Sie wandte sich wieder ihrer Arbeit zu. »Ich habe für morgen eine Unmenge von Dingen zu erledigen. Ich habe wirklich nicht die Kraft, um ...«

»Du hast mich angelogen.«

»Was?« Sie drehte sich langsam wieder um. »*Was* hast du gesagt?«

»Ich habe gedacht, du könntest sterben.«

»Was?«

»Ich habe dir *geglaubt.* Ich habe geglaubt, der Krebs sei wieder ausgebrochen.«

Sie verzog den Mund und schüttelte ungläubig den Kopf. »Du bist krank, weißt du? Das bist du wirklich. Glaubst du, ich würde so was erfinden?«

»Ich habe Dr. Cavendish getroffen.«

Veronica stand unbeweglich da. Er konnte förmlich sehen, wie das Tickerband der möglichen Lügen, der möglichen Ausreden in ihr abrollte. Einen Moment später preßte sie die Lippen so fest zusammen, daß er sah, wie sich ihre Halsmuskeln anspannten. Sie wandte sich ab und begann, wütend die Zitronen zu zerschneiden, sie auszupressen und mit ruckartigen Bewegungen den Saft in einen Krug zu gießen.

»Ich sagte, ich habe Dr. Cavendish getroffen.«

»Ja, und?« Sie warf die Zitronenschalen auf einen Haufen. »Ich *dachte*, er sei wieder ausgebrochen. Du kannst mir nicht die Schuld dafür geben. Du bist schwierig, Jack. Es war sehr schwierig für mich, mit dir zusammenzusein.«

»Nun, vielen Dank. Es war auch verdammt schwierig, mit dir zusammenzusein.«

»Ich glaube nicht, daß dir klar ist, in was für einer üblen Verfassung du warst, als ich dich kennengelernt habe, Jack. In einer *saumäßigen* Verfassung. Du bist nur aufgestanden, um zur Arbeit zu gehen, diesen Fettsack auf der anderen Seite des Bahndamms auszuspionieren und wegen deines blöden Bruders Trübsal zu blasen. Ich habe dich da rausgezogen.« Sie schlug mit der Handfläche auf das Messer, um es in die Zitronen zu stoßen. »Ich, ich habe dich da rausgezogen, ich habe dich aus diesem Pfuhl befreit. Alle, Mummy, Daddy, alle haben gesagt, ich würde meine Zeit vergeuden, aber ich habe nicht auf sie gehört. Gott, was für ein Idiot ich doch war.«

»Ich liebe dich nicht, Veronica. Ich möchte dich nicht mehr in meinem Haus haben. Du kannst den Schlüssel hierlassen.«

Sie ließ das Messer fallen, drehte sich verblüfft zu ihm um und starrte ihn lange an, bis er sich fragte, ob sie nach einer Antwort suchte oder sich bemühte, nicht in Tränen auszubrechen. Schließlich zwang sie ein hohes, scharfes Lachen aus sich heraus.

»Also, das ist *großartig*, Jack, das ist wirklich *großartig*.« Sie beugte sich mit bebenden Schultern über den Stuhl. »Weil ich nachgedacht habe.« Mit zitterndem Finger deutete sie auf ihn. »Ich liebe dich nämlich auch nicht. Ich glaube nicht, daß ich dich je geliebt habe.«

»Dann sind wir ja quitt.«

»Ja, quitt.« Inzwischen zitterte sie am ganzen Leib. »Ich werde, ich werde für die Party bleiben, und dann verschwinde ich aus deinem Leben. Und glaub bloß nicht, daß ich das nicht tue.«

»Wir sagen die Party ab.«

»Nein, das tun wir nicht. Das kannst du nicht. Nicht jetzt. Wenn du sie absagst, dann schwöre ich …« Mit Tränen in den Augen hielt sie einen Moment inne. »Ich schwöre …, o bitte, Jack, ich schwöre, du gibst mir den Rest, wenn du das tust.«

»Um Himmels willen.«

»Bitte, Jack! Es ist auch meine Party. Meine Freunde kommen. Bitte ruinier mir nicht alles!«

Caffery nahm sein Glas.

»Wohin gehst du?«

»Ich nehme ein Bad.«

»Hör zu.« Sie sprang auf und legte ihre zitternden Hände auf seine Brust. »Es tut mir leid, Jack. Es tut mir leid. Wirklich. Es ist doch nur, weil ich dich so sehr liebe …«

Aber er sah sie mit solcher Abscheu an, daß sich ihre Augen erneut mit Tränen füllten. Sorgfältig pflückte er ihre Finger von seiner Brust und schob sie auf den Stuhl zurück. Haltlos weinend sank sie nieder. »Du Mistkerl, du Mistkerl. Du hast mich *gezwungen*, das zu tun, du hast mich gezwungen zu lügen. Du und deine verdammte Besessenheit …«

Caffery nahm die Flasche vom Kühlschrank, schloß die Tür und ging nach oben.

Später, als sein Puls sich wieder beruhigt hatte, nahm er die Flasche Glenmorangie mit ins Badezimmer, glitt mit geschlossenen Augen ins Wasser und hielt das beschlagene Glas auf dem Wannenrand fest. Eine Woge der Müdigkeit ergriff seinen ganzen Körper. Bewegungslos lag er da, atmete durch die Nase und dachte absurderweise und voller Selbstmitleid, daß dies alles Pendereckis Schuld war. Daß Penderecki ihm einen Stein ins Herz gepflanzt hatte, der ihn daran gehindert hatte, gut und gesund aufzuwachsen, der ihn von einem Grundrecht ausgeschlossen hatte, dem Recht zu lieben.

Er dachte, er könne Veronica unten hören, die etwas Schweres hinaustrug, und er registrierte, daß die Eingangstür leise zuschnappte. Er trank wieder einen Schluck Whisky und tauchte unter, während der St. Christopherus von seiner Mutter, den er an einer Kette um den Hals trug, nach oben stieg und sanft gegen sein Kinn schlug, sanft wie ein vorsichtig beißender Fisch.

Er dachte über Rebecca nach. Über ihr Gesicht am Treppenabsatz. *»Er macht mir angst, wissen Sie, der Mörder.«*

Eine Stufe knarzte. Einen Augenblick lang war er sicher, daß sein Handy klingelte. Er hob den Kopf und lauschte angestrengt.

Stille. Er tauchte wieder unter. *Rebecca.* Er spürte das bekannte Ziehen in seinem Bauch. Würde er ihr dasselbe antun, was er den anderen angetan hatte, sie zwingen, sich zu demaskieren, die zerbrechliche Hülle ihrer Würde abzuwerfen, und dann das Interesse verlieren und sie verlassen, weil er an soviel wichtigere Dinge denken mußte?

Er setzte sich auf, trank den Whisky aus, stieg aus dem Bad und trocknete sich ab. Im Schlafzimmer lag Veronica auf dem Rücken, ganz still.

»Veronica?«

Sie schwieg, ihr Blick war leer.

»Veronica? Es tut mir leid.«

Sie erwiderte nichts.

»Ich habe nachgedacht.«

»Was?« sagte sie teilnahmslos. »Was hast du gedacht?«

»Die Party. Ich gebe sie.«

Sie seufzte und drehte sich von ihm weg. »Danke.«

»Ich werde heut nacht auf dem Sofa schlafen.«

»Ja«, sagte sie, während ihre Arme schlaff auf dem Bett lagen. »Mach das.«

29. KAPITEL

Der Raum des Polizeiarztes im Revier von Greenwich hatte keine Fenster. Der einzige Schmuck bestand aus einem vergilbten Heroinplakat und einem mit Folie überzogenen Blatt, auf dem die Rechte des Verhafteten auf rechtlichen Beistand aufgeführt waren. Auf einem niedrigen Resopaltisch lagen Broschüren, die nie jemand lesen würde. *HIV – Sind Sie gefährdet? Crack/Kokain – ein Rechtshandbuch* und eine Broschüre des *Vereins zur Unterstützung von Opfern – Hilfe für die Opfer von Verbrechen.*

»Krempeln Sie Ihren Ärmel hoch.« Der Gerichtsmediziner schrubbte sich, saubere weiße Hände glitten in Latexhandschuhe und öffneten einen Kasten zur Probenentnahme, in dem eine Spritze, eine nierenförmige Schale, Phiolen, Etiketten und Wattestäbchen lagen. Gemini fixierte den Blick auf einen losen Faden am dritten Knopfloch des weißen Mantels. Die Sache hatte eine schlimme Wendung genommen, das mußte er zugeben.

Als Detective Inspector Diamond vor zwei Tagen die Nase durch den Briefkastenschlitz gesteckt und gesagt hatte: *»Sie wissen, warum wir uns dafür interessieren, nicht wahr?«*, hatte Gemini die Nachrichten noch nicht gesehen. Die Polizeiaktion hatte ihn aber so aufgeschreckt, daß er sicher war, die Mädchen wären tot und daran wäre der Stoff schuld, den er für Dog verteilt hatte. Doch als Detective Diamond das zweite Mal an seine Tür klopfte, war alles schlimmer geworden, Gemini hatte die Zeitungen gelesen und kannte die Wahrheit. Er wußte, daß es sich hier um kein Drogenvergehen handelte. Er wußte, daß er den falschen Leuten ein wenig zu nahe gekommen war. Und jetzt war er so mit den Nerven am Ende, daß er sogar anfing zu beten.

Aber sie wollten ihn nicht einsperren, versicherte ihm Detective Diamond, es gebe keinerlei Verpflichtungen, nur ein paar Fragen, um ihn als Verdächtigen auszuschließen, und ob er je von Bürgerpflicht gehört habe. Und so zog er sein YSL-Sweatshirt an und war, äußerlich völlig gelassen, mitgegangen.

Red dich raus, red dich raus.

Auf dem Revier schienen alle ganz locker und umgänglich zu sein. Man hatte ihm Kaffee und Zigaretten gegeben und ihm versprochen, daß er seinen GTI bald wiederhaben könne. Jemand zeigte ihm noch einmal die vier Fotos, und obwohl er inzwischen schreckliche Angst hatte, zuckte er die Achseln.

»Nein. Hab' sie nie gesehen.«

Und sie hatten gelächelt, »na schön« gesagt und gefragt, ob er bereit sei, sich Proben abnehmen zu lassen.

»Nur eine Formsache, um Sie auszuschließen, Mr. Henry; dann dürfen Sie gehen.«

Kopfhaar, mit Pinzetten ausgerissen. Schamhaar (die gleiche Prozedur). Urin: Der Arzt stand neben ihm in der Toilette und beobachtete, wie seine Pisse in einen weißen Plastikbecher plätscherte. Und dann, im Korridor auf dem Rückweg von der Toilette, legte Diamond die Hand leicht auf seinen Arm, während saurer Atem sein Gesicht streifte, und Diamonds blasse Augen zuckten, als könne er seine Erregung nicht mehr verbergen.

»Fühl dich bloß nicht zu sicher, du verdammter kleiner Heuchler«, flüsterte er, damit der Arzt es nicht hören konnte. »Wir wissen alle, daß du lügst.«

»Krempeln Sie Ihren Ärmel bitte hoch.«

»Was?« Gemini sah auf.

»Ihren Ärmel.« Der Arzt klappte den Verschluß eines Blutdruckmeßgurts auf, ließ ihn wie eine Peitsche knallen und beugte sich vor, um ihn an Geminis Oberarm festzuschnallen.

»Was machen Sie jetzt?«

»Keine Sorge.« Der Arzt klopfte auf eine Vene in der Armbeuge, wischte die Haut mit einem antiseptischen Wattebausch ab, und die Kanüle drang ein. Gemini zuckte zusammen.

»Scheiße, Mann. Was soll 'n das beweisen? Daß ich die Mädchen umgelegt hab'? Ha?«

Der Arzt sah ihn ungerührt an. »Sie können sich weigern, aber tatsächlich erlaubt uns das Gesetz, bei einer Verweigerung eine Samenprobe zu entnehmen, die als gültiger Beweis angesehen wird.«

»Was?«

»Und wenn Sie mich das Blut nicht abnehmen lassen, können wir Sie zwingen, eine Speichelprobe abzugeben, ob Sie damit einverstanden sind oder nicht.« Langsam zog er den Kolben zurück und der Vakuumbehälter begann sich zu füllen. »Halten Sie bitte still, Mr. Henry.«

Aber Gemini riß den Arm weg.

»Ne, Mann. Sie sagen mir zuerst, was Sie gegen mich in der Hand ham und wie die Pisse in dem Becher beweisen soll, daß ich das gemacht hab', was Sie da behaupten.«

Der Gerichtsmediziner sah auf die Nadel, die in der Vene baumelte. »Sie haben eingewilligt, und Sie würden mir das Leben sehr erleichtern, wenn Sie stillhalten würden.«

»Also, jetzt hör'n Sie mal zu.« Er schlug die Hände auf den Tisch, daß die Muskeln auf der Innenseite seines Arms bebten. Der Gerichtsmediziner fuhr ein Stück mit seinem Stuhl zurück. Die Nadel zitterte, blieb aber in der großen Basilarvene stecken. »Ich zieh' meine Einwilligung zurück. Ich hab' dem Mann schon gesagt, ich hab' ihm schon gesagt, daß ich diese Ladies nicht kenne. Ich hab' rein *gar nichts* verbrochen.«

Der Gerichtsmediziner preßte die Lippen zusammen.

»Na schön, Mr. Henry.« Den Blick auf die Nadel gerichtet, erhob er sich und verließ den Raum, um Sekunden später in Begleitung von Detective Diamond wiederzukommen, der in der offenen Tür stand und breit lächelte.

»Mr. Henry!«

»Sie.« Gemini zog vor Abscheu die Luft ein. »Warum quatschen Sie überall rum, daß ich Sie anlüge?«

»Sie lügen uns an. Diese Mädchen waren in Ihrem Wagen. Dafür gibt es gerichtsmedizinische Beweise.«

»Tsss! Lutsch deine Mutter.«

Diamond kniff die Augen ein wenig zusammen. Er wandte sich an einen Polizisten im Gang. »Holen Sie den Verwahrungsbeamten.«

»Das letzte Mal, wo ich das Mädchen gesehn hab', war sie bei bester Gesundheit. Sie sollten mal die fetten Freier in dem Puff in Crooms Hill genauer unter die Lupe nehmen. Jetzt hol'n Sie das Ding aus meinem Arm.«

Mel Diamond verschränkte die Arme. »Jerry Henry ...«

»Ich hab' nichts getan –«

»*Jerry Henry,* ich verhafte Sie aufgrund des dringenden Verdachts, Shellene Craw aus Stepney Green, London, in der Nacht des 19. Mai vergewaltigt und ermordet zu haben.«

»Ich hab' kein Mädchen *vergewaltigt.*«

»Sie müssen nichts sagen. Aber es kann für Ihre Verteidigung von Nachteil sein, wenn Sie bei der Befragung etwas unerwähnt lassen, was Sie später vor Gericht vorbringen. Und nach Paragraph 54e bitte ich Sie nun, Ihre Kleider abzulegen.« Er sah den Arzt an, der sich hinter den Schreibtisch zurückgezogen hatte. »Geben Sie ihm ein paar dieser komischen Häftlingsklamotten zum Anziehen.«

»Ich hab' niemand vergewaltigt! Und auch kein Mädchen ermordet!« Die Nadel rutschte aus seinem Arm, und Blut spritzte in hohem Bogen aus seiner Vene, als sie auf den Boden fiel. Diamond sprang behende in den Gang hinaus, um sich vor dem Blut zu schützen. Zwei Polizeibeamte tauchten hinter ihm auf.

»Braucht er Handschellen, Sir?«

»Passen Sie auf das Blut auf. Er ist ein Junkie.«

»Stimmt, ich bin ein Junkie-Nigger, ich steck' euch alle mit Aids an.« Gemini streckte den Arm in ihre Richtung und bleckte die Zähne. »Schweine!« Hinter dem Schreibtisch riß der Gerichtsmediziner in aller Ruhe eine Schachtel Latexhandschuhe auf. Gemini drehte sich zu ihm um. »Was mach'n Sie da?«

Der Arzt zuckte nicht mit der Wimper. »Meine Kollegen schützen, Mr. Henry.« Er warf Diamond und den zwei Beamten Handschuhe zu.

»Sie woll'n wohl, daß ich richtig sauer werd' oder was?« Gemini kräuselte die Lippen und ging mit erhobenen Armen auf ihn los, während Blut auf den Boden troff. »Sie wollen wohl Aids kriegen.«

»Beruhigen Sie sich.«

»Ja«, sagte Diamond inzwischen entschlossener und zog die Handschuhe an. »Ich glaube, er braucht Handschellen.«

»Ich hab' nichts getan!« Er wirbelte herum, um ihn anzusehen. *»Ich hab' ihnen Crack gegeben, das is' alles. Ich hab' keinen Mord begangen!«*

»Also, Junge.« Der ältere Beamte drehte ihm gekonnt die Hand auf den Rücken und ließ die Handschellen zuschnappen. »Bringen wir's hinter uns.«

»ICH BIN KEIN MÖRDER! ICH BIN KEIN VERDAMMTER MÖRDER!« Wie wild stampfte er mit den Füßen, und sein Kopf schnellte zurück. »IHR WOLLT EINEN MÖRDER FINDEN, DANN SUCHT DOCH UNTER DEN FREIERN IN CROOMS HILL!«

Diamond seufzte und hob die Hände. »Sie haben das Recht auf einen Anwalt, wir setzen uns mit dem Pflichtverteidiger in Verbindung, wenn Sie wollen, und falls Sie auf Ihr Recht verzichten, möchte ich wissen, warum. Was die Dauer der Inhaftierung anbelangt, wird diese von jetzt an bemessen und nicht ab dem Zeitpunkt, an dem Sie hier hereingekommen sind. Und hol jetzt *endlich* einer den verdammten Verwahrungsbeamten her.«

Ein gebeugter alter Jamaikaner kam mit einem Kübel und einem Mop, um Geminis Blut vom Boden des Untersuchungszimmers zu wischen. Superindentent Maddox traf mit einem Bündel Akten und Kopfschmerzen aus Shrivemoor ein und fand einen verwüsteten Verhaftungsraum vor.

»Sie haben *was*?«

»Er ist gewalttätig geworden.«

»Na schön, ich sehe, daß wir bis über die Ohren in der Scheiße stecken.« Maddox legte seine kalte Hand an den Kopf. Aus der Verwahrungszelle konnte er Geminis Protestgebrüll hören. »Vierundzwanzig Stunden bedeutet, daß wir bis morgen früh zehn Uhr Zeit haben. Ich sag' Ihnen was, Diamond, *Sie* sind der Glückliche, der den Richter beim Frühstück stören und um eine Haftverlängerung nachsuchen darf.«

Der Arzt steckte den Kopf aus dem Untersuchungszimmer und wedelte Maddox mit einem Bündel Formulare zu. »Forensische Unterlagen. Wer will sie haben?«

»Ja, ja, ich schicke unseren Beamten für Beweismittel runter.«

»Die Proben sind aufgeteilt worden. Wenn die Anklageschrift eintrifft, sind sie fertig.«

»Unser Detective Inspector hier soll einen glückbringenden Kuß draufdrücken, bevor sie weitergereicht werden. Sie sind alles, was er hat.«

Diamond seufzte und verdrehte die Augen zur Decke.

Sechs Meilen entfernt, im Einsatzbesprechungsraum in Shrivemoor, nutzte Caffery die Gelegenheit, um sich in den fast leeren Büros eine Zigarette anzuzünden.

»Ts, ts.« Marilyn Kryotos sah von ihrem Bildschirm auf.

»Glauben Sie mir, ich brauche es.«

»Ich glaube Ihnen.« Sie nahm einen Schluck aus ihrer Getränkedose, lehnte sich im Stuhl zurück und verschränkte die Arme. »Nun? Wie lautet Ihre neueste Theorie?«

»Irgendwie verrückt.«

»Verrückt?«

»Ja.« Er setzte die Brille auf, stellte sich hinter sie und sah über ihre Schulter auf den Bildschirm, wo HOLMES sein mächtiges Gehirn anstrengte. »Ich glaube, ich habe ihn getroffen. Ich glaube, ich bin dem Vogelmann schon begegnet. Er ist bereits irgendwo hier drinnen. Könnten Sie mal…« Er zeigte auf die Namen- und Verfahrenslisten, die wie grüne Glühwürmchen über den Bildschirm krochen. »Lassen Sie es einfach durchspulen.«

»Sicher.« Schweigend sahen sie zu, wie die Namen vorbeiglitten; ihr digitales Pulsieren spiegelte die letzten Tage der Nachforschungen wider: Namen, die in Befragungen aufgetaucht waren, gesichtslose Menschen, die man nie aufgespürt hatte, falsche Spuren, Sackgassen: Pubs in Archway, rote Sportwagen, Lacey, North, Julie Darling, Thomas Cook, Wendy –

»Halt!«

Marilyn legte ihren Finger auf die Tastatur und hielt ein wenig den Atem an. »Was? Was sehen Sie?«

»Hier.« Caffery beugte sich vor und tippte auf den Bildschirm. »Was bedeutet das neben Cooks Namen? Die Zahl Zwei hier?«

»Das heißt nur, daß er in der Datenbank zweimal gespeichert ist.«

»Und dieser Eintrag?«

»Der stammt aus unseren Befragungen im St. Dunstan.«

»Warum ist er dann noch einmal aufgetaucht?«

»Weil…« Die Zunge zwischen die Zähne geklemmt, ließ sie die Namen abrollen. »Da.« Sie deutete auf den Bildschirm. »Sehen Sie. Er hat sich heute morgen gemeldet. Dieser Buchstabe T.«

»Ja?«

»Das heißt, daß er eine telefonische Nachricht hinterlassen hat. Zufälligerweise bei mir; sehen Sie meinen Namencode? Nummer 22?«

»Sie haben mit ihm gesprochen?«

»Er sagte, er habe es überprüft und sei an beiden fraglichen Abenden zu Hause gewesen.«

»Ah ja. Die angebliche Freundin. Das beunruhigt mich.« Jack tippte mit seinem verfärbten Daumennagel an seine Zähne. »Er sagte, er sei farbenblind. Behauptete, er habe niemanden, der ihm beim Aussuchen seiner Kleider helfe.«

»Ergo keine Freundin?«

»Komisch, nicht?« Caffery drückte die Zigarette aus, hob eine Lamelle der Jalousie und spähte hinaus. Der Tag war strahlend und heiß. »Ja, ich glaube, ich werde ihm einen Besuch abstatten.«

»Dann sollten Sie sich beeilen; er fährt morgen nach Thailand.«

Caffery ließ die Lamelle fallen. *»Sie machen Scherze?«*

»Nein. Er sagt, er habe Lust auf die Bergluft im Goldenen Dreieck.«

»Das kann ich mir vorstellen.« Er holte sein Jackett und die Wagenschlüssel aus dem Zimmer des Senior Officers und war schon fast aus der Tür, als Marilyn ihm nachrief.

»Jack!« Sie lehnte sich auf ihrem Stuhl zurück und hielt den Telefonhörer an die Brust. »Es ist Paul. Sie sollten lieber nach Greenwich fahren. Dort will jemand mit Ihnen sprechen. Er sagt, Sie wüßten schon, wer es ist. Er behauptete, sie sei, ich zitiere, *eine scharfe Braut.*«

»O Gott.« Er zog sein Jackett an. »Rebecca.«

»Er sagt, die Einheimischen zerrissen sich die Mäuler, und das mache sie nervös.«

»In Ordnung. Ich bin schon unterwegs.« Er suchte nach den Schlüsseln in seiner Tasche. »Während ich weg bin, setzen Sie sich bitte mit Cook in Verbindung. Machen Sie ihn nicht nervös, aber finden Sie heraus, wo er heute ist.«

»Mach ich.«

»Also dann bis heute abend.«

»Sind Sie sicher wegen der Kinder?«

»Natürlich bin ich sicher. Ich freue mich darauf.« Er warf ihr eine Kußhand zu, schloß die Tür und ließ Marilyn zurück, die sich fragte, warum es ihr etwas ausmachte, obwohl sie verheiratet war und Kinder hatte, daß Caffery sich für jemanden namens Rebecca interessierte.

30. KAPITEL

Maddox stand auf den Stufen des Greenwicher Polizeireviers, als Caffery eintraf. Er stand in der Sonne, aß eine Frühlingsrolle aus einer fettigen Tüte und starrte geistesabwesend auf Studenten, die vor dem Funnel and Firkin Bier aus Flaschen tranken. Die tiefen Sorgenfalten zwischen seinen Augenbrauen waren heute noch ausgeprägter. Als Caffery sich erkundigte, was los sei, runzelte er die Stirn, machte mit dem Kopf eine Bewegung in Richtung des Reviers und sagte:

»Nur dieser verdammte Hirnfurz dort drinnen. Er hat Gemini verhaftet. Nicht mal um Rat hat er mich gefragt. Das ist alles.«

Überrascht Sie das, Steve? Sind Sie wirklich überrascht?

»Da wird's wohl nichts mit der Party?«

»Ach Gott.« Maddox faßte sich an die Stirn. »Nein.« Er schüttelte den Kopf und ließ ärgerlich die Hand wieder fallen. »Zum Teufel. Für Überstunden ist ohnehin kein Geld mehr im Topf. Nein, wir setzen Diamond in den Einsatzraum und lassen ihn den Schaden wiedergutmachen. Betts kann mit den Vernehmungen anfangen, und ich sehe später zu ihnen rein.«

»Sie müssen es nur sagen, Steve, ich blas' alles ab. Ich mache es nur für...«

»Ich weiß. Wir *alle* machen es für sie. Das ist der Punkt. So lautet die neueste Initiative des Chief Superintendent: ein glückliches Heim macht glückliche Bullen. Keine häuslichen Gewalttäter, keine Alkoholiker, keine Selbstmorde.«

»Ganz die Neunziger«, sagte Jack und öffnete die Tür. »Dann um acht?«

Maddox aß die Frühlingsrolle auf, knüllte die Tüte zusammen und warf sie in den Abfallkorb am Fuß der Treppe. »Um acht, abgemacht.«

Caffery vermied es, in den Haftraum zu gehen. Statt dessen ging er in den zweiten Stock zu den Räumen hinauf, die auf diesem und allen Revieren der Metropolitan Police dem ausschließlichen Gebrauch des AMIP vorbehalten waren. Dort saß Rebecca. Sie war allein, starrte aus dem Fenster, wippte vor Ungeduld mit einem ihrer eleganten Beine und saugte an dem mexikanischen Silberanhänger, der an einer Kette um ihren Hals hing. Sie trug eine olivgrüne Hose und eine helle Popelinbluse, und als sie Caffery sah, ließ sie den Anhänger fallen und lächelte angestrengt. »Hallo.«

»Schön, Sie zu sehen.«

»Wirklich?«

Er schwieg einen Moment. »Beunruhigt Sie etwas?«

»Ja.«

Er setzte sich ihr gegenüber und legte nachdenklich die Fingerspitzen aneinander. »Erzählen Sie.«

»Nerve ich Sie? Ich möchte Sie nicht unnötig nerven, aber ich meinte es todernst. Ich glaube, es ist wichtig.«

»Ah. Sie haben mich blank erwischt. Worum geht es?«

»Ich habe auf Ihrem Anrufbeantworter eine Nachricht hinterlassen.«

»Meinem *Anrufbeantworter*?« Caffery neigte den Kopf zurück. »Und das war …?«

»Gestern abend.«

»Auf meinem Handy?«

»Ja.«

Veronica. Caffery schüttelte den Kopf. »Rebecca, ich habe die Nachricht nicht bekommen. Es tut mir leid.«

Daraufhin wurde ihr Blick freundlicher. »Ich möchte Sie nicht bedrängen, aber ich habe die ganze Nacht wach gelegen. Es hängt damit zusammen, daß Sie sagten, es handle sich um einen sehr angepaßten Menschen, um jemanden, dem sie vielleicht vertraut haben. Jemand, von dem sie sich…« Sie erschauerte, und er sah die Gänsehaut auf ihren Handgelenken. »Jemand, von dem sie sich eine Injektion verabreichen ließen.«

»Das hätte ich Ihnen nicht sagen sollen. Ich hoffe, Sie…«

»Ich habe es niemandem gesagt.« Sie beugte sich vor, und ihr langes, frisch gewaschenes Haar fiel über ihre Schultern. »Letztes Jahr hat mich Joni auf eine Party mitgenommen. Der Gastgeber machte kein Hehl daraus, daß er Heroin im Haus hatte, das er jedem verabreichte, der danach verlangte. Er war früher Arzt und wußte, wie man es machte, ohne daß es weh tat, und wieviel man nehmen durfte und alles das.« Sie lehnte sich zurück. »Es bestand kein Mangel an Interessenten.«

»Er war Arzt?«

»Früher einmal, oder wollte einer werden, vor Jahren. Inzwischen ist er ein hohes Tier in einer pharmazeutischen Firma, und ich glaube, er hat mit dem St. Dunstan etwas zu tun.« Sie hob den Pony aus der Stirn, um sich zu kühlen. »Eine Menge Mädchen aus der Gegend sind früher in seinem Haus gelandet. Es gab soviel Koks wie sie wollten, vom *besten,* das in kleinen Schalen angeboten wurde. Gewöhnlich wurde er am Ende der Nacht zum Freier, falls eines der Mädchen es für Geld machen wollte. Ein sehr freigiebiger Freier zudem. Das ist jahrelang so gegangen.«

»Er ist in den Befragungen nicht erwähnt worden.«

»Er hält alles sehr geheim; wenn man wieder eingeladen werden will, plaudert man nicht. Er ist reich, intelligent und auf eine seltsame Weise gutaussehend. Oh, und er hat einen Patrick Heron, für den man sterben könnte.« Leicht verwundert schüttelte sie den Kopf. »Er hängt einfach an der Wand, und all die Nutten stehen drum herum, schnupfen Koks und kichern, keine von ihnen hat den blassesten Dunst, was sie da vor sich haben.« Sie wandte sich ihm zu, und die Sonne ließ honigfarbene Flecken in ihrer grünen Iris aufleuchten. »Er war scharf auf mich in dieser Nacht. Es war nichts Besonderes. Er dachte, ich sei eine Nutte, und bat mich zu bleiben, ich sagte nein, und, nun, wir haben uns geprügelt. Nicht schlimm. Ich habe ihn ziemlich fest am Hals gekratzt.«

»Hat er aufgegeben?«

»Schließlich schon. Aber wenn Sie mich fragen, ist er in der Lage, grausam zu sein, zu vergewaltigen, vielleicht einen Mord zu begehen…«

»Das glauben Sie?«

»Ich weiß nicht, warum, aber, ja, das würde ich sagen. Unbedingt. Er hat etwas *Verzweifeltes* an sich.«

»Wo wohnt er?«

Rebecca wirbelte auf dem Stuhl herum und machte mit dem Kopf ein Zeichen zum Fenster. »Drüben auf der Heide. In einem der großen Häuser auf der Seite von Crooms Hill.«

31. KAPITEL

Schon wieder ein Teller kaputt.« Veronica warf die Scherben in den Abfalleimer. »Ich glaube, ich verstecke Mums Gläser, bevor sie auch noch kaputtgehen.«

Caffery zog den Korken aus einer Flasche Sancerre, schnupperte daran und drehte ihn in den Fingern, um zu sehen, ob er zerbröselt war. Er hatte sich hierher zurückgezogen, um einen Augenblick Ruhe zu haben, und war nicht überrascht, daß Veronica im gleichen Moment in die Küche gekommen war. Sie zog eine Tupperwaredose aus dem Kühlschrank, und als sie feststellte, daß er ihr nicht antworten würde, knallte sie laut die Tür zu. »Weißt du, wer komisch ist?«

»Nein. Wer?«

»Ich will nicht unhöflich sein, Jack, aber Marilyn. Sie ist eine blöde Kuh. Ich hatte eine wirklich nette Unterhaltung mit ihrem Mann, er ist *wirklich* reizend, und dann kommt sie her und wird richtig gemein zu mir, richtig krätzig...«

Jack antwortete nicht. Er wußte genau, worauf Veronica hinauswollte. Sie hatte den ganzen Abend lang die Märtyrerin gespielt und war heldenhaft mit Tellern voller Crostini, gegrilltem Paprika und Tapenade durchs Haus gewandert, immer ein trauriges, tapferes Lächeln auf dem Gesicht. Aber eigentlich wollte sie nur Aufmerksamkeit erregen, nur ein bißchen Unruhe stiften, um den Abend perfekt zu machen.

»Du hörst mir nicht zu, oder?« Sie begann, Humus auszuschöpfen, und schlug den Löffel laut an den Schüsselrand. »Ich dachte, wir wären wenigstens noch Freunde, aber jetzt sieht es so aus, als könnten wir uns nicht einmal mehr unterhalten.«

»Ich gehe darauf nicht ein, Veronica.« Er warf den Korken in den Abfall und holte eine Flasche Médoc aus dem Schrank. Er hatte heute abend keine Kraft mehr für sie. Die Party selbst war ein Opfer, denn seine Zeit war kostbar. Maddox konnte nicht wissen, daß es sich hier um eine Beziehung handelte, die sich jenseits der guten Absichten des Chief Superintendent befand. »Ich werde mich nicht mit dir streiten, also bemüh dich nicht.«

»Gott.« Sie schüttelte resigniert den Kopf. »Du bist so kaputt, Jack. Du bist so verschlossen. Ich finde, du solltest dich deswegen behandeln lassen, wirklich.«

»Du bist betrunken.«

»Natürlich bin ich das nicht. Also ehrlich, wie absurd!« Sie knallte die Schüssel auf ein Tablett, und plötzlich wurde ihr Gesicht ruhig, als wäre absolut nichts geschehen. »Also dann.« Sie griff nach einer Serviette. »Wie steht's mit dem Piper Heidsieck? Hast du die Flaschen aus dem Gefrierfach genommen, sie explodieren, wenn man sie eine Sekunde zu lange drinnen läßt.« Beiläufig lehnte sie sich zum Fenster hinüber, hob den Vorhang mit einem Finger und spähte hinaus, als suche sie nach etwas Unbestimmtem, und stieß ein mißbilligendes ts, ts aus. »Diese Kinder.« Sie ließ den Vorhang fallen. »Es ist doch schon zu spät für die Kinder. Das wird noch Ärger geben, verlaß dich drauf.«

Die Nacht war warm, und die Fenstertüren standen offen, aber vielleicht spürten die Gäste genauso wie die Sturmfliegen, die sich über der Halogenlampe auf der Veranda sammelten, daß es bald regnen würde: Nur die Kinder hielten sich im Garten auf. Die Erwachsenen standen in kleinen Grüppchen im Innern des Hauses, balancierten Teller und Gläser in den Händen und sahen gelegentlich auf, um ihre Spiegelbilder in den Fenstern zu überprüfen. Niemand sagte ein Wort über den Fall, auch dann nicht, wenn die Kinder außer Hörweite waren, als würde schon ein bloßes Flüstern Gift durch die Türen dringen lassen. Caffery, der in einer Hand den Sancerre, in der anderen den Médoc hielt, wanderte durch den Raum, füllte Gläser nach und blieb stehen, um Marilyn zu erlauben, ihn mit einem Stückchen Nan-Brot zu füttern.

»Jack...« Sie sah schnell über die Schulter und senkte die Stimme zum Flüsterton. »Jack, Ihr Freund Cook. Haben Sie ihn immer noch im Visier? Ich frage bloß, weil Sie sich nicht mehr bei mir gemeldet haben.«

»Ach, Mist.« Er versuchte, sich mit dem Handrücken den Mund abzuwischen, ohne den Wein zu verschütten. »Mist, tut mir leid, Marilyn, mir ist was anderes dazwischengekommen. Ich hab's vollkommen vergessen.«

»Er ist morgen um vierzehn Uhr ab Heathrow auf einer Maschine der Air India gebucht. Ich könnte mich für Sie an Thames Valley wenden...«

»Nein, lassen Sie ihn fliegen. Er war bloß, ich weiß nicht, ein Strohhalm, an den ich mich geklammert habe.«

Sie hielt ihr Glas hoch, um sich nachschenken zu lassen. »In Ordnung, aber wenn Sie Ihre Meinung ändern...«

Sie brach ab. Ihre kleine Tochter Jenna war vom Garten hereingelaufen, klammerte sich an die Beine ihrer Mutter, kreischte und schüttelte den Kopf. *»Mami! Mami!«*

»Was ist?« Marilyn beugte sich hinunter. »Sag's der Mami.«

»Jemandisimgartn.«

»Wer denn?«

»Monsta.«

»Jenna.« Marilyn nahm die winzige geballte Faust ihrer Tochter und schüttelte sie leicht. »Bitte sprich richtig.«

»Monsta im–im–« Sie hielt inne, um Luft zu holen und sah über die Schulter in den Garten hinaus. *»Im Garten.«*

Marilyn sah zu den anderen auf und verdrehte die Augen. »Als hätte man's nicht gewußt, wir machen es uns gerade gemütlich, und jetzt ist ein Monster im Garten.«

»Is' wahr, Mum.« Dean, Jennas älterer Bruder, erschien zwischen den Fenstertüren mit einem Gesicht so bleich wie der Mond. »Wir haben's gehört.«

Marilyn wurde rot. »Dean, jetzt mach keinen Blödsinn. Ich habe dich gewarnt.«

»Ehrlich.«

»Dean!« Sie hob den Finger. »Das reicht.«

»Ich sag' dir was, Jenna, meine Süße.« Maddox krempelte sich mit der liebevollen Ernsthaftigkeit eines Mannes, der sich noch sehr gut erinnert, selbst kleine Kinder gehabt zu haben, die Ärmel hoch. »Wie wär's, wenn ich und meine Detectives hinausgingen und das Monster verhaften würden. Du mußt uns natürlich genau sagen, um welche *Art* von Monster es sich handelt. Damit wir wissen, wie wir ihm die Handschellen anlegen müssen.«

»Ich weiß nicht, was für eine Art es ist«, sagte Dean ernst. »Wir haben es nicht *gesehen,* sondern nur *gehört.* Es ist in den Blättern herumgestrichen.«

»Oh, dann ist es schon gut.« Essex hievte sich aus seinem Sessel. »Es ist vermutlich nur eines dieser unsichtbaren Komposthaufenmonster.«

»Vielleicht«, stimmte Dean ernst zu.

»Damit haben wir's bei der Polizei jeden Tag zuhauf zu tun. Selbst eure alte Mum könnte eines von denen im Polizeigriff abführen.«

»NEIIIN!« jammerte Jenna, klammerte sich an den Rock ihrer Mutter und stampfte mit den Füßchen auf den Boden. »Mami, bleib!«

Marilyn streichelte Jennas Kopf. »Mami bleibt hier. Schau. Die Polizisten gehen hinaus und sehen nach, ob das Monster fort ist.«

»MONSTERJÄGER!« Essex sprang von der Veranda, duckte sich wie ein Krieger, streckte seine Hände wie Klingen aus, kniff die Augen zusammen und stieß einen gurrenden Laut aus. »Mon-STAR, hier ist Suzi Wong, Blüte des Orients und große *Doshu* auf dem Lotuspfad, Herrin der geheimen Verrenkungskünste: *›Kan‹ – box – ›set‹ – box – ›su‹ – box – ›waza‹!*«

Dean stand auf der Veranda, und ein Anflug von Lächeln strich über sein Gesicht.

»Ich schlage ohne Bedenken zu. *Ki-ai!*«

Dankbar für die Abwechslung, stellte Caffery die Flaschen auf den Fenstersims und schlenderte in die Mitte des Gartens, während Essex die Arme vor den Büschen verrenkte und kalihafte Schatten auf den Rasen warf. Maddox folgte ihm und zog eine große Schau ab, indem er auf die Büsche einschlug, unter den Lupinen nachsah und sorgfältig die Äste der Trauerweide beiseite schob. »Nein. Hier ist niemand!« rief er. »Hier sind keine Monster.«

»Keines da!« richtete Caffery Jenna aus, die es wagte, ihr tränenüberströmtes Gesicht von ihrer Mutter zu lösen, ihre Finger in den Mund schob und angestrengt in den Garten starrte.

Essex schlug mit tänzelnden Schritten und für seinen Leibesumfang erstaunlich behende ein paarmal in die Luft. »Suzi Wong sagt: LAUF UM DEIN LEBEN, MONSTEL.«

Jenna lächelte schüchtern hinter ihrer Hand hervor, drückte die Stirn wieder an ihre Mutter, aber diesmal nicht aus Angst, sondern mit kleinmädchenhafter Scheu, und an ihren Mundrändern zuckte ein Lächeln. »Suzi ist ein Mädchenname«, schniefte sie. »Kein Jungenname. Er ist dumm.«

»Ja, das ist er«, stimmte Marilyn zu.

»Munen Mushin! Ki-ai, Ki-ai!«

»Ja, Ki-ai, ki-ai«, wiederholte Caffery geduldig, stieg die Stufen zur Veranda hinauf und lächelte die Leute an, die sich um das erhellte Fenster drängten. »Fühlt ihr euch nicht gleich viel sicherer, nachdem ihr wißt, daß Männer wie Essex unsere Gesellschaft schützen?«

Marilyn reckte den Kopf nach links und nach rechts, um in den Garten sehen zu können. »Also, wie um alles in der Welt hat der alte Blödmann das geschafft?«

»Was?«

»Er ist verschwunden.«

Caffery drehte sich um. Im Garten war es plötzlich still.

Sie kicherte nervös. »Er muß gefressen worden sein.«

»Hm. Dann gibt's eine schreckliche Schweinerei.«

»Ich weiß nicht, Jack.« Rot im Gesicht und grinsend war Maddox neben ihn getreten und streckte das Glas vor, um sich nachschenken zu lassen. »Ich glaube, sogar ein Monster würde Essex verschmähen.«

»Keine Sorge«, sagte Caffery seufzend. »Ich räum' auf, was am Morgen noch übrig ist.«

»Nein, das müssen Sie nicht.« Maddox schüttelte den Kopf. »Lassen Sie es liegen. Rohes Schweinefleisch ist gut für die Rosen.«

»Das ist abscheulich«, sagte Marilyn.

Alle sahen in den stillen Garten hinaus und hörten nur das leise Rauschen der Trauerweide im Wind, der dem Gewitter voranging. Tatsächlich schien Essex verschwunden zu sein. Caffery starrte angestrengt in die dunklen Ecken und versuchte, den Trick herauszubekommen und zu verstehen, wie er sich so schnell versteckt haben konnte.

»Wo ist er?«

»Das Monsta hat ihn geholt.« Jenna begann, leise zu weinen.

»Sei nicht albern.«

Maddox warf Caffery mit hochgezogenen Augenbrauen einen Blick zu. Caffery zuckte die Achseln. »Sehen Sie nicht mich an.«

»Das Monsta hat ihn gefressen.«

»Lächerlich«, sagte Veronica leise, die auf die Veranda hinaustrat, um verwundert in den Garten zu sehen. »Es gibt keine Monster im Garten. Nicht wahr, Jack?«

Caffery stellte die Flaschen auf der Veranda ab und stieg langsam die Stufen zum Rasen hinunter. »Paul?« Still lagen die Blumenbeete da, und die kleinen Blüten der Clematis schienen in der Dunkelheit zu schweben. Er hob die Äste der Trauerweide und sah darunter. Über dem Bahndamm war es dunkler. Pendereckis Lichter brannten nicht.

»Dafür bringe ich ihn um.« Maddox war hinter Jack getreten. »Dafür bringe ich dich um, Essex. Der Spaß ist vorbei. Sie ängstigen die Kinder...« Er blieb stehen.

»Was ist das?«

»Haben Sie das gehört?«

»Was?«

»Das?«

Etwas Dunkles wirbelte aus den Schatten auf sie zu. Maddox duckte sich instinktiv, und auf der Veranda schrie Dean auf. Caffery sprang schwer atmend zurück. *»Jesus!«* Und dann erkannte er in der ganzen Aufregung, daß es Essex war, der, mit schwingenden Armen, wie ein hüpfender Dschungelaffe, über den Rasen auf sie zugesprungen kam.

»Ki-ai, ki-ai.«

»Idiot.« Caffery schüttelte lachend den Kopf. »Sie. Sie sind ein toter Mann.«

Auf der Veranda brachen die Gäste in Kichern aus.

»Verdammter Irrer.« Maddox hob einen Finger. »Dafür werden Sie bezahlen.«

Essex war verletzt. »Ki-ai, ki-ai? Munen Mushin?«

»Wo haben Sie sich versteckt?«

Er strich sich übers Haar und schüttelte den Kopf. »Oh, sie haben mich einfach in einem Raumschiff entführt, wissen Sie.«

»Und sexuelle Experimente mit Ihnen durchgeführt, nehme ich an?«

»Wow, Ihnen ist das *auch* passiert? Unheimlich.« Er legte die Arme um Maddox und Caffery und führte sie zum Haus zurück. »Welches Jahr haben wir? Ist diese reizende Mrs. Thatcher noch an der Regierung?«

Im Wohnzimmer starrte Jenna Essex an und wußte nicht, ob sie lachen oder weinen sollte. Rot vor Zorn, schlug Marilyn ihm auf den Bizeps. »Machen Sie das nicht noch einmal, Sie großes, Sie großes *Walroß.*« Sie lächelte, legte schützend die Hände über Jennas Ohren und neigte den Kopf zu Veronica hinüber. »Gott hat ihnen nicht genug Blut gegeben, um ihr Gehirn *und* ihre Pimmel zu versorgen. Und wenn sie versuchen, beides *gleichzeitig* zu benutzen, oje!« Sie schüttelte bekümmert den Kopf. »Katastrophe ist kein Ausdruck dafür.«

»Das müssen Sie mir nicht sagen«, antwortete Veronica tonlos.

In den Räumen wurde es heißer und enger, da Regen aufzukommen drohte. Weitere Gäste trafen ein, und von dem Berg Baguette im Wohnzimmer waren nur noch Krümel übrig, das Eis in den Edelstahlkübeln schmolz, die Platten mit Käse und Chorizos waren geplündert und stehengelassen worden. Jemand hatte eine CD mit Strauß-Walzern gefunden, und Marilyn tanzte mit Essex und stieß kichernd mit Leuten zusammen. Immer wieder wurde der Raum von den blauen, metallischen Blitzen des Hitzegewitters erleuchtet.

Caffery stand mit seinem Weinglas in der Ecke und beobachtete Dean. Er war ungefähr im gleichen Alter wie Ewan damals. Für Dean hatte der Raum die gleichen Dimensionen, er barg die gleichen Ängste, und der Garten bot die gleichen verborgenen Reize. Wenn er aufrecht stand, befand er sich in Augenhöhe mit der Wandverkleidung, genauso wie Ewan damals.

»Hübsches Haus«, sagte Maddox und trat hinter ihn. »Das haben Sie nicht von Ihrem Gehalt als Detective gekauft.«

Caffery wurde aus seinen Träumen gerissen und drehte sich um. »Nein, nein.« Er sah in sein Weinglas. »Es gehörte meinen Eltern. Sie haben es mir überlassen.«

»Sie haben es Ihnen vermacht?«

»Nein. Sie haben es mir überlassen.« Er lächelte und schenkte ein Glas ein. »Sie haben es mir günstig verkauft, sehr günstig. Sie waren froh, es nicht mehr sehen zu müssen. Mich ebenfalls.«

»Leben Sie noch?«

»Sicher. Anderswo.«

»Interessant.« Maddox nickte nachdenklich. »Interessant, daß Sie das noch nie erwähnt haben.«

»Ja, nun …« Er trat von einem Bein aufs andere und räusperte sich. »Wein?«

»Na gut. Noch einer kann nicht schaden.« Maddox hielt sein Glas hoch. »Romaine hat Veronicas Kochkunst gerühmt. Sie hat ihre Sache gut gemacht heute abend.« Er leerte sein Glas zur Hälfte. »Aber ich muß mich auf die Socken machen, mein Lieber. Ich will noch schnell in Greenwich vorbeischauen, um zu sehen, wie Betts sich hält.«

»Wie ist es gelaufen?«

»Zum Zeitpunkt, als wir an die Presse gingen? Ziemlich mies.«

»Es funktioniert nicht, nicht wahr?«

Maddox musterte einen Moment lang Cafferys Gesicht, dann nahm er seinen Arm und führte ihn auf die Seite. »Ganz im Vertrauen?«

»Ja.«

»Wir kriegen es nicht auf die Reihe. Nicht in achtundvierzig Stunden.«

»Ich werde nicht sagen, daß ich Ihnen das bereits gesagt habe.«

»Danke.« Maddox seufzte. »Morgen um neun beginnt unsere erste Verlängerung, und wenn die vorbei ist, müssen wir ihn anklagen; ob die Beweise ausreichen oder nicht. Die Serologie läßt sich Zeit, die Durchsuchung der Wohnung hat rein gar nichts ergeben, und die Beamten, die für die Ausstellung der Durchsuchungsbefehle zuständig sind, halten uns für ausgemachte Idioten; sie kichern, daß es in ganz Greenwich zu hören ist. Und …«

»Und?«

Maddox hob sein Glas und schwenkte es, als gefalle ihm nicht, was er gleich sagen würde. Er richtete sich auf. »Er hat uns auf eine Spur geführt. Er behauptet, die Mädchen hätten einen Freier in Crooms Hill gehabt. Das letzte hat er zehn Tage vor seiner Verhaftung dort abgesetzt. Er glaubt, es war Shellene Craw. Er sagt, er habe Sex mit ihr gehabt. Was das Haar erklärt.«

»*Crooms Hill?*«

»Ja. Kennen Sie das?«

»Steve.« Caffery beugte sich vor und sagte mit aufgeregter Stimme: »Es ist erwähnt worden; heute nachmittag. Essex und ich arbeiten daran.«

»Ah.« Er nickte. »Fahren Sie fort.«

»Er ist wohlhabend. Ich meine, er gehört wirklich zu den oberen Einhundert. Aber er hat ein kleines Problem: alle Arten von Drogen erster Kategorie. Er verteilt ausgezeichnetes kolumbianisches Koks, und das Opium stammt aus dem Goldenen Dreieck. Ein richtiger kleiner Kunh Sah; abgesehen davon besitzt er die Mehrheit der Aktien von HCC Pl.«

»Das ist?«

»Eine pharmazeutische Firma. Haben Sie von *Snap-Haler*, der Inhalationsflüssigkeit, gehört?«

»Ja, irgendwo.«

»Für Asthmatiker. HCC hat gerade die weltweite Lizenz erhalten, die Kurse steigen, das Leben ist süß. Er...«

Über dem Garten ertönte krachender Donner und ließ ein Tablett feinstieliger Gläser erzittern, die so glänzend poliert waren, daß ihre Erschütterung das Licht streute. Einige der Frauen zuckten zusammen, und Marilyn kicherte über ihre eigene Nervosität. Essex löste sich von ihr und schickte sich an, die Fenstertüren zu schließen, aber Veronica legte ihre kühle Hand auf seinen Arm.

»Nein, lassen Sie nur. Ich mag Regen.« Sie sah in den Garten hinaus, als wartete sie darauf, daß etwas passierte. Die Tropfen begannen auf die Veranda zu prasseln, und der Duft von nasser Erde zog in den Raum. Jack wandte sich wieder Maddox zu und murmelte leise:

»Er gehört auch zum Verwaltungskommitee von St. Dunstan.«

Maddox schwieg und starrte in den Regen hinaus. Er schloß kurz die Augen, rückte dann seine Krawatte zurecht und nickte. »Erzählen Sie weiter.«

»Er hat Medizin studiert. Verabreicht seinen Partygästen Spritzen. Ich hatte schon jemand anderen in Verdacht, einen Techniker aus dem St. Dunstan, obwohl die Sache zweifelhaft war, dann ist dieser Typ aufgetaucht, und der Groschen ist gefallen. Alles paßt bestens zusammen, und jetzt kommen *Sie* daher und werfen Crooms Hill in die Runde.« Er hob sein Glas und stürzte es ohne abzusetzen hinunter. »Ich möchte ihn unter Beobachtung stellen. Eine Woche. Ich bin so sicher, daß ich gleich losziehen und es selbst in die Hand nehmen würde.«

»Jack, ich kann nicht einfach mit den Fingern schnippen und...« Er sah Caffery ins Gesicht und schüttelte den Kopf. »Also gut, also gut. Ich bringe den Chief Superintendent dazu, achtundvierzig Stunden zu bewilligen. Dann überprüfen wir die Sache noch einmal.«

»Also, Jack, ich glaube, ich kenne Sie schon gut genug, um Sie ordentlich zu tadeln.« Romaine schlüpfte vorsichtig unter Maddox' Arm und lächelte Caffery an. »Sie müssen die goldene Regel lernen. Keine Dienstgespräche.«

»Das haben wir nicht«, sagte Maddox.

»Du lügst. Das sehe ich deinem Gesicht an.«

»Beachten Sie sie nicht, Jack. Sie will, daß ich früher in den Ruhestand trete.«

»Sie müssen meinen Mann verstehen.« Sie tätschelte seine Brust. »Er will jeden bei Laune halten. Das lastet auf ihm.«

Maddox nahm ihre Hand und küßte die Innenseite ihres Gelenks. »Wir hören jetzt auf, das verspreche ich. Ich habe gerade Marilyns Kinder angesehen, weißt du, und an Steph und Lauré gedacht, als sie in dem Alter waren.«

»Oje. Sentimentalitäten.« Sie küßte ihn und zog sich mit gekräuselter Miene zurück. »Puh. Ich sehe schon, daß ich fahren muß.« Sie wühlte in ihrer Handtasche. »Ich dachte, du müßtest heute nacht arbeiten.«

»Das muß ich auch.« Er öffnete den Mund und gestattete seiner Frau, ihm etwas grünen Atemspray hineinzusprühen. »Ich hatte nur ein paar Gläser.«

»Meine Schuld«, sagte Caffery. »Ich bin der Mundschenk...«

Er hielt inne. Romaines Gesichtsausdruck hatte sich verändert. Sie legte den Finger an den Mund.

»Sehen Sie«, flüsterte sie tonlos, die Augen starr auf die Fenstertüren gerichtet. »Drehen Sie sich um.«

Während sie sprach, fiel Caffery auf, daß alle Gespräche erstarben. Gäste brachen mitten im Satz ab und drehten sich um, um zur Tür zu sehen, mit seltsam erstarrten Gesichtern.

»Sehen Sie«, wiederholte Romaine und deutete mit dem Finger auf den Garten.

Langsam, halb von Furcht erfüllt, halb wissend, was er gleich erblicken würde, drehte er sich um.

Dean saß auf dem Fenstersims, sein Gesicht war blaß, verkniffen und vor Schreck erstarrt angesichts der Erscheinung, die nur ein paar Zentimeter vor ihm aufgetaucht war. Hinter ihm lächelte Veronica schwach, fast fasziniert. Die Fenstertüren waren weit geöffnet, und in dem fahlen Glanz des elektrischen Lichts stand Penderecki: regenüberströmt, das schüttere Haar zerzaust und unter den Blitzen fluoreszierend, und er hielt ein seltsam wirres Bündel von Knochen im Arm.

Absolute Stille entstand im Raum. Caffery starrte verständnislos in die schwerlidrigen Augen, unfähig, genau zu erkennen, was Penderecki in den Armen hielt.

Dann leckte Penderecki sich über seine dicken Lippen und ging einfach einen Schritt vorwärts. Die Menge teilte sich, er blinzelte langsam, und mit einem Laut, der wie ein Seufzen klang, ließ er den Arm voller Knochen krachend zwischen die Füße der Gäste fallen.

32. KAPITEL

Nur Logan und Essex blieben bis ein Uhr morgens. Maddox mußte nach Greenwich, die anderen Gäste gingen eilig davon und warfen Caffery verlegene Blicke zu, der auf der Treppe saß, auf seine Hände starrte und tief atmete, damit sein Herz nicht stehenblieb.

Veronica, die unverständlich ruhig geblieben war, versuchte, sie zurückzuhalten.

»Es ist nichts, worüber man sich aufregen müßte. Gehen Sie nicht. Wir können uns doch ins Wohnzimmer setzen.«

Als ihr klarwurde, daß sie auf verlorenem Posten kämpfte, knallte sie die Vordertür zu und ging schmollend in die Küche, um die Spülmaschine einzuräumen. Logan fuhr nach Greenwich, um seine Beweismittelkiste zu holen, und Essex verbrachte die verbleibende halbe Stunde damit, sich um Caffery zu kümmern und den restlichen Glenmorangie in kleine, verträgliche Mengen aufzuteilen.

»Wie ein Baby«, murmelte Caffery und starrte ins Glas.

»Wie ein großes, verrotztes, Windeln tragendes Baby«, stimmte Essex zu. »Also? Werden Sie es mir erzählen?«

Caffery sah ins Wohnzimmer und rückte näher, damit er den alptraumhaften Knochenhaufen nicht sehen mußte. »Ich glaube, daß das mein Bruder sein könnte.«

Essex fiel die Kinnlade herunter. »Ihr *Bruder*?«

»Er ging hinterm Haus am Bahndamm entlang. Am 14. September 1974. Er ist nie wieder gesehen worden.«

Und hier, im schwachen Licht der elektrischen Lampe, befreite sich Caffery von der Last der Geschichte und erzählte Essex von dem Streit im Baumhaus, bei dem er sich den verfärbten Nagel zugezogen hatte, und davon, wie Ewan seinem Griff entglitten und auf die Böschung des Bahndamms gerutscht war. »Wir nannten ihn ›Todespfad‹. Welche Ironie.« Und wie seine Mutter geschluchzt und in den hinteren Garten gerufen, wie sie sich in die Arme gebissen hatte, als die Polizei Pendereckis Haus durchsuchte, um nach zehn Stunden ohne Ergebnis wiederzukommen, ohne den geringsten Beweis, daß Ewan dort je einen Fuß hineingesetzt hatte. Dann richtete sich der Verdacht auf seinen eigenen Vater, der abgeführt und zwei Tage eingesperrt wurde. »Mein Gott, es hat fast ihre Ehe ruiniert.«

Der Glenmorangie in der Flasche ging zur Neige.

»Schließlich gaben alle auf, ließen die Sache fallen, wahrscheinlich mußten sie das. Aber ich konnte es nicht. Verstehen Sie, ich wußte, daß er Ewans Leiche versteckte, aber nur während der Zeit, in der sein Haus durchsucht wurde. Vielleicht hat er sie aufs Land gebracht, es gibt da ein paar Sachen, Rechnungen, Briefe …« Er wies mit dem Kopf nach oben. »Anhaltspunkte, die ich im Lauf der Jahre gesammelt habe, die ich ordne und die vielleicht eine Spur ergeben. Aber von einem bin ich überzeugt …« Er schwenkte seinen Whisky und stürzte ihn hinunter. »Er klammert sich an ihn. Penderecki hat Ewan noch immer.«

»Also warten Sie hier. Daß er Ihren Bruder zurückbringt?«

Caffery starrte auf seinen Daumennagel und blinzelte gequält. »Ist es das, was er heute abend getan hat? Glauben Sie, daß Ewan dort drinnen liegt?«

Essex stand langsam auf und zuckte zusammen, als das Blut wieder in seine Beine floß. »Ich weiß es nicht, Jack. Aber wir werden es herausfinden.«

Das Sommergewitter zog nach Südwesten über Greenwich hinweg, und die silberne Antenne des Crystal Palace zitterte im Mondlicht. Selbst die Häuser, die den Rand von Blackheath säumten, schienen ein wenig näher zusammenzurücken, als könnten sie damit verhindern, daß die alte Heide vom Wind fortgeblasen wurde.

Harteveld saß schweigend am Mahagonitisch im Wohnzimmer, er hatte eine Ausgabe der *Times* vor sich ausgebreitet und eine Flasche Pastis neben sich. Die drückende Luft bereitete ihm Kopfschmerzen, ganz gleichgültig, wieviel Tabletten er schluckte und wieviel Koks er schnupfte, er wurde den Schmerz nicht los. Und seine Hände. Seine Hände waren kalt. Wie Eis. Er las den Artikel über die Leichen, die man beim Millennium Dome gefunden hatte. Kayleigh Hatch, Petra Spacek, Shellene Craw, Michelle Wilcox und ein Mädchen, das sie nicht identifizieren konnten, weil es so stark verwest war. Er wußte genau, wer es war: das Glasgower Straßenkind, dessen Tod er verschlafen hatte. Niemand hatte sie als vermißt gemeldet.

Plötzlich wischte er die Zeitung vom Tisch und ließ den Kopf in die Hände sinken. Mehrere Sekunden saß er so da, wiegte sich von einer Seite zur anderen und krallte sich die Finger in den Kopf, als könnte er mit seinen Nägeln die Gedanken abschalten. Dann sprang er heftig zitternd auf. Er griff nach dem Pastis und taumelte in die Orangerie, wo er die Türen aufriß. Der Wind toste durch den Garten, blies ihm ins Gesicht und rüttelte an den Fensterscheiben.

Toby Harteveld stand ganz still, er hielt sein Gesicht in den Sturm und lauschte den langen Gräsern, die sich bogen und wie Regen zischten. Das Gewitter nahte. Es raste aus dem Nachthimmel auf ihn zu, schneller als ein Komet, und sein Ziel war genau die Mitte seiner Brust.

33. KAPITEL

An der Stelle, wo sich Crooms Hill am alten Ursulinenkloster vorbei nach unten schlängelt, wurde der Wagen der städtischen Müllabfuhr von Greenwich mitten auf der Straße von einem unbeschrifteten weißen Lieferwagen angehalten. Minuten später setzte der Müllwagen seinen Weg den Hügel hinauf fort und hielt wie gewöhnlich vor dem Haus von Harteveld. Der Lieferwagen bog ab, fuhr eine große Schleife durch Blackheath und kam an der obersten Biegung von Crooms Hill wieder heraus, die vom Haus aus ebenfalls nicht zu sehen war, gerade rechtzeitig, um ein zweites Mal auf den Müllwagen zu treffen. Der Fahrer übernahm zwei volle Abfallsäcke von den Müllmännern, reichte sie vorsichtig einem Kollegen im hinteren Teil des Lieferwagens und warf die Türen zu. Als er wieder eingestiegen war, verstellte er den Rückspiegel, bis er unten an der Biegung des Hügels einen grauen Sierra sehen konnte, der fast versteckt unter einer tropfenden Eiche parkte. Der Fahrer des Lieferwagens drehte sich nicht um. Er hob nur den Daumen und hielt ihn vor den Spiegel.

Er wartete, bis die beiden Männer in dem Sierra nickten, dann ließ er den Lieferwagen an und fuhr den Hügel hinauf.

In seinem ummauerten Garten nahm Harteveld nichts davon wahr. Er saß zurückgelehnt auf einer Steinbank und blinzelte mit blutunterlaufenen Augen in den Morgen. Neben ihm, in einem Beet aus Veilchen und Margeriten, lag eine leere Pastisflasche und ein Häufchen Zigarettenkippen. Er hatte die ganze Nacht hier gesessen, dem Sturm und den Sirenen der Polizeiwagen gelauscht, die sich durch Greenwich verfolgten, keinen Schutz gesucht, sondern bewegungslos gewartet, während die Wolken anschwollen und zerrissen, ihren Regen in sein Gesicht schleuderten und das Gewirr der Wege in rauschende Bäume verwandelten. Das Wetterleuchten hatte die knochenweiße Kirchturmspitze blau verfärbt, und als der Morgen kam, hatten die Obstbäume Äste verloren, die Rasenflächen waren sumpfig, und die reizenden Irisblüten entlang der westlichen Mauer lagen erschöpft und plattgedrückt am Boden. Die Türen der Orangerie standen weit offen, und die Seiten der *Times,* die der Wind vom Wohnzimmerboden herausgeweht hatte, lagen in der Orangerie und auf der Veranda verstreut. In den Ästen der libanesischen Zeder hing Kayleigh Hatchs Gesicht.

Nun, da die Schatten in den Gärten verblichen und die Morgensonne die regengetränkten Spinnweben in den Rotbuchen trocknete, begann Harteveld sich zu rühren.

Im Sierra wandte sich Betts um und sah Logan an. Irgendwo in der kleinen Straße neben Hartevelds Haus war ein Wagen gestartet worden, und ein grünes Auto, ein äußerst eleganter klassischer Wagen, kam auf die Straße herausgefahren. Er bog nach links in Richtung Crooms Hill ab und fuhr in den strahlenden Morgen hinaus.

Betts Mund zuckte ein wenig, als er nach der Zündung griff.

Fünf Meilen entfernt, im Hauptquartier von Shrivemoor, klingelte Cafferys Telefon.

»Detective Inspector Caffery? Hier spricht Jane Amedure. Ihre Kollegin aus dem Forensischen Institut. Ich habe zwei schwarze Abfallsäcke mit Inhalt erhalten, an dem ich ähnliche Tests durchführen kann, wie sie nach der Obduktion unternommen wurden; die Ergebnisse könnte ich etwas später im Lauf des Tages liefern.« Sie räusperte sich. »Und, ähm, heute morgen habe ich von Detective Sergeant Essex noch etwas anderes bekommen.«

»Ja«, sagte Caffery teilnahmslos. Er war erschöpft. »Das war etwas Persönliches. Von mir.«

»Ich weiß, Detective Sergeant Essex hat mich informiert. Wenn es sich nur darum handelt, kann ich es unter Operation Walworth einschmuggeln.«

»Nett von Ihnen.«

»Ja, nun, ich habe von der Geschichte gehört.«

»Wissen Sie schon Genaueres?«

»Auf den ersten Blick nicht, die Knochen sind alt und sehr fragmentiert. Wenn sich herausstellt, daß es sich um menschliche Knochen handelt, mache ich eine Mitochondrial-Analyse, deshalb müßte ich wissen, ob Ihre Mutter noch lebt. Hallo?«

»Ja, hallo.«

»Ich habe gefragt, ob Ihre Mutter noch lebt, oder einer ihrer Verwandten?«

»Ja, sie ... Glauben Sie, daß es sich um menschliche Knochen handelt?«

»Das kann ich Ihnen mit Sicherheit erst im Lauf des Tages sagen, vielleicht erst morgen.«

»Danke, Dr. Amedure. Vielen Dank.«

Er legte auf, lehnte sich in seinem Stuhl zurück und starrte einige Minuten aus dem Fenster. Er spürte einen dumpfen Schmerz zwischen den Augen. Er war um vier Uhr morgens zu Bett gegangen. Nach Betts Rückkehr hatten sie eine Stunde gearbeitet: Während Veronica die Kelche ihrer Mutter einwickelte und sie in zwei Teekisten verstaute, schloß sich Essex im Wohnzimmer ein und beschilderte und verpackte die Knochen so sorgfältig, als handele es sich um Cafferys persönliche Kostbarkeiten. Am nächsten Morgen um zehn Uhr, gerade als Geminis Haftverlängerung begann, hatten alle in Shrivemoor von der Geschichte gehört, alle wußten über Ewan und Penderecki Bescheid und verstanden Caffery ein bißchen besser. Die Frauen im Einsatzbesprechungsraum sahen ihn mit anderen Augen an, wie er meinte, mit einem Blick, als hätten sie

Angst. Wenn er das zuließe, wäre er erledigt, bevor Jane Amedure ihm schließlich die Ergebnisse mitteilte.

»Haben Sie eine Minute Zeit?« Maddox stand in der Tür. »Besuch für Sie.«

»Ja. Nur herein.«

»Möchten Sie allein mit ihm sprechen?« fragte Maddox die Person im Gang. »Ich kann draußen bleiben, wenn Sie wollen.«

»Sie können das ruhig auch hören.« North, der Besitzer des Betonwerks, trat ein. Er trug ein weißes Polohemd unter seinem Anzug, polierte Schuhe, und eine schwere Goldkette hing über dem Hemdkragen. Er schwitzte schrecklich in der Hitze. Er setzte sich auf den Stuhl, den Maddox ihm anbot, und sah sich unsicher um.

»Ich komm' mir wie das letzte Dreckschwein vor, daß ich hergekommen bin, wenn Sie den Ausdruck verzeihen.«

Jack und Maddox setzten sich an die einander gegenüberstehenden Schreibtische, stützten die Ellbogen auf und falteten die Hände. Maddox neigte den Kopf zur Seite. »Hört sich an, als hätten Sie was zu erzählen.«

»Ich glaube, das muß ich.« Er griff an die Bügelfalte seiner Hose, hob sie leicht an und beobachtete, wie sie sich wieder legte. »Es hat mir die letzten Tage keine Ruhe gelassen, und meine Frau, also, die hatte den richtigen Riecher und wollte mich nicht mehr ins Haus lassen, bis ich meine Pflicht als Bürger getan hab' und hierhergekommen bin.«

»Was haben Sie auf dem Herzen?«

»Dieser Bursche unten in Greenwich ...«

»Woher wissen Sie von ihm?«

»Die Wahrheit?«

»Ja, wenn Ihnen danach ist.«

»Ich habe einen Kumpel in dieser Abteilung.«

Caffery und Maddox tauschten einen kurzen Blick aus.

»Es ist ein Schwarzer, nicht wahr?«

»Ist das wichtig?«

»Irgendwie schon.« North starrte auf seine Bügelfalte, und

Caffery spürte, daß er sich bemühte, nicht schwach zu werden. »Vielleicht hab' ich jemand was, na ja, was Falsches gesagt.«

»Als Sie befragt wurden?«

»Nein. Später. Im Pub.« Sein Gesicht wurde schlaff. »Mel Diamond, Detective Diamond ...«

Maddox seufzte. »Ja, was ist mit ihm?«

»Er ist ein alter Kumpel. Wir sind alte Charlton-Fans.« North biß sich auf die Lippen. »Verstehen Sie, meine Tochter wohnt in East Greenwich, in der Nähe des Betonwerks. Sie hat Probleme mit ihren Nachbarn. Nigerianern. Lärm, Gestank, es sind richtige Schweine, bei ihnen kommen Ratten und alles mögliche Ungeziefer durch die Löcher in den Wänden und durch die Bodendielen, bis zum Kinderzimmer rauf.« Er schwieg einen Moment. »Nicht, daß ich was gegen sie hätte, aber sie fahren in teuren Schlitten rum, kein Mensch weiß, wie sie sich das leisten können, weil keiner eine Arbeit hat, und meine Tochter kämpft ums Überleben und findet keinen Job, weil alle Stellen die Schwarzen kriegen, wie die Lage nun mal ist.«

»Worauf wollen Sie hinaus, Mr. North?«

»Ich hab' gelogen.«

»Gelogen?«

»Verstehen Sie denn meine Lage nicht? Sie hätten es genauso gemacht, wenn Ihre Tochter da leben würde, wo mein Mädchen wohnt. Da bin ich mir ganz sicher.«

»Als Sie sagten, Sie hätten gelogen ...«

»Na schön, na schön, ich hab' Mel Diamond gesagt, ich hätte einen Nigerianer in einem roten Sportwagen vor dem Betonwerk parken sehen. Ich hab' mir gedacht, wenn ich den Typen ein bißchen Angst einjagen kann ... Aber Sie sind losgezogen und haben einen anderen eingebuchtet.«

»Wir hatten eine Menge Zeugen, die die gleiche Beobachtung gemacht haben.«

North drehte den Ehering an seinem dicken Finger. »Also, von denen weiß ich nichts, aber was mich angeht, ich hab' nie jemand dort draußen sitzen sehen, ehrlich. Ich hab' mich wie ein komplettes Arschloch benommen, das ist mir klar. Ich hoffe, Sie freuen sich.«

»Mr. North.« Maddox war aufgestanden und streckte die Hand aus. Das Telefon klingelte auf seinem Schreibtisch. »Wir schätzen Ihre Aufrichtigkeit. Wenn Sie uns jetzt entschuldigen wollen.«

Als North gegangen war, hob er ab.

Es war Betts, der Jack mitteilen wollte, daß Harteveld Crooms Hill verlassen hatte.

Im Innern des Cobra roch es nach Leder und ein wenig nach Teer, da die Klimaanlage die Außenluft anzog. Er hielt vor der Ampel, wo sich die Tooley Street zur London Bridge hinaufwindet. Es war ein strahlender Tag, die Sonne ließ die neuen Gebäude entlang der Themse aufblitzen, so daß sie aussahen, als wären sie aus Zucker gebaut.

Auf all dies starrte er mit leerem Blick aus seinem dicht verschlossenen Gebäude hinaus. Er hatte weder die fünf Sierra bemerkt noch die zwei Männer, die sich hinter ihren Sonnenbrillen versteckten. Er war sehr mager, seit Weihnachten mußte er zwölf Pfund abgenommen haben, aber trotz der Klimaanlage schwitzte er jetzt wie ein Fettkloß, und dicker Schweiß durchnäßte die Vorderseite seines Hemdes.

Die Ampel schaltete um, aber der Wagen vor ihm fuhr nicht an. Harteveld bemerkte das kaum. Seine schlanken Hände, die auf dem Lenkrad ruhten, schienen sich zu verkrampfen. Vielleicht, dachte er, hoffte er, würde sein Körper aufgeben.

Der übliche Strom von Leuten überquerte die Straße, dunkle Anzüge, Frauen mit hochhackigen Schuhen und fleischfarbenen Strumpfhosen, dazwischen das weiße Jackett eines Medizinalassistenten, der aus dem Guys eilte, um rechtzeitig vor der Leerung den Briefkasten zu erreichen. Der Turm des Guys-Krankenhauses zu Hartevelds Linken, der mit Satellitenschüsseln bestückt war, schien ihn zwischen den anderen Wagen herauszuspähen. Er erschauerte. Er sollte irgendwo einen Parkplatz suchen, aber anzuhalten, auszusteigen und die paar Schritte zur York-Klinik zu gehen erschien ihm schwieriger, als die Erde auf den Schultern durch die Galaxie zu tragen.

Sein Plan war unbestimmt und verzweifelt. Nachdem er sich tagelang gewünscht hatte, sein Herz würde einfach stehenbleiben und ihm ersparen, eine Entscheidung zu treffen, wußte er jetzt, daß er sich in therapeutische Behandlung begeben mußte. Dies in der York-Klinik zu tun, auf dem Boden seiner Alma mater, wo der Keim gepflanzt worden war, schien ihm ebenso symbolträchtig wie richtig zu sein. Eine Art Katharsis, wenn es das für ihn überhaupt gab.

Aber als er sich dies vorstellte, als er sich vorstellte, die Last abzuwerfen und sie in einem diskret eingerichteten Raum einfach weiterzureichen, traten ihm Tränen in die Augen. Selbst ein Arzt konnte ihm nicht vergeben, was er getan hatte. Selbst ein Arzt schreckte vor dem Gestank des Unrats zurück. Er saß in der Falle. Er konnte sich nirgendwohin wenden.

Die Hände ums Steuerrad gekrampft, saß er da. Die Ampel schaltete um, einmal, zweimal. Der Verkehr bewegte sich nicht. Harteveld beugte sich ein wenig zur Seite, und das helle Aufblitzen einer Dienstmarke sagte ihm, daß er zwei Wagenlängen hinter einer Polizeiabsperrung stand.

Ganz leise, ganz verhalten begann er zu weinen.

Diamond holte North außerhalb des Gebäudes ein. »Was zum Teufel machst du hier eigentlich?«

North faltete die Hände über dem Bauch und ging weiter.

»Ich hab' gefragt, was zum Teufel du hier machst.«

»Ich mußte die Wahrheit sagen.«

»Was hast du ihnen gesagt?«

»Daß ich nie jemand vor dem Werk gesehen hab'.«

»Mist.«

»Tut mir leid, Kumpel.«

»Mit leid tun ist es nicht getan, verdammt. Ich hab' das geglaubt und weitergegeben. Und meine Falltheorie auf deiner Aussage aufgebaut.«

North blieb stehen, die Sonne glitzerte auf dem Gold um seinen Hals, und er sah Diamond an. »Aber du hast doch *gewußt,* daß ich gelogen hab'.«

»Blödsinn.«

»Klar hast du's gewußt. Du warst doch ganz begeistert, als ich gesagt hab', ich hätt' 'nen Schwarzen da rumhängen sehen.«

Diamond steckte die Hände in die Tasche und schüttelte den Kopf. »Das hab' ich aber ganz anders in Erinnerung, mein Freund. Das hab' ich ganz anders in Erinnerung.«

Constable Smallbright vom Vine-Street-Revier war bester Laune. Er sah gut aus und war verliebt. Es war ein schöner, strahlender Tag, und der Sergeant hatte ihnen erlaubt, unter den fluoreszierenden Polizeiwesten kurze Ärmel zu tragen. Sie standen zu zehnt an der Auffahrt zur London Bridge, und ihre weißen Hemden flatterten in der warmen Brise. Das Leben war doch einfach wunderbar, dachte er, als er sich hinunterbeugte und durch das Fahrerfenster des grünen Cobra sah.

»Morgen, Sir.« Der leichenhafte Ausdruck im Gesicht des Fahrers brachte Smallbrights Lächeln nicht zum Verschwinden. Er klopfte höflich an die Scheibe. »Könnten Sie…« Das Fenster wurde heruntergekurbelt, und der Schwall abgestandener kalter Luft und das fahle Gesicht des Fahrers ließen ihn innehalten. Er biß sich auf die Lippen. »Tut mir leid, Sie aufzuhalten, Sir, aber wir machen eine Fahrzeugkontrolle. Reine Routinesache, nur eine allgemeine Überprüfung der Wagen, alles klar?«

Das Schweigen als Einverständnis auffassend, ging er auf die Rückseite des Wagens, sah sich um und verspürte plötzlich ein Unbehagen. Der Fahrer sah seltsamerweise so aus, als würde er weinen.

Maddox lehnte die Stirn an die Fensterscheibe und seufzte.

»Ich frage mich, womit ich das verdient habe. Dafür werden sie mir die Eier abschneiden, nicht Diamond.«

»Glauben Sie, er hat die Aussagen der Nachbarn erfunden?«

»Was glauben Sie?«

»Ich finde, wir sollten das überprüfen. Wenn Gemini aufgrund einer Falschaussage die ganze Zeit eingesessen hat…«

»Sprechen Sie's nicht aus, Jack. Sprechen Sie's bloß nicht aus.«

Reglos wie ein Fels saß Harteveld da, während der Constable die Rückseite des Cobra überprüfte und mit den Fingern über die Stoßstange und die Rücklichter strich. Er schwitzte nicht mehr so stark. Das grelle Glitzern des Sonnenlichts spiegelte sich in den Glasgebäuden. Nördlich des Flusses sah er ein winziges Wölkchen, das sich über der bläulichen Kuppel der St. Paul's Cathedral in den Himmel erhob, wie ein Geist, der einen Körper verließ. Dampf, der sich in einer anderen Schicht der Atmosphäre wieder neu zusammensetzen, sich mit anderem Dampf verbinden, kristallisieren, verflüssigen und eines Tages wieder auf die Erde tropfen würde. Reiner. Diamantrein.

»Wer ist 160?« rief Caffery über die Köpfe der Datenverarbeiter und Detectives hinweg, die im Raum herumschwirrten. Er war in Hemdsärmeln, hatte eine Hand auf den Schreibtisch gestützt und sah auf den Bildschirm einer Datenerfasserin. Ein zuckender Cursor am oberen Bildschirmrand deutete auf die Information:

Akte bei Gerät 160 in Benutzung. Akte bei Gerät 160 in Benutzung.

Ein anderer im Raum hatte die Datei mit den Aussagen der Nachbarn geöffnet und verweigerte ihm den Zugang.

»Ich fragte: WER IST 160?«

Über die Stapel der blauen Dienstformulare und die braunen Einsatzakten hinweg starrten ihn ein Dutzend Augenpaare verständnislos an. In der Ecke, bei der Asservatenkammer, sah nur eine Person nicht auf. Diamonds gebeugter Kopf glänzte im grauen Licht des Bildschirms. Auf dem blauen Aufkleber, der am Monitor befestigt war, stand 160.

Caffery und Maddox durchquerten den Raum.

»Was zum Teufel machen Sie da?«

Diamond sah mit sanften blauen Augen auf. »Ich trage nur ein paar Vorgänge ein.«

»Das ist Marilyns Job.«

»Huch«, sagte er einfach und schob die Tastatur zurück. »Tut mir leid, ich hoffe, ich habe nichts vermasselt.«

»Mir ist eigentlich nicht danach, den Tag damit zu verbringen«, sagte Maddox, »Vorträge über Fälschung und Tatsachenverdrehung zu halten.«

»Natürlich nicht, Sir.«

Aber später, als Marilyn HOLMES überprüfte, stellte sie fest, daß bei den Nachbarschaftsbefragungen die Hausnummern entweder gelöscht oder nie eingetragen worden waren.

»Detective Diamond?« Maddox fand ihn in der Asservatenkammer, wo er die Füße auf den Tisch gelegt hatte.

»Sir?«

»Auf ein Wort.«

Caffery stand im Gang und beobachtete, wie Maddox die Tür zum F-Team öffnete, Diamond die Hand auf den Rücken legte, ihn vorsichtig hineinschob und mit sanftem Klicken die Tür hinter sich schloß.

Als Constable Smallbright zurückkam, war er entsetzt über den veränderten Gesichtsausdruck des Fahrers. Es war, als hätte eine Hand alle Falten geglättet, als sähe er auf eine Sandfläche, in der alle Spuren glattgerecht worden waren. Er wirkte friedlich. Seine Augen waren auf einen Punkt auf der anderen Seite des Flusses gerichtet.

»Wußten Sie, daß eines Ihrer Bremslichter eingeschlagen ist, Sir?«

»Tatsächlich?« Harteveld öffnete die Wagentür, stieg aus und reckte seinen langen, kadaverhaften Körper in der Sonne. Er stand ganz still, die Augen geschlossen, das Gesicht zum Himmel gekehrt, als hätte er noch nie zuvor Sonne auf der Haut gespürt. Sein Anzug hing schlotternd an ihm, und die Hände baumelten aus den Ärmeln hervor wie die Klöppel alter Glocken.

»Sir?«

»Ja?«

»Es ist nur ein zerbrochenes Bremslicht. Nichts Ernstes. Ihr Bremslicht ist zerbrochen.«

»Natürlich. Und vergessen Sie in ihrem Bericht nicht die toten Mädchen.«

»Sir?«

»Sagen Sie ihnen, was ich getan habe, wenn Sie so freundlich wären.«

Constable Smallbright sah nervös zu seinem Sergeant hinüber, der sich gerade zum Fahrerfenster eines Mazda hinunterbeugte. Er wandte sich wieder Harteveld zu. »Möchten Sie mir etwas erzählen, Sir?«

»Nein, eigentlich nicht, ich glaube, ich mache mich wieder auf den Weg.«

Noch nie hatte Constable Smallbright etwas wie das nun Folgende erlebt. *»Der Fluß hat nie schöner ausgesehen, er war nie blauer und glänzender«*, erzählte er später. *»Aber der Typ sah aus wie ein Leichnam, wie etwas Totes, fahl gelb, wie schlecht gewordene Milch.«*

Und während Harteveld in diesem Kreis von Menschen den genauen Ort seines Todes festlegte, spürten gleichzeitig zwei Männer, die sich fünf Wagenlängen hinter ihm befanden und nicht viel jünger waren als er, was nur Harteveld wußte. Die Sache lag außerhalb ihres Entscheidungsbereichs, aber Detective Constable Betts begriff, daß es ein Notfall war.

»LOS LOS LOS.«

Sie stürzten aus dem Wagen, scheuchten die städtischen Arbeiter weg, die eingeschüchtert vor den beiden Männern in Anzügen und Sonnenbrillen zurückwichen, die mit angespannten Gesichtern und flatternden Krawatten hinter ihnen angerannt kamen. Sie legten die knapp hundert Meter zur Brücke in weniger als zwanzig Sekunden zurück, aber Harteveld war schneller als sie, obwohl er sich langsamer bewegte. Falls er sich ihrer Anwesenheit bewußt war, zeigte er dies nur durch ein leichtes Senken des Kopfes, als hätte er etwas gehört, das nur von geringem, flüchtigem Interesse war. Fast ohne aus dem Tritt zu geraten, überwand er das niedrige Brückengeländer, und ganz so, als wäre der nächste Schritt nicht anders als der vorhergehende, trat er ganz einfach in die blaue Luft hinaus.

Constable Smallbright brüllte. Die beiden Detectives liefen um die ersten Wagen in der Schlange herum und stürzten auf das Geländer zu. Smallbright lief ebenfalls hinzu und holte sie Sekunden später ein. Schnaufend standen die drei Männer da, während zwanzig Meter weiter unten Toby Hartevelds ruhiges Gesicht die Wasseroberfläche durchschnitt wie der Bauch eines gelben Fischs, sich drehte, zweimal ruckartig wie eine Marionette die Arme bewegte, auf die Vorderseite kippte und in dem grünen Wasser unterging.

34. KAPITEL

Fühlen Sie sich gut, Kollege?« fragte Maddox Caffery später im Büro.

»Nur müde.«

»Was Ihren Bruder betrifft…«

»Vielleicht wird der Fall jetzt wiederaufgenommen.«

»Ich kann Ihnen wegen dringender Familienangelegenheiten freigeben. Bis zu zwei Wochen, wenn Sie möchten.«

Caffery nickte. »Danke.«

»Wann möchten Sie…?«

»Gar nicht. Ich nehme nicht frei.«

»In Ordnung.« Er spielte mit einer Heftklammer. »Ich wünschte, Sie hätten mir davon erzählt. Wir hätten etwas unternehmen können.«

»Mir wäre es lieber, Sie würden zuerst etwas gegen Mel Diamond unternehmen.«

»Ich habe ihn verwarnt. Noch ein Fehler, und wir bringen ihn ohne vorherige Abmahnung vor einen Untersuchungsausschuß.«

»Er kommt praktisch ungeschoren davon, nicht wahr?«

»Mehr als eine mündliche Abmahnung ist im Moment nicht drin. Tut mir leid, aber mehr kann ich nicht tun.«

»Verdammt.« Caffery warf mit einem Knall seinen Stift hin. Maddox sah verblüfft auf.

»Was?«

»Ich weiß nicht, ich sehe bloß eines, Steve. Dieser Mann ist Scheiße. Er vermasselt einfach alles, und *Sie*…« Er hielt inne und holte Luft. »Und Sie halten bloß den Deckel drauf. Sie und der Met-Yachtclub und das Frosbite-Rennen und eure alte Vetternwirtschaft …«

»Jetzt aber langsam, langsam.« Maddox hob die Hand. »Ich bin nicht blöd, Jack. Wir alle wissen, daß Diamond mit Schleimereien Karriere macht. Und was die Vetternwirtschaft betrifft? Die gibt es nicht. Vielleicht anderswo, aber nicht im AMIP.« Er schwieg einen Moment, und seine Stimme wurde eine Spur leiser. »Hören Sie, Jack …«

»Was?«

»Eigentlich bräuchte ich das nicht zu sagen, aber ich werde es dennoch tun. *Sie* sind ein besserer Polizist als er. *Er* wird stolpern. Früher oder später. Sie jedoch …« Er brach die Heftklammer entzwei und warf sie in den Abfallkorb. »Sie, Jack, werden das nicht. Sie …« Er lehnte sich auf seinem Stuhl zurück, verschränkte die Arme und sah seinen Detective Inspector mit einer gewissen Befriedigung im Ausdruck an. »Nun, machen Sie sich jedenfalls keine Sorgen, in Ordnung?«

»Sir.« Marilyn erschien in der Tür und leckte die Schokolade von einem Twix-Riegel ab. »Der Bote vom Forensischen Institut ist da.«

»Danke.« Maddox stand ermattet auf. »Das sollte unsere Entscheidung, ob wir Anklage erheben oder nicht, ein bißchen erleichtern.«

Er verließ den Raum und ließ Marilyn und Caffery zurück, die sich gegenseitig anstarrten.

»Ja? Was?«

»Ach nichts. Ich hoffe nur, Ihnen geht's gut. Das ist alles. Wir machen uns Sorgen um Sie.«

Verlegen wegen seines Ausbruchs, sank Caffery auf seinem Stuhl zusammen. »Das ist, das ist freundlich von Ihnen.«

»Nicht freundlich. Menschlich.« Sie wandte sich zum Gehen, blieb in der Tür stehen und steckte sich einen schokoladenverschmierten Finger in den Mund. »Wahrscheinlich wollen Sie Cook jetzt nicht befragen?«

»Nein.«

»Gut, weil diese Thai-Maschine in einer Stunde abfliegt. Sind Sie sicher?«

»Ja, lassen Sie ihn fliegen.«

»Oh, und gestern abend war eine Nachricht für Sie dabei. Sie sollen Julie Da-a-a-rling zurückrufen. Sie wissen schon. Little Darlings.« Sie warf ihm ein zaghaftes Lächeln zu. »Mein Darling.«

Julies Stimme verriet ihm, daß er sie aufgeweckt hatte.

»Tut mir leid.«

»Schon gut.« Sie unterdrückte ein Gähnen. »Ich bin Spätaufsteherin. Eine Berufskrankheit.«

»Ich habe Ihre Nachricht bekommen.« Er klemmte sich den Hörer unters Kinn. »Haben Sie sich inzwischen an etwas erinnert?«

»Keine Erinnerung. Es ist etwas passiert.«

»Ich höre.«

»Sie haben mir gesagt, ich sollte anrufen, wenn jemand bei mir abspringt.«

»Ja.«

»Genau das ist passiert.«

Caffery schwieg. »In Ordnung. Wer?«

»Ihr Name ist Peace. Peace Nbidi Jackson, sie ist, ich weiß nicht, zur Hälfte Ghanaerin oder so was. Sie ist zu einem Auftritt in Earl's Court nicht erschienen, und seitdem habe ich nichts mehr von ihr gehört.«

»Wann hatte sie ihren letzten Auftritt?«

»Sie war in East Greenwich gebucht. Im Dog and Bell. Letzten Mittwoch.«

Am Tag, bevor wir dort waren. Er war vor uns da.

»Julie.« Er griff nach einem Kugelschreiber und nahm mit den Zähnen die Kappe ab. »Haben Sie ihre Adresse? Wir wollen nicht mit dem Schlimmsten rechnen.«

Im Einsatzbesprechungsraum wußte Marilyn schon alles über Peace Nbidi Jackson.

»Sie gehört zu denen, über die Scotland Yard von uns Informationen haben wollte. Eine von dreißig.« Sie ließ die Datei durchlaufen. »Da ist sie. Clover Jackson, das ist Peaces Mutter, die sie gestern als vermißt gemeldet hat. Peace hat ein kleines Drogenproblem. Heroin. Von East Ham aus hat sie einen Bus genommen in die Nähe des Blackwell Tunnels. Ihre Mum glaubt, sie sei vor kurzem in Greenwich gewesen, und als sie nicht nach Hause kam, hat Mum halb irre vor Sorge die Bullen angerufen.«

»In Ordnung. Wir schicken jemanden zu ihr rüber. Legen Sie eine Akte an. Vielleicht hat er zum ersten Mal einen Fehler gemacht und sich jemanden geschnappt, der vermißt gemeldet wurde.« Er sah auf. Maddox stand in der Tür, ein Papier in der Hand. Caffery erkannte den blauroten Stern des Forensischen Instituts in der rechten Ecke. Es konnte nur eines bedeuten.

Maddox wartete, bis es im Raum ruhig war.

»Also gut. Die gute Nachricht ist, daß wir die Entscheidung getroffen haben.« Alle schwiegen. »Das arme Schwein in Greenwich kann nach Hause gehen. Selbst wenn sie eine bessere Probe gehabt hätten, hätten sie sie nicht gebraucht. Es ist nicht einmal dieselbe Blutgruppe.«

Bei Diamond, der am anderen Ende des Raums auf seinem Stuhl saß, sah man die Kiefermuskeln unter der gebräunten Haut arbeiten, seine schmalen Nasenflügel bebten, als wollten sie sich blähen. Marilyns Telefon klingelte, und alle zuckten zusammen. Sie starrte es einen Moment lang an und wurde rot, weil sie plötzlich im Mittelpunkt stand. Es war Betts, der von der London Bridge aus anrief. Marilyn hörte zu, sah dann zuerst Maddox, dann Diamond an und reichte schweigend den Hörer an Caffery weiter.

Gemini starrte auf einen gemaserten Streifen an der Zellenwand und fragte sich, ob es das war, wofür er es hielt. *Putzen die denn diese verdammten Zellen nicht?* Die Tür ging auf, der Haftbeamte trat ein und hielt einen Plastikbeutel mit Geminis Kleidern in der Hand. Die Nikes lagen oben drauf wie zwei gleiche Brotlaibe, die gerade frisch aus dem Ofen gekommen waren.

»Mr. Henry.«

»Was'n los?«

»Sie können nach Hause.«

Gemini rollte argwöhnisch die Augen. »Wirklich?«

»Ja.« Der Beamte legte die Kleider auf die Pritsche neben sich, richtete sich auf und sah ihn gelangweilt an. »Ja, wirklich.«

Caffery hatte gerade Fiona Quinn am Apparat, als Essex und Detective Constable Logan an die Tür klopften. Auf Essex' Gesicht lag ein grimmiger Ausdruck.

»Wir sind gerade auf dem Weg zu Harteveld.« Er hielt die vertraute gelbe Sammelkiste hoch.

»Ich komme gleich nach. Quinn kommt erst hierher.«

»Jack.«

»Was gibt's?«

Essex beugte sich vor, so daß Logan nichts hören konnte. »Dr. Amedure hat Sie vom Labor aus erreichen wollen.«

»Ja?« Caffery richtete sich auf und legte die Hand über die Sprechmuschel. »Hat sie etwas?«

Essex schwieg einen Moment. »Sie hat etwas.«

»Und?«

»Sie sagt, sie stammen von Tieren. Schweineknochen. Es tut ihr leid.«

Caffery sank in seinen Stuhl zurück.

»Alles in Ordnung?«

»Ja. Es überrascht mich nicht.«

»Man könnte Penderecki wahrscheinlich wegen Hausfriedensbruch drankriegen. Ihm das Versprechen abnehmen, das nie wieder zu tun. Sie haben schließlich eine Menge Zeugen.«

»Nein.« Caffery war müde. Müde der Dinge, die Ewan ihn kostete. »Danke. Aber ich lasse es dabei bewenden. Es wird nicht das letzte Mal gewesen sein.«

35. KAPITEL

Die Türen zur Orangerie standen offen. Caffery klebte den Durchsuchungsbefehl und die Einsatzlisten der Wachmannschaften an eine Fensterscheibe und trat zurück, um Detective Sergeant Quinn und Detective Constable Logan, die in ihren weißen Plastikoveralls wie ein Paar versonnener Gespenster aussahen, eintreten zu lassen. Essex und er blieben draußen, sie scharrten im Kies herum und untersuchten ein Häufchen durchweichter Zigarettenstummel im Margaritenbeet.

Der Tag war nicht frühsommerlich, sondern eher herbstlich, und es wehte ein leichter Wind: Grelle Sonnenstrahlen flackerten durch die überwucherten Bäume, durch japanischen Ahorn und einen riesigen Gingko und erfüllten den Garten mit funkelndem grünem und gelbem Licht. Wie an jenem Septembertag, als Ewan die summenden Bahngleise hinuntergegangen war. Er dachte an die Knochen auf einer unbekannten Bank in der Gerichtsmedizin. Schweineknochen. Penderecki trieb noch immer sein Unwesen.

»Sir?«

Detective Sergeant Quinn stand am vorderen Ende des schwarzweiß gefliesten Gangs, und ihre behandschuhte Hand lag auf einer schweren Eichentür.

»Verschlossen«, sagte sie, als er näher kam. »Ich kann die Schlüssel nirgendwo finden.«

»Nun? Was meinen Sie?«

»Ich kann nicht sagen, daß ich mich darauf freue.« Sie legte den Kopf zurück und schnupperte in die Luft. »Ich meine, können sie ...?«

»Ja.« Caffery nickte. »Ja, ich konnte es vom Garten aus riechen.«

Essex fand einen Meißel in der Garage, und nachdem Fiona Quinn ein kleines Fenster im Erdgeschoß auf Fingerabdrücke untersucht hatte, stemmte er vorsichtig den Rahmen auf und ließ es aufspringen. Der Geruch, der nach draußen drang, ließ alle unwillkürlich einen Schritt zurücktreten. Fiona Quinn zog schnell eine Gesichtsmaske aus ihrer Tasche und lächelte. »Sie bleiben hier und ziehen sich Plastiksocken über die Schuhe.«

Sie und Logan gingen es langsam an, sie blieben auf dem Sims sitzen und leuchteten mit einer Taschenlampe die Vorhänge und den Bereich unter dem Fenster ab. »Schlimmer Geruch hier drinnen, Jack.« Logan bestätigte dies.

»Was Sie nicht sagen.«

»Geben Sie mir ein paar von diesen Trittplatten aus meiner Tasche.« Caffery reichte ihnen einen Stapel leichter gelber Plastikplatten. Fiona und Logan verschwanden hinter den Vorhängen und ließen Essex und Caffery zurück, die nichts weiter tun konnten, als sich Plastikstrümpfe über die Schuhe zu ziehen, im Schatten der libanensischen Zeder zu warten, vor sich hin zu pfeifen und mit dem Kleingeld in ihren Taschen zu klimpern.

»Also«, sagte Essex nach einer langen Pause. »Was glauben Sie, woher dieser Geruch stammt?« Caffery war überrascht, einen leichten Glanz auf seinem Gesicht zu bemerken. Essex war *nervös.* Trotz seiner gespielten Tapferkeit hatte er tatsächlich Angst vor dem, was sie drinnen finden könnten.

»Was glauben *Sie,* daß es ist?«

»Vögel?«

»Vielleicht.«

»Peace Nbidi Jackson?«

»Das hoffe ich.«

»Mein Gott.« Essex öffnete seinen Kragen und rieb sich das Gesicht. »Sie sind mutiger als ich, Jack. Ganz ehrlich.« Fiona

Quinn tauchte wieder am Fenster auf. Im Raum hinter ihr war Licht angeschaltet worden.

»Nun?«

»Nun was?«

Caffery seufzte. »Woher stammt der Geruch?«

»Ach *das.* Es liegen ein paar Essensreste herum. Aber ...« Sie sah über die Schulter.

»Aber?«

»Aber der größte Gestank kommt aus dem Badezimmer im zweiten Stock. Stecken Sie die Hände in die Taschen, und ich zeige es Ihnen.«

Sie gingen vorsichtig durch das Erdgeschoß, und Quinn erlaubte ihnen, einen Blick in die Zimmer zu werfen, aber nicht einzutreten. »Jetzt noch nicht. Ich möchte, daß zuerst das Kamerateam hier durchgeht.« Sie hatte alle Lichter angedreht und mit fluoreszierendem Band einen Weg auf dem Boden abgeklebt. Sie sahen in den ersten Raum. Hartevelds Stereoanlage stand in der Ecke, auf dem Verstärker standen eine Flasche Pastis und zwei mit Milch verkrustete Gläser. Auf dem Boden lagen eine Menge Zeitungen, Fast-food-Schachteln und umgestürzte Stühle, ein Tisch war mit Kleidern bedeckt. In einem kleinen Wirtschaftsraum auf der Vorderseite des Hauses schreckten sie einen Fliegenschwarm auf, der sich von Stapeln schmutziger Teller erhob, auf denen zwei Hühnergerippe lagen. Überall waren die Vorhänge geschlossen.

»Also gut, jetzt nach oben.« Quinn führte sie die Treppe hinauf. Im Gang wartete Logan vor dem Badezimmer, sein Gesicht war ausdruckslos.

»Von hierher kommt der Geruch.« Fiona lächelte sie an. »Sie werden gleich sehen, warum.«

Logan öffnete die Tür.

»Mist«, sagte Essex einfach.

Das Badezimmer war klein mit hoher Decke, ein hellgestreiftes Rollo war fest vor ein großes, rechteckiges Fenster gezogen. Über einen Frisiertisch mit Marmorplatte lagen leere

Zahnpastatuben verstreut, meterweise Zahnseide, benutzte Rasierklingen, zwei oder drei Kondompäckchen und ein schmutziges Stück Seife. Alles war von Staub überzogen.

»Das ist das Problem.« Logan deutete auf die Toilette. »Daher kommt der Gestank.«

Der Toilettendeckel war hochgeklappt. In der Porzellanschüssel schwamm eine Ansammlung aus Kot und Toilettenpapier. An manchen Stellen war die Toilette übergelaufen, und das Gemisch aus Exkrementen und Papier war an die gekachelten Wände, an den Badewannenrand und gegen die Duschkabine gespritzt. Das Wasser war verdunstet und hatte eine stinkende schwarze Ablagerung zurückgelassen, die mit rosafarbenen Papierfetzen durchsetzt war.

»Keine Peace?« fragte Essex.

»Keine menschlichen Überreste. Ein paar Schamhaare, das ist alles. Und wir nehmen Proben *hiervon.*« Er deutete auf den braunen Schlamm in der Toilettenschüssel. »Ich habe auch ein paar Fingerabdrücke gefunden.« Er klappte den Toilettendeckel herunter, um zu zeigen, wo er ihn bestäubt hatte, und zeigte auf zwei Daumenabdrücke am rückwärtigen Teil. Er hob den Sitz wieder und zeigte auf zwei umgekehrte Fingerabdrücke auf der Unterseite, die klein wie die einer Frau waren. »Sehen Sie, wie sie zueinander stehen. Was glauben Sie, was sie gemacht hat?«

Caffery hielt seine Hände genauso. »Den Sitz gehalten? Um sich zu übergeben? Heroin vielleicht.«

»Ich bräuchte kein Heroin, damit mir bei diesem Saustall das Kotzen käme.«

»*Bevor* es verstopft war. Nehmen wir an.«

»Wodurch ist es denn verstopft?« Caffery warf einen zögernden Blick in die Schüssel.

»Na schön …« Fiona zog sich die Maske über, rollte die Manschetten ihrer Latexhandschuhe hoch und versiegelte sie mit weißem Klebeband. »Wir wollen mal nachsehen.« Sie kauerte sich auf den Boden und stieß die Hand tief in die gebogene

Röhre. *Wie ein Tierarzt, der nach einer Steißgeburt tastet,* dachte Caffery. Logan entfaltete ein Plastiktuch auf dem Boden, als Fionas Arm verschwand. »Ja, da ist etwas.« Essex wurde blaß und sah Caffery mit verdrehten Augen an, während Fiona die Augen zusammenkniff und das Gesicht an den Rand legte, um besser zupacken zu können. »Da haben wir's.«

Die zusammengeklumpte Masse aus Haaren, Kondomen, Toilettenpapier und Exkrementen wurde tropfend und stinkend auf eine Plastikplane in der Mitte des Badezimmers geworfen. Essex bedeckte den Mund und trat einen Schritt zurück, er schüttelte den Kopf, und sein Adamsapfel tanzte in seinem Hals. Fiona schnaubte, richtete sich auf und stieß die Masse mit dem Finger an. »Die ...« Sie zog zwei ineinander verhedderte Gegenstände heraus und warf sie in die Tüte, die Logan für sie aufhielt. »Die sind das Problem.«

»Ein Rock. Ein Paar Strumpfhosen.« Caffery war enttäuscht.

»Man wird sie im Labor trocknen müssen.«

»Dennoch sind es nur Kleidungsstücke.«

»Nicht das, was sie erwartet haben?«

»Eigentlich nicht. Nein.«

Essex, der noch immer die Hand über den Mund hielt, beobachtete Logan, der die Tüte beschilderte und beschriftete. »Wissen Sie was?« sagte er später und tätschelte ihm den Rücken. »Sie haben eine Begabung für dieses Beweismittelgeschäft. Ich sag' Ihnen was; wenn ich beim nächsten Fall für die Beweismittel zuständig bin, tausch' ich den Platz mit Ihnen.«

36. KAPITEL

Bis zum Abend hatten sie Shellenes Fingerabdrücke auf einem Whiskyglas, auf einer Gabel mit Elfenbeingriff und auf einer Flasche Malibu gefunden, die im hinteren Teil des Getränkeschranks im Wohnzimmer gestanden hatte. Zwei auberginefarbene Haare wurden auf dem Ablaufgitter am Boden des Garderobenschranks gesammelt, und Logan entdeckte zwei Spritzen in einer Lackschachtel, in denen sich geringe Mengen Heroin und Kokain befanden. Alles wurde sorgfältig in Beweismitteltüten versiegelt.

»Aber ich mache mir immer noch Sorgen«, gab Fiona bei der abendlichen Besprechung zu. »Ich habe organische Rückstände der Verstümmelung erwartet. Ich glaube nicht, daß bei der heutigen Suche etwas dabei war.«

»Genausowenig habe ich Nähmaterial und das chirurgische Skalpell gefunden, das nach Krishnamurthis Meinung für die Verstümmelung benutzt wurde, auch die Kernseife nicht.«

»Er hätte eigentlich mehr Spuren hinterlassen müssen. Es wäre viel Blut ausgelaufen, wenn er sie geöffnet hätte: Blut und faulige Gewebeflüssigkeit. Wir müßten wenigstens *ein paar* Beweise finden, zumindest in den Ablaufrohren. Die Leute von der forensischen Abteilung haben in seinem Wagen, im Kofferraum, eine Menge Spuren gefunden, und ich glaube, das ist der Schlüssel, ich glaube, er hat sie anderswohin gebracht. Vielleicht, um sie zu töten, aber möglicherweise, *nachdem* er sie getötet hat. Wahrscheinlich dorthin, wo er die Vogelkäfige aufbewahrt.«

»Schloss-Lawson und Walker«, sagte Caffery. »Die Familienanwälte. Sie stellen morgen eine Liste seiner weiteren Liegenschaften zusammen.«

Maddox schüttelte den Kopf. »Wenn wir nicht vorsichtig sind, könnten wir schwer in Verzug geraten. Nicht zugelassene Beweismittel. Könnte eine Weile dauern.«

»Richtig, aber ich bin immer noch Fionas Meinung. Ich glaube, wir müssen weitersuchen.«

»Ja«, murmelte Fiona. »Und wenn wir etwas finden, finden wir, glaube ich, auch Jackson.«

Alle schwiegen einen Moment. Essex' erste Aufgabe am nächsten Tag bestand darin, Clover Jackson anzurufen und sie zu bitten, morgen hereinzukommen und sich die Dinge anzusehen, die in Hartevelds Badezimmer gefunden worden waren. Um festzustellen, ob der limonengrüne Rock derselbe war, den ihre Tochter in der Nacht ihres Verschwindens getragen hatte.

»In Ordnung«, sagte Maddox seufzend. »Marilyn, für morgen steht also an, die anderen Wohnsitze von Harteveld zu ermitteln. Ich möchte Peace Jackson finden, bevor dieses Wetter sie unkenntlich gemacht hat.«

Nach der Besprechung nahm sich Caffery erschöpft die Krawatte ab und rief Rebecca an.

»Ich war auf dem Weg in den Park«, sagte sie. »Ich will die Marineakademie malen.«

»Kann ich Sie dort treffen?«

»Oh, sicher. In einer halben Stunde? Hey, geht's Ihnen gut?«

»Ja. Warum?«

»Ach.« Sie schwieg einen Moment. »Sie hören sich nicht so an.«

»Nun, doch. Mir geht's gut. Ehrlich.«

Als Essex das hörte, geriet er außer sich. »Sie geiler alter Bock. Das haben Sie geheimgehalten. Bringen Sie sie dazu, bei Joni ein Wort für mich einzulegen. Sagen Sie ihr, wie einfühlsam ich bin oder irgend so 'nen Mist.«

Caffery schloß seine Krawatte in der Schreibtischschublade

ein, schwappte sich im Waschraum Wasser ins Gesicht, steckte das Handy ein und fuhr nach Greenwich. Die Abendsonne hatte die alten Fenster des königlichen Observatoriums mit Gold überzogen, als er am Park ankam. Da Harteveld nun tot war, sollte er erleichtert sein. Statt dessen fühlte er sich unwohl, seine Nerven waren angespannt, als bereite sich sein Körper auf weitere Anstrengungen vor. »Du bist einfach müde«, sagte er sich. *Eine Nacht Schlaf, und die Welt sieht ganz anders aus.*

Sie saß im Gras vor dem Zwiebelturm von Flamsteed, hatte einen Malblock auf die Knie gestützt und einen Pinsel zwischen den Zähnen, während sie mit einem anderen Aquarellfarben mischte. Caffery blieb stehen und genoß den Luxus, sie ungesehen zu beobachten. Die Sonne beleuchtete ihre Wangenrundung, und er glaubte fest, jedes feine goldene Härchen auf ihrer Haut zu sehen. In dem kurzen Schottenrock erschien sie ihm erschreckend verletzlich. Wie eine Versuchung hier auf dem smaragdfarbenen Gras.

Sie legte den Pinsel weg, wischte sich die Hände an einem kleinen Lappen ab, und ganz so, als hätte sie gewußt, daß er die ganze Zeit hier gestanden hatte, sah sie auf, blinzelte ein wenig und beschattete mit ihrer schlanken, braunen Hand die Augen vor der tiefstehenden Sonne.

»Hallo.« Sie trug kein Make-up, und er entdeckte einen Anflug von Lachfältchen in ihrem Gesicht. »Hallo, Jack.«

»Sie kennen meinen Namen.«

»Ja.« Sie senkte den Kopf, und das nach vorn fallende Haar verdeckte ihr Gesicht. »Sehen Sie, ich habe Burgunder.« Sie öffnete einen Rucksack und reichte ihm die Flasche und einen Korkenzieher. »Und das. Eine ganze Tüte frischer Feigen. Ich hoffe, Sie haben sich nicht auf einen Hamburger gefreut.«

»Das heißt also, wir trinken etwas zusammen.«

»Ja, und?«

Er zuckte die Achseln, zog sein Jackett aus, setzte sich ins Gras und nahm ihr die Flasche ab. »Ich mache mir deswegen keine Sorgen.«

»Wie auch immer. *Sie* wollten schließlich *mich* sehen.«

»Stimmt.«

»Warum? Was wollen Sie?«

Die Wahrheit? Ich würde gern, ich würde gern...

Er räusperte sich und begann, die Folie vom Flaschenkopf abzuziehen. »Wir haben ihn. Es war Toby Harteveld. Wir haben es vor einer Stunde an die Presse gegeben.«

»Oh.« Rebecca stellte den Rucksack ab und strich sich das Haar hinter die Ohren. »Toby.«

»Noch etwas.«

»Was?«

»Er ist tot. Sie werden es im Fernsehen sehen, ich wollte, daß sie es gleich erfahren. Er sprang heute morgen um zehn Uhr von der London Bridge.«

»Ich verstehe.« Sie atmete langsam aus und starrte auf das Londoner Häusermeer, das sich unter ihnen ausbreitete; stromaufwärts reckte die London Bridge ihre eisernen Arme aus dem blauen Dunst, und stromabwärts, in der Nähe des smogverschmutzten Horizonts, schimmerte der Millennium Dome wie ein polierter Knochen vor dem blauen Himmel. Jenseits davon das Betonwerk. »Es ist also vorbei.«

»Wahrscheinlich.«

Rebecca sagte lange nichts. Schließlich, als hätte sie eine Entscheidung getroffen, alles abgeschüttelt, nahm sie zwei Gläser aus dem Rucksack und stellte sie neben ihn ins Gras. Sie sah ihn an und lächelte. »Wir haben etwas gemeinsam. Sie und ich.«

»Gut.« Caffery zog den Korken aus der Flasche. »Und was?«

»Die Fingernägel.« Sie sah auf ihre Hand. »Seitdem diese Sache angefangen hat, konnte ich nichts anfassen, ohne daß meine Nägel splitterten. Ich würde sagen, das kam von dem ganzen Streß.« Sie schwieg einen Moment. »Und bei Ihnen?«

Er lächelte und hielt seinen verfärbten Daumennagel hoch. »Das?«

»Ja.«

»Oh, Sie möchten es wirklich wissen?«

»Natürlich.«

»Also gut. Wir hatten ein Baumhaus. Damit fängt es an.«

»Ein Baumhaus?«

»Es ist fast nichts mehr davon übrig. Vielleicht zeige ich Ihnen eines Tages, wo es war.«

»Das würde mich freuen.«

»Mein Bruder Ewan hat mich gestoßen. Ich war acht. Das Schwarze hätte herauswachsen sollen, ist es aber nicht. Den Ärzten ist es ein Rätsel. Ich bin ein medizinisches Wunder.«

»Ich hoffe, Sie haben ihn deswegen umgebracht?«

»Wen?«

»Ihren Bruder.«

»Nein, ich…« Er stockte. »Nein. Ich habe ihm vergeben, glaube ich.«

Er schwieg, und Rebecca runzelte die Stirn. »Was ich gesagt habe…«

»Nein, lassen Sie nur, schon gut.« Er entkorkte die Flasche und goß Wein in ihr Glas.

»Es tut mir leid, ich wollte nicht, ich bin manchmal ein bißchen taktlos.«

»Nein, nicht!« Er hob die Hand und zwang sich zu einem Lächeln. »Nein, wirklich, Rebecca. Machen Sie sich deswegen keine Gedanken.«

Sie sahen einander an, Rebecca verwundert, Caffery mit einem zuversichtlichen, verlogenen Lächeln, das auf seinem Gesicht klebte. Das Handy in seiner Jackettasche nutzte die peinliche Pause und klingelte laut, worauf beide zusammenzuckten.

»Gott.« Er stellte die Flasche ab, griff hinüber, erwischte mit dem Mittel- und Zeigefinger den Ärmel und zog die Jacke übers Gras. »Gerade im richtigen Moment. Tut mir leid.«

»Macht nichts.« Sie hockte sich wieder hin und war halbwegs dankbar dafür, aus der Klemme zu sein. Er meldete sich.

»Ich habe es getan.« Sie war fast nicht zu hören.

»Veronica?«

»Ich habe es getan.«

Caffery warf Rebecca einen Blick zu, wandte sich ab und legte die Hand um die Sprechmuschel. »Veronica, wo bist du?«

»Ich habe es getan. Ich habe es schließlich getan.«

»Sprich nicht in Rätseln.«

Schweigen.

»Veronica?«

»Du Mistkerl.« Sie schnappte nach Luft, als würde sie weinen. »Du hast es verdient.«

»Hör zu ...«

Aber sie hatte eingehängt.

Caffery seufzte, legte das Telefon zwischen seine Füße und sah zu Rebecca auf. Sie zog mit dem Stiel eines Pinsels Linien durchs Gras und sah ihn nicht an.

»Wer war das?« fragte sie schließlich.

»Eine Frau.«

»Oh. Veronica?«

»Ja.«

»Was wollte sie?«

»Aufmerksamkeit.«

»Nun ...« Sie legte das Kinn auf die Hand und sah zu ihm auf. »Wird sie die von Ihnen bekommen?«

»Nein.«

Rebecca nickte. »Ich verstehe.«

Sie glaubt dir nicht, Jack.

Er suchte nach einer Zigarette, und plötzlich erhob sich hinter den roten Dächern des Observatoriums eine Schar zwitschernder Stare in die Luft. Caffery schwieg einen Moment und starrte sie seltsam erschüttert an.

»Vögel.«

Rebecca neigte den Kopf zurück, um hinaufzusehen, und das Abendlicht strich über ihr Gesicht. »Ah.« Sie lächelte. »Du warst nicht geboren für den Tod, unsterblicher Vogel. Keine hungrigen Generationen treten dich in den Staub.« Die Stare drehten sich in der Luft, hielten einen zitternden Moment lang inne, stießen dann auf den Boden herab und erfüllten die Luft mit ihrem Flügelschlag. Rebecca zog die Schultern hoch. »Oh.«

Die Vögel flogen wieder nach oben und waren plötzlich so schnell über dem Hügel verschwunden, wie sie aufgetaucht waren. Eine Feder taumelte durch die Luft und landete zu Jacks Füßen.

»Ich dachte, sie wollten uns angreifen!« Rebecca lachte, strich sich das Haar glatt und kicherte über ihre Nervosität. »Was war das?«

»Ich weiß nicht.« Er schüttelte den Kopf. Er hatte die Vögel aus nächster Nähe gesehen, die gesprenkelte Iris in ihren Augen wahrgenommen, und es hatte ihm den Magen zusammengezogen. Er dachte an Veronica, an den Haufen aus Knochen, an ihr angespanntes, ungesundes Lächeln, als Penderecki in den Raum trat, ganz so, als hätte sie sich den Auftritt ausgedacht. Plötzlich drückte er die Zigarette aus und stand auf. »Ich sollte lieber gehen.«

»Also schenken Sie ihr *doch* Aufmerksamkeit.«

»Ja.« Er krempelte die Ärmel herunter. »Wahrscheinlich schon.«

Veronicas roter Tigra war vor dem Haus geparkt. Selbstgefällig. Als hätte er ein Recht, dort zu stehen. Es war inzwischen dunkel geworden, und über den Dächern, auf Pendereckis Seite des Bahndamms, stieg eine dünne Rauchsäule auf. Das Haus war dunkel. Caffery sperrte auf, er war auf der Hut und auf das Schlimmste gefaßt.

»Veronica?« In seinem eigenen Haus von Nervosität ergriffen, blieb er auf dem Fußabstreifer stehen. »VERONICA?«

Schweigen. Er drehte das Licht im Flur an und blieb blinzelnd stehen. Alles war so, wie er es verlassen hatte: Der Flurteppich war leicht verschoben, die Tüte aus der Reinigung, die er am Morgen vergessen hatte, lehnte noch immer an der

Fußleiste, und durch die offene Küchentür sah er die Umrisse seiner morgendlichen Kaffeetasse auf dem Tisch. Er schloß die Tür, hängte seine Jacke ans Treppengeländer und ging in die Küche.

»Veronica?« Es war stickig dort drinnen. Eine ihrer Pflanzen auf dem Fensterbrett, eine Bougainvillea, war im Lauf des Tages in obszönem Rot aufgeblüht, und ihre fleischigen Blütenblätter schienen den ganzen Sauerstoff im Haus einzusaugen. Hastig öffnete er das Fenster, ließ die von beißendem Rauchgeruch erfüllte Nachtluft ein und trank schnell einen Schluck Glenmorangie aus der Flasche.

Im Wohnzimmer war niemand. Veronicas kostbare Gläser in der Teekiste warteten immer noch darauf, abgeholt zu werden. Er öffnete die Fenstertüren und ging in den Flur zurück. Erst im Eßzimmer fand er den ersten Hinweis auf ihre Anwesenheit. Der Raum war gründlich gesäubert worden, auf besessene Art geradezu, und der Geruch von nach Lavendel duftender Möbelpolitur lastete noch schwer in der Luft.

Er stand lange in der Tür, bevor er auf dem Kaminsims eine schwarzgeränderte Karte entdeckte, wie sie bei Trauerfällen verwendet wird. Die Nachricht war schlicht.

Zum Teufel mit dir, Jack!

In Liebe, Veronica

»Danke, Veronica.« Er steckte die Karte in die Tasche, öffnete die Erkerfenster und ging in den Flur zurück. Die einzigen Geräusche waren das Ticken der Standuhr und das träge, mechanische Summen einer sterbenden Fliege. Also oben. Sie mußte oben sein.

»Ich bin hier, Veronica.« Er blieb auf halben Weg zum Treppenabsatz stehen und sah zu den geschlossenen Schlafzimmertüren hoch. »Veronica.« Schweigen. Er stieg die letzten paar Stufen hinauf und blieb mit der Hand auf der Schlafzimmertürklinke stehen.

Er war plötzlich unsäglich müde. Wenn sie eine Überdosis genommen hatte und auf seinem Bett lag, würde er eine weitere schlaflose Nacht verbringen. Notaufnahme. Magenauspumpen. Psychiatrische Untersuchung. Ihre granitharte Familie, die schweigend dasäße und ihm wortlos deutlich machen würde, daß er die Verantwortung dafür trüge.

Oder er könnte, er *könnte*, der Gedanke ließ ihn erschauern, sich einfach umdrehen und aus der Tür gehen. Rebecca anrufen, sich entschuldigen, weil er gegangen war, sie auf einen Drink treffen, sie im Lauf der Nacht dazu überreden, mit ihm ins Bett zu gehen, während Veronica leise und einsam in den Tod hinüberglitt.

Mit rasendem Puls stand er da, während sich diese Möglichkeit von selbst erledigte. Dann holte er tief Luft und öffnete langsam, ganz langsam die Schlafzimmertür.

»Mist.«

Sie hatte das Bett gemacht und auch hier abgestaubt. Aber ihm bot sich kein lähmender Anblick einer Toten, keine Blutspritzer an der Wand, keine leeren Pillenschachteln. Keine Veronica.

Schnell überprüfte er die Schränke. Alles war so, wie es sein sollte, die gestreiften Handtücher waren ordentlich aufgestapelt, die Uhr auf dem Nachttisch tickte leise. Also dann Ewans Zimmer. Er ging wieder auf den Treppenabsatz hinaus und stellte fest, daß die Tür zu Ewans Zimmer offen war. Veronica stand nicht weit von der Tür entfernt und starrte ihn an.

»Veronica.«

Sie sahen einander einen Moment an, ihre Herzen rasten. Sie trug eine weiße Seidenbluse und eine weiße Leinenhose. Ein Schal, der mit winzigen goldenen Schnallen bedruckt war, wurde am Hals von einer Diamantnadel festgehalten. Ihr Gesicht war bleich und beherrscht. Es gab keinerlei Anzeichen dafür, daß sie versucht hatte, sich etwas anzutun.

»Warum bist du in meinem Haus?«

»Ich bin gekommen, um die Gläser meiner Mutter abzuholen. Ist das erlaubt?«

»Nimm sie und geh.«

»Höflichkeit.« Sie zog die Luft durch die Zähne ein und hob die Augenbrauen. »Kennst du das Wort, Jack? *Höflichkeit?*«

»Ich bin nicht hier, um mit dir zu streiten…« Er hielt inne und ließ den Blick über den Rest des Raumes schweifen, über die leeren Regale und die Ablagekästen auf dem Boden: alle offen, alle aufgerissen, ausgeleert.

Einen Moment lang stand er da, sah schweigend und reglos darauf hinunter und spürte nur das drängende Pochen seines Herzens.

Mist, sie weiß genau, wie sie mich treffen kann.

Dann trat er einen Schritt nach vorn, ignorierte, daß sie ruhig neben ihm stand, und kauerte sich mit zitternden Händen inmitten der Trümmer nieder. Während er die Kästen durchsah, sie aufhob, umdrehte und schüttelte, mit zitternden Fingern durch die leeren Schachteln strich, wußte er, daß er wenig finden würde. Er wußte, wie gründlich eine verletzte Frau wie Veronica ihre Arbeit verrichtete.

»Nun?« sagte er schließlich, setzte sich auf die Fersen und atmete schwer. »Also? Was hast du getan? Wohin hast du die Sachen gebracht?«

Sie zuckte die Achseln, als würde sie sein Interesse erstaunen, und wandte sich gleichgültig ab, um aus dem Fenster zu sehen. Widerstrebend folgte er ihrem Blick. Hinter den blassen, wehenden Vorhängen zogen dicke Rauchschwaden über den Mond.

»Mist«, seufzte er. »Mist, ja, natürlich, ich hätte es mir denken können.« Erschöpft stand er auf, durchquerte den Raum und legte seine kalten Finger auf die Scheibe. Und dort, auf der anderen Seite des Bahndamms, von sprühenden Funken schwarz und rot beleuchtet, stand wie erwartet Penderecki. Er hielt den Deckel des Verbrennungsofens auf, um eine weitere Handvoll hineinzuwerfen, pfiff vor sich hin und lächelte, als hätte er nur darauf gewartet, daß Jack kommen würde.

»O Veronica.« Er lehnte die heiße Stirn an die Scheibe und stieß ein tiefes Seufzen aus. »Du hättest mir statt dessen das Herz herrausreißen sollen.«

»Ach komm, Jack, übertreib nicht.«

»Du Miststück«, murmelte er. »Du elendes Miststück.«

»Was? *Wie* hast du mich genannt?«

»Miststück.« Caffery drehte sich ruhig zu ihr um. »Ich habe dich ein verdammtes Miststück genannt.«

»Du bist verrückt.« Sie sah in ungläubig an. »Weißt du, manchmal bringst du mich so weit, daß ich hoffe, dieser Perverse *hätte* deinen Bruder umgebracht. Und zwar langsam.« Ihr Gesicht zuckte. »Weil du es *verdient hast,* Jack. Du hast es verdient für die Art, wie du mich umbringst. Du bringst mich *um…*« Aber Caffery hatte sie grob am Arm gepackt. Ihre Manschettenknöpfe sprangen ab und flogen durch das Zimmer. *»Jack!«*

Er zerrte sie zur Tür und zertrat und verstreute dabei die leeren Ablagekästen. *»Jack!«* Sie trat mit den Füßen nach ihm. *»Laß mich los! Jack!«*

»Halt den Mund.« Der Zorn machte ihn stark und ruhig. Er zerrte sie die Treppe hinunter und genoß ihre Hilflosigkeit, er genoß ihr vergebliches Spucken und ihren Widerstand, während ihre manikürten Finger übers Geländer scharrten. Am Fuß der Treppe blieb er stehen, hielt sie eine Armeslänge von sich ab und sah sie ruhig an.

»Gott.« Sie riß sich von ihm los, trat einen Schritt zurück und massierte ihren Ellbogen. Ihre Augen waren weit aufgerissen und ihre Haare zersaust. In ihrem linken Auge war ein Äderchen geplatzt, aber ihr Gesicht war tränenlos. Er sah, daß er sie erschreckt hatte. »Faß mich nicht mehr an, in Ordnung? Faß…«

»Halt einfach den Mund und hör zu!«

»Bitte. Daddy wäre sehr böse, wenn du mir zu nahe kämst…«

»Ich sagte: *Halt die Klappe und hör zu!*« Er schob sein Gesicht ganz nah an das ihre heran. »Also, ich sage es dir ein einziges Mal: Wenn du noch *einmal* in meine Nähe kommst, bringe ich dich um. Das ist mein Ernst. Ich bringe dich verdammt noch mal *um.* Ist das klar?«

»Jack, bitte …«

Er schüttelte sie heftig. »Ist das *klar*?«

»Ja, ja!« Plötzlich begann sie zu schluchzen. »Jetzt laß mich los, in Ordnung? Nimm deine verdammten Finger von mir.«

»Und jetzt raus.« Mit vor Abscheu verzerrtem Mund ließ er sie los und riß die Vordertür auf. »Los jetzt. Verlaß mein Haus, auf der Stelle.«

»Schon gut, schon gut.« Sie eilte die Treppe hinunter, murmelte etwas und sah über die Schulter zurück, um sicherzugehen, daß er ihr nicht folgte. »Ich gehe, in Ordnung?«

Caffery ging ins Wohnzimmer, hob die Teekiste hoch und trug sie zur Eingangstür. Veronica stand auf dem Gartenweg und tippte zitternd eine Nummer in ihr Handy. Als die Tür aufging, trat sie erschrocken einen Schritt zurück. Dann sah sie, was er in Händen hielt, und ihr Gesichtsausdruck veränderte sich.

»Oh, *nein*«, jammerte sie. »Sie kosten ein Vermögen!«

Aber er ging an ihr vorbei auf die Straße hinaus und schleuderte die Kiste in die Höhe. Sie wirbelte anmutig durch die Luft, Bleikristallgläser und grünes Seidenpapier wurden herausgeschleudert, dann schlug die Kiste auf der Kühlerhaube ihres Tigras auf, zersplitterte die Windschutzscheibe und blieb krachend mitten auf der Straße liegen.

»Es ist mein Ernst, Veronica«, flüsterte er ihr ins Ohr, als er auf dem Rückweg an ihr vorbeikam. »Ich bringe dich um.« Er knallte die Eingangstür zu, verriegelte sie und ging in die Küche, um sich ein Glas Glenmorangie einzugießen.

37. KAPITEL

Um sieben Uhr klingelte der Wecker, er lag auf der Seite und sah auf die Schatten der Blätter an den Wänden. Nach einer Ewigkeit rollte er auf den Rücken, bedeckte seine Augen und begann zu atmen.

Zu weit. Diesmal war er zu weit gegangen.

Im Lauf der Jahre hatte es andere wie Veronica gegeben; andere Beziehungen hatten sich innerhalb von Monaten aufgelöst. Doch selbst wenn damals Bitterkeit aufgekommen war, war die Rache nie so gewalttätig ausgefallen. Niemand hatte ihn je so tief verletzt.

Sollst du daraus etwas lernen? Ist dies eine Lektion fürs Leben?

Er preßte die Hände an seine Schläfen und dachte an Rebecca, wie sie ihr kastanienbraunes Haar aus der Stirn gestrichen hatte. Er fragte sich, ob er auch das verderben würde, fragte sich, wie lange er brauchen würde, um es zu vermasseln. Sechs Monate vielleicht. Oder ein Jahr, wenn er sich bemühte. Und dann wäre er wieder hier. Allein. Kinderlos. Er dachte an seine Eltern, die optimistisch und hoffnungsvoll zwei Söhnen das Leben geschenkt hatten, genau hier, in diesem sommerlich hellen Schlafzimmer.

»Jack, Jack«, murmelte er. »Reiß dich zusammen.« Er stützte sich auf die Ellbogen, blinzelte ins Morgenlicht und zog das Telefon zum Bett. Rebecca nahm gleich ab und wirkte verschlafen.

»Habe ich Sie geweckt?«

»Ja.«

»Hier ist Detec–, Rebecca, ich bin's Jack.«

»Ich weiß.« Sie klang teilnahmslos.

»Es tut mir leid wegen gestern abend.«

»Ist schon gut.«

»Ich habe mich gefragt ...«

»Ja.«

»Vielleicht heute abend. Auf ein Glas. Oder zum Essen?«

»Nein.« Schweigen. »Nein, ich glaube nicht.« Sie legte auf.

Das wird dir eine Lehre sein, Jack, dachte er und stieg aus dem Bett.

Maddox, mit frischem Gesicht, in kurzärmeligem Hemd, traf ihn im Flur, er hatte eine Tasse Kaffee in der Hand.

»Jack. Was gibt's? Doch nicht wieder dieser Perverse?«

»Es ist nichts.«

»Sie sehen verdammt schlecht aus.«

»Danke.«

»Wie war der Verkehr?«

»Ging einigermaßen. Warum?«

Er zog die Schlüssel des Teamwagens aus der Tasche und klimperte damit. »Weil Sie gleich umkehren und auf der Stelle zurückfahren.«

»Was ist passiert?«

»Wir glauben, daß wir Peace Jackson gefunden haben. Eine Frau fand sie vor fünfzehn Minuten in einer Abfalltonne.«

Royal Hill, das Greenwich mit Lewisham verbindet, schlängelte sich nach oben, als hätte es die Absicht gehabt, so hoch hinaufzusteigen wie Blackheath, aber irgendwann den Mut verloren; nach einer Viertelmeile wendet es sich nach rechts und fällt zur South Street hinunter ab. Als sie ankamen und parkten, hatte sich bereits eine Menschenmenge versammelt. Aus den oberen Fenstern, an denen die Stores zur Seite geschoben waren, spähten Nachbarn heraus, die genüßlich die Arme verschränkt hatten. Die Gehilfen des Leichenbeschauers, zwei stämmige Männer in dunklen Uniformwesten und schwarzen Krawatten, standen wartend neben ihrem schwarzen Ford Transit. Ein Polizist sperrte den kleinen Vorgarten mit einem Band ab, und auf dem schmalen Betonweg stand mit weit offenstehendem Deckel die Abfalltonne, die nur aufgrund der vielen Polizisten, die sie umringten, ins Blickfeld gerückt war. Detective Inspector Basset stand mit gesenktem Kopf am Tor und war in ein Gespräch mit Fiona Quinn vertieft. Als er Maddox bemerkte, der sich bei dem Constable eintrug, trat er mit ausgestreckter Hand vor.

»Detective Inspector Basset.« Maddox schüttelte ihm die Hand. »Was haben wir?«

»Sieht aus, als wäre sie eines von Hartevelds Opfern, Sir. Weiblich, nackt, in Teilen in drei Abfallsäcke gewickelt. Detective Quinn hat einen Blick hineingeworfen, und ich versichere Ihnen, wir hatten guten Grund, Sie zu rufen. Sie hat ein paar hübsche, vielsagende Nähte an der Brust, und ihr Brustbein ist gesprengt worden. Ihren Kopf können wir nicht sehen, sie steckt mit dem Kopf nach unten, aber sie ist afrokaribischer Herkunft, falls das eine Hilfe ist.«

»Ja. Wir denken da an jemand Bestimmten.«

»Ihre Beine sind zur Brust gezogen, was heißt, daß die Leichenstarre nachgelassen hat.«

»Ah, reizend.« Maddox kräuselte die Nase und sah in den Himmel. »Wann kriegen wir mal ein paar hübsche frische Leichen geliefert?« Er nahm die Gesichtsmaske und die Latexhandschuhe, die Logan ihm reichte, und drehte sich um. »Jack, warum reden Sie nicht mal mit der Frau, die sie gefunden hat? Logan und ich kümmern uns um die Dinge hier draußen.«

Im Innern des kleinen Reihenhauses fand Caffery die Frau zusammen mit einer Polizistin in der Küche. Schweigend stellten die beiden den elektrischen Teekessel an. Als er eintrat, zuckten sie erschrocken zusammen.

»Tut mir leid, die Tür war offen.«

Die Polizistin runzelte die Stirn. »Wer sind Sie?«

Caffery suchte nach seinem Ausweis. »AMIP. Detective Inspector Caffery.«

Sie wurde rot. »Tut mir leid, Sir.« Sie machte mit dem Kopf ein Zeichen auf den Kessel. »Mrs. Velinor und ich machen gerade Tee. Möchten Sie eine Tasse?«

»Danke.«

Die Frau lächelte ihn matt an. Sie war attraktiv, hatte ein streng gemeißeltes, ägyptisches Gesicht, das dunkle Haar war mit einem Band zusammengebunden. Sie trug ein teures maßgeschneidertes Kostüm. Ihre Aktentasche stand auf dem Tisch, daneben lagen Magazine verstreut: drei *Management Today,* ein Stapel Psychometrietests von Saville & Holdsworth und ein aufgefalteter *Guardian,* aus dem Hartevelds Foto an die Decke starrte. Vor dem gegenüberliegenden Fenster hingen vier ringelblumengelbe Badetücher an der Wäscheleine. »Sie wollen mir ein paar Fragen stellen«, sagte sie. »Lassen Sie mich vorher eine Tasse Tee trinken. Mir ist schlecht, fürchte ich.«

»Lassen Sie sich Zeit.« Er half ihnen, Milch und Zucker zu holen und alles auf den kleinen Tisch zu stellen. Sie setzten sich ans Fenster, Mrs. Velinor trank ihren Tee, und langsam kehrte ihre Farbe zurück, und ihre Züge entspannten sich.

»Jetzt geht es mir besser.«

Caffery zog sein Notizbuch heraus. »Erzählen Sie mir alles, langsam, in Ihrem eigenen Tempo. Sie waren auf dem Weg zur Arbeit und haben den Abfall rausgebracht?«

Sie nickte und stellte die Tasse ab. »Ich dachte, jemand hätte uns einen Streich gespielt und etwas Scheußliches reingeworfen. Mein Partner ist weiß, ich bin, nun, Sie können ja sehen, daß ich eine Mulattin bin, und die Leute nehmen daran noch immer Anstoß. Vor zwei Wochen war die Eingangstür mit Graffiti beschmiert. Ich dachte, es sei der Beginn einer Kampagne gegen uns. Man hört ja von allen möglichen schrecklichen Dingen, die durch Briefkastenschlitze gesteckt werden, nicht wahr? Ich dachte, es wäre etwas in der Art.«

»Also haben Sie die Tonne geöffnet?«

»Ich mußte nachsehen, was es war. Es – *sie* – roch so schrecklich. Ich habe etwas...« Sie drückte mit zwei Fingern die Nase zusammen und drehte den Kopf nach oben. »Aber nicht das. Das habe ich nicht erwartet.«

»Wie lange, glauben Sie, hat sie dort gelegen?«

»Ich weiß nicht. Ich habe keine Ahnung.«

»Wie lange, schätzen Sie?«

»Ich *schätze,* seit letzter Nacht. Aber das kann nicht stimmen, weil Harteveld zu dem Zeitpunkt schon tot war, oder? Seit gestern morgen?« Sie starrte mit ernsten braunen Augen auf die Zeitung. »Diese, diese *Frau* da draußen, sie hat doch etwas mit ihm zu tun, nicht wahr?«

»Warum glauben Sie, daß es letzte Nacht war?«

»Nun...«, sagte sie langsam und verwundert. »Ich weiß nicht. Vielleicht habe ich bloß angenommen, ich hätte es *gewußt,* wenn eine Leiche in meiner Abfalltonne gelegen hätte.« Sie lachte über diesen absurden Einfall. »Aber wahrscheinlich stimmt das gar nicht. Ich meine, der Deckel war fest geschlossen, und wenn ich heute morgen den Abfall nicht rausgebracht hätte, wäre ich einfach daran vorbeigegangen und hätte nichts bemerkt.«

»Wann haben Sie das letzte Mal den Abfall rausgebracht?«

»Ich versuche, mich daran zu erinnern. Die Müllabfuhr kam am Montag. Mein Partner hat am Dienstag hier übernachtet, und wir haben ein paar Gläser getrunken. Es war mein Geburtstag. Also hatte ich einen Sack voller Geschenkpapier und Flaschen, so was eben. Ich *dachte,* ich hätte ihn letzte Nacht rausgebracht. Aber ich muß mich getäuscht haben, ich muß ihn gestern morgen rausgebracht haben.«

»Wo arbeiten Sie, Mrs. Velinor?«

»Im Dunstan-Krankenhaus.«

Caffery zog die Augenbrauen hoch. »Im St. Dunstan?«

»Ja. Warum?«

»Fällt Ihnen irgendein Grund ein, warum Mr. Harteveld Sie dafür ausgewählt haben könnte?«

»Mich ausgewählt?« Sie schüttelte den Kopf. »Nein, ich meine, ich kannte ihn flüchtig, wir sind ein- oder zweimal im selben Krankenhauskomitee gewesen, er kannte einen meiner Kollegen, aber ich kann mir nicht vorstellen, daß ich ihm mehr bedeutet habe als irgend jemand anders. Er wußte kaum, daß es mich gab.«

Als Caffery fertig war und zur Eingangstür kam, war die Abfalltonne mit dem Silberstaub bedeckt, der zur Abnahme von Fingerabdrücken benutzt wird, und lag umgekippt auf einer großen Plastikplane, die über den Weg gebreitet war. Vor der Öffnung kauerte Logan, der nun einen weißen Anzug und Stiefel trug. Neben ihm stand Fiona, die Hände auf die Knie gestützt: ihr Oberkörper steckte vollständig in der Tonne. Maddox stand vor dem Absperrbereich und sah mit ernstem Blick über seine weiße Maske hinweg.

Fiona kam ein Stückchen aus der Tonne heraus und sah zu Maddox auf. »Bingo!« sagte sie; ihre Stimme klang gedämpft unter der Maske. Sie beschrieb mit der Hand einen Kreis um den Kopf. »Sie hat die Male am Kopf. Holen wir sie raus.«

Caffery stand auf der Türschwelle, die Hände in die Taschen gesteckt. Sie waren nur etwa fünfhundert Meter von Rebeccas Wohnung entfernt. Vermutlich ging sie auf dem Weg ins Stadtzentrum am Ende dieser Straße vorbei. Wie seltsam die unsichtbare Vernetzung des Lebens doch ist, dachte er.

Fiona und Logan schoben die Hände unter die Hüften der Leiche. Die Art, wie sie aus dem Container gezogen wurde, erinnerte Caffery an eine Geburt; ihre Haut war fleckig und feucht, das Haar von glitschig faulem Schleim bedeckt, die Glieder baumelten lose. Sie rutschte ab und landete als feuchter Klumpen auf dem Tuch, ihr Kopf hing schlaff herunter. Der Polizist am Tor legte die Hand übers Gesicht und wandte sich ab. Die Gesichtszüge waren durch die Verwesung aufgeweicht, aber von der Türschwelle aus konnten die beiden Männer das vertraute Make-up auf Augen und Mund erkennen, ebenso die kobaltblauen Nähte auf den Brüsten. Den gezackten Thoraxschnitt.

Fiona beugte sich dicht über das Gesicht. Sie kniff die Augen zusammen, dann sah sie zu Maddox auf und zog die Maske ab.

»Ich glaube, da ist ein Muttermal über der Oberlippe.«

Maddox nickte, sein Gesicht spannte sich kaum merklich an. »Jackson. Das ist Peace Jackson.«

38. KAPITEL

Die Malpens Street, die knapp hundert Meter von Lola Velinors Vorgarten entfernt lag, war ruhig und mit Bäumen gesäumt. Die edlen edwardianischen Häuser waren von der Straße zurückversetzt und hinter üppigen Gärten voller Linden, Jasmin und Hibiskus verborgen.

Kurz vor neun Uhr an diesem Abend bereitete Susan Lister in der Küche ihrer Untergeschoßwohnung, in der die Fenster offenstanden, um den Duft von Geißblatt einzulassen, eine Rotweinmarinade fürs Abendessen vor. Sie war beim Joggen gewesen, entlang ihrer üblichen Route über die Trafalgar Street, am St. Dunstan vorbei und durch den Park, und sie trug noch ihre graue Jogginghose und ein schwarzweißes Nike-Sweatshirt über ihrem Sport-BH: Ihr blondes, leicht feuchtes Haar war noch immer zum Pferdeschwanz gebunden. Sie hatte keine Zeit mehr, um sich zu baden, bevor sie Michael vom Bahnhof abholen würde. Er arbeitete lange und nahm den Zug um zwanzig Uhr fünfundvierzig von der London Bridge. Auf dem gescheuerten Fichtenholztisch hinter ihr hatte sie BBC 1 eingeschaltet, um die Nachrichten zu hören.

Sie nahm eine Knoblauchzehe und schälte sie. Hinter ihr ertönte ein Uhrenschlag, und die Nachrichten begannen. »In Südostlondon wurde eine weitere Leiche gefunden. Scotland Yard will eine Verbindung zu den Harteveld-Morden nicht ausschließen.«

Susan legte schnell die Knoblauchzehe weg, stellte den Fernseher lauter und lehnte sich mit einem Glas Wein in der Hand gegen die Küchentheke. »Während genauere Einzelheiten bekannt werden, fordern Parlamentarier eine rasche Entscheidung über die geplante Abteilung für Kapitalverbrechen.« Der Innenminster stand vor dem Rasen der Parlamentsgebäude, und der Wind wehte Strähnen seines dünnen Haares in die Luft. Er versicherte sein Mitgefühl für die Angehörigen der Opfer und betonte die sinkende Zahl der Verbrechensrate in diesem Jahr. Dann sagte Sir Paul Condon, der geschniegelt und gebügelt an einem Konferenztisch saß, vor den laufenden Kameras, daß das CIP und AMIP von Greenwich absolut kompetent seien, aber weder bestätigen noch verneinen könnten, daß es sich hierbei um ein Opfer von Harteveld handle.

Susan trank nachdenklich ihren Wein. Harteveld hatte nur eine halbe Meile entfernt gewohnt und, Gott, sie hatte herausgefunden, daß der auffällige grüne Wagen, den sie bei ihren morgendlichen Läufen vor dem St. Dunstan gesehen hatte, der seine gewesen war. Und jetzt – das. Eine weitere Leiche.

Es folgte ein Schnitt, und man sah eine Londoner Straße, die sofort als Royal Hill erkennbar war; drei Detectives in grauen Anzügen kamen näher und trugen eine gelbe Kiste. Dann eine Luftaufnahme, ein kurzer Schwenk über die Häuser der Malpens Street und dann ein Schnitt zurück auf die geisterhaften Gestalten in weißen Anzügen, die zwischen Absperrbändern umherirrten.

»Damit steigt die inoffizielle Zahl der Opfer auf sechs, von denen bis jetzt nur vier identifiziert wurden. Chief Superintendent Days vom Südostlondoner AMIP weigerte sich zu bestätigen, daß eine Verbindung zu Toby Harteveld untersucht werde.«

Susan wurde in ihrer Küche plötzlich von einer irrationalen Angst gepackt, sie griff hinüber, um das Fenster zu schließen. Eine Leiche in Royal Hill. Wie nahe war sie der Gefahr gekommen? Bedrückt wandte sie sich wieder ihrer Küchenarbeit zu und war sich auf unangenehme Weise ihres Schattens bewußt, der geräuschlos über den unheimlichen Geißblattbusch im Fenster strich. Sie nahm die chinesische Gewürzmischung, dazu einen Spritzer Sojasoße und wendete das Schweinefleisch darin. Schnell spülte sie sich die Hände ab und nahm die Wagenschlüssel vom Kühlschrank. Michael würde warten.

Draußen war es warm und mild, und der Abend war vom Duft des blühenden Jasminbuschs im Nachbargarten erfüllt. Sie blieb einen Moment stehen. Es war alles vorbei. Harteveld war tot, er lag irgendwo in einem Leichenhaus, und sie konnte diese bohrende Angst vergessen. Die Straße sah genauso aus wie immer bei Nacht, Insekten schwärmten unter den gelben Straßenlichtern, die Palmen im Nachbargarten verbreiteten einen sumpfigen Geruch in der Luft, als wäre man im Süden und das Zirpen von Zikaden würde gleich einsetzen. Nichts war ungewöhnlich. Ein Wagen, dessen Marke sie nicht kannte, irgendwas Französisches, vielleicht ein Peugeot, parkte auf der Straße.

Vielleicht würde sie heute abend Michael vorschlagen, eine Alarmanlage im Haus einzubauen. Nachdem er in letzter Zeit immer bis spätnachts arbeitete, würde sie sich sicherer fühlen. Sie ging die paar Schritte bis zu ihrem Fiesta. Das war eine gute Idee. Ein Hund.

Im Innern des Wagens war es noch immer heiß, da er den Tag über in der Sonne gestanden hatte, und sie bemerkte einen beißenden Geruch. Ihr Mann hatte die Angewohnheit, tagelang seine benutzte Cricketausrüstung im Kofferraum zu lassen. »Ich bring' dich um, Michael«, murmelte sie, als sie mit den Schlüsseln hantierte. Sie würde ihn zwingen, die Ausrüstung herauszunehmen und zu waschen, bevor sie heute abend ins Bett gingen, und ihn daran erinnern, daß sie beide Jobs hatten und daß auch er seinen Beitrag zur Hausarbeit leisten mußte.

Sie nagte an der Innenseite ihrer Lippe und legte den Gurt an. Ein Hund war eine gute Idee. Ein Boxer, oder ein Dobermann. Etwas Großes. Etwas Kräftiges. Sie könnte ihn auch zum Joggen mitnehmen. Vielleicht würden es sich die Lastwagenfahrer auf der Trafalgar Road dann zweimal überlegen, bevor sie ihr auf der Straße nachschrien. Im Licht der Straßenlampe hatte sie den Zündschlüssel gefunden, sie ließ den Motor an und überprüfte den Rückspiegel. Auf dem Rücksitz saß ein Mann und lächelte sie an.

39. KAPITEL

Am nächsten Morgen wurde Hartevelds Leiche bei Wapping aus dem Fluß gezogen und nach Greenwich zur Obduktion gebracht. Zur gleichen Zeit brachten seine Anwälte Schloss-Lawson und Walker die Besitzurkunden ihres Klienten zum AMIP. Maddox und Caffery warfen einen Blick darauf und fanden sofort, wonach sie suchten.

»Also dann einen Durchsuchungsbefehl für die Halesowen Road?«

Maddox nickte. »Und wann ist die Obduktion von Jackson?«

»Heute nachmittag, nach der von Harteveld.«

»In Ordnung. Sie sind bei der von Jackson dabei. Wir lassen Fiona und Logan die Wohnung allein durchsuchen.«

Als Caffery im Leichenhaus an der Devon Street ankam, hatte man Jackson bereits durchleuchtet, und die äußere Untersuchung war abgeschlossen. Man hatte sie fotografiert, auf Haare und Fasern untersucht, und es waren anale, orale und vaginale Abstriche gemacht worden. Eine der Sektionsgehilfinnen reichte Caffery eine Maske und Kampferöl.

»Ihr Handy«, murmelte sie, »wenn es nicht schon...«

»Natürlich. Natürlich.« Er schaltete sein Telefon ab, nahm auf der Erkerempore Platz, lehnte sich ans Geländer und sah in den Sektionsraum hinab.

»Guten Tag, Mr. Caffery.« Krishnamurthi in seiner grünen Plastikschürze sah nicht auf. Er legte den Koronalmastoidschnitt an – indem er Peaces Kopf von Ohr zu Ohr aufschnitt. »Offensichtlich haben Sie das kürzere Streichholz gezogen.«

»Das stimmt.«

»Mir wurde gesagt, daß der Mr. Harteveld, den ich heute morgen auf meinem Tisch liegen hatte, derselbe Mr. Harteveld ist, der mir während der letzten Wochen all die Arbeit beschert hat. Habe ich recht?«

»Vollkommen. Haben wir eine Todeszeit für Jackson?«

»Ich bin kein Entomologe, aber Sie dürfen gern nachsehen.« Er zeigte auf eine Reihe verschlossener Phiolen auf der Seitenbank. »Ich denke, Sie finden die üblichen Verdächtigen, Diptera und Calliphoridae, erstes oder zweites Entwicklungsstadium, auf dem Mund, der Nase, der Vagina. Und dann auf den Wunden: Fleischfliegen, noch im Larvenstadium. Es hängt eine Übersichtstafel im Waschraum, wenn es Sie wirklich interessiert.«

»Nein, ist schon gut. Es hört sich ganz so an wie bei den anderen…«

»Das stimmt, Mr. Caffery. Absolut *identisch* mit den anderen.«

Weniger als eine halbe Meile entfernt wachte Susan Lister auf. Ein Vogel sang, und warmes Licht strich über das Netz der Venen in ihren Augenlidern. Blechernes Lachen aus einem Fernseher drang von irgendwo her. Sie dachte, sie sei zu Hause im Bett, bis sie Urin roch und feststellte, daß die Innenseiten ihrer Schenkel naß waren. Dann erinnerte sie sich wieder.

Ein Bohrer dröhnte an ihrer Schläfe, ein Bohrer, oder war es eine elektrische Säge?

Sie öffnete die Augen und versuchte, sich aufzusetzen. Einen Moment lang bäumte sie sich hilflos am Boden auf und schlug mit dem Kopf von einer Seite zur anderen: Sie war gefesselt. Sie gab auf und blieb mit klopfendem Herzen still liegen.

Mach nicht auf dich aufmerksam, Susan. Warte einen Moment. Denk zuerst über alles nach.

Sie leckte sich über ihre wunden Lippen und sah sich um, versuchte ihre Lage zu beurteilen.

Sie lag auf einem Cordteppich in einem Raum, der von Neonlampen beleuchtet wurde. Etwa einen Meter entfernt, unter einem braunen Velourssofa, entdeckte sie Haarbüschel und Schokoladenpapiere. Alles war von einer dünnen grauen Staubschicht bedeckt; jetzt spürte sie den Sand in ihrem Mund und ihren Augenlidern. Er hatte sie auf die Seite gelegt, Hände und Füße nach hinten gebogen und unterhalb des Gesäßes mit etwas Festem zusammengebunden; es fühlte sich wie ein Nylonseil an. Aber schlimmer noch, noch viel schlimmer, ihr sank das Herz, weil ihr dieses Detail mehr verriet, als sie über diesen Überfall wissen wollte. Sie war nackt.

Er würde sie vergewaltigen.

O Jesus, nein. Sie holte tief Luft und versuchte, nicht loszuschreien. Reiß dich zusammen, Susan, bezwang sie sich, *bleib ruhig, bleib vernünftig; Harteveld ist tot. Das ist eine Vergewaltigung, und du hast immer gesagt, daß du eine Vergewaltigung überstehen würdest, wenn es sein müßte. Du hast darüber gelesen, du überlebst es, wenn du dich nicht wehrst, dich mit allem einverstanden erklärst, was er dir sagt, und dir alles merkst, was du siehst oder hörst. Nichts ausläßt. Rein gar nichs. In Ordnung? Also, dann…*

Sie holte viermal tief Atem und hob den Blick.

Das Zimmer hatte eine hohe, rauhverputzte Decke. Es gab zwei Türen. Vertäfelte Türen. Schräge Wände auf drei Seiten, es mußte ein Ausbau sein. Ein verkleideter Kamin wurde auf beiden Seiten von Regalsystemen aus Holzimitat umrahmt, auf denen dickleibige Bücher standen, die irgendwas mit Technik zu tun hatten. Ein entferntes Lachen drang aus einer Folge von *Bewitched* herüber, die leise auf einem kleinen Fernseher lief. Das könnte Kabelanschluß bedeuten, was die Auswahl an Straßen verringerte, in denen sie sich befinden konnte. Einen Moment lang faßte sie wieder Mut. Aber dann sah sie, was an die Wände gepinnt war, und ein kleiner Schrei entrang sich ihr.

Fotos, die aus pornographischen Magazinen gerissen waren;

Szenen, die sie sich nie hätte vorstellen können, nicht einmal in ihren schlimmsten Träumen. Eines zeigte ein Kind, das von einem Tier mißbraucht wurde.

Sie begann zu zittern.

Susan! Susan. NEIN, keine Panik. Wenn du durchdrehst, könnte das dein Tod sein. Reiß dich zusammen. Sei unbeteiligt, sei eine Beobachterin. SEI EINE BEOBACHTERIN!

Aber ihr zuversichtlicher Überlebenswille wurde schwächer; als sie den Kopf hob und nach hinten drehte, konnte sie etwa einen halben Meter entfernt sieben oder acht Bücher auf dem Boden verstreut liegen sehen. Einige waren aufgeschlagen, einige geschlossen, die Titel in mattem Gold geprägt.

Appleton und Lange's, sie kniff die Augen zusammen, *Appelton und Lange's Handbuch der chirurgischen Untersuchungstechnik.* Daneben: *Atlas der Craniofazialen Plastischen Chirurgie, Palliativoperationen bei inoperablen Karzinomen. Stereostatische Brustbiopsie.*

Erneut wurde sie von tiefer Angst ergriffen.

Sie ließ den Kopf sinken und begann zu schluchzen.

Krishnamurthi hatte einen großen Teil der Obduktion hinter sich gebracht. Vorsichtig löffelte er Flüssigkeiten aus Peaces Bauchhöhle in einen Meßbecher, der auf einem Seziertisch über ihren Beinen stand.

»In Ordnung, Leute.« Er richtete sich auf und sah sich im Raum um. »Versuchen wir's heute mal mit Virchow, bloß um nicht aus der Übung zu kommen. Pinzetten, Paula.« Die Assistentin legte ihm Pinzetten auf die Handfläche. Sorgfältig hob er das tropfende kleine Ding aus Jacksons Brusthöhle und legte es auf die Waage. Paula notierte das Gewicht auf der Tafel. Niemand schien von dem Vogel überrascht zu sein. Harteveld Fall hatte sich herumgesprochen, sie alle wußten, was zu erwarten war.

»Gut. Also ...« Krishnamurthi sah in die Brusthöhle. »Ja, extensive Avulsio unter dem Brustbein, ganz genauso, wie wir es bei den anderen gesehen haben – jemand soll um Himmels willen die offizielle Bezeichnung nachlesen, damit mir die Wissenschaftler nichts anhaben können ...«

»Avulsio«, fragte Jack von der Empore. »Was heißt Avulsio?«

»Gewebe, das vom Knochen gerissen ist oder von dem Gewebe, mit dem es natürlicherweise verbunden ist.« Krishnamurthi schob sein Visier hoch und sah ihn an. »Und, Mr. Caffery.«

»Ja.«

»Ihre Kollegin, Jane Amedure, hat mir gesagt, daß dieses Opfer nicht am gleichen Ort gefunden wurde wie die anderen.«

»Das stimmt.«

»Sie ist nie in das Ödland gebracht worden?«

»Nein, das hat die letzten zwei Wochen unter Bewachung gestanden. Warum?«

»Es ist Zementstaub im Haar der Toten, auf ihrem Gesicht, ganz wie bei den anderen. Ich glaube, bei den anderen haben wir angenommen, er stamme von dem Ödland ...«

Caffery runzelte die Stirn. »Gut.« Er drückte leicht die Finger an die Schläfen.

Die Wohnung in der Halesowen Street.

Er sah auf. »Die Spurensicherung durchsucht heute nachmittag einen weiteren Wohnort, ich sage ihnen, sie sollen darauf achten.«

Lieber Gott, was werden sie dort finden?

Susan hörte ihn eintreten und war sofort still. Sie lag vollkommen reglos da. Sie hörte ihn auf die andere Seite des Raumes gehen und gegen die Wand trommeln. Aufgeregt.

Rede vernünftig mit ihm. Es gibt bestimmt die Möglichkeit, sich durch Reden hier rauszubringen. Rede, bring ihn dazu, dich als Individuum anzuerkennen. Er will dich zum Objekt machen. Laß das nicht zu.

Langsam, jeden Muskel angespannt, bereit, mit dem Reden

zu beginnen, bereit, um ihr Leben zu kämpfen, wagte sie es, die Augen zu heben.

Er sah sie nicht einmal an.

Er stand etwa einen Meter von ihr entfernt, seitlich zu ihr. Er trug einen bläulichen Krankenhauskittel und eine Chirurgenmaske, und sein Haar war unter einer Haube verborgen, wie sie im Operationssaal benutzt wird. Zu seinen Füßen stand eine rote Werkzeugkiste aus Plastik. Er war klein und stämmig. Aber er war behende – sie erinnerte sich, wie er am Abend zuvor fast über die Wagensitze gesprungen war. Und er war stark. Er war stärker, als sie angenommen hätte.

Eindringlich starrte er auf das Foto eines Frauengesichts und klopfte mit dem Finger darauf. Es war klein und glatt wie das Gesicht einer Puppe. Weißblondes Haar. Starkes Make-up. Blauer Lidschatten und pflaumenfarben bemalte Lippen. Er drückte seine Hände auf das Foto, bedeckte ihr Gesicht, und seine beiden großen Daumen lagen direkt auf dem Mund, als wollte er sie tief in ihren Schlund stoßen.

Dann drehte er sich plötzlich um. »Nun?«

Susan zuckte zusammen. *Er hatte bemerkt, daß sie ihn beobachtet hatte. Selbst ohne hinzusehen, hatte er bemerkt, daß sie ihn beobachtet hatte.*

»Nun?« Er trat auf sie zu. Die Augen über der Maske waren rund und ruhelos.

»Mein Name ist Susan.« Sie sprach schnell, um nicht zu stammeln. *Zeig nicht, daß du Angst hast.* »Mein Vater ist Richter. Er ist sehr einflußreich.«

»Ein Richter!« Seine Stimme klang hell, amüsiert. »Soll ich mir deswegen *Sorgen* machen?«

»Nein – ich – *o Gott, was wollen Sie von mir?*«

»Was glaubst du? Was *glaubst* du, daß ich will?«

Bete, daß er dich nur vergewaltigt, Susan, bete, daß es nicht mehr ist.

»Bitte tun Sie mir nicht weh.« Sie rollte sich zusammen, schluchzte, versuchte vergeblich, die gefesselten Arme um die

Brüste zu falten, sie fühlte sich wie ein zusammengeschnürter Truthahn, dem man die Glieder abgeschnitten hatte. »Bitte, tun Sie's nicht.»

»Ist es nicht lästig, wenn man so große Titten hat?« Feuchte Hände griffen nach ihren Brüsten, um ihr verzweifeltes Zappeln zu beenden. »Wie sitzt man am Tisch mit solchen Dingern vor sich? Sind Sie einem nicht im Weg?«

Susan zuckte erschauernd zurück. Sie hatte gespürt, wie ihr die Berührung durch Mark und Bein gegangen war. Bis in die Lenden hinab. Aber das war eine Täuschung. *»Bitte nein, bitte ...«*

Er stand vor ihr, und ein Klumpen dicker, körniger, brauner Schleim landete wenige Zentimeter vor ihrem Gesicht. »Du weißt, was ich tun muß. Nicht wahr?«

Sie schüttelte den Kopf, Tränen rannen in ihr Haar.

»Antworte mir.«

»Tun Sie mir nicht weh!«

»ICH SAGTE, DU WEISST, WAS ICH MIT DEINEN VERDAMMTEN GROSSEN TITTEN TUN MUSS!« Er trat sie in die Seite, und plötzlich wurde seine Stimme ruhig. »Und hör mit dem Geschrei auf. Das beunruhigt Mrs. Frobisher.«

Susan keuchte und rollte, immer noch schluchzend, auf den Bauch. Er setzte sich auf sie, klemmte ihre Schultern zwischen seine fetten Knie, packte ihr Haar und riß ihren Kopf nach hinten. »Jetzt schau.«

Er beugte sich vor und öffnete die Werkzeugkiste.

Sie sah Wilkinson-Scheren, Pinzetten, einen spitz zulaufenden Pinsel mit Zobelhaar, geschwungene Paletten mit leuchtenden Make-up-Farben, türkis, pfirsich, fuchsia, rot.

»Die hier, glaube ich.« Ein metallenes Klicken, das Schnalzen von Latexhandschuhen, die übergestreift wurden, etwas, das aus dem Werkzeugkasten genommen wurde. *Gütiger Gott, was ist das? Ein Skalpell?* Er griff nach unten und hielt ihre rechte Brust fest. »Also.« Ein Schweißtropfen fiel von seiner Stirn in ihr Haar. »Sind wir bereit?«

Um drei Uhr nachmittags kamen Detective Sergeant Logan und Detective Sergeant Fiona Quinn in der kleinen Wohnung zwischen Greenwich und Lewisham an. Begleitet von einem uniformierten Beamten gingen sie mit ernsten Gesichtern aufs Haus zu und hielten den Durchsuchungsbefehl bereit. Sie erwarteten nicht, daß jemand öffnete. Fiona diktierte in ihr Tonbandgerät:

»Es ist jetzt fünfzehn Uhr vierzehn, Halesowen Road Nummer 7, Vermerk für die Durchsuchungsakte: Die Wohnung ist nicht bewohnt, niemand ist hier, um uns einzulassen, keine Nachbarn, also verschaffen wir uns gemäß gerichtlicher Berechtigung...« Sie drückte den Pauseknopf und trat zurück, um den Polizisten vortreten zu lassen. »... gewaltsam Einlaß, um die Duchsuchung H/100 auszuführen..., *Mist.* Warte.« In ihrer Tasche klingelte das Handy. Sie stellte das Tonband ab und suchte in ihrem Overall das Telefon. Es war Caffery, der sie bat, von einem öffentlichen Fernsprecher zurückzurufen. Was sie von einer Telefonzelle aus tat.

»Wie sieht es aus?«

»Wenn Sie mich reingehen lassen würden, könnte ich's Ihnen sagen.«

»Halten Sie nach Zementstaub Ausschau, vielleicht in einem Außengebäude, einer Garage. Dort hat er seine Leichen aufbewahrt.«

»In Ordnung. Kann ich jetzt weitermachen?«

»Natürlich, natürlich. Tut mir leid.«

40. KAPITEL

Die Ermittlungsteams in Shrivemoor kümmerte es nicht, daß die Durchsuchung, die letzte Formalität, noch nicht abgeschlossen war. Sie hatten den Eindruck, die Sache stehe vor dem Abschluß. Maddox hielt eine Ansprache, in der er sie ermahnte, nicht nachzulassen, und erinnerte sie daran, daß auf der forensischen Ebene noch immer wasserdichte Beweise fehlten, aber er mußte die Stimme heben, um gehört zu werden. Marilyn hatte die Jalousien geöffnet, und zum ersten Mal seit Tagen strömte die Nachmittagssonne in den Raum. Die Fotos der toten Mädchen auf den Pinnwänden waren umgedreht worden, und Betts und Essex schlüpften hinaus, um Bier zu holen, während Stühle an die Fenster gerückt, Schuhe abgestreift und Korkenzieher aus den Tiefen der Schreibtischschubladen gezogen wurden. Maddox schüttelte amüsiert den Kopf. »Na schön, aber vergeßt nicht, morgen ist wieder ein normaler Arbeitstag.«

Das F-Team spülte Kaffeetassen ab, um daraus Bier zu trinken. Die Datenverarbeiterinnen, die sahen, daß es heute nichts mehr zu tun gäbe, schoben die Stühle von den Schreibtischen zurück und erlaubten Betts, ihnen Wein in Pappbecher einzuschenken. Caffery, der gerade aus dem Leichenschauhaus zurückgekommen war, löste seine Krawatte und öffnete ein Pils, während Essex, glücklich wie ein Kind, sein Hemd ablegte, die Krawatte um den nackten Hals schlang und eine Stelle fand, wo die späte Nachmittagssonne hereinschien, um sich, mit den Füßen auf dem Schreibtisch, zurückzulehnen. Er wirbelte auf seinem Drehstuhl herum und sah zum F-Team hinüber, das sich am Ende des T-förmigen Tisches versammelt hatte, jeder eine

Dose Bier vor sich. »Wir haben genug von eurem Haufen. Macht euch auf die Socken, und schleicht nach Eltham zurück.«

»Zumindest könnt ihr dann wieder Frauenzeitschriften lesen, ohne euch zu schämen«, sagte einer. »Ohne daß unser strafender Blick auf euch ruht.«

»Und mein Lieblingsjackett wieder anziehen«, sagte Essex wehmütig. »Das pfirsichfarbene.«

»Ihr werdet wieder unter Leuten sein, die euch verstehen.«

»Ihr werdet euch wesentlich wohler fühlen.«

»Selbstsicherer.«

»Netter im Umgang.«

»Hübscher anzusehen …«

Caffery lehnte sich auf seinem Stuhl zurück und starrte den Gang hinunter. Die Tür neben seinem Büro stand offen; es war das Büro des F-Teams, Diamonds Hauptquartier. Der Gang war dunkel, aus der geöffneten Tür fiel ein gestreifter, rechteckiger Lichtfleck auf den Boden, über den von Zeit zu Zeit ein Schatten strich. Detective Inspector Diamond war dort drin, ging auf und ab und packte seine Sachen, um nach Eltham zurückzukehren.

Das Lachen hielt an. Essex hatte Marilyn auf seinem Schoß: »Mit Hilfe der reizenden Marilyn werde ich euch zeigen, wie man in diesen schwierigen Zeiten Hilfskräfte anheuert, nachdem wir ja alle wissen, wie wichtig Sparsamkeit ist.«

Caffery stand unbemerkt auf. Er öffnete eine Pilsdose und verließ leise den Einsatzbesprechungsraum.

Detective Inspector Diamond packte seine Sachen in eine gelbe Kiste; gelegentlich strich er sich Haar aus der Stirn, das sich trotz der Pomade gelöst hatte. Aus den kleinen Kaktustöpfen und den Familienfotos auf dem Schreibtisch schloß Caffery, daß Diamond mit einem längeren Aufenthalt als nur zwei Wochen gerechnet hatte. Er stand schweigend in der Tür, während Diamond den Staub von den Pflanzen blies und den Michelin-Kalender von der Wand nahm. In fünf Minuten wäre er fertig. Er wischte ein letztes Mal über den Schreibtisch, leerte eine Dose Heftklammern in den Abfall und richtete sich auf.

»Ja?«

Caffery trat ein. »Ich habe Ihnen ein Bier gebracht.«

Er stellte es auf den Schreibtisch und deutete auf ein Foto, das auf den Akten in der Kiste lag und zwei kleine Jungen in Schuluniform zeigte. »Sie sehen Ihnen sehr ähnlich. Sie müssen stolz auf sie sein.«

»Danke.« Diamond sah ihn mit seinen blaßblauen Augen lange an. Leichter Schweiß war um seinen Mund ausgebrochen, und er wischte sich mit dem Ärmel über die Stirn. Er drehte das Foto um, schob sorgfältig die Bierdose über den Schreibtisch zurück, wandte sich von Caffery ab und zog einen Klebestreifen über die Kiste. »Aber ich trinke nicht im Dienst.«

Als Susan aufwachte, war er fort. Sie befand sich in einem Schlafzimmer, er hatte sie ans Bett gefesselt, sie fühlte sich zerschlagen und orientierungslos, hatte rote und blaue Flecken am Körper, und in ihrem Gesicht und ihren Brüsten pochte das Blut. Ihre Augen waren so geschwollen, daß die Oberlider an den Unterlidern schabten, als wären ihre Augenwimpern umgedreht worden.

Er hatte sie mit Klebeband geknebelt, und während er sie gefoltert hatte, hatte er Polaroidfotos gemacht, die er ihr hinterher gezeigt hatte. Susan hatte geweint, als sie das erste sah, sie hatte das arme geschwollene Gesicht mit den hervorgequollenen Augen nicht erkannt. Aber sie erinnerte sich kaum, was danach geschah. Sie sank immer wieder in Ohnmacht.

Jetzt zeigte die Wanduhr halb sechs, sie hatte acht Stunden geschlafen, oder war sie *bewußtlos* gewesen? Sie wußte, daß sie Fieber bekam, was nur heißen konnte, daß die Wunden infiziert waren. Das konnte sie riechen, und die Spitze ihrer rechten Brustwarze war eitrig und entlang des schwarz verkrusteten Einschnitts geschwollen.

Sie lag still und lauschte angestrengt. Von irgendwo in der

Wohnung hörte sie den Laut eines Vogels, aber er sang nicht, sondern zwitscherte nur kläglich. Von draußen hörte sie das Quietschen oder Surren eines – *was war das?, ein Kran?* –, gelegentlich das Donnern eines Lasters, der eine Ladung abwarf. Bauarbeiten. Sie war also nicht in der Nähe der Malpens Street. In ihrer Gegend gab es keine Baustellen. *Also wo? Wo bist du, Susan?*

Irgend etwas sagte ihr, daß sie nicht weit von zu Hause entfernt war. Sie war noch immer in Greenwich oder Lewisham.

Sie schloß die Augen und versuchte mit aller Kraft, sich zu erinnern. Wo war die nächste Baustelle in der Nähe der Malpens Street? *Wo?* Aber die Anstrengung erschöpfte sie. Sie müßte sich eine Weile ausruhen. Dann würde sie versuchen, zum Fenster zu gelangen.

Die Party begann sich aufzulösen. Essex, der wieder sein Hemd trug, räumte die leeren Dosen von den Schreibtischen, und Marilyn stand mit so vielen Bechern in beiden Händen, wie sie tragen konnte, neben dem Drucker und sah zu, wie ein SPECRIM-Bericht eintraf. Betts nahm die Fotos von den Wänden.

Caffery hatte Mühe gehabt, sich so umstandslos zu entspannen wie die anderen; seine Augen waren vom Formaldehyd im Leichenschauhaus entzündet, und er wollte den Abschluß der Untersuchung abwarten, er wollte wissen, ob der Zementstaub mit den ersten Proben übereinstimmte. Er hatte den größten Teil des Abends vor dem offenen Fenster verbracht, nachdenklich geraucht und den Rauch in die Abendluft geblasen. Ein paar Minuten nach sieben hielt Fiona Quinns Wagen auf der Straße unten an.

Jack setzte sich plötzlich auf und drückte die Zigarette aus. Irgend etwas stimmte nicht. Das sah er an dem Tempo, mit dem Detective Sergeant Quinn aus dem Auto stieg.

Er traf sie im Gang. »Was gibt's?«

Logan stellte die gelbe Kiste mit den Beweismitteln auf den

Boden und strich sich erschöpft durchs Haar. »Fragen Sie nicht.«

Im Einsatzbesprechungsraum sahen alle erwartungsvoll auf. Als Maddox Fionas und Logans Gesichtsausdruck sah, wurde seine Miene ernst. »Ach, um Himmels willen. Sagt mir nichts.«

»Tut uns leid, Sir. Ein paar Drogenbestecke, fast ein halbes Kilo Heroin, aber hinsichtlich dessen, wonach wir suchen, war nichts zu finden.«

»Nichts Organisches«, erklärte Fiona.

»Mist.« Er legte die Finger an die Stirn. »Also dann wieder alles von vorn. Wird das je ein Ende nehmen?«

»Sir?« Alle drehten sich um. Marilyn stand mit verwundertem Gesichtsausdruck. Eine endlose Papierschlange wurde ausgespuckt, die sie mit den Händen auffing.

»Was?«

»Wir haben ein Verbrechen in Greenwich. Das Opfer wurde in einer Tonne abgelegt. Sie lebt, aber…« Sie sah auf. »… aber der Täter hat eine amateurhafte Operation an ihr vorgenommen.«

41. KAPITEL

Susan Lister war ohnmächtig und noch in Lebensgefahr, als sie ankamen. Andrew Benton, der Sanitäter, der Susan Lister ins St. Dunstan brachte, war ein junger Schwarzer mit frischem Gesicht und fast kahlrasiertem Kopf, den dieses Erlebnis erschüttert hatte. Sie unterhielten sich in dem kleinen Raum neben dem Schwesternzimmer.

»Verdammte Scheiße, wissen Sie, ich muß sagen, daß ich im Lauf meiner Arbeit schon einiges gesehen habe, aber das ...« Er schüttelte den Kopf. »Das hat mir wirklich den Rest gegeben. Und was ihn betrifft, ihren Mann ...«

»Er hat sie gefunden?« fragte Maddox.

»Können Sie sich das vorstellen? Ihre Frau so zu finden. Sie lag in der Tonne vor ihrem Haus. Soviel war sie diesem Wichser wert. Ein menschliches Leben, nichts weiter als Abfall.«

»Um wieviel Uhr wurden Sie gerufen?«

»Um elf. Mir wurde gesagt, es sei höchste Alarmstufe.«

Er sah von einem zum anderen. »Wissen Sie, Mr. Lister dachte, sie sei tot, als er den Krankenwagen rief. Der Typ, dieses *Tier*, hat die Frau mit dem Kopf nach unten in die Tonne gesteckt, wo sie verrecken sollte.« Sein Gesicht verzog sich. »Mein Gott. Ich werd' heut nacht nicht schlafen können. Denken Sie bloß, wie er sich fühlen muß.«

»Erzählen Sie von ihr. War sie bekleidet?«

»Nicht bekleidet. Sie war in einen Müllsack gewickelt. Ich glaube, einige Ihrer Leute haben ihn als Beweisstück mitgenommen. Sie haben die ganze Gegend abgesucht. Noch bevor ich sie da rausgeholt hab', haben sie alles abgesperrt.«

»Wir müssen eben den Tatort sichern.« Maddox war verlegen. »Um die Spuren zu sichern.«

»Ja. Ich weiß. Ich hab's nicht so gemeint.«

»Schon gut. Ihre Verletzungen?«

»Schlimm. Sie ist so zerschlitzt, daß sie wahrscheinlich an Blutverlust stirbt, wenn nicht an Blutvergiftung. Der Arzt sagt, sie leidet an Lungen- und Nierenversagen. Sie ist an die Herz-Lungen-Maschine angeschlossen. Sie war schon fast hinüber, als ich zu ihr kam.«

»Wo sind die Schnitte?«

»An den Brüsten.« Er rieb sich das Gesicht. »Sie ist genäht worden. Anfangs dachte ich, sie hätte vielleicht eine Operation hinter sich. Daß irgendein schlimmer Murks mit ihr passiert wäre. Aber dann hat ihr Mann herumgejammert, daß sie verschwunden gewesen sei, und dann hab' ich sie auf die Bahre gelegt und…«

»Und?«

»Ich bin kein Fachmann, wissen Sie, aber selbst ich hab' sehen können, daß da was nicht stimmte.«

»Nicht stimmte?«

»Alles war so infiziert, daß man es nur schwer erkennen konnte, aber die Nähte waren irgendwie so komisch, wissen Sie.«

Caffery sah auf seine Hände. Er erinnerte sich an ähnliche Worte aus dem Mund eines CID-Beamten in Norths Betonwerk in jener ersten Samstagnacht. »Wie sieht ihr Kopf aus?«

»Sie hat seitlich am Kopf ein paar Schläge abbekommen und war stark geschminkt, wie eine Nutte. Hubby meint, auch ihr Haar sei abgeschnitten worden. Er hat immer wieder gesagt: ›Warum hat er ihr Haar abgeschnitten, warum hat er ihr das Haar abgeschnitten?‹, als wäre das das Wichtigste auf der Welt.«

»Keine Perücke. Dieses Opfer hat er sich ausgesucht«, murmelte Caffery.

Bentons Blick schoß zu ihm hinüber. »Was soll das heißen?«

Caffery stand auf und zog sein Jackett an. »Nichts.« Er sah Maddox an. »Ich werde mir Mrs. Lister mal ansehen. Ich treffe sie am Tatort wieder, in etwa – zwei Stunden?«

»Wohin gehen Sie?«

»Es dauert nicht lange. Mir ist da was eingefallen. Lassen Sie mich zuerst mit jemandem in Lambeth reden und sehen, ob ich auf der richtigen Spur bin.«

Sie lag auf einem blaubezogenen Kissen, auf dem Rücken, mit weit ausgebreiteten Armen, das Gesicht zur Tür gewandt, als hätte sie einen Besucher erwartet, wäre dann aber des Wartens müde geworden und eingeschlafen. Ihr Haar, das bis zu den blauverschwollenen Augen reichte, war fast weiß, wie sonnengebleichter Sand. Jemand hatte ansatzweise versucht, sie zu säubern, aber der Mund war noch immer mit rotem Lippenstift verschmiert, und ihre Hände und Nägel waren verschmutzt, von Staub, wie Caffery feststelle.

Sein Atem beschlug das Fenster. Er zog die Manschetten über die Faust und rieb eine Stelle frei. Eine Schwester war in seinem Blickfeld aufgetaucht, sie überprüfte den Tropf und verdeckte seine Sicht. Jack trat von der Tür zurück. Er hatte alles gesehen, was er sehen mußte.

»Scheint ganz so zu sein wie bei den anderen?«

»Das stimmt, Mr. Caffery. Vollkommen identisch mit den anderen.«

Jetzt glaubte er zu verstehen, was vor sich ging.

Es wurde schon dunkel, als er vor dem Forensischen Institut in der Lambeth Road parkte. Die Windschutzscheibe seines Jaguar war mit Mücken übersät. Die Lichter in der Eingangshalle warfen lange Schatten von Yucca-Palmen auf das Mosaik im Korridor: Im Dunkel des Gangs umklammerte Catherine Howard ergeben ihren Rosenkranz.

Der Sicherheitsbeamte erhob sich von seinem Schreibtisch und reichte Caffery einen Ausweis. »Ich sage ihr, daß Sie auf dem Weg nach oben sind, aber wir schließen in zehn Minuten, Sir, Sie müssen in zehn Minuten wieder draußen sein.«

Sie holte ihn am Lift ab. Sie trug eine graubraune Jogginghose, ein grünes Sweatshirt und Reeboks und hielt eine geöffnete Coladose in der Hand. Ihr graues Haar war zu einer Pagenfrisur geschnitten. Sie war fast so groß wie er, und Jack fand Dr. Jane Amedure auf seltsame Weise schön.

»Tut mir leid, Detective Caffery.« Sie führte ihn durch stille Gänge, an deren Wänden Reihen von Audubon-Drucken hingen, an Sicherheitsleuten vorbei, die letzte Kontrollgänge machten, und an technischem Personal vorüber, das sich die Laborkittel auszog. »Das Ergebnis tut mir leid, und es tut mir leid, daß ich es durch eine dritte Person übermitteln mußte. Ich habe versucht, Sie anzurufen, aber…«

»Nein, macht ja nichts. Danke für Ihre Hilfe, aber deswegen bin ich nicht hier.«

Sie sah ihn von der Seite an. »Nun, leider glaube ich nicht, daß Sie hier sind, um mich um eine Verabredung zu bitten. Also schließt mein scharfer Wissenschaftlerverstand, daß Sie wegen Operation Walworth hier sind?«

Er lächelte. »Brillant.«

»Dann kommen Sie herein.« Sie hielt die Tür zu ihrem Büro auf. »Wir haben heute alles von Ihren Leuten bekommen: Hartevelds Proben, ein Haar, das mich interessiert hat…«

»Maden.«

»O ja. Die auch, die scheußlichen kleinen Dinger. Sie wurden Gott sei Dank bereits ans naturhistorische Museum weitergegeben. Dr. Jameson wird eine Testreihe durchführen: die Bedingungen denjenigen anpassen, unter denen sie gefunden wurden, und sie bis zur Verpuppung beobachten.« Sie schob ihm einen Stuhl hin und quetschte sich hinter einen Schreibtisch, der mit Stapeln von Papieren, Colabüchsen und Aschenbechern vollgestopft war. Eine Schreibtischlampe war tief über die Arbeitsplatte gezogen, und im Fenster hinter Dr. Amedure stand eine nigerianische Kultmaske, die mit Haifischaugen in den Raum starrte. »Auf den ersten Blick sieht alles ganz wie üblich aus, wissen sie, ein paar Abweichungen, aber ansonsten alles ganz genauso wie bei den anderen.«

»Ich weiß. Das hat auch Krishnamurthi gesagt. Das ist es ja, was mir Sorgen macht.«

»Was Ihnen Sorgen macht?«

Er zog seinen Stuhl näher zum Schreibtisch. »Erklären Sie mir doch: die Fleischfliegen, die Eier in die Wunden legen...«

»Nein, nein. Keine Eier. Unsere Freundin, die Sarkophagidae, legt keine Eier. Sie legt Larven ab.«

»Immer in eine Wunde?«

»Ja.« Sie hob eine Coladose hoch und schüttelte sie. Leer. Sie nahm die nächste und versuchte, diejenige zu finden, die sie gerade abgestellt hatte. »Also, aufgrund meiner geringen Kenntnisse der Entomologie würde ich es folgendermaßen ausdrücken: Die Schmeißfliegen legen ihre Eier auf die Schleimhäute, das heißt den Mund, den Anus, die Vagina, die Augen und Nasenlöcher etc. Bei üblichen Gewaltverbrechen gibt es Wunden und Blut; und zur selben Zeit, in der die Dipteria ihre Arbeit tut, siedeln sich die Fleischfliegen auf den Wunden an.«

»Aber das ist bei Jackson nicht geschehen?«

»Auch bei den anderen Opfern nicht. Obwohl sich Sarkophagidae ebenso wie Dipteria im Larvenstadium befand, machte die Fleischfliege keine Larvenhäutungen durch: Also wußten wir, daß sie später dazugekommen war. Damit ist uns ein Licht aufgegangen: wir schlossen daraus, daß die Wunden post mortem beigebracht wurden. Der Serotoninspiegel in den Wunden half uns, den Zeitraum enger zu begrenzen.« Sie hatte die volle Coladose gefunden. Sie nahm einen Schluck und sah wieder zu ihm auf. »Sie zielen offensichtlich auf die Lücke von sechzig bis zweiundsiebzig Stunden ab.«

»*Sechzig?* Ist das das Minimum?«

»Ich schätze nur.«

»Gut, aber was ist der früheste Zeitpunkt, zu dem sie sie abgelegt haben könnten?«

»Ungefähr? Ganz grob über den Daumen gepeilt? Ich würde sagen, ähm, Mittwoch morgen? Wie die anderen, in einem Abstand von etwa drei Tagen.« Dr. Amedure hielt inne und stellte die Dose ab. »Mr. Caffery? Ist das von Interesse für Sie?«

»Ja.« Er legte die Finger an die Stirn.

Harteveld wurde seit Dienstag nachmittag überwacht. Am Mittwoch morgen um zehn war er tot.

»Dr. Amedure...« Er ließ die Hand sinken und sah sie an. »Auf allen Opfern wurde Zementstaub festgestellt.«

»Ich weiß. Ich glaube, bei den anderen nahmen wir alle an, er stamme von dem Betonwerk, nicht wahr? Das wird einigen ziemlich peinlich sein, aber wir arbeiten daran. Wir haben eine Spektralanalyse durchgeführt. Wenn sie abgeschlossen ist, bitten wir die Datenbank in Gaithersburg, eine Markenanalyse durchzuführen.«

»Gibt es in England keine Datenbank?«

»Maryland hat die beste, sie können mit einem Diffraktogramm oder einer Phasenanalyse arbeiten und die Chlorate, Metakaolinate und Sulfate mit ihren Mustern vergleichen.«

»Wie lange würde das dauern?«

»Von uns aus? Weniger als vierundzwanzig Stunden. Aber Maryland, ich weiß nicht. Sie sind gewöhnlich ziemlich schnell.«

»Können Sie heute nacht damit anfangen?«

»Ähm, Mr. Caffery.« Sie lächelte ihn über den Rand der Coladose hinweg an. »Ich glaube nicht, daß man uns daran erinnern muß, wie teuer das AMIP eine Nachtschicht käme.«

»Sie wissen es offensichtlich noch nicht?« Er rutschte unbehaglich auf seinem Stuhl herum. »Heute abend ist in Greenwich etwas passiert, das alles wieder umgeworfen hat. Wir wissen es nicht sicher, aber es könnte sein, daß es dort draußen einen anderen Täter gibt.«

Dr. Amedures Gesichtsausdruck veränderte sich. Sie stellte die Coladose ab, griff nach dem Hörer und wählte. »Ich möchte mit dem diensthabenden Leiter sprechen. Wenn wir das Personal zusammenhaben, könnten wir sie reinschieben.« Während sie auf den Anschluß wartete, wühlte sie in den Papieren und zog ein Spektrogramm heraus. »Das Haar, von dem ich Ihnen erzählt habe. Dieselbe Farbe und Länge wie die Perückenhaare, aber ein hübscher runder Querschnitt, von einem weißen Menschen, gebleicht. Und es ist auf natürliche Weise ausgefallen.«

»Von einem der anderen Opfer?« Caffery beugte sich vor und nahm das Blatt. »Vielleicht stammt es von seinen Möbeln?«

Sie schüttele den Kopf. »Es paßt zu keinem der anderen, nicht einmal oberflächlich. Und alles, was wir daraus erschließen können, ist eine mitochondriale DNS und ein paar Hinweise auf den Lebensstil des Eigentümers. Sehen Sie den hübschen Ausschlag in der Mitte? Das ist das Stoffwechselprodukt von Marihuana.«

»Und der hier?«

»Aluminium.«

»Aluminium?«

»Nun das...«, sie legte den Hörer ans andere Ohr. »Das könnte fast alles bedeuten. Ich habe mal einen riesengroßen Ausschlag gesehen. Es stellte sich heraus, daß es sich um einen Patienten mit Zwangsneurose handelte; sein Zwang bestand im unmäßigen Gebrauch von Deodorants.«

»Was ein weiteres Opfer bedeuten könnte, von dem wir noch nichts wissen?«

»Genau.«

Caffery legte das Blatt auf den Schreibtisch zurück und stand auf. »Dr. Amedure, diese Markenanalyse. Egal, was sie kostet, ich will sie haben, okay?«

»Wenn Sie meinen.« Sie legte die Hand über die Muschel. »Wenn das AMIP das Geld hat, gibt es nichts, was wir nicht zuwege brächten.«

Ein Uhr morgens, die Sommernacht war kalt geworden. Die Polizei von Greenwich hatte eine Flutlichtanlage aufgestellt und die Straße abgesperrt; die Presse, die kurz zuvor durch die Gegend geschwärmt war, war zum Krankenhaus geeilt, um besser an Susan Listers Blut schnuppern zu können. Caffery und Maddox saßen im Jaguar unter einer Straßenlaterne, direkt hinter der Straßenabsperrung.

»Staub«, sagte Jack zu seinem Superintendent. »Zementstaub.« Er drehte sich auf dem knirschenden Ledersitz um, legte die Hand auf die Rückenlehne und sah Maddox an. »Ich will es Ihnen erklären.«

Sorgfältig breitete er seine Überlegungen aus, seine bloßen Vermutungen, den ersten, abrißhaften Eindruck dessen, was seiner Meinung nach vor sich ging. Alles noch roh und unfertig, aber er glaubte, auf der richtigen Spur zu sein. Er erklärte jedes Verbindungsglied, erläuterte jeden Schritt innerhalb seines Gedankengebäudes.

»Ich weiß nicht, Jack«, sagte Maddox nach langem Schweigen. »Ich bin nicht überzeugt.« Er trommelte mit den Fingern aufs Armaturenbrett und starrte auf die Straße hinaus. Detective Inspector Basset stand vor dem Absperrungsbereich unter einem Flutlicht, trank Kaffee und beobachtete, wie Fiona, die in ihrem leuchtendweißen Anzug nicht zu übersehen war, in einem kleinen Plastikgefäß Zahnzement anrührte. Nach einer Weile richtete sich Maddox auf und begann, sein Jackett zuzuknöpfen.

»Ich muß darüber nachdenken. Wir wollen sehen, daß wir 'ne Mütze Schlaf kriegen. Wir treffen uns wieder in Shrivemoor – um sechs? Sie können es vor dem Treffen mit Essex und Marilyn durchsprechen und sehen, wie es bei ihnen ankommt.«

Nachdem Maddox gegangen war, rollte Jack seine letzte Zigarette und ging ein paar Schritte die Straße hinunter. Die Gärten dufteten intensiv nach Jasmin. Er blieb stehen und sah zu einem Rechteck aus gelbem Licht über dem niedrigen Dach einer Garage hinauf. In diesem Moment wurde ihm klar, wo er war.

Die Malpens Street bog direkt von der South Street ab. Sie waren aus einer anderen Richtung hergekommen, aber jetzt erkannte er, daß er nur vier oder fünf Häuser von dem Trödelladen entfernt war. Auf der Hauptstraße umsäumte eine niedrige Mauer die Gärten, und von seinem Standort aus konnte er die rückwärtigen Parkplätze sehen, über die sich schräg ein Garagendach zog. Ein erleuchtetes Fenster war einen Spalt geöffnet, um die Nachtluft einzulassen.

Rebeccas Küche.

Er ging zurück, lehnte sich gegen den Wagen, der in einiger Entfernung der Straßenlaternen geparkt war, und zog sein Handy aus der Jackettasche. Über die Dächer hinweg konnte er Rebeccas Telefon klingeln hören.

»Hallo?« Aber es klickte in der Leitung, und er stellte fest, daß er mit einem Anrufbeantworter sprach.

Es war Jonis Stimme: *»Tut mir leid, daß Sie Mühen und Kosten eines Anrufs nicht gescheut haben und wir nicht den Anstand haben, zu Hause zu sein, um Ihr Gespräch entgegenzunehmen.«*

Caffery fluchte leise. »Hören Sie, ich weiß, daß jemand zu Hause ist. Hier ist Jack, Detective Inspector Caffery. Nehmen Sie ab.« Er wartete. Nichts. Er seufzte. »Hören Sie, Rebecca, Joni, wenn sie zuhören, ich möchte, daß Sie vorsichtig sind, diese Sache ist noch nicht vorbei. Halten Sie Ihre Türen und Fenster verschlossen, o.k.? Und Rebecca...« Er hielt inne. »Rufen Sie mich an. Wenn Sie Zeit haben.«

Er schaltete das Telefon ab, stand im Dunkeln und sah zu dem Fenster hinüber. Ein paar Augenblicke später ging das Küchenlicht aus, und eine Gestalt kam zum Fenster und machte es zu. Caffery konnte nicht sehen, wer es war. Er steckte sein Handy in die Tasche und stieg wieder in den Jaguar.

42. KAPITEL

Mit Hilfe einer halben Flasche Glenmorangie gelang es ihm, drei Stunden tief zu schlafen, bevor ihn ein Gedanke aufschrecken ließ:

Susan Lister war nicht aufgeschnitten worden.

Er seufzte, rollte auf den Rücken und legte die Hände über die Augen. Kein Vogel war ins Innere genäht worden. Kein Vogel.

Warum? Warum hast du uns diesmal das Symbol vorenthalten?

Es war kein Symbol gewesen.

Jack zuckte zusammen. Er stützte sich auf die Ellbogen und blinzelte. Sein Herz klopfte. Er hatte das Gefühl, jemand anderer im Raum habe die Antwort gegeben.

Kein Symbol? Was denn?

Susan Lister lebte. Kein Vogel. Und was ist mit diesen sechs elenden Aasklumpen im Leichenschauhaus? Ein lebendiger, zappelnder Vogel. Der so stark gezappelt hatte, daß er Gewebe von dem darunterliegenden Knochen gerissen hatte. Hartevelds Werk schien noch aus dem Reich der Toten seine Wirkung zu tun.

Das Mondlicht streifte kalt über seine Haut, und Caffery legte sich zurück, atmete gleichmäßig und lauschte auf sein Herz. Er glaubte zu wissen, was der Vogel bedeutete. Und er glaubte, genau zu wissen, wie er sich in das Puzzle einfügte. Jetzt wußte er, in welche Richtung er gehen mußte.

Das F-Team, von dem einige bereits ihre Sachen weggebracht hatten, war informiert worden und sollte rechtzeitig zur Morgenbesprechung in Shrivemoor zurück sein. Caffery traf Maddox, Essex und Marilyn eine Stunde davor. Sie waren alle müde und niedergeschlagen. Caffery stand ein paar Minuten in der Mitte des Besprechungsraums und hielt seine Brille in der Hand. Er dachte nach und ordnete seine Gedanken, während Maddox, der den Kopf auf die Hände gestützt hatte, in der Ecke saß und zu ihm herüberstarrte. Marilyn war in der Küche und machte Kaffee. Sie hörten das Geräusch der Löffel, die auf dem Weg über den Gang in den Tassen klapperten. Sie summte, als sie den Kaffee in den Bespechungsraum brachte, als glaubte sie, das Geräusch könnte die Niedergeschlagenheit mildern, die alle umgab.

Maddox seufzte. »Also gut.« Er strich sich übers Gesicht und sah zu Essex und Marilyn auf. »Sie beide wissen, was letzte Nacht geschehen ist.«

»Ja.«

»Und bei Peace Jackson ist ein Haar gefunden worden, das wir nicht einordnen können. Daraus müssen wir auf ein anderes Opfer schließen. Also ist mir gleichgültig, wie müde alle sind, wir müssen noch einen Zahn zulegen.« Er sah auf. »Jack? Sind Sie bereit?«

»Ja.«

»Also los.« Er fuhr mit der Hand durch die Luft. »Also los. Erzählen Sie ihnen, was Sie mir erzählt haben.«

»Ja, also gut...« Er zögerte einen Moment und starrte noch immer zu Boden. Dann klärte sich seine Miene. Er setzte die Brille auf und wandte sich ihnen zu.

»Es ist der Vogelmann«, sagt er einfach.

Essex und Marilyn tauschten Blicke aus.

»Ein Nachahmungstäter?« sagte Essex.

»Nein. Ich meine, *das* ist der Vogelmann. Die Presse hatte nie genügend Material für einen Nachahmungstäter. Harteveld war der Mörder. Der Vogelmann ist der Verstümmler. Harteveld ist tot, der Vogelmann ist noch immer am Werk.«

Marilyn hörte auf, Zucker in ihren Kaffee zu löffeln, und

starrte ihn an. Essex runzelte die Stirn, er drehte seine Kaffeetasse auf dem blau-silbernen Mousepad. Maddox stützte das Kinn auf die Hand und beobachtete ihre Reaktion. Dann schwenkte sein Blick zu Caffery hinüber. »Sie müssen sie überzeugen.«

»Das kann ich.» Er öffnete seine Aktentasche und reichte Marilyn die Notizen, die er im Forensischen Institut gemacht hatte. »Jane Amedure sagt, die postmortalen Verletzungen bei Peace Nbidi Jackson stimmen mit denjenigen bei den anderen überein, sie wurden ihr drei Tage nach Eintritt des Todes beigebracht.«

»Das heißt?«

»Das heißt, daß Harteveld überwacht wurde oder schon tot war, als sie ihr beigebracht wurden. Fiona und Logan konnten in der Wohnung in der Halesowen Road keinerlei Hinweise finden, weil Harteveld die Verstümmelungen nicht vorgenommen hat. Es war jemand anders.«

»Scheint sich um einen Club zu handeln.« Marilyn reichte Essex die Notizen und rührte wieder in ihrem Kaffee. »Ein Nekrophilenclub. Die üblichen Regeln: keine Schwarzen, keine Juden, keine Lateinamerikaner im Clubhaus ...«

»Nein, nein, Marilyn.« Maddox hob die Hand. »Lassen Sie ihn weitermachen. Wir können kichern, wenn er den Fallhergang geschildert hat.«

»Gut.« Caffery setzte sich ihnen gegenüber und legte die Hände auf den Tisch. »Ich glaube, es ist so abgelaufen: Harteveld ist ein Nekrophiler, daran besteht kein Zweifel. Aber er ist untypisch für diese Art von Perversion, weil er gebildet ist: Er *weiß*, in welchen Schlamassel er dadurch geraten könnte, also hält er seine Neigung verborgen, lebt sie nicht aus: Angenommen, er ist ein herkömmlicher Perverser, hätte das Jahre in ihm brodeln können. Vor sieben Monaten jedoch hat ihn etwas explodieren lassen: Ein Schlüsselreiz wird ausgelöst, vielleicht zerbricht eine Beziehung, ein beruflicher Umbruch, wir werden wahrscheinlich nie genau erfahren, was es war, aber seine Neigung tritt offen zutage. Er handelt, ohne nachzudenken, beschafft sich seine Lustobjekte, und wenn es vorbei ist, stellt er fest, in welchen Schwierigkeiten er steckt.«

»Er sitzt mit einer Leiche da.«

»Und hat panische Angst, sie nicht loszuwerden. Aber das geht in Ordnung, weil er jemanden kennt, der ihm helfen kann. Kein anderer Nekrophiler. Sondern ein Opportunist. Ein sexuell Abartiger, ein Sadist. Jemand, der krank genug ist, daß es ihn nicht kümmert, ob das Opfer lebendig oder tot ist. Er ist es, nicht Harteveld, der die Leichen wäscht.«

»Waschen von Ware aus zweiter Hand«, murmelte Essex.

»Fiona hat in Hartevelds Wohnungen keine Seife gefunden.« Maddox zupfte am Deckel einer kleinen Milchtüte. »Was für Seife war es?«

»Wright's Kernseife.«

»Hm.« Er schwieg einen Moment. Er goß die Milch in seinen Kaffee, schüttelte die letzten Tropfen aus der Tüte und sah seinen Detective Inspector nachdenklich an. »Machen Sie weiter, Jack. Ich hab's schon fast kapiert.« Er warf die kleine Tüte in den Abfall und lehnte sich auf seinem Stuhl zurück. »Überzeugen Sie uns.«

»Also gut. Erinnern Sie sich, wir konnten nicht verstehen, wie Harteveld es geschafft hat, Opfer zu finden, die nicht vermißt werden würden? Logan hat Gemini ein Foto von Harteveld gezeigt, das ihm nichts sagte. Der Barfrau ebenfalls nicht. Als wäre er nie in dem Pub gewesen. Gemini hat die Mädchen nach Crooms Hill zu einem Treffen gefahren, das bereits verabredet war. Deshalb denke ich folgendes: Was wäre, wenn dieser zweite Täter die Vorplanung übernommen hätte? Die Mädchen kennengelernt, herausgefunden hat, wer nicht vermißt wird, die Verabredungen arrangiert hat. Auf diese Weise mußte Harteveld nie im Pub auftauchen: Er wußte bereits, wem er nachstellte, weil ein anderer sie für ihn ausgesucht hat.«

»Und der gleiche Täter kommt später wieder ins Spiel?«

»Und *er* ist derjenige, der die Dekorationen vornimmt, die Perücken, das Make-up.«

»Wir reden hier über den Täter bei Lister?« Marilyns Zweifel waren inzwischen fast ausgeräumt. »Der auf eigene Faust zuschlug?«

»Genau. Er hat inzwischen Geschmack daran gefunden.«

»Das würde eine Menge erklären«, sagte Essex. »Warum etwa diese Frau in Royal Hill keine Ahnung hatte, daß in ihrer Tonne zwei Tage lang eine Leiche gelegen hatte. Vielleicht lag sie *tatsächlich* nur über Nacht dort, wie sie gesagt hat. Vielleicht hat der andere Typ sie dort abgeworfen, *nachdem* Harteveld seinen Schwanengesang angestimmt hatte.«

»Also.« Caffery lehnte sich vor. »Peace Jackson hatte Zementstaub im Haar, der gleiche Staub, der bei den anderen gefunden wurde. Anfangs dachten wir, er stamme vom Fundort, dem Betonwerk, aber Peace Jackson war nie dort. Auch bei Susan Lister: Der Gerichtsmediziner hat sie ebenfalls untersucht und etwas grauen Staub bei ihr festgestellt. Vielleicht haben wir einen weiteren Fred West, vielleicht ist er im Baugewerbe tätig oder arbeitet an seinem Haus. Aber, was am wichtigsten ist, ich glaube, er hat Verbindungen zum St. Dunstan.«

»Marilyn.« Maddox stand auf und klopfte mit einem Kugelschreiber an die Zähne. »Marilyn, verbinden Sie mich mit dem Chief Superintendent. Das wird ihm gefallen. Und Jack ...« Er setzte sich auf den Schreibtisch und sah seinen Detective Inspector an. »Ich weiß, worauf Sie hinauswollen.«

»Wirklich?«

»O ja. Sie haben schon eine Idee. Nicht wahr?«

»Ja, die habe ich. Ich hätte ihn schon damals nicht laufenlassen sollen.«

»Also dann los. Nehmen Sie Essex mit. Sie können auch Logan haben, wenn er zurückkommt.«

»Moment, Moment.« Alle schwiegen. Marilyn runzelte die Stirn. »Ich dachte, der Gerichtsmedizinier hätte Ihnen gesagt, daß keine Male auf Susan Listers Kopf waren.«

»War nicht nötig«, sagte Caffery. »Genauso wie bei Hatch, ihr Haar hatte die richtige Farbe. Er hat es abgeschnitten, damit es paßte. Er hat sie genommen, weil sie eher seinen Vorstellungen entsprach. Sie war eine Joggerin, das St. Dunstan lag auf ihrer Route. Ich glaube, daß er sie dort ausgesucht hat. Es war das erste Mal, daß er nicht nehmen mußte, was er bekommen hat: Dieses Opfer hat er selbst ausgewählt. Er geht jetzt selbst auf die Jagd.«

»Aber sie war nicht, ähm, Sie wissen schon. Nicht aufgeschnitten. Der Vogel. Kein Vogel.«

»Ja.« Er nahm die Brille ab und rieb sich die Augen. Als er wieder aufsah, konnten alle erkennen, wie müde er war. »Das liegt daran, daß sie nicht tot war.«

»Was?«

Caffery legte die Hände auf den Tisch und starrte auf die gefleckten, aufeinandergepreßten Daumennägel. »Er hat sie aufgeschnitten, um den Vogel hineinzulegen. Er ist nicht wie Harteveld, er *wollte* nicht, daß seine Opfer tot waren. Er ist ein sadistischer Vergewaltiger, aber er hat keinen Spaß an Toten. Ihm ist es lieber, sie sind lebendig, damit er sich an ihrer Angst weiden kann.« Im Vertrauen darauf, daß sie nicht zurückzucken würde, sah er Marilyn direkt an. »Susan Lister wurde aus dem einfachen Grund nicht aufgeschnitten, weil sie selbst ein gesundes, schlagendes Herz im Leib hatte. Ein Herz, bei dem er hören konnte, wie es auf die Folter reagierte.«

»Was wollen Sie damit sagen?« fragte sie tonlos.

»Ich weiß, was er uns sagen will«, erwiderte Essex. »Die Vögel waren lebendig, als sie hineingesteckt wurden. Sie mußten zappeln. Wie...« Er krempelte sich die Ärmel herunter, als wäre es kalt geworden im Raum. »Wie das Geräusch eines Herzens.«

»Genau.« Caffery stand auf und zog sein Jackett an. »Genau.«

Aufgrund der ganzen Aufregungen während der letzten Nacht war er spät dran. Ihm ging soviel durch den Kopf. Sein bevorstehender Geburtstag, Joni und natürlich die Person, die, hilflos und zusammengeschnürt, einen Tag und eine Nacht in seiner Wohnung verbracht hatte.

Es ließ ihn erschauern, wenn er daran dachte, wie leicht die Entführung gewesen war und was dieser Erfolg für die Zukunft versprach.

Als er sich mit der schnurlosen Kettensäge in der Faust auf ihrem Rücksitz aufgesetzt hatte, hatte sie fast gänzlich die Kontrolle über ihren Körper verloren. Er dachte, sie habe einen epileptischen Anfall: Ihr Kopf schlug hin und her, ihre Füße trommelten auf den Wagenboden, ihr Mund bewegte sich lautlos, und ihre Zähne klapperten in der Dunkelheit. Aber nachdem er beschlossen hatte, sie schachmatt zu setzen, mit einem Schlag des Griffs der Kettensäge an die Schläfe, war alles leicht gewesen.

Es hatte nur einen Rückschlag gegeben. Nachdem er tagelang beobachtet hatte, wie sie morgens am St. Dunstan vorbeigejoggt war, hatte er geglaubt, er hätte die Richtige gefunden und es wäre kein Eingriff nötig. Daher war es eine bittere Enttäuschung für ihn, als er sie in seiner Wohnung entkleidete, um ihre Brüste anzusehen, und feststellen mußte, daß ein paar Schnitte nötig wären. Dennoch war dies ein zu vernachlässigendes Detail, verglichen mit dem überwältigenden Erfolg der Unternehmung, und sein Selbstvertrauen, das im Lauf der letzten Monate ohnehin zugenommen hatte, war noch weiter gewachsen. Bis zu seinem Geburtstag wäre er für die große Sache bereit. Darüber dachte er in seiner schäbigen, heißen Küche nach, als er einen Schokoriegel öffnete und abwesend die Finger durch die Stangen eines Vogelkäfigs steckte, wo zitternd vier elende, halbkahle Zebrafinken auf dem Boden lagen. Er konnte sich nicht erinnern, wann er sie zum letzten Mal gefüttert hatte, aber das spielte jetzt keine Rolle.

Noch ein Tag bis zu seinem Geburtstag. Nur noch ein Tag. Er nahm die Süßigkeiten und schlenderte ins Badezimmer. Es war Zeit, sich fertig zu machen.

Um Punkt neun Uhr wurde im Personalbüro des St. Dunstan der Anrufbeantworter abgestellt.

»Personalabteilung. Wendy am Apparat.«

»Wendy.« Caffery steckte seine Krawatte ins Hemd und beugte sich über dem Schreibtisch nach vorn. »Hier spricht Detective Caffery. AMIP. Sie haben uns mit diesem kleinen Raum in der Bibliothek geholfen.«

»O ja, ja. Hallo, Detective, hallo. Ich habe mich schon gefragt, wann wir wieder von Ihnen hören würden. Es war ja alles ein ziemlicher Schock. Wußten Sie, daß Mr. Harteveld hier beim Personal durchaus bekannt war? Ich muß sagen, daß es mir entsetzlich leid tut, wirklich. Ich hoffe nur, daß das St. Dunstan durch sein Verhalten in Ihren Augen keinen Schaden genommen hat. Es täte uns furchtbar leid, wenn... Verstehen Sie, wir sind stolz auf unseren Ruf, und wenn ich nur *einen Augenblick* gedacht hätte, daß dieser schreckliche Mann ihn geschädigt hat, ich würde...«

»Wendy.«

»Ja.« Sie holte glucksend Luft. »Entschuldigen Sie.«

»Haben Sie Aufzeichnungen darüber, wer im Moment dienstfrei hat?«

Als er ihr sagte, nach wem er suchte, sagte sie: »Also, Detective Caffery, bleiben Sie am Apparat, während ich seine Akte hole.« Sie vertrieb ihm die Zeit mit ein paar Takten klassischer Musik und war in weniger als einer Minute atemlos und aufgeregt wieder zurück.

»Hallo, Detective?«

»Ja.«

»Mr. Thomas Cook hat dienstfrei, er muß am 8. Juni wieder antreten. Möchten Sie seine Adresse?«

Cook wohnte im Erdgeschoß einer abgeteilten Wohnung in Lewisham. Weder in der Straße noch am Haus gab es Bauarbeiten. Logan blieb im Sierra, auf dessen Kühlerhaube beständig Wasser aus einer Platane tropfte. Caffery und Essex zogen sich ihre Regenmäntel über den Kopf und rannten über den geteerten Vorhof und durch die hölzerne Seitentür in den Garten. Der Garten war verwildert, wieder keinerlei Hinweis auf Bauarbeiten, und das Haus war still. In den Fenstern regte sich nichts, alle Vorhänge im Erdgeschoß waren zugezogen.

Sie standen im nassen Gras und sahen in den Regen hinauf, der vom Giebeldach tropfte, als ihre Funkgeräte ansprangen.

»Bravo 602 von Bravo 606.« Absurderweise flüsterte Logan: »Sir?«

Caffery riß das Funkgerät aus dem Gürtelhalfter. »Hier Bravo 602.«

»Da bewegt sich etwas, Sir. Im Haus.«

»Verstanden. Wir sind auf dem Weg. Ende.«

Sie stapften zum Sierra zurück.

»Wer ist das?«

»Eine kleine alte Dame.«

»Eine alte Dame?«

»Sie wissen schon, graues Haar, bifokale Brille.«

»Die Nachbarin aus dem Obergeschoß?«

»Nun, wenn sie die Nachbarin ist, möchte ich wissen, was sie in der Wohnung unseres Verdächtigen macht.«

»Was?«

»Im Erdgeschoß. Ich meinte im *Erd*geschoß. Sehen Sie.«

Sie drehten sich um. In den Vorderfenstern des Erdgeschosses entdeckten sie kurz ein Paar große Hände, als ein Vorhang geöffnet wurde.

»In Ordnung.« Caffery ging zum Haus zurück. »Vielleicht habe ich mich vertan.«

»Jack.« Essex mußte sich beeilen, um Schritt zu halten. »Was haben Sie vor?«

»Vielleicht war es mein Fehler, vielleicht ist 27a unten und 27b oben.« Er drückte auf die Klingel, und Essex neben ihm fröstelte.

»Mir gefällt das nicht, Jack.«

»Was reden Sie da? Es ist doch nur eine kleine alte Dame.«

»Denken Sie an den Film *Dressed to Kill*«, zischte er. »Sie ist auf Mord aus, davon rede ich.«

Schritte ertönten im Gang, schwere Schritte, und als Caffery seinen Ausweis aus der Tasche zog, trat Essex einen Schritt von der Tür zurück.

»Ich meine es ernst, Jack. Es gefällt mir gar nicht.«

Sein Gesicht in dem fleckigen Spiegel über dem Abwaschbecken, die schlechten Zähne und die glänzendrote Haut bestätigten erneut seine Überzeugung, daß er alles Recht hatte, zornig zu sein, daß er berechtigt war, Rache zu üben. Nie hatte es einen Tag, nie eine Stunde gegeben, in der er sich wegen seines Aussehens nicht geschämt hätte: Er neigte zu Fettleibigkeit und hatte eigentlich nie die weichen, weiblichen Hüften und die feisten Beine seiner frühen Kindheit verloren. Die Innenseiten seiner Schenkel rieben aneinander, wenn er ging, und jeden Abend reinigte er sich von den wächsernen weißen Ablagerungen in seinen Fleischfalten. Dabei besaß er die Gier eines Bullen. Er dachte nur an Sex, und dennoch war es keine Überraschung gewesen, daß er an seinem zwanzigsten Geburtstag noch Jungfrau war.

Seine erste schäbige Eroberung fand in einer feuchten Gasse in Camden statt, im Austausch gegen eine halbe flasche Pink Lady, später gab es eine Prostituierte in Hackney für zehn Pfund, vier Pernods und schwarze Johannisbeeren. Mit zweiundzwanzig, während er sein Abitur in Biologie, Physik und Chemie wiederholte, bekam er eine Stelle als Wachmann an der UMDS, und sein Leben änderte sich.

Seine Pflichten im Schatten der London Bridge Station ließen ihm Zeit zu lernen, ansonsten mußte er Ausweise kontrollieren, Besucher führen, in der Kabine vor dem pathologischen Institut frieren und alle zwei Wochen allein den nächtlichen Rundgang machen. Er führte durch glattpolierte Korridore, durch leere Kantinen, die nach Kartoffelbrei und saurer Milch rochen, durch die Vorlesungssäle, das Pathologielabor, das Anatomielabor.

Das Anatomielabor war der Ort, wo sich eines Winters vor sechzehn Jahren sein Leben unauflöslich mit dem Hartevelds verbunden hatte.

Es war eine seltsame Begegnung zweier abartiger Gemüter gewesen. Als sie sich über die grünverhüllten Gestalten und die stählernen Seziertische hinweg ansahen, wußten sie mit der Gewißheit von Liebenden, daß sich zwei verwandte Seelen getroffen hatten. Keiner brauchte dem anderen zu erklären, welche persönlichen Kämpfe er ausgestanden hatte. Der hochgewachsene, schlanke Aristokrat sah über alle Klassenschranken hinweg und wußte einfach, auf ganz poetische Weise, *Bescheid.*

Er bestand sein Abitur nicht, und bald danach gab er seinen Traum, Arzt zu werden, auf und verließ die Sicherheitsfirma. Auch Harteveld verließ die Universität, aber die Verbindung zwischen dem Erben eines pharmazeutischen Vermögens und dem Exwachmann blieb über all die Jahre hinweg bestehen. Ihr besonderes, spezielles Interesse blieb das gleiche.

Im Laufe der Jahre war es auf Parkplätzen und in Wäldern zu vier oder fünf Vergewaltigungen gekommen, aber die Mädchen waren zu betrunken gewesen, um sich an die Autonummer des kleinen Mannes zu erinnern, der angehalten und ihnen eine Mitfahrgelegenheit angeboten hatte. Auf diese Weise war er zum ersten Mal in die Gegend südlich des Flusses gelangt. Sie war eine Stripperin aus Greenwich. Es war zwei Uhr morgens an seinem Geburtstag, und er hatte sie auf den Straßen nördlich des Rotherhithe-Tunnels aufgegabelt, wo sie ein Auto anzuhalten versuchte. In ihrem ausgefransten Synthetikminirock, der Lederjacke und dem nordisch blonden Haar, das zu einem glatten Pagenkopf geschnitten war, erschien sie ihm als das hübscheste Ding, das er je gesehen hatte. Selbst jetzt, in seinem dumpfigen Badezimmer in Lewisham, stöhnte er unwillkürlich auf, als er an die überströmende Liebe dachte, die er für Joni empfunden hatte.

Sie hatte schlaff auf dem Vordersitz seines Wagens gesessen und leise gegluckst, als er ihren weichen Leib abtastete und unter dem Sicherheitsgurt herumfummelte. Im Innern ihrer Lederjacke flatterte ihr Herz wie ein müder Vogel. Erst als er versuchte, ihren Rock zu heben, wehrte sie sich. Sie taumelte trunken aus dem Wagen, setzte sich stocksteif und mit verschmiertem Make-up auf den Gehweg und schob ihn weg, als er aus dem Wagen kletterte und sie zu berühren versuchte.

»Nicht jetzt, ja?« murmelte sie. »Mir ist schlecht.«

Er stand da und sah auf ihren aschblonden Kopf hinunter, ihre Strümpfe hatten Laufmaschen, und plötzlich beschloß er, sie nicht zu vergewaltigen.

Einfach so.

Dies war eine unerwartete Abweichung von seinem üblichen Vorgehen gewesen. Er brachte sie nach Hause und wünschte ihr eine gute Nacht. Einfach so. Als wäre es *nichts*. Als wäre es normal für ihn.

Danach fühlte er sich tugendhaft, erhaben, von Licht erfüllt. Schnell entschied er, daß seine Großherzigkeit ein Ausdruck von Liebe war. Er begehrte sie so sehr, daß sein Kopf schmerzte, wenn er an sie dachte.

Aber Joni wehrte seine Annäherungsversuche ab, sie wurde ärgerlich, wenn er zu ihren Auftritten im Pub erschien, und noch ärgerlicher, als sie hörte, er habe einen Job im St. Dunstan bekommen und das Erdgeschoß des Hauses einer alten Dame in Lewisham erworben, das weniger als eine Meile von ihrer Wohnung in Greenwich entfernt lag.

Ihr Zorn schreckte ihn nicht ab, sie war sein Lebensinhalt. Seine Wohnung war ein Altar ihrer Verehrung, er fotografierte sie auf der Straße und spendierte ihr im Pub etwas zu trinken. Manchmal gewährte ihm Joni Momente der Freude. Manchmal rauchte oder trank sie so viel, daß sie nachgiebiger wurde und er sie nach Hause bringen durfte, wo sie sich im Gästebett ausschlief. Er berührte sie nicht. Nicht einmal. Das war nicht der Sinn der Sache. Der Sinn der Sache war, daß SIE zu IHM kam. In der quälenden Hoffnung, sie verstünde, wie sehr er sie liebte, hielt er seine Wohnung sauber, er versteckte seine geliebten

Bilder, falls sie über Nacht bliebe, er traf alle Vorkehrungen und versprühte Raumspray in der Wohnung, denn Joni liebte es, wenn alles angenehm duftete.

Und schließlich kam sie tatsächlich und ließ alles auf resignierte, matte Weise über sich ergehen. Als Gegenleistung dafür lernte er, ihre gedankenlose, willkürliche Art der Untreue zu ertragen, ihre Flirts mit anderen Männern, ihre Weigerung, ihn zu berühren. Selbst als sie ihn an den Rand des Wahnsinns getrieben hatte, an jenem Tag vor vier Jahren, als sie frisch von der Operation zurückkam und ihre neuen, aufgeblähten Brüste von ihrem Leib abstanden, war er ruhig und höflich geblieben. Es spielte keine Rolle, was Joni in der Gegenwart machte, in der dreidimensionalen Welt; weil sie in seiner Phantasie weiterlebte, wie sie damals in jener Nacht gewesen war, wie warm und biegsam, mit kleinen Brüsten und zarten Brustwarzen, als er sich an ihrem Atem gelabt hatte.

In der Küche hatte einer der lädierten Zebrafinken inzwischen die Kraft gefunden, sich auf die Stange zu setzen. Er starrte ihn mit glänzenden kleinen Augen an. Er brummte und schüttelte den Käfig so heftig, bis der erschöpfte Vogel den Halt verlor und, zu verblüfft und ausgehungert, um zu flattern, herunterfiel. Schnaufend lag er auf der Seite und blinzelte ihn an, als er seinen Schokoriegel aufaß, die Verpackung zerknüllte und begann, sich anzukleiden.

43. KAPITEL

Die Tür wurde von einer Frau geöffnet, die tatsächlich eine bifokale Brille trug. Sie hatte kurzgeschnittenes graues Haar, große Hände und trug praktische Kleidung: eine Fair-Isle-Strickjacke, einen Tweedrock über den stämmigen englischen Hüften und feste braune Lederschuhe. Als Caffery seinen Durchsuchungsbefehl zückte und erklärte, daß sie an dem Nachbarn im oberen Stockwerk interessiert seien, schenkte sie ihnen ein sanftes, schiefes Lächeln und öffnete die Tür.

»Wir wär's mit einer Tasse Tee, meine Herren?«

Sie gingen in den Flur, und Essex blieb ein bißchen zurück, da er immer noch nicht sicher war, ob er dieser Frau traute. Caffery blieb einen Moment stehen und starrte auf die zugemauerte Tür am Ende der Treppe. Er glitt mit dem Finger über das Geländer und drückte ihn an seine weiße Manschette. Nichts.

»Ich weiß nicht, wie sie heißen«, sagte die Frau, aus einem der Räume herausrufend. »Das Paar dort oben.«

»Das *Paar*?« Jack drehte sich wieder um. »Sagten Sie, das Paar?«

Also gibt es eine Freundin.

»Für die interessieren Sie sich doch, oder?«

Sie hielt die Tür auf und führte sie in einen kleinen Gang, der mit Rigipsplatten von einem Raum mit hoher Decke abgetrennt worden war. Als er die aufgesprühten Phantasiebilder an der Wand sah, eine Frau mit silbernen Brüsten, Motorradhelden mit langen Mähnen, glänzende Motorräder mit Spoilern und Drachen, zupfte Essex Caffery am Ärmel.

»Sehen Sie sich bloß diesen bizarren Plunder an«, zischte er,

als sie der Frau ins vordere Zimmer folgten. Hier war die Decke mit indischen Schals behängt, die mit Spiegeln und Quasten gesäumt waren, und neben einer Lavalampe stand eine afghanische Wasserpfeife aus Teakholz.

»Ich kenne sie bloß flüchtig.« Sie nahm ein orangefarbenes Kissen vom Sofa und klopfte es auf. »Mein Sohn würde wissen, wie sie heißen, aber er ist im Urlaub ...« Sie hielt inne, während das Kissen herunterbaumelte, und die drei sahen sich verwundert schweigend an. Plötzlich lachte sie.

»Oh, es tut mir leid, ich habe mich nicht vorgestellt.« Sie legte das Kissen weg und wischte sich die Hände an der Schürze ab. »Verzeihen Sie mir bitte.« Sie streckte Caffery die Hand entgegen. »Ich heiße Mimi Cook. Ich bin hier ständig am Rumräumen und versuche die Wohnung sauberzuhalten, daß ich manchmal ganz vergesse, daß es nicht meine Wohnung ist.«

»Cook?« murmelte Essex und sah über seine Schulter, als könne jemand hinter ihm hereinkommen.

»Das stimmt. Es ist die Wohnung meines Sohnes. Ich bin sein persönliches Aufräumkommando.«

»Mrs. Cook.« Caffery verbarg seine Überraschung nicht. Er trat vor und schüttelte ihre Hand. »Freut mich, Sie kennenzulernen.«

»Ganz meinerseits. Also ...« Sie legte beide Hände auf Essex' Schulter und schob ihn sanft zur Seite, damit sie aus der Tür gehen konnte. »Eine Tasse Tee, und dann können wir übers Geschäftliche reden.«

Während sie in der Küche herumklapperte, machten sich Essex und Caffery an die Arbeit, Essex sah die Buchtitel durch und zog die Augenbrauen hoch, als er eine Ausgabe der *Hundert Tage von Sodom* aus den fünfziger Jahren und einen schmalen Band von Klossowskis *Sade Mon Prochain* entdeckte, die zwischen Büchern von Kerouac und Colin Wilson eingeklemmt waren, während Caffery, der sich bewußt war, wie müde er in dem Spiegel über dem Kamin aussah, mit den Fingern über die Oberflächen strich und die Sammlung von Schalen und Aschenbechern auf dem Kaminsims untersuchte. Er fand einen Stapel abgelaufener, mit einem Gummiband zusammengehaltener Fahrausweise, von denen ihn Cooks sommersprossiges Gesicht anstarrte, daneben fand sich ein kleines gerahmtes Schwarzweißbild. Es zeigte Mrs. Cook, Jahrzehnte jünger, in einem Seersuckerbadeanzug, mit zurückgekämmtem dunklen Haar. Sie saß auf einer Karodecke, die über einen Kiesstrand gebreitet war, und sah mit zusammengekniffenen Augen in die Kamera. Auf ihren Knien saß ein weißhaariger kleiner Junge in Badehose, der zu beiden Seiten starr die Arme hinunterhängen ließ. Seltsamerweise trug der Dreikäsehoch eine dunkle Sonnenbrille, deren großer Rahmen über sein Gesicht hinausstand, was ihm das eigenartige Aussehen eines kleinen Käfers verlieh. Als Mrs. Cook mit dem Tablett voller Tassen zurückkam, nahm Caffery das Foto und sagte: »Ihr Sohn, Mrs. Cook?«

»Ja.«

»Stimmt mit seinen Augen irgendwas nicht?«

»O ja. Farbenasthenopie. Sie haben wahrscheinlich noch nie davon gehört, nicht wahr?« Sie glättete den schweren Rock über den Hüften, setzte sich aufs Sofa und goß Tee ein. »Einfach gesagt, er kann Sonnenlicht nicht ertragen. Man könnte meinen, Thailand wäre nicht der richtige Ort für ihn, nicht wahr? Aber so ist mein Thomas. Er hat einen sechsten Sinn für alles, was ihm nicht guttut.«

»Farbenasth...?« Essex errötete reizend. »Ich hab's nicht mit langen Wörtern.«

»Farbenasthenopie.« Mrs. Cook lächelte geduldig. »Angeboren. Seine Augen haben keine Zäpfchen in der Netzhaut. Oder sind es Stäbchen? Ich kann es mir nie merken. Wie auch immer, er sieht die Welt schwarz und weiß, wie eine Katze. Es ist sehr ungerecht. Er gilt offiziell als behindert.«

»Ist er teilweise sehbehindert?«

»Es ist nicht so schlimm, außer daß er nicht Auto fahren kann und...« Sie lächelte entschuldigend. »Und daß ich ihn mehr verwöhnt habe als die anderen beiden. Also ...« Sie reichte Caffery eine Tasse Tee. »Sie wollten über die Leute oben reden? Sie sind an *ihm* interessiert? Thomas' Vater sagt immer, daß die normal Aussehenden die schlimmsten seien.«

»Ich dachte, er meinte seine Freundin.« Caffery rief Maddox vom Wagen aus an, sobald sie Cooks Wohnung verlassen hatten. »Als er ›meine Sekretärin für gesellschaftliche Angelegenheiten‹ sagte, dachte ich, er meinte seine Freundin. Aber er meinte seine Mutter. Sie kommt dreimal die Woche zum Putzen zu ihm. Abgesehen davon kann er nicht Auto fahren.«

»Behauptet wer?«

»Die Mutter. Sie sagt, er sei sehbehindert.«

»Glauben wir ihr?«

»Ich bin auf dem Weg ins St. Dunstan, um das nachzuprüfen, aber wie es aussieht, ist das eine Sackgasse.«

Das ganze Personal war beim Mittagessen – außer dem zuverlässigen Mr. Bliss. Er begrüßte Caffery mit ausgestreckter Hand an der Tür, die Oberlippe war über die schlechten Zähne gezogen, und sein weiches Gesicht war rosig und glänzend, als hätte er ihm am Morgen vor dem Rasierspiegel eine Extrapolitur verpaßt.

»Essen Sie nicht zu Mittag, Mr. Bliss?«

Bliss hob den Finger und sagte: »Mittagessen ist für Schwächlinge, Mr. Caffery. Wußten Sie das nicht?« Er stieß ein seltsames, glucksendes Lachen über seinen Scherz aus und strich sich über den Kopf, um die dünnen Strähnen zu glätten. »Tut mir leid, daß ich heute morgen nicht hier war, um Ihren Anruf entgegenzunehmen. Ich war noch immer dort draußen, hab mal wieder um einen Parkplatz gekämpft. Tut mir leid, berichten zu müssen, daß die Lage sich nicht gebessert hat ...«

»Ja«, unterbrach Caffery ihn. »Ja, ich erinnere mich, ich ...« Er legte die Hand auf die Stuhllehne. »Mr. Bliss, ich frage mich, ob Sie mir helfen können. Wir sind immer noch dabei, ein paar lose Enden zusammenzufügen.«

»Ah, die schreckliche Sache beim Dome.« Er setzte sich und sah zu Jack auf. »Immer noch am Ackern, was?«

»Stimmt.«

»Und wie können *wir* helfen?«

»Verfügen Sie über medizinische Akten Ihres Personals?«

»Medizinische Akten? Nein. Wenn sie über die Pensionskasse eine Lebensversicherung abgeschlossen haben, könnte es sein, daß wir eine Kopie des Arztberichts aufbewahren, aber das ist alles.«

»Aber Sie würden wissen, wenn jemand eine Behinderung hätte?«

»Das Gleichstellungsgesetz des Krankenhauses besagt, daß wir eine bestimmte Anzahl Behinderter einstellen müssen. Sie füllen alle einen Fragebogen aus, wenn wir sie übernehmen. Dort würde es drinstehen. Aber Sie werden Mr. Harteveld dort nicht finden, er steht nicht auf unserer Gehaltsliste.«

»Nein, das weiß ich. Ich denke an Mr. Cook.«

»Das ist der Sektionsdiener, über den Sie mit Wendy gesprochen haben?«

»Genau der.«

»Sie hat heute morgen seine Akte für Sie herausgesucht, sie ist immer noch...« Er lehnte sich gefährlich weit in seinem Stuhl zurück, um auf die Aktenschränke im Eck zu sehen. »Nein.« Er drehte sich herum, um auf die Bank an der anderen Wand zu sehen. »Ah ja, dort drüben.«

Caffery beobachtete ihn, als er zum Aktenschrank ging. Bliss hatte heute etwas Seltsames an sich, etwas Federndes lag in seinem Schritt, das auf eine unterdrückte Erregung hindeutete.

»Da!« Er kam mit einem Aktendeckel zum Schreibtisch zurück und knallte ihn triumphierend auf die Platte. »Zum Glück habe ich sie nicht wieder eingeordnet. Also dann, werfen wir einen Blick hinein.«

Er blätterte ein paar Seiten durch, seine blassen Augen überflogen den Text, sein Mund bewegte sich geräuschlos, und gelegentlich wischte er sich die Hand am Jackett ab. An den Wurzeln seiner Zähne befand sich eine milchige Ablagerung, stellte Caffery fest.

»Ah ja, hier.« Er deutete auf die Seite. »›Irgendwelche Behinderungen?‹ Cook beantwortete das mit ›Ja‹. Im Formular steht: ›Bitte beschreiben Sie diese.‹« Er leckte sich über die Lippen. »Und Cook gibt ›Farbenasthenopie‹ an.« Bliss sah zu Caffery auf und blinzelte. »Das heißt, ihm fehlen die Zäpfchen in der Netzhaut. Er kann keine Farben sehen.«

»Und er erträgt kein Sonnenlicht.«

Bliss sah auf einen Punkt über Cafferys Schulter, als versuche er, sich an etwas zu erinnern. »Und wir reden von einem Mann mit ziemlich langem roten Haar?«

»Das ist er.«

»Ja, ich habe ihn hier gesehen. Ich erinnere mich an die Sonnenbrille. Also, er ist Sektionsdiener, oder?« Er rieb nachdenklich sein Kinn und lächelte Caffery an. »Man kommt in diesem Job mit so vielen verschiedenen Leuten zusammen, da ist es schwierig, mit jedem Gesicht einen Namen zu verbinden.« Er zog aus dem hinteren Teil der Akte zwei fotokopierte Formulare heraus. »Hier ist ein Arztbericht, der das bestätigt. Farbenasthenopie. Er gilt als teilweise sehbehindert.« Er sah zu Caffery auf. »Ah. Das schien Ihnen Sorgen gemacht zu haben.«

Caffery strich sich erschöpft übers Gesicht. »Nein, nein. Keine Sorgen. Es hat das Leben nur ein bißchen schwerer gemacht.« Er streckte Bliss die Hand entgegen. »Danke für Ihre Hilfe, Mr. Bliss, tut uns leid, Ihnen Mühe gemacht zu haben.«

»Aber das war doch keine Mühe, keineswegs.« Bliss sprang auf und ergriff Cafferys Hand. Es war ein warmer, leicht feuchter Händedruck. »Zögern Sie nicht, wenn Sie noch mehr Fragen haben. Wendy wird Ihnen helfen, wenn ich nicht da bin. Ich habe ab morgen meinen Jahresurlaub.«

»Danke«, sagte Caffery teilnahmslos. »Irgendein besonderer Anlaß?«

»Ja, in der Tat.« Bliss setzte sich hinter seinen Schreibtisch, streckte die Arme aus, verschränkte die Finger und ließ die Glieder knacken. »Mein Geburtstag!«

44. KAPITEL

Nachdem Detective Inspector Caffery gegangen war, lehnte sich Bliss in seinem Stuhl zurück und starrte lange auf die Tür. Obwohl er neues Zutrauen gefaßt hatte, beschwingt war und vor Erregung summte, plagte ihn zuweilen plötzlich eine unerklärliche Angst. Die Besuche von Detective Caffery machten die Sache nicht besser. Wenn diese Angst ihn packte, war er wütend auf Harteveld, daß er ihn in diese Lage gebracht hatte.

»Aber andererseits, Harteveld«, murmelte er vor sich hin, *»an wen sonst hättest du dich wenden können, wenn du mit einem durchgebumsten toten Mädchen dagesessen bist?«*

»Du bist der einzige Mensch, der mir helfen kann. Das Undenkbare ist geschehen.«

Es war Dezember gewesen, als Harteveld in den frühen Morgenstunden zu ihm kam, den Cobra in die Garage fuhr und Bliss die menschengroße Puppe im Kofferraum zeigte. Ein dickes Mädchen.

»Schottin. Sie kommt aus Glasgow, glaube ich.«

Von Kopf bis Fuß in Klarsichtfolie eingewickelt.

»Ich habe sonst nichts gefunden, worin ich sie einpacken konnte, ich will keine Spuren im Wagen.«

»Hast du sie *gebumst*?«

Geld wechselte den Besitzer, die Puppenfrau wurde auf sein Bett gelegt. Harteveld drückte Bliss die Hände, er wand sich unter der Berührung, *scheußlich*.

»Du bist der einzige, der es versteht.« Harteveld zuckte. »Ich weiß, daß du das kannst, weil ich, ehrlich gesagt, dazu nicht in der Lage bin.«

Nachdem Harteveld gegangen war, schloß Bliss die Tür, ging in der Wohnung auf und ab, kaute an der Innenseite seiner Backe und trank Cherry Brandy. Eine Weile redete er mit sich selbst und sagte stockend sinnloses Zeug vor sich hin.

Sie lag im Schlafzimmer, mit dem Gesicht nach unten, wie Harteveld sie abgeworfen hatte, ihre Hände waren unter dem Bauch gefaltet, ihr Gesicht unter der Folie war verschmiert und platt gedrückt. Die Folie gefiel ihm, ihm gefiel die Art, wie sie davon zusammengehalten wurde. Selbst wenn sie am Leben gewesen wäre, hätte sie sich nicht wehren können. Er leckte sich über die Lippen, und auf seiner Stirn stand leichter Schweiß, als er zum Bett hinüberging und begann, sie auszuwickeln, ihre Arme aufzufalten, sie umzudrehen und genauer in Augenschein zu nehmen.

Sie hatte eine Tätowierung auf dem Unterarm. Auf der Vorderseite war die Totenblässe nur leicht ausgeprägt, aber der Hauptteil des Blutes war in die Rückseite der Schenkel, ins Gesäß und die Schultern gesunken. Harteveld mußte sie einige Zeit auf dem Rücken liegengelassen haben.

»So ist's recht. Du legst einfach ein wenig die Beine hoch.« Er bohrte den Finger in die zerstochenen Schenkel und lächelte. »Du großtittige Sau.«

Ein ungeheuer belebendes Gefühl stieg aus seiner Magengrube auf. Die Sache erinnerte ihn an die Universität, an die erste freudvolle Erfahrung, daß Tote sich nicht wehren können, wenn sie gestoßen, gedrückt, beleidigt, bespuckt und gebumst werden. Er konnte sich auf ihr Gesicht, in ihren Mund, auf ihr Haar ergießen. Sie würde sich gegen nichts wehren. Eine große Puppe mit saftigem Mund, die ganz allein ihm zur Verfügung stand.

Doch dann fiel ihm erschauernd ein, daß sie bereits benutzt worden war, Harteveld hatte alle diese Dinge bereits mit ihr getan. Es waren vielleicht Spuren von ihm zurückgeblieben. Er eilte ins Badezimmer, um eine Schüssel, ein Stück Wright's Kernseife und einen Waschlappen zu holen. Jonis Fotografie, die, hundertfach fotokopiert, an der Wand hing, lächelte ihn an.

Er füllte die abgeschabte Emailleschüssel mit Wasser und machte den Waschlappen naß. Die Zebrafinken in ihrem Käfig rutschten über die Stange, stießen zusammen und schüttelten die Federn, Joni starrte ihn an, er trat unbehaglich von einem Bein aufs andere und kratzte sich angesichts all der kleinen glotzenden Augen am Hals ...

Und dann nahm die Vorstellung, was mit dem Körper zu tun wäre, langsam Gestalt an.

Im Schlafzimmer wusch er das Mädchen und führte seinen Plan aus, indem er vorsichtig ihre Beine öffnete und Wasser in sie hineindrückte, das er auf ein Handtuch unter ihrem Gesäß rinnen ließ. Das wiederholte er mehrere Male, bis er sicher sein konnte, daß alles, was Harteveld zurückgelassen hatte, weg war. Er wollte sie sauber haben, sie sollte frisch für ihn sein.

Der Morgen graute, als er fertig war, und er mußte um neun Uhr im Krankenhaus sein. Lola Velinor, seine Chefin, war sehr pedantisch, was Pünktlichkeit betraf. Irgendwie würde er der Velinor ihre Unnachsichtigkeit heimzahlen. Er wußte noch nicht, wie, aber er würde es ihr heimzahlen. Trotz der Dezemberkälte schwitzend, stopfte er die Leiche mit dem Kopf voran in die Kühltruhe, drückte die Beine hinein und ging zur Arbeit.

Während der Jahre in der Personalabteilung hatte er sichergestellt, daß er Zugang zu jedem Schrank, jedem Büro und jedem Schwesternzimmer hatte. Er kannte jeden Winkel im St. Dunstan und fand bald, wonach er suchte: Nähmaterial, ein paar Arterienklammern, eine Chirurgennadel und ein Skalpell. In Lewisham kaufte er eine Perücke, Make-up, eine Reihe Pinsel und eine ausgezeichnete Wilkinson-Schere.

Wieder zu Hause, zog er einen Chirurgenkittel an, holte das Mädchen aus der Kühltruhe und legte es zum Auftauen in die Badewanne, während er die Vorbereitungen traf. Um halb neun war sie bereit; sie lag auf seinem Bett, das Make-up war aufgelegt, das Fett und Gewebe aus den Brüsten lag in einer Tupperwareschale. Er hatte den Eingriff in Büchern der Bibliothek gesehen und fand, daß er ihn sehr gut gemacht hatte. Die blauen Stiche ließen ihre Brüste nicht schöner aussehen, aber immer noch besser als diese großen, fleischigen Kuhtitten: Sie erinnerten ihn an Jonis bewußte Zerstörung ihres Körpers, an den Körper, den er in jener Nacht im Auto fast besessen hätte.

Das einzige, was noch fehlte, welch genialer Einfall, war der Vogel. Wenn man den Thorax öffnete (der Schnitt mußte nicht so lang sein wie bei einem klassischen Thorakoabdominalschnitt), durch den fleischigen, fächerförmigen *pectoralis major* schnitt und vorsichtig das darunterliegende Rippenfell anhob, zeigten sich die marmornen Knochen in der schleimigen Brusthöhle. Genauso wie bei einer Rinderhälfte. Genauso wie bei den Leichen in der Anatomieklasse.

Der Vogel strampelte, als er ihn hineinsteckte, einen Moment lang dachte er, er würde sich befreien, an die Decke flattern und fauliges Gewebe auf ihn fallen lassen, aber er beugte sich vor, preßte die Haut zusammen und vernähte eilig die Wunde.

Er legte das Ohr an die kalte Brust.

Der Vogel flatterte schwach. Genau wie Jonis flüsternder Herzschlag in jener Nacht.

Dann bumste er sie zweimal, er hielt sich an ihren kalten Schultern fest und stieß sauren Atem in ihr bläuliches Gesicht. Es war zwar nicht perfekt, aber immer noch besser als seine schlaffe Hand.

»Miststück«, sagte er hinterher zu ihr und schleuderte das Kondom auf den Teppich. »Miststück.« Sie war kalt und hart wie ein Stück Schweinerippe. Sie konnte nicht antworten. Er schlug ihr ins Gesicht, und die Perücke rutschte nach hinten und enthüllte den dichten, gescheckten Haaransatz. »Miststück.«

Trotz seiner Versuche, die Leiche einzufrieren, wenn er sie nicht gebrauchte, verweste sie bald. Er wickelte sie in zwei Abfallsäcke, holte den Gartenspaten aus der Garage und fuhr zur Auffahrt der A2 hinaus. Er kannte die Strecke gut, es war die

Strecke, die er jedes Wochenende zu dem Bungalow in Kent fuhr, den seine Mutter ihm vermacht hatte. Dort gab es im Schatten des neuen Millennium Domes einen Streifen Ödland. Bei Tag war es einsam, bei Nacht verlassen. Er fand eine ruhige Stelle und tat, was er tun mußte.

Wochen später kam Harteveld mit seiner verkniffenen Aristokratenmiene und seinem Gucci-Anzug wieder und hatte erneut ein bleiches, in Klarsichtfolie eingewickeltes Wesen in seinem Wagen.

Nachdem die Leiche sicher in der Wohnung war – Mrs. Frobishers Schlafzimmerlicht war nicht angegangen –, saß Harteveld auf der Sofakante und hielt seine perfekten Hände auf den Knien gefaltet.

»Das Pub, in das du gehst, Bliss.«

»Ja.« Er kratzte sich ein Stück trockener Haut von der Stirn. »Das Dog. Was ist damit?«

»Die meisten Mädchen dort würde keiner vermissen. Zumindest einen oder zwei Tage nicht.« Hartevelds Augenbrauen waren feucht von Schweiß. »Oder? Es würde etwa einen Tag dauern, bevor irgend jemand bemerkte, daß sie verschwunden sind.«

»Was willst du damit sagen?«

»Man kennt dich dort. Keiner würde sich wundern, wenn du ein paar Fragen stellen, dich für einige der Mädchen interessieren würdest. Herausfändest, welche von ihnen kein Problem darstellt. Du könntest, ähm…« Er verlagerte vor Unbehagen sein Gewicht. Harteveld hatte schon immer etwas Unangenehmes an sich gehabt. »Du könntest sie mir schicken.«

Und so schlossen Malcolm Bliss und Toby Harteveld einen diabolischen Pakt, eine Vereinbarung, die ihnen beiden nutzte; Harteveld wurde nie in dem Pub gesehen, und Bliss, der im Lauf der Jahre für die Besitzer des Dog and Bell so unauffällig geworden war, daß man ihn gar nicht mehr bemerkte, konnte herausfinden, welche Frauen die schwächsten Bindungen an zu Hause hatten, bei welchen es am wenigsten wahrscheinlich war, daß sie innerhalb der ersten Tage als vermißt gemeldet würden. Als Gegenleistung dafür bekam er Geld und durfte später mit den Leichen anstellen, was er wollte. Darüber hinaus wäre er in der Lage, Joni davor zu bewahren, in die Sache mit hineingezogen zu werden.

Allmählich wurde er immer kühner. Er versuchte Harteveld zu überreden, die Leichen im Wildacre Cottage, dem Bungalow seiner Mutter, abzuliefern. Es war der ideale Ort: ruhig, abgelegen, wie maßgeschneidert für seine Zwecke. Aber Harteveld weigerte sich, da er die Zeitspanne, in der er seine Fracht im Auto transportierte, so gering wie möglich halten wollte, und er machte ihm klar, wer der Herr und wer der Knecht war. Genausowenig wollte Bliss die vierzigminütige Fahrt riskieren, also gab er sich geschlagen und genoß sein Vergnügen in der schäbigen, überhitzten Wohnung in der Brazil Street so unauffällig, wie er konnte.

Seine Zeit würde kommen. Sein Selbstvertrauen wuchs.

Er begann, andere Risiken einzugehen. Eine der letzten Leichen hatte er einen Tag lang im Wohnzimmer aufgestellt; dank der Leichenstarre stand sie, splitternackt wie eine Schaufensterpuppe, neben den Fernseher gelehnt, so daß er masturbieren und sie dabei ansehen konnte. Als die Leichenstarre nachließ, war sie so heftig auf den Boden geknallt, daß er im anderen Zimmer aus dem Schlaf gerissen wurde. Ihr Bauch war aufgeplatzt, und er mußte sie loswerden. Aus Erfahrung wußte er, wann Leichen zu stark zu riechen begännen.

Seine köstlichste Freude bestand darin, die Frauen auf Kissen gestützt in seinem Bett zurückzulassen, während er auf ein gemütliches Gläschen in das Dog ging. Manchmal sah er Joni, und wenn das der Fall war, lächelte er sie würdevoll an. Der Mann, das Pub. Er war jetzt wie die anderen Freier; wenn er draußen war, gehörte er dazu, beobachtete fremde Frauen, die ihre Beine spreizten, und hatte das angenehme Gefühl, daß seine starre kleine Gattin zu Hause war und auf ihn und seine frische, feuchte Begierde wartete.

Er war glücklich. So mächtig wie ein Adler. Während der Nacht besaß er ein Abbild von Joni. Und langsam entdeckte er, daß ihre Macht über ihn schwand, indem er sie besaß. Irgendwie begann sein Gefühl für sie schwächer zu werden. Es wurde weniger wichtig, daß sie zu ihm kam. Es gibt *Hunderte* von Arten, eine Katze zu häuten, Malcolm. Es kümmerte ihn nicht mehr, ob das Haus sauber war.

Nachdem die Polizei sich eingeschaltet hatte, mußte er den Ort wechseln: Das letzte von Hartevelds Opfern ließ er von Lola Velinor finden. Es schien ihm angemessen, die Mulattin der *Mulattin* zu geben, sagte er sich, gleich und gleich gesellt sich gern. Er war stolz auf die Eleganz seines Stils. Und nun, da Harteveld tot war, hatte er alles unter Kontrolle.

Er fuhr zu einem Baumarkt, und sein Herz klopfte vor Aufregung. Die schnurlosen Bohrer und Sägen waren an Haken ausgehängt und glänzten in ihren Plastikhüllen; er verbrachte eine Stunde damit, den Gang auf und ab zu gehen, alle genau zu begutachten, und wählte schließlich die Black & Decker Versa Pak Vielzwecksäge, schnurlos, 7,2 Volt, 2700 Schläge pro Minute, ohne nachzuladen. Sie war zum Zersägen von kleinen Holzstücken gedacht, wurde mit einer wiederaufladbaren Batterie im Griff betrieben, wog weniger als sieben Pfund, maß vom Griff bis zur Sägeblattspitze nur dreißig Zentimeter und paßte perfekt ins Handschuhfach eines Peugeots. Zu Hause legte er ein Stück Räucherschinken ins Abwaschbecken und übte daran: Mit einem Druck auf den Bedienungsknopf schnitt er es säuberlich entzwei.

Mit seinem neuen Freund bewaffnet, machte er sich auf die Jagd nach Lebendigem. Er hatte sie seit ein paar Tagen beobachtet, und sie hatte sich als viel besser erwiesen als die anderen. Sie war warm. Sie blutete und schlug um sich, vor allem als er die dicke Arteriennadel nahm, um sie zusammenzunähen. Ihr Herz pochte, als er das Ohr an ihr Brustbein legte, und Bliss fragte sich, warum er so lange gewartet hatte, bis er selbst auf die Jagd gegangen war.

Jetzt wußte er, daß er bereit war. Joni. *Joni.*

Nur noch ein Tag…

Malcolm Bliss stand da und glättete sein schütter werdendes Haar. Es war ein anstrengender Morgen gewesen; er hatte sich einen Drink verdient. Er brachte Cooks Akte in den Schrank zurück, nahm sein Jackett und verließ das Büro.

45. KAPITEL

Die Frau hinter der Bar nickte ihm immer zu und sagte hallo zu ihm. Sie war eine vertrocknete alte Kuh, ihr Gesicht war es nicht wert, geschminkt zu werden, aber ständig beschmierte sie sich mit Karnevalsfarben. Manchmal zwang er sich zu antworten, aber eines Tages letzte Woche war er am frühen Nachmittag hier gewesen und hatte sie mit Detective Caffery reden sehen. Bliss, der erhitzt und aufgeregt an der Bar stand, beschloß, daß sie es verdient hatte, für diesen Fehltritt heute ignoriert zu werden. Er nahm seinen Drink mit in die Lounge.

Joni würde bald hiersein, und trotz seiner Erregung war er entschlossen, gelassen zu bleiben. Nach all der Zeit, die er hier angespannt und voller Qualen verbracht hatte, weil Joni ihre nackten künstlichen Titten am Gesicht eines anderen rieb, hatte er gelernt, wie man sich als Kneipengänger zu benehmen hatte. Daher war Hartevelds Bitte um Information über die Frauen leicht zu erfüllen gewesen. Bliss machte nie eine Frau an, er kaufte ihnen nur Dinks und hörte zu. Er wirkte so harmlos, daß die Mädchen durch ihn hindurchsahen wie durch einen Geist, und sie plauderten alle ihre kostbaren Geheimnisse aus, bis er alles wußte, angefangen von der Stärke prämenstrueller Beschwerden bis hin zu dem Zeitpunkt, an dem man sie vermissen würde.

Sie hätten gelacht, wenn er sie angemacht oder versucht hätte, sie in die Schenkel zu kneifen. Also verhielt er sich still und wartete auf den Tag, an dem die Mädchen zu ihm kamen, die im Tod süßer waren als jemals im Leben.

Licht strömte aus einer offenen Tür ins Pub. *Joni.*

Erregt erhob sich Bliss leicht von seinem Sitz und strich mit der Zunge über die Innenseite seiner Zähne. Dann entdeckte er, einen Schritt hinter ihr, die Freundin. Er sank zurück, Ärger kam in ihm auf. Er mochte Jonis Freundin nicht. Sie war ein eingebildetes Miststück, das sich hochmütig als »Künstlerin« bezeichnete, herumstolzierte und die Mädchen in den Pubs malte, als könnte sie durch ihre Kunst was Besseres aus ihnen machen. Genauso erging es den Freiern; er selbst war mehrere Male von ihr gemalt worden. Aber *er* erinnerte sich noch an die Zeit, als sie selbst eines der Mädchen gewesen war. Damals hatte sie »Pinky« geheißen, *»Wahrscheinlich wegen der Art, wie deine Klitoris aus deinem Pelz heraussteht«*, flüsterte er vor sich hin. Pinky, die Klitoris. Er zupfte an einem trockenen Hautstück an seiner Nase und betrachtete sie nachdenklich. Mit erhobenem Kopf steuerte sie direkt auf die Bar zu, ohne ihn eines Blickes zu würdigen.

Joni kam an seinen Tisch, sie sah gelangweilt aus. Er lächelte und hielt die Hände leicht im Schoß gefaltet. »Hallo, Joni.«

Sie seufzte resigniert. »Hallo, Malcolm. Dachte mir schon, daß du hier wärst. Nichts ändert sich, was?« Sie stellte ihre Sachen auf den Boden und ließ sich ein paar Schritt entfernt von ihm auf die Polsterbank fallen, rutschte bis zur Kante vor und streckte die Füße aus. Sie trug kniehohe Lederstiefel und einen Wildlederrock, der bis zur Mitte der Schenkel reichte. Ihr blondes Haar, das mit zwei herzförmigen Klammern aus der Stirn gesteckt war, hatte denselben Schnitt, den alle Mädchen in den Straßen zu bevorzugen schienen. Bliss gefiel das nicht. Es ärgerte ihn, daß Joni die Manie hatte, etwas zu reparieren, was nicht kaputt war, und einen so starken Drang nach Veränderung besaß.

Er zwang sich zu einem Lächeln. »Einen Drink, Joni?«

»Hm, ja.« Sie sah auf ihre Fingernägel und schob die Unterlippe vor. Joni hatte eine Art, sich wie ein Kind zu benehmen. Die hatte sie all die Jahre, die er sie kannte, nicht abgelegt. Es war nicht mehr reizvoll, das sollte er ihr sagen. Ihr sagen, daß es den Reiz verloren hatte, ihr sagen, daß es ihn mehr anwiderte, als er auszudrücken vermochte. »Ich nehm' ein Glas Wein.«

An der Bar wartete die Künstlerin, bis sie bedient wurde, und hielt den Kopf zurückgeworfen wie ein Pferd am kurzen Zügel. Zu vornehm für diesen Ort. Höflich lächelnd näherte er sich ihr und dachte an ihre Klitoris. »Guten Tag.«

Sie sah ihn auf seltsame Weise an. »Guten Tag«, erwiderte sie, nahm die beiden Gläser und wandte sich ab. Bliss lächelte. Miststück. Er nahm seinen Drink von dem Wesen hinter der Bar entgegen und wischte sorgfältig die Stellen von Jonis Glas ab, an denen es berührt worden war.

Joni beachtete ihn nicht, als er ihren Drink abstellte, aber das machte ihm nichts aus. Daran hatte er sich gewöhnt.

»Geht's euch gut, Mädels?« fragte er höflich. Vor Aufregung hatte sich sein Mund mit Speichel gefüllt, und er mußte achtgeben, beim Sprechen nicht zu spucken. »Die Welt meint's gut mit euch, nicht wahr?«

»Nein, das tut sie *nicht*.« Joni zog einen Flunsch. »Irgendeine Frau ist gleich bei uns um die Ecke überfallen worden.«

»Ach Gott.« Bliss trank sein Bier. »Weiß man schon, wer es war?«

»Nein.« Sie warf ihm einen bösartigen Blick zu, hängte sich ungeduldig ihre Tasche über die Schulter, stürzte beide Drinks hinunter und ging, den blonden Kopf zurückwerfend, zur Treppe.

Bliss und ›Die Klitoris‹ blieben schweigend sitzen. Sie trank ruhig ihr Bier, während sich eine leichte Röte über ihrem Gesicht ausbreitete. Er brach das Schweigen eine Weile nicht, bevor er das Wort ergriff.

»Nun, ich muß sagen, ich habe Joni noch nie so außer sich gesehen.«

›Die Klitoris‹ nickte. »Sie macht sich Sorgen.« Sie redete mit ihrem Glas, nicht mit ihm, wie die meisten Leute. »Sie sagt, sie denkt daran, aus Greenwich wegzuziehen. Sie will fort.«

Bliss spürte, wie jeder Zentimeter seiner Haut zu prickeln

begann. Er wartete, bis die Spannung in seinem Bauch und seinem Schwanz nachließ, bevor er sprach. »Tatsächlich?« sagte er und ließ den Blick die Treppe hinaufwandern. »Ich möchte wissen, wo sie hingehen will.«

46. KAPITEL

Wieder in Shrivemoor, konnte Caffery sich nicht entspannen. Er wanderte im Besprechungsraum umher, drehte Papiere um, starrte an die Pinwand, stand hinter den Datenverarbeiterinnen und sah über ihre Schultern auf die Bildschirme, bis Marilyn sich beschwerte, daß er sie nervös mache. Er ging ins Büro des Senior Investigation Officers und rief Jane Amedure an.

»Haben Sie irgendwas über den Zement herausgefungen?«

»Das Diffraktogramm ist nach Maryland abgeschickt worden. Morgen früh könnten wir es wissen.«

Dann zog er das persönliche Fax heraus, das Bliss letzte Woche aus dem St. Dunstan geschickt hatte, in der Hoffnung, ihm würde irgend etwas ins Auge fallen, ihn auf etwas stoßen lassen, und als das nicht geschah, blieb er, den Kopf in die Hände gestützt, sitzen, bis es draußen dunkel wurde, die Büros fast leer waren und Maddox, der schon sein Jackett angezogen und die Aktentasche in der Hand hatte, zu ihm hereinsah:

»Das ist zwar sehr nobel, aber ein bißchen Vernunft könnte auch nicht schaden. Ich weiß, daß ich heute morgen die Peitsche geschwungen habe, aber ich wollte ja nicht, daß ihr euch gleich umbringt.«

»Ja. Schon gut, schon gut.«

»Sie brauchen etwas Schlaf, verstanden?«

»Ja.«

Er rief erneut Dr. Amedure an.

»Lassen Sie ihnen ein bißchen Luft, Detective Caffery. Ich verspreche Ihnen, ich rufe Sie gleich morgen früh an. Wir machen unseren Laden jetzt dicht.«

Also saß er in den verlassenen Büros, in dem leeren, ruhigen Gebäude, blies den Zigarettenrauch aus dem Fenster und beobachtete, wie alle am Ende eines langen Tages nach Hause gingen. Die blasse Sonne versank hinter hübschen Häusern, und auf der Reklametafel gegenüber wurde ein neues Plakat aufgeklebt. Er hatte es so eilig gehabt, Cook zu verdächtigen, so sicher war er sich seines Instinkts gewesen, und die Feststellung, daß er sich getäuscht hatte, lastete schwer auf ihm. Maddox hatte recht, er sollte nach Hause gehen. Aber die lastende Gegenwart des Vogelmanns, die fast greifbar nahe war, war ihm zu bewußt: wie ein riesiger Raubfisch, der um seine Beine schwamm.

Drüben auf der Straße entrollten die Arbeiter von Maiden Signs die Plakate und bestrichen sie mit Kleber, dann rückten sie die Leiter ein paar Schritte weiter und machten das gleiche wieder. Die Worte *Estée Lauder* erschienen am Fuß der Reklametafel: darüber die glänzende Biegung des Halses eines Models. Abwesend sah er zu und dachte an das Haar, das sich in dem von Peace Jackson verfangen hatte. Man nahm an, daß es von einem anderen Opfer stammte, von jemandem, mit dem der Vogelmann noch nicht fertig war oder den man noch nicht gefunden hatte. Caffery drückte die Finger an die Nasenwurzel und versuchte nachzudenken.

Eine andere Erklärung?

Farbe und Schnitt stimmten so genau mit dem Perückenhaar überein, daß sogar Krishnamurthi den Unterschied nicht bemerkt hatte. Vielleicht gehörte das Haar zu keinem anderen Opfer, sondern zu der Person, die der Vogelmann nachformte. Vielleicht hatte sich diese Person im Haus des Vogelmanns aufgehalten. Oder war ihm nahe genug gewesen, daß er eine Trophäe von ihr erbeuten konnte.

Du hast dich so sehr auf Cook konzentriert, daß du nicht einmal innegehalten hast, um das zu erwägen.

Und etwas – etwas ...

Caffery sah zu dem Hochglanzbild hinüber, und plötzlich wußte er es.

Das Stoffwechselprodukt von Marihuana. Der Aluminiumausschlag auf dem Spektrogramm des Forensischen Instituts. Joni, die Deodorant in ihrem Zimmer versprühte, dessen Geruch immer die Wohnung erfüllte.

Es paßte nicht nahtlos zusammen, Joni paßte nicht ganz ins Bild: Sie war füllig und groß, so hatte er sich die Galatea des Vogelmanns nicht vorgestellt. Dennoch, als er die Lampe abschaltete, seine Schlüssel fand und das Fax und die Papiere über den Schreibtisch verstreut liegenließ, ballte sich die Aufregung wie eine Faust in seiner Magengegend zusammen.

Um zwei Uhr nachmittags war ›Die Klitoris‹ gegangen, mitsamt ihren Farben, ihrem Zeichenbrett und ihrem hochmütigen Gehabe, und hatte Joni für ihren zweiten Auftritt im Pub allein zurückgelassen. Bliss kannte das Gemüt dieses Mädchens ganz genau. Er wußte, sobald Joni freie Drinks in Aussicht gestellt wurden, ließ sie sich die Gelegenheit kaum entgehen. Die anderen Freier machten sich davon, gingen mit benebelten Köpfen in den Nachmittag hinaus und ließen ihn allein mit ihr zurück, um sie mit Liebfrauenmilch abzufüllen.

Um halb vier erbrach sie sich auf der Treppe zur Damentoilette. Als er sie zu sich nach Hause brachte, wurde ihr wieder schlecht, zweimal, im Bad.

Er gab vor, nicht ärgerlich zu sein. Er putzte alles auf, spülte es hinunter und ließ sie, zusammengerollt wie ein großes Baby, blond und rosig, nur mit einemT-Shirt und einem Höschen bekleidet, ihren Mittagsrausch ausschlafen – in dem freien Zimmer, damit sie nicht aufwachte und seine Bildersammlung sah und Theater machte. Selbst die Bauarbeiten an dem alten Schulhaus störten sie nicht.

Wie oft hatte er Joni dies voller Geduld tun lassen, fragte er sich, als er im Wohnzimmer saß und an einem Pickel an seinem Kinn zupfte. Wie oft hatte er sich als praktische Ausnüchterungszelle benutzen lassen. Und nie hatte sie die Vernunft besessen, etwas zu ändern. Wie viele Male hatte er geputzt und aufgeräumt, im Gang, im Badezimmer, und im Wohnzimmer die Bilder abgenommen, während sie schlief, die Fotos sicher in einen Karton gelegt und duftendes Raumspray in den Zimmern versprüht. Nur dafür, daß sie aufwachte, den Walkman über die Ohren stülpte und wieder davonstolperte. Ohne ihn zu beachten. Und ihn wie Dreck behandelte.

Aber wie sehr sich jetzt alles verändert hatte. Sein Leben war neu geschrieben worden. Als hätte er eines Tages in den Himmel gesehen und festgestellt, daß die Sonne eine andere Farbe hatte.

Er stand vom Sofa auf, machte eine Kanne Tee in der Küche und stapelte Bakewell-Törtchen auf einen Teller. Im Schlafzimmer stellte er das Tablett vorsichtig auf das Kissen neben Jonis Kopf. Sie bewegte sich und legte eine Hand ans Gesicht.

»Wach auf. Hier ist Tee für dich.«

Sie reckte den Hals und spähte mit blutunterlaufenen Augen heraus. Als sie ihn sah, stöhnte sie und ließ den Kopf aufs Kissen zurückfallen. »O nein.«

»Trink etwas Tee.«

»Nein. Ich muß nach Hause.« Sie stützte sich auf und sah sich benommen um. »Mein Gott, Malcolm, tut mir leid, aber ich wollte eigentlich nicht hier landen.«

»Iß zuerst ein Bakewell-Törtchen.« Seine Zunge war dick, die Ts klangen gedämpft.

»Nein, ist schon gut.«

»Ich bestehe darauf.«

»Nein, wirklich.«

»ICH BESTEHE DARAUF!«

Joni riß die Augen auf.

»Tut mir leid«, murmelte er und wischte sich einen Speichelfaden von den Lippen. »Ich möchte, daß du etwas ißt. Du brauchst Kraft. Schau dich an…« Die Zunge zwischen den Zähnen, streckte er die Hand aus und betastete ihren Bauch. »…nur Haut und Knochen.«

Die Geste war zärtlich gemeint, aber Joni reagierte erschrocken und rückte wie von der Tarantel gestochen zur Wand zurück. »Hände weg!«

»Aber Joni.«

»Laß mich in Ruhe, Malcolm.«

»Ich möchte doch nur...«

»Wie oft muß ich es dir noch sagen? NEIN!!« Sie kroch nach hinten weg, fiel über die Bettkante, landete auf den Füßen, aber Bliss griff nach vorn und erwischte sie an ihrem T-Shirt. Sie wirbelte herum, packte seine Hände und versuchte, sich mit ihren scharfen Nägeln von seinen Fingern zu befreien.

»Laß mich los.«

»Joni.«

»Verdammt, laß mich!« Sie zog seine Hände an den Mund, biß zu und riß eine Wunde in sein Daumengelenk. »Laß mich verdammt noch mal los.«

»Tu das nicht, Joni.« Seine Finger waren mit einer Mischung aus Speichel und Blut bedeckt. Er beugte sich hinunter, wandte den Blick nach oben und hielt sie fest: Joni verlor das Gleichgewicht, fiel hin und schlug mit der Schulter gegen die Bettumrandung.

Er ließ sie los und trat mit offenem Mund zurück.

Sie starrten einander sprachlos an, erschüttert, daß die Auseinandersetzung in Gewalt übergegangen war. Joni lag auf dem Rücken, ihr T-Shirt war über den Bauch hinaufgerutscht, und unter ihrem blaßrosafarbenen Höschen zeichneten sich deutlich die Umrisse ihres Schambeins ab. Sie wirkte wie eine Puppe, die über ihre Zerbrechlichkeit verblüfft war. Einen Moment lang schien sie nach Luft zu ringen.

Bliss trat mit ausgestreckter Hand auf sie zu. »Joni.«

»Bleib mir vom Hals. Bleib mir verdammt noch mal vom Hals.«

»Aber ich liebe dich.«

»Blödsinn.« Sie drückte die Hand auf die verletzte Schulter und zuckte zusammen.

»Verbring bloß meinen Geburtstag mit mir. Morgen. Das ist

alles, was ich will. Das schuldest du mir, weil du mich verlassen hast.«

»Ich hab' dich nicht verlassen. Wir hatten nichts miteinander, du verdammter *Irrer.* Du warst nicht mein Liebhaber.«

Bliss sah sie mit offenem Mund an. »Ich war in dich verliebt.«

»Verliebt? Wir haben eines Nachts *fast* miteinander geschlafen, *fast,* vor Jahren, und das ist nur passiert, weil ich zu besoffen war, um gerade zu stehen. Wenn ich nüchtern gewesen wäre, wäre ich nicht in deine Nähe gekommen.«

»Sag das nicht.«

»Du bist *wirklich* erbärmlich.«

»Ich hab' alles für dich aufgegeben.« Er stand mit gesenktem Kopf und schlaff herabhängenden Armen vor ihr. »Ich habe meinen Traum aufgegeben, Arzt zu werden.«

»Ach Quatsch. Du wärst nie Arzt geworden.« Sie begann, sich aufzusetzen, und verzog das Gesicht vor Schmerz. »Begreif es doch endlich, Malcolm, du bist ein elender kleiner Beamter und wirst immer einer bleiben.«

»Tu's nicht«, jammerte er. »Verlaß mich nicht. Bitte nicht.«

Aber sie ließ ihn zitternd stehen, während sie sich mühsam hochrappelte, durchs Zimmer humpelte, ihre Stiefel aufhob, die Reißverschlüsse hochzog und sich in ihren Wildlederrock quetschte. »Außerdem ist diese Wohnung ekelhaft!« Sie fand ein Deodorant in ihrer Tasche und versprühte es in der Luft. »Sie stinkt, es *stinkt* hier wie in einem Schweinestall.«

Schluchzend sank Malcolm gegen die Wand und sackte, den Kopf in die Hände gestützt und am ganzen Körper zuckend, in der Ecke zusammen. *»Bitte verlaß mich nicht.«*

»Ach komm.« Jonis Stimme klang jetzt sanfter. Er hörte, wie sie auf ihn zukam und sich neben ihn stellte; er sah ihren Fuß dicht neben dem seinen. »Sei kein Baby.«

»Verlaß mich nicht!« Er streichelte ihren Fuß in dem Wildlederstiefel. »Geh nicht.«

»Ich muß gehen. Hör zu, beruhig dich. Wir können Freunde sein.«

»Nein.«

»Malcolm. Komm. Ich gehe jetzt, ja, Malcom?«

Aber diesmal war er schneller.

Mit einer Bewegung packte er ihren Fuß und riß ihn hoch, über seinen Kopf. Joni suchte nach einem Halt, aber ihre Hände glitten an der glatten Mauer ab. Mit fuchtelnden Armen knallte sie auf den Boden. Bliss drehte sich schnell herum, kam auf die Knie und rammte ihr die Ellbogen in den Bauch. Ein zweiter Schlag traf sie seitlich am Gesicht, und ein dünner Blutstrahl schoß aus ihrer Nase. Ihr Gesicht verzog sich, sie wurde bewußtlos.

Caffery blieb vor Susan Listers Haus stehen. Die Vorhänge waren geschlossen, und am Gartentor hing ein in Plastikfolie gehüllter Zettel, auf dem durch die eingedrungene Nässe an manchen Stellen die Schrift verschmiert war.

An die Presse:

Mein Bruder und seine Frau machen eine sehr schwierige Zeit durch. Bitte respektieren Sie die Privatsphäre unserer Familie, und machen Sie alles nicht noch schlimmer, indem Sie uns mit Fragen belästigen. Wir haben alles gesagt, was wir sagen wollen.

Danke.

T. Lister

Er steckte seine Wagenschlüssel in die Tasche, ging um die Ecke und stand im Eingang des Trödelladens; eine Hand hatte er auf den Türrahmen gelegt, mit der anderen drückte er auf den Klingelknopf.

»Ja?« rief sie in die Sprechanlage. »Wer ist da?«

»Detective Caffery. Hätten Sie vielleicht ein paar Minuten Zeit?« Er wartete einen Moment. Sie antwortete nicht, also beugte er sich wieder vor. »Ich sagte, hier ist Jack Caffery.«

»Ja, das habe ich gehört. Ich komme gleich runter.«

Sie brauchte lange, bis sie zur Tür kam. Unruhig wartete er auf der Türschwelle und wollte erneut klingeln, als er Schritte auf der Treppe hörte und der Riegel zurückgeschoben wurde.

Sie war barfuß und trug ein kurzes, fließendes Kleid in der Farbe einer Tulpe.

»Kann ich reinkommen?«

Sie antwortete nicht.

»Rebecca?«

»Ja«, seufzte sie. »Dann kommen Sie.« Sie trat in den Flur zurück, ließ ihn eintreten, schloß die Tür, verriegelte sie und deutete mit der Hand zur Treppe. »Ich habe gerade Fitou geholt. Vielleicht möchten Sie auch ein Glas?«

Es war kühl in der Wohnung. Die Jalousien waren halb geschlossen, und eine Fliege umrundete träge die Pinsel in einem Glasbecher. »Setzen Sie sich, ich werde den Wein holen. Tut mir leid, es ist ein bißchen unordentlich.« Sie ging in die Küche. Caffery schlenderte im Atelier umher und sah auf die Stapel von Gemälden und Skizzen, die im Raum verstreut lagen. Das halbfertige Bild von Joni stand immer noch auf der Staffelei. Ihr Haar war so blond, daß es fast albinohaft wirkte.

»Ist Joni nicht zu Hause?« rief er.

»Sie ist noch im Pub.«

»Wann glauben Sie, daß sie zurückkommt?« Er konnte Jonis abgestandenes Deodorant riechen.

»Wen wollten Sie eigentlich besuchen, Detective? Mich oder Joni?«

»Sie natürlich.«

Aus der Küche ertönte ein höhnisches Lachen. »Ja, natürlich.«

»Ja, natürlich«, murmelte er leise und schlenderte in den Gang zurück. Das Badezimmer befand sich gegenüber, daneben die Treppe zu Jonis Zimmer. Die Küchentür zu seiner Rechten war geschlossen, und dahinter konnte er Rebecca hören, die Gläser abwusch. Er ging ins Badezimmer und verschloß die Tür hinter sich.

Es war warm dort drinnen, die Farben erinnerten an die schwülen tropischen Farben von Ferienprospekten: fuchsiarote Handtücher und aquamarinfarbene Wände. Schwarze

Strümpfe lagen eingeweicht in einem Kübel in der Badewanne, und die Badematte war mit Abdrücken von talkumgepuderten Füßen überzogen. Er drehte den Hahn voll auf, öffnete das Medizinschränkchen und fand sofort, wonach er gesucht hatte. Schnell zog er ein Zigarettenpapierchen aus seiner Tasche, faltete es auf und wickelte es um die Borsten einer roten Gummihaarbürste. Als er es wieder abzog, blieben vier oder fünf silbrige Haare daran hängen. Er steckte das Papierchen in einen kleinen Pappkarton, drehte den Hahn wieder zu und ging ins Atelier zurück.

Rebecca reichte ihm ein Glas, ohne etwas zu sagen. Sie wandte sich ab, hob einen Stapel Zeichnungen vom Boden auf und legte sie auf den Tisch.

»Rebecca?«

»Ja?« Sie drehte sich nicht zu ihm um.

»Haben Sie meine Nachricht bekommen? Haben Sie gehört, was ich auf den Anrufbeantworter gesprochen habe?«

Zuerst antwortete sie nicht. Sie tat so, als ob sie mit dem Aufteilen des Stapels in kleinere Stöße beschäftigt wäre. Dann legte sie plötzlich die Zeichnungen weg. Ihre Schultern sanken nach unten, und sie beugte sich zum Tisch vor. »Ja«, murmelte sie und schüttelte den Kopf. »Ja, tut mit leid. Es steht ja auch in allen Zeitungen. Es heißt, nun, es wird *angedeutet,* daß die Frau in der Malpens Street …« Sie machte eine unbestimmte Handbewegung, mit der sie die Sache zu verharmlosen versuchte. »Mein Gott, sie sind einfach sensationsgierig.«

»Es war mir Ernst mit dem, was ich sagte: Sie müssen vorsichtig sein.«

Sie hielt inne und drehte sich langsam zu ihm um. Mit verschränkten Armen lehnte sie sich an den Tisch, neigte den Kopf zur Seite und sah ihn an. »Er ist doch *tot,* oder? Da gab es doch keine Verwechslung?«

»Keine Verwechslung.«

»Also warum dann?« Ihre Stimme war leise. »Und vor *wem*? Vor wem soll ich mich in acht nehmen?«

»Ich würde es Ihnen sagen, wenn ich es wüßte.« Als er ihren Gesichtsausdruck sah, seufzte er. »Ehrlich, Rebecca. Ich würde es Ihnen sagen. Keiner von uns weiß es sicher.«

»O Gott.« Sie erschauerte leicht. »Ich bin so müde. Ich habe es so satt, mich die ganze Zeit zu fürchten. Ich habe es satt, in einem Treibhaus zu leben, weil ich kein Fenster öffnen darf.« Sie drehte sich wieder zum Tisch um und begann erneut, die Zeichnungen zu sortieren. »Ständig rufen Galerien an. Meine Bilder verkaufen sich, sie gehen weg wie warme Semmeln. Ich soll ständig nachliefern, und jetzt will sogar *Time Out* ein Interview. *Time Out,* gütiger Himmel. Und Sie wissen, warum, nicht wahr?« Sie sah ihn nicht an, und er wußte, daß sie keine Antwort erwartete. »Weil meine Arbeit so hervorragend ist? Weil ich die nächste Sarah Lucas bin? Weil ich ein neues Kapitel der Kunstgeschichte aufgeschlagen habe?« Sie schüttelte den Kopf. »Nein, ganz und gar nicht. Nichts davon trifft zu. Sie sind nur an *ihm* interessiert. Diese Leichenfledderer, alle zusammen sind sie nichts anderes als ein Haufen verdammter Leichenfledderer. Und glauben Sie, ich hätte deswegen Skrupel? Ach was. Keineswegs. Ich bin genauso mies wie alle anderen. Ich will auch nur Kapital daraus schlagen. Wahrscheinlich sollte ich begeistert sein, daß es noch nicht vorbei ist.«

Während sie sich die Angst von der Seele redete, begann Jacks Spannung nachzulassen. Er hatte heute abend nichts mehr vor. Gleich am Morgen, nachdem es geöffnet hatte, war er im Forensischen Institut gewesen, aber jetzt gab es nichts mehr für ihn zu tun. Sein Tag war abgeschlossen. Er trank den Wein und ließ Rebecca reden.

Bliss hatte sich vom Kampf erholt. Er verbrachte den Abend damit, darauf zu warten, daß Joni wieder zu Bewußtsein kam, und ging zweimal ins Badezimmer, um sich zu erleichtern, indem er in ein Kondom ejakulierte. Er beglückwünschte sich zu seiner Klugheit, er wollte warten, bis Joni angemessen hergerichtet war.

Es war zehn Uhr abends, als er ins Schlafzimmer ging, um damit anzufangen. Mit gebeugten Knien, um seinen Rücken zu schonen, schob er die Hände unter ihr Gesäß und hob sie aufs Bett. Schlaff und leblos fiel sie nach unten, und jetzt entdeckte er, daß er ihrem linken Auge etwas Schlimmes angetan hatte. Sogar durch die Schwellung konnte er erkennen, daß etwas nicht in Ordnung war. Er legte die Hände an beide Seiten ihres Gesichts und beugte sich ganz nahe zu ihr hinunter, um es genauer anzusehen. Es hatte sich merkwürdig nach außen gewölbt, und die Iris war nach unten verdreht. Versuchsweise drückte er auf das Auge. Er würde später in seinen Büchern nach einer Erklärung suchen. Im Moment feuchtete er einen Finger mit Speichel an und wischte liebevoll das angetrocknete Blut von ihrem Nasenflügel.

Dann zog er den Reißverschluß ihrer Stiefel auf und stellte sie sorgfältig in die Ecke. Er zog ihr den Wildlederrock herunter, schnitt das T-Shirt auf und ließ die großen, aufgedunsenen Brüste herausquellen.

Vorsichtig drückte er auf eine der prallen Brustwarzen. Er hatte sich gefragt, wie sich diese neuen, unnatürlichen Dinger anfühlen würden; überraschenderweise waren sie ganz warm: sie fühlten sich körnig und elastisch an. Er drückte die rechte Brustwarze zwischen Daumen und Zeigefinger zusammen, hob die ganze Brust an und dehnte sie, so weit sie sich dehnen ließ – ganze fünfzehn Zentimeter –, und war fasziniert von der warmen Nachgiebigkeit des Fleisches und des Silikons. »Hm.« Er beugte sich vor und inspizierte die leicht erhabene, glänzende Narbe, die Stelle, an der man sie aufgeschnitten hatte, um das Silikonkissen hineinzuschieben. Gut. Es wäre nicht notwendig, viele Schnitte anzubringen.

»Also …« Rebecca war mit dem Sortieren ihrer Bilder fertig. Sie war jetzt ruhiger. Sie suchte zwischen den Papieren und Farben herum und entdeckte die Ecke eines Rahmens, den sie über eine der Zeichnungen legte, um dann mit zusammengekniffenen Augen die Wirkung zu überprüfen. »Veronica, nicht wahr?«

Caffery sah auf. »Wie bitte?«

»Veronica. Sie wohnt bei Ihnen?«

»O Gott ...« Er schüttelte den Kopf und lehnte sich an den Türpfosten. »Ja, ja. Ich glaube, der Meinung war sie.«

»Was hat nicht funktioniert?«

»Ehrlich?«

»Ja, ehrlich.«

»Ich.« Er lächelte. »Ich war es. Ich bin ein Versager, wissen Sie.«

»Hm.« Sie schwieg eine Weile und beobachtete ihn. »Das sieht man nicht.«

»Äußerlich zeigt sich meine Macke nicht; mit bloßem Auge läßt sie sich nicht erkennen. Aber sie ist vorhanden.«

»Was?«

»Eine Besessenheit.«

»Ah. Eine Frau.« Sie wandte sich wieder dem Bild zu. »Dann kann ich Veronica keine Schuld geben.«

»Nein. Keine Frau.«

»Dann muß es Ewan sein, nehme ich an.«

»Ja – ich ...« Er war wie vom Schlag gerührt, als Ewans Name von einer anderen Person ausgesprochen wurde. »Sie erinnern sich an seinen Namen.«

»Dachten Sie, das würde ich nicht?«

»Genau das dachte ich.«

»Nun, das Gegenteil ist der Fall.« Sie stellte den Rahmen weg und begann, die Zeichnungen zu kleinen Stapeln aufzuhäufen und ans Ende des Tisches zu legen. »Und es tut mir leid, Sie enttäuschen zu müssen, aber meiner Meinung nach ist das alles Blödsinn.«

»Wie bitte?«

»Es ist eine schäbige Ausrede, Ihr eigenes Leben nicht zu leben, nicht wahr? Die Vergangenheit. Ich meine, ich weiß nicht genau, was passiert ist, aber eines weiß ich: Nachdem Sie inzwischen schließlich erwachsen sind, sollten Sie die Sache auf sich beruhen lassen, sich weiterentwickeln.« Sie legte den letzten Stapel Zeichnungen beiseite und drehte sich zu ihm um. »Lesen Sie denn die amerikanischen Dichter nicht? ›Laß die Vergangenheit die Toten begraben‹, und all das Zeug.«

Das Glas halb zum Mund geführt, starrte Caffery sie an.

»Ach, Mist«, sagte sie seufzend, als sie seinen Gesichtsausdruck sah. »Ich bin so grob, nicht wahr?« Sie öffnete die Hände und sah sich im Raum um, als wüßte sie nicht, warum sie sich so verhalten hatte, als wäre die Erklärung dafür an die Wand geschrieben. »Es ist wie ein Zwang. Ich meine, finden Sie nicht, daß es unhöflich war, Ihren Anruf nicht zu beantworten, beispielsweise? Und neulich einfach einzuhängen. Glauben Sie nicht, daß das unnötig grob von mir war?«

»Ja«, sagte er. »Sie waren grob.« Er senkte das Glas und dachte einen Moment darüber nach. Dann sagte er: »Habe ich es verdient?«

Ihre Züge wurden weicher. »Ja«, sagte sie lächelnd. »Ja, Sie haben es verdient.«

Jack nickte und seufzte. »Das habe ich mir auch gedacht.«

Bliss wurde wütend, als er ihre Hüften nicht anheben und ihr den Schlüpfer ausziehen konnte, und ließ seinem Zorn erneut freien Lauf, indem er sie grob auf die Seite drehte und dort mit aller Kraft festhielt. Dann schob er eine seiner Unterhosen zwischen ihre Zähne, klebte ein Klebeband darüber und setzte sich aufs Bett, um sie anzusehen.

Die Frau aus Greenwich hatte fast vierundzwanzig Stunden gefesselt hier gelegen. Als er gekommen war, um den Knebel abzunehmen, um das Klebeband dort zu erneuern, wo es von Speichel durchweicht war, hatte sie ihn gebeten, die Toilette benutzen zu dürfen. Er hatte sich geweigert, und sie hatte zu weinen begonnen.

»Bitte, lassen Sie mich gehen. Bitte.«

Aber er hatte den Kopf geschüttelt, den Knebel wieder angelegt und ihr ungerührt zugesehen, bis sie sich unter Tränen selbst benäßt hatte. Dafür hatte er sie geschlagen, aber pflichtbewußt die Schweinerei weggeputzt. Es war Blut darin gewesen. Was seiner Meinung nach bedeutete, daß ihre Nieren mit einer Infektion kämpften.

»Also.« Er sah auf seine Uhr. »Es ist halb elf, Joni. Ich komme um elf, um dich herzurichten. Entspann dich einfach bis dahin.«

Zehn Uhr fünfundvierzig. Die Atelierfenster waren offen, das Licht der Straßenlampen verbreitete denselben roten Schein wie ein Sonnenuntergang. Aus vorbeifahrenden Autos tönte Musik in die Straßen. Die Nacht und der Wein hatten Rebecca besänftigt, sie hatte ihr Haar gelöst, und ihre Haut schimmerte im Zwielicht. Sie saß vor ihm und sah ihn schweigend an. Schon vor langem hatten sie aufgehört zu reden: Es gab nichts mehr zu sagen, abgesehen davon, was wirklich in ihnen vorging.

Es war Jack, der schließlich das Schweigen brach. »Ich sollte gehen«, sagte er, rührte sich aber nicht.

Rebecca trank ihren Wein und erwiderte nichts.

»Es ist schon spät, und ich muß morgen früh raus.« Er hielt einen Moment inne und wartete auf ihre Antwort. »Also sollte ich gehen.«

»Ja«, sagte sie schließlich und stellte ihr Glas ab. »Ja, natürlich.«

Sie stiegen die Treppe hinunter, Rebecca ging voran. Er war zwei Stufen über ihr und konnte den zarten Abdruck im Fleisch ihrer Schultern sehen, den die Träger ihres Kleides hinterlassen hatten. An der Haustür blieb sie in übertrieben großem Abstand vor ihm stehen und legte die Hand auf den Riegel, öffnete die Tür jedoch nicht.

»Nun…« Sie starrte auf einen Knopf an seinem Hemd und vermied seinen Blick. »Danke für den Rat.«

»Gern geschehen.«

Wieder Schweigen. Ihr Blick blieb auf einem seiner Hemdknöpfe haften, und Jack hob unwillkürlich die Hand an die Brust. Bei dieser Bewegung öffnete sich ihr Mund. Sie bedeckte das Gesicht und wandte sich ab.

»Rebecca?«

»Mein Gott, tut mir leid«, sagte sie mit unterdrückter Stimme.

»Rebecca?« Er legte seine Hände leicht auf ihre Schulter, über die Träger, und spürte die Einkerbung in der heißen Haut. »Vielleicht sollten wir wieder hinaufgehen –«

»Ja.« Sie nickte, ohne ihn anzusehen. »Ich finde auch.«

»Dann kommen Sie.«

Er versuchte, sie herumzudrehen, aber sie gab einen glucksenden Laut von sich, ergriff seine rechte Hand, zog sie an ihren Mund, küßte sie, grub leicht die Zähne in seine Handfläche und saugte nacheinander an jedem einzelnen Finger. Jack stand ganz still und starrte mit klopfendem Herzen auf ihren Hinterkopf. Sie rieb seine Finger über ihre Lippen, hob das Kinn, strich mit seiner Hand über ihren Hals, über ihr Kleid hinab, und plötzlich wurde er ganz unerwartet von einem Drang gepackt, der so stark war, daß er sich nicht mehr beherrschen konnte.

»O Gott.«

Er drehte sie zu sich herum, ergriff die Rückseite ihrer Schenkel und hob sie hoch, so daß sie auf dem kalten Flurradiator zum Sitzen kam. Er schob ihr Kleid über die Schenkel hinauf. Sie holte heftig Luft und beugte sich ihm mit geschlossenen Augen entgegen, versuchte ihn zu küssen, und ihre Zähne schlugen gegen die seinen, während sie sich bemühte, ihm zu helfen, ihre Unterwäsche abzustreifen – alles ohne zu lächeln, sondern voller Konzentration. *Voller Hingabe.*

Ihre bloßen Füße suchten nach einem Halt und fanden das Mountainbike, das neben den Radiator gelehnt war. Ihr Fuß preßte sich gegen das Rad, während Jack ihre Beine spreizte und seinen Reißverschluß öffnete. Strahlen von Scheinwerfern strichen über die Decke, und er beobachtete das wechselnde Licht auf Rebeccas Gesicht, als er in sie eindrang. Ihre Augen waren geschlossen, sie biß sich auf die Lippen, ohne ihn aufzuhalten, stieß die Hüften gegen die seinen und nahm seinen Rhythmus auf. Das Fahrrad geriet ins Wanken, Pedale stemmten sich in seine Waden und versetzten ihm blutende Wunden, die er nicht bemerkte. Seine Konzentration verdichtete sich, wurde intensiver, angestrengter, bis jedes Atom an Energie, Kraft und Bedürfnis in diesem Akt zusammenströmte, von dem er nicht mehr wußte, wie er angefangen hatte.

»Nein«, sagte sie plötzlich und sah ihm ins Gesicht. »Nein, komm nicht in mir.«

»Jesus.« Er riß sich von ihr los, sprang zurück und ergoß sich völlig außer Kontrolle auf seine Schuhe, auf den Boden. Einen Augenblick lang starrte er sie ungläubig an, dann legte er die Hand übers Gesicht, ließ sich auf die unterste Treppenstufe sinken und schüttelte den Kopf. Schwer atmend. »O Gott. Tut mir leid, es tut mir leid.«

Rebecca ließ sich von dem Radiator herunter, setzte sich mit bebender Brust neben ihn auf die Stufe und wischte sich das schweißverklebte Haar aus der Stirn. Ihr Kleid war noch immer über die Taille hinaufgeschoben, klebte an ihrer Haut und entblößte die dunkle Einkerbung ihres Nabels.

»Es tut mir leid, ich hätte das nicht tun sollen.«

»Nein, es...« Sie wischte sich über den Mund und sah ihn von der Seite an; ihr Gesicht und ihr Hals waren gerötet und wund. »Wirklich – ich – es ist schon gut. Ich hätte dich aufhalten können.«

»Ich hätte etwas benutzen sollen. Ich habe so etwas noch nie getan. Gewöhnlich...«

Plötzlich bedeckte sie ihre Augen, schüttelte den Kopf und begann zu lachen.

»Was?« Sein Bein blutete, wie er jetzt bemerkte, eine lange dunkle Spur erstreckte sich bis zu seiner Hose hinunter, die sich um seine Fußgelenke bauschte. »Was ist denn so komisch?«

»Ist es das, was du gemeint hast? Der Versager?« Sie spreizte die Finger und sah ihn immer noch lächelnd an. »Ist es das, was Veronica in den Wahnsinn getrieben hat?«

»O Gott«, murmelte er. »Ich hab's dir doch gesagt, das ist noch nie zuvor passiert. Ehrlich.«

»Kannst du das beweisen?«

»Ja. Das kann ich beweisen.«

»Wirklich, sofort?«

»Sofort.«

»Nein, im Ernst, *sofort?* Ich meine, bist du sicher, daß du wirklich...?«

»Ja.« Er sah sich nach etwas um, um den Boden, seine Schuhe und sein Bein zu säubern. »Ja, das kann ich. Das ist eines meiner Zauberkunststücke.«

»Gott.« Rebecca seufzte, nahm die Hand von ihrem Gesicht und lächelte. »Das könnte Liebe sein.«

Um elf war er fertig.

Joni lag im Schlafzimmer reglos auf dem Bett. Er dachte, sie sei noch immer bewußtlos, bis er auf sie zutrat und sah, daß ihr unverletztes Auge ihn anstarrte, seinen Arztkittel, seine Maske und seine Kopfbedeckung betrachtete. Doch erst, als er das Skalpell herauszog, reagierte sie, sie bäumte sich auf dem Bett auf, ihr Kopf schlug von einer Seite zur anderen, und kleine Geräusche drangen aus ihrem Hals.

»Beruhige dich.« Er legte zart und beschwichtigend die Hand auf ihre Schulter und drückte sie auf die Matratze zurück. »Mit Ruhe geht alles besser.«

Joni bog den Kopf nach hinten und knurrte ihn unter dem Knebel an.

»Miststück«, sagte er leise und setzte sich rittlings auf sie. »Halt jetzt das Maul, Miststück. Ich bin gut zu dir gewesen, aber du hast mich so weit getrieben.« Er drückte sie aufs Bett hinunter, und Joni wurde ganz still unter seinen Händen und sah ihn argwöhnisch mit dem gesunden Auge an.

»Gut.« Er hockte sich wieder auf seine Fersen und wischte

sich den Schweiß von der Stirn. »Also, hör zu. Ich werde dich nicht umbringen.« Er beugte sich vor, ignorierte den Schauer, der ihren Körper überlief, und legte zärtlich das Gesicht an ihren Hals. »Ich möchte nur, daß es so ist wie in jener Nacht. Verstehst du mich?«

Die einzelne Träne, die von ihrer Wange auf seine Stirn rann, sagte ihm, daß sie es akzeptierte. Sie leistete keinen Widerstand mehr. Doch um ganz sicherzugehen, fesselte er ihren Leib mit Klebeband ans Bett und kreuzte das Band über ihren Hüften; von der Frau aus Greenwich wußte er, daß der menschliche Körper selbst bei Bewußtlosigkeit sehr heftig auf Schmerz reagierte.

Er griff nach dem Markierungsstift.

»Es wird nicht lange dauern.«

Die Zunge zwischen die Zähne geklemmt, zog er genau über der bereits vorhandenen Narbe eine Linie, entlang der der neue Schnitt verlaufen würde. Joni zog mehrmals verzweifelt die Luft durch die Nase ein, als er auf das Skalpell spuckte und es an seinem Kittel abwischte.

»Hier gibt's nicht viel durchzuschneiden, Joni.« Sein Gesicht wurde zu einer Grimasse; er setzte das Skalpell an und begann zu schneiden. Ein unterdrückter kehliger Laut drang unter ihrem Knebel hervor. Jonis Hüften schlugen wie wahnsinnig gegen die Matratze. Nur ein dünnes Blutrinnsal verteilte sich zwischen den Sommersprossen auf ihrem Bauch, nicht der Rede wert. Bliss beugte sich hinunter, um in die frische Wunde zu spähen, in der er die Implantate erkannte.

»Glück gehabt«, sagte er erleichtert und tätschelte Jonis Knie. »Sie sind über den Muskel gelegt worden. Halt nur noch einen Moment still.«

Jonis Augen waren weit aufgerissen, als er das Silikonkissen entfernte. Vorsichtig legte er es auf ihren Bauch.

»Das hätten wir. War doch leicht, oder?« Er wischte sich die Hände an seinem Kittel ab. »Jetzt laß mal sehen. Eine hätten wir, jetzt kommt die nächste.«

47. KAPITEL

Plötzlich, ohne Vorwarnung, kehrte der Sommer England den Rücken und ließ sich gefällig auf der Iberischen Halbinsel nieder. Aber der Regen kam nach London zurück. Als Caffery aufwachte, lag Rebecca schlafend neben ihm, und er roch den Wetterumschlag in der Luft und spürte die Feuchtigkeit auf seiner Haut. Mit klopfendem Herzen blieb er eine Weile liegen, während diffuse Empfindungen über ihn hereinbrachen und er festzustellen versuchte, was ihn aufgeweckt hatte. Etwas in der Wohnung? Joni, die zurückkam? Oder nur ein Traum? Angestrengt lauschte er eine Weile in die Stille, bis sein Herz regelmäßig schlug. Rebecca lag auf der Seite, ihr rechter Arm hing über die Bettkante hinab, ihr linker war angewinkelt, so daß die Hand leicht die Schulter berührte, als posiere sie für eine klassische Skulptur. Er stützte sich auf die Ellbogen, um sie anzusehen. Sie lag ganz still. Still und ...

Jesus, Jack, mach das nicht.

Fast hätte er gelacht. Einen Augenblick lang stellte er sich vor, sie sei tot. Aber ihr zarter Brustkorb hob und senkte sich, und als er das Gesicht ganz nahe an ihre Brust beugte, konnte er das beruhigende, fast lautlose Pfeifen der Luft in ihren Lungen, das vogelhafte Flattern ihres Herzens hören.

Ein sterbender Vogel.

Er setzte sich abrupt auf, stieg aus dem Bett und ging in die Küche, um das Gesicht unter den Wasserhahn zu halten. Er wollte nicht über den Vogelmann nachdenken, darüber, was er getan hatte. Nicht, wenn Rebecca neben ihm schlief.

Er richtete sich tropfend auf, und die Vorstellung verblaßte.

Joni war nicht zurückgekommen. Letzte Nacht, bevor er Rebecca ins Bett gebracht hatte, hatte er die Kette an der Tür vorgelegt, Joni hätte ihn also aufwecken müssen, um in die Wohnung zu gelangen. Jetzt stellte er den Kessel auf, trank schnell ein Glas Wasser und sah auf die Fotos auf dem Kaminsims über der Tiefkühltruhe.

Einige der Bilder zeigten Rebecca in farbbespritzten Arbeitshosen mit einem Pinsel in der Hand; oder mit verschlafenen Augen, eine Hand protestierend gegen die Kamera gestreckt; ein anderes war an einem Kiesstrand aufgenommen, Rebecca in Shorts, mit herausgestreckter Zunge, unter einem riesigen Schlapphut hervorschielend.

Er stellte das Glas auf den Sims und nahm ein Foto von Joni in die Hand. Sie war hübscher, als er sie in Erinnerung hatte, wahrscheinlich weil sie nicht bekifft wirkte. Mit klaren Augen sah sie in die Kamera, sie hielt eine Zigarette in der Hand, ihr Mund stand offen, und ein Finger war auf die Person mit der Kamera gerichtet, als versuchte sie etwas Wichtiges zu erklären, ihre Meinung zu erläutern. Ihr Haar war stumpf geschnitten und fiel auf die Schultern, ihr langer Pony reichte bis zu den Augenbrauen.

Caffery nahm das Foto mit zum Tisch, setzte sich und stützte die Ellbogen auf. Joni starrte ihn an und versuchte, ihre Meinung zu erläutern. Er strich mit dem Finger über den Pony.

Die Narben an den Köpfen der Opfer bildeten einen perfekten Kreis; Kayleigh Hatchs und Susan Listers weißblondes Haar war zu einer Ponyfrisur geschnitten worden. Caffery strich mit der Hand über die eigene Stirn. Bei den Opfern befanden sich die Male an der Stirn, unterhalb des Haaransatzes. Eine Perücke würde normalerweise nicht an dieser Stelle sitzen. Das war zu tief.

Außer …

Außer sie hatte einen Pony. Wie Joni.

Er sprang auf, sein Herz hämmerte.

Nicht wie Joni jetzt, aber wie Joni damals, bevor sie sich das

Haar schneiden ließ. Bevor, mein Gott, natürlich, bevor sie die Implantate hatte. Es ist die frühere Joni, die er will.

»Becky?« Er küßte ihren Hals. »Becky. Wach auf.«
Rebecca bewegte sich und wachte auf.

Jack, die letzte Nacht mit ihm fiel ihr wieder ein: im Flur, im Bett, als er richtig in Schwung gekommen war, was er alles mit ihr gemacht hatte. Schläfrig streckte sie die Hand unter dem Laken hervor und suchte nach seiner Erektion. Als sie feststellte, daß er Hosen anhatte und sein Hemd zuknöpfte, öffnete sie die Augen. »Gehst du schon?«

»Ich muß.«

»Was ist los?«

»Joni ist nicht heimgekommen. Weißt du, wo sie abgeblieben ist?«

»Sie ist nicht zu Hause?« Sie rollte auf die Seite und rieb sich die Augen. »Keine Sorge, das macht sie manchmal.«

Er strich ihr den Pony aus der Stirn und küßte ihre Wange. Ihr Haar roch nach Babyshampoo. »Rebecca, ich möchte dich etwas fragen, es ist wichtig.«

»Hm?«

»Stimmt es, daß Joni Implantate hat?«

Sein Tonfall ließ sie aufsehen. »Ja. Und?«

»Das hier.« Er hielt das Foto hoch. »Wann wurde das aufgenommen?«

»Das ist, ich weiß nicht, drei Jahre alt, warum?«

»Und die Implantate?«

»Gott.« Rebecca sah blinzelnd das Foto an. »Ich bin mir nicht sicher, kurz nachdem ich sie kennengelernt habe, vielleicht vor sechs Jahren.«

»O.K., hör zu!« Er stand auf und strich mit der Hand über sein Hemd, versuchte, die Falten vom gestrigen Tag zu glätten. »Ich brauche das Gemälde. Das auf der Staffelei.«

»Warum?«

»Ich bring's zurück.«

»Nimm es. Ich kann es sowieso nicht mehr sehen.« Sie rollte sich auf die andere Seite, stützte sich auf die Ellbogen und sah ihn mit ernstem Blick an. »Jack, du glaubst doch nicht…?«

»Nein, ich…« Er schwieg einen Moment. »Rebecca, sieh mich nicht so an.« Er zog an seiner Krawatte und strich sie mit den Fingern über der Brust glatt. »Es gibt keinen Grund, sich Sorgen zu machen.« Er legte den Arm um ihre Schultern und küßte ihr warmes Haar. »Ehrlich. Sag Joni bloß, daß sie mich anrufen soll, wenn sie heimkommt. Und du, du gibst acht auf dich, in Ordnung? Das meine ich ernst. Wenn du rausgehen mußt, ruf mich vorher an. Laß mich wissen, was du vorhast.«

Später saß Rebecca am Küchentisch, wickelte schläfrig Haarsträhnen um die Finger, starrte auf Jacks Zigarettenkippen im Aschenbecher und wartete, bis die fleckige Espressomaschine heiß war. Der Regen rann in schmierigen Spuren über die Fenster hinab. Ihr Hals war entzündet und geschwollen.

Es wäre nicht das erste Mal, daß sie nicht heimgekommen ist. Nichts Ungewöhnliches, absolut nichts Ungewöhnliches. Sie ist einfach ein bißchen außer Kontrolle geraten, nachdem ich aus dem Pub weggegangen war, und hat sich irgendwo Speed reingezogen oder ist in irgendeiner versifften Peyote-Höhle in Camden gelandet, oder sie hat sich in irgendeiner anderen Wohnung ausgeschlafen und kommt mit eingezogenem Schwanz zurück.

Warum aber interessiert sich Jack plötzlich so dafür?

»Mein Gott.« Ärgerlich über ihre wirren Phantasien stand sie auf, ging ins Atelier und sah sich nach etwas um, mit dem sie ihre Gedanken beruhigen konnte. Auf der Straße unten drängten sich bunte Regenschirme vorbei: rosa, violett und gelb. Riesige Regentropfen spritzten von den Dächern. Sie spannte neues Papier aufs Zeichenbrett und hielt inne.

Er hat ihr Bild mitgenommen, er glaubt, daß sie in Schwierigkeiten ist.

Rebecca legte die Reißzwecken weg, ließ das Papier am Zeichenbrett hängen und ging zum Telefon im Flur.

Bliss stand in der Schlafzimmertür und sah Joni an, ihr Kopf hing schlaff zur Seite, die blassen Implantate hinterließen blutige Flecken auf ihrem Brustkorb. Sie war bewußtlos geworden, als er sie zunähte, und er hatte die Implantate auf ihrem Bauch liegenlassen, damit sie sie sah, wenn sie aufwachte. Er hatte in einem anderen Zimmer geschlafen, entschlossen, den nächsten Tag abzuwarten, seinen Geburtstag. Aber Mrs. Frobisher hatte ihn früh aufgeweckt, sogar noch vor den Bauarbeitern, als sie – tock, tock, tock – wie eine alte Holzpuppe im Obergeschoß herumgelaufen war.

Sie machte ihn nervös, ewig beschwerte sie sich, schnüffelte beständig herum und rümpfte die Nase über ihn. Im Bungalow wäre die Geburtstagsfeier viel sicherer und gemütlicher, aber er konnte die Autofahrt nicht riskieren. Nicht mit Joni, nicht in diesem Zustand, so blutverschmiert und mitgenommen. Er hängte den Telefonhörer aus und begann, die Luftballons aufzublasen.

Cafferys Gefühl der brennenden Dringlichkeit war zurückgekehrt, das bemerkte Jane Amedure, als sie ihn am Empfang traf und ihm das gefaltete Zigarettenpapier aus der Hand nahm.

»Geht's Ihnen gut?«

»Ausgezeichnet.«

»Was bringen Sie mir da? Sie müssen ein Antragsformular ausfüllen.«

»Können Sie es mit dem Haar von der letzten Obduktion vergleichen?«

»Wahrscheinlich. Aber ein Antragsformular bitte, und das muß dann nach Shrivemoor übermittelt werden.«

»Ich bin gerade auf dem Weg. Wie lange werden Sie dafür brauchen?«

»Einen halben Tag. Weniger, wenn Sie nett zu mir sind.«

»Irgendwelche Neuigkeiten über den Zement? Ist die Handelsmarke festgestellt worden?«

»Ah.« Sie lächelte. »Ich kenne da jemanden, der sich heute morgen nicht bei seinem Team gemeldet hat. Das Institut hat die Resultate, es wurde alles an Marilyn Kryotos durchtelefoniert.« Und schon war er fort. Er eilte die Treppe hinunter und zog die Wagenschlüssel aus der Hosentasche. »Dann fülle ich eben das Antragsformular für Sie aus«, murmelte Dr. Amedure.

Es war noch früh, aber Betty war schon im Dog and Bell. Im Hintergrund bellte der Schäferhund.

»Sie ist mit dem Typen aus dem Krankenhaus weggegangen. Sie wissen schon, mit dem einen, der sie immer anhimmelt. Der in der Salonbar sitzt und Halbe trinkt.«

»Malcolm, meinen Sie?«

»Ja, den.«

Gott sei Dank.

»Er hat hier gestern mittag volle vierzig Pfund ausgegeben. Hat ihr Gott weiß wie viele Flaschen Blue Nun gekauft, und danach ist sie auf Scotch umgestiegen. Um drei hat sie meiner Meinung nach nicht mehr gewußt, wie sie heißt. Warum tut sie sich das bloß an? Ein reizendes Mädchen wie sie. Ich verstehe das nicht.«

»Na also«, sagte sich Rebecca hinterher, *»du verdammte Paranoikerin, Joni, wie sie leibt und lebt.«*

Oben fand sie zwischen den Taschentüchern und Marihuanabröseln, die auf Jonis Bettdecke verstreut lagen, das schwarz-silberne Kookai-Adreßbuch, dessen zerknitterte Seiten mit bunten Herzchen und lächelnden Gesichtern vollgemalt waren. Joni hatte ihre Freunde unter den Vornamen eingetragen. Unter M, neben Malcolms Namen, hatte sie eines ihrer süßen rosafarbenen Gesichter gekritzelt. Es gähnte, und eine Schnur schwarzer Zs hing aus seinem Mund.

Bliss' Nummer war belegt. Auch bei Jack war belegt, der Anrufbeantworter schaltete sich ein. Schweigend legte Rebecca auf, setzte sich ins Atelier, starrte Malcolms Adresse und Telefonnummer an und sagte sich, daß es warten konnte, daß sie es lassen sollte, aber ihre Gedanken kreisten immer wieder um das gleiche Thema, bis sie nicht länger stillsitzen konnte.

Sie sprang auf und ging ins Schlafzimmer. »Ja«, murmelte sie und zog sich Shorts, ein T-Shirt und braune Segeltuchschuhe an. »So bist du eben. Du mußt dich überall einmischen.«

Im Jaguar hatte Caffery die Nummer von Shrivemoor in sein Handy eingegeben und lauschte dem Klingelzeichen. Er stand vor einer Ampel, über die Windschutzscheibe rann der Regen, er hielt das Telefon ans Ohr gepreßt und sah abwesend auf das Gemälde auf dem Beifahrersitz neben sich.

Im Hintergrund stand Joni mit erhobenen Armen auf der Bühne, ihr Kopf war leicht gebeugt, hinter ihr waren der Bühnenvorhang und die Pubfenster zu sehen: Das Firmenzeichen von Young's Bier war ins Glas eingeschliffen. Und im Vordergrund, in der Mitte, das Profil dem Betrachter zugewandt, war ein Gesicht zu sehen, das Caffery erbeben ließ.

Er nahm das Blatt und neigte es zum Fenster. Das Gesicht, die schlechten Zähne mit den komischen Lücken, wie bei einem Kind, dem die Milchzähne ausgefallen waren, alles war ihm so vetraut wie seine eigenen Hände.

Ich kenne dich, ich kenne dich. Ich kenne deine Stimme, ich habe mit dir geredet, deine Hand geschüttelt.

»Hallo? Einsatzbesprechungsraum.«

Er legte das Bild weg und setzte sich auf. »Ja, Marilyn, hallo, Marilyn.«

»Jack, mein Gott, Maddox ist außer sich Ihretwegen. Sie haben die Morgenbesprechung verpaßt, Sie Idiot.«

»Ich weiß, ich weiß. Entschuldigen Sie mich bitte. Und, Marilyn? Habe ich heute morgen einen Anruf aus den USA bekommen?«

»Ich bin Ihre gute Fee, Jack, vergessen Sie das nicht. Ich habe daran gearbeitet, als Sie noch in süßem Schlaf lagen.«

»Und?«

»Der Zement wird im Süden nicht verkauft, und es gibt nur eine Baufirma in London, die diese Sorte benutzt; Korner-Mackelsons. Ich habe bereits mit der aufgekratzten Sekretärin gesprochen. Sie haben eine Baustelle in der Nähe von Belmarsh, eine in Canning Town und eine in Lewisham.«

»Lewisham?« Er sah zur Ampel hoch. »In Ordnung. Wo ist Lewisham?«

»Am Rand von Greenwich, Brazil Street. Neben Blackheath Hill. Ein altes Schulgebäude. Sie bauen es in Lofts um.«

Die Ampel schaltete um. Caffery beachtete die Abbiegespur nicht, sondern zwängte sich vor einen Wagen. Jemand hupte anhaltend. »Marylin? Sind Sie noch da?«

»Wie immer.«

»Richten Sie Maddox bitte aus, daß ich mich verspäten werde. Ich brauche noch etwa eine halbe Stunde. Und, Marilyn? Entschuldigen Sie mich, in Ordnung?«

Wegen der blaugestreiften Markisen, die überall ausgerollt waren, erinnerte sie Greenwich heute an Paris. Autos bespritzten die Beine der Fußgänger, und Ladenbesitzer, deren Gesichter von seltsam grünem tropischen Licht beleuchtet waren, sahen aus den Schaufenstern nach draußen. Sie radelte schnell, als könnte sie die bedrückende Angst durch Bewegung ausschwitzen.

Es herrschte dichter Verkehr in Lewisham. Sie fand die Brazil Street schnell, und die Bauarbeiter, die unter dem Gerüst des alten Schulhauses Schutz gesucht hatten, winkten und pfiffen ihr nach, als sie in T-Shirt und Shorts im Regen vorbeiradelte. Sie lehnte ihr Fahrrad an die Garage von Nummer 34A, neben Bliss' Peugeot. Der Regen prasselte auf das gewellte Plastikdach, als sie auf die Klingel drückte.

»Ja?« Er blinzelte nervös, als er die Eingangstür öffnete und sie davorstehen sah. »Ja? Was möchten Sie?«

»Joni.« Sie wischte sich den Regen vom Gesicht und sah an ihm vorbei in die Wohnung. Ein einzelner grüner Luftballon schwebte wie ein Geist im Flur hinter ihm. »Ist sie da? Ich möchte mit J…«

»Ja. Ich habe Sie verstanden. W-warum glauben Sie, daß sie hier ist? Ha?«

»Ich weiß nicht, manchmal landet sie hier, wenn sie getrunken hat.«

»Mmm…«

»Hören Sie…« Sie schüttelte ärgerlich den Kopf. Malcolm, es ist wichtig. Wissen Sie, wo sie hingegangen ist?«

»Also, Pinky…« Seine Zunge mahlte unter seinen dicken Lippen, als würde er an etwas kauen. Er zog seine Strickjacke enger um sich und bedeckte den aufgeblähten Bauch. »Sie wissen doch *ganz genau,* daß Joni keine Zeit für mich hat.«

»Schon gut.« Sie hob die Hände und wandte sich ab. Sein Selbstmitleid machte sie wütend. »In Ordnung, tut mir leid. Wenn Sie sie sehen, richten Sie ihr aus, daß sie mich anrufen soll. Es ist wichtig.«

Sie drehte gerade das Pedal herunter, als sie bemerkte, daß Bliss sie von der Tür aus immer noch beobachtete.

Sie sah auf. »Ja?«

»Ich…« Er sah besorgt auf die Straße hinaus. »Ich habe ja gar nicht gesagt, daß sie nicht hier ist. Das habe ich nicht *gesagt.*«

Rebecca runzelte die Stirn. »Wie bitte?«

»Sie haben mißverstanden, was ich *gesagt* habe.« Bliss trat von der Tür zurück und deutete den Flur hinunter. »Sie schläft noch. Kommen Sie rein, und ich sage ihr, daß Sie hier sind.«

Rebecca lehnte langsam das Fahrrad wieder gegen die Wand.

Mein Gott, Malcolm, du bist der König aller Irren. Wirklich.

Kopfschüttelnd ging sie zur Tür zurück.

Die Brazil Street war eine Wohnstraße, die von tropfenden Pflaumenbäumen gesäumt war. Die viktorianischen Häuser zierten Auffahrten und langgestreckte, mit dichtem Buschwerk bewachsene Gärten. Die meisten zeugten von Wohlstand, hatten angebaute Garagen, die von wildem Wein und Geißblatt überwuchert waren, und davor parkten teure Secondhandautos. Caffery ließ den Jaguar am Ende der Straße stehen, hielt sich das Jackett über den Kopf und folgte dem komplizierten

Muster aus schlammigen Lastwagenspuren zu den Toren von Korner-Mackelson.

Wie Wächterlöwen standen auf jeder Seite der Einfahrt zwei Zementmischer hinter den Toren, dahinter ein unbemanntes Raupenfahrzeug, dessen schmutzbedeckte Flanken vom Regen gemasert waren. Das Grundstück erstreckte sich etwa hundert Meter nach hinten, bis zu der Ecke des Schulhauses aus rotem Ziegelstein, um dann seitwärts fast fünfhundert Meter entlang der Gärten zu verlaufen.

Er hielt sich am Geländer fest und sah auf die Arbeiter, die zusammengedrängt unter dem Gerüst standen, rauchten, Kaffee aus Thermosflaschen tranken und warteten, bis der schlimmste Regen nachgelassen hatte. Allein hier zu sein, so nahe, wo er die verborgene Spur, die zum Vogelmann führte, vielleicht schon streifte, ließ seinen Puls rasen. Mit den Beweisen, die das Forensische Institut geliefert hatte, wäre es ein leichtes, Einsicht in die Personalakten nehmen zu dürfen, die Marilyn dann eingeben und sehen könnte, was HOLMES ausspuckte. Aber in diesem Moment war Caffery, der hier im Regen stand, näher dran als alle anderen zuvor: fast hautnah.

Wie immer war die Versuchung groß, die Sache selbst in die Hand zu nehmen, sofort zu handeln, nicht zu warten und nach Vorschrift vorzugehen. Aber er war gut ausgebildet. Er stieß sich vom Zaun ab und ging mit durchweichten Socken und am Körper klebendem Hemd zum Jaguar zurück, sperrte die Tür auf, steckte den Schlüssel ins Zündschloß, um dann plötzlich mit einem Ruck die Tür wieder aufzureißen und auf die Straße hinauszuspringen.

Er ging direkt auf einen grünen Polo zu, der hinter dem Jaguar parkte, blieb einen Moment stehen und starrte auf die Windschutzscheibe. Dann richtete er sich auf, drehte sich um, sah auf die anderen in der Nähe geparkten Autos und rannte hinüber, um jedes einzelne genau zu inspizieren: einen Volvo, einen Corsa, einen alten Landrover.

Sie alle hatten hier länger geparkt als der Jaguar, der nur ein paar Minuten hier gestanden hatte. Auf allen hatte der Regen ein kunstvolles Muster eingekerbt. Zementstaub. Er war von der Baustelle herübergeweht, und das Wasser hatte diese Maserung aufgestempelt.

Jack strich mit dem Finger über den Türrand des Polo und betrachtete ihn einen Moment; seine Gedanken rasten. Dann drehte er sich um und starrte wieder die Brazil Street hinunter.

Drinnen war es stickig, die Böden waren klebrig. Ganz so, als hätte er an diesem feuchten frühen Sommertag die Heizung angedreht. Bliss stand mit ausgebreiteten Händen im Flur und verwehrte ihr den Zugang zum hinteren Teil der Wohnung.

»Nein, dort hinein, dort hinein. In die Küche.« Er öffnete die Tür.

»Schon gut. Ich möchte bloß mit Joni reden.« Sie machte einen Versuch, an ihm vorbeizugehen. »Ich bleibe nicht.«

Aber er breitete wieder die Arme aus. »Ja, ja. Nur dort hinein, gehen Sie rein, gehen Sie rein.«

Rebecca seufzte. *Jesus.* Sie schüttelte den Kopf und ging hinein. Die Küche war heiß und roch nach saurer Milch. Kodenswasser lief am Fenster hinab und sammelte sich unter den toten Fliegen auf dem Sims, die darin schwammen. Drei Stühle standen dicht gedrängt um einen kleinen Tisch, darauf schmutziges Geschirr, eine Tasse Tee und Schalen: alles mit einer feinen Staubschicht bedeckt. Weitere Fliegen summten an der Decke.

Bliss nahm einen der Stühle, begann daran herumzufummeln und steckte einen Finger in den zerschlissenen Plastiksitz. »Der taugt nichts, der Sitz ist kaputt. Ich kann Sie doch nicht auf dem kaputten Sitz Platz nehmen lassen.« Er stellte den Stuhl weg und wühlte in einer Küchenschublade herum. »Da haben wir's.« Er drehte sich mit einer Rolle braunem Klebeband in der Hand um, zupfte mit schmutzigen Fingernägeln daran herum und versuchte, den Anfang zu finden. »Ich habe immer Schwierigkeiten mit diesem Zeug.« Er streckte ihr die Rolle entgegen. »Vielleicht könnten Sie – Sie wissen schon. Fingernägel.«

Rebecca seufzte genervt auf. »Geben Sie's mir.« Sie riß ihm die Rolle weg, löste das Ende des Klebebandes ab, zog es ein paar Zentimeter auf und schob es ihm wieder hin. »Also, Joni.«

»Ja, schon gut! Schon gut!« Schnell klebte er das Band über den Sitz, stopfte die Rolle in seine Hosentasche und schob ihr den Stuhl hin. »Ich gehe schon. Ich gehe!« Ergeben hob er die Hände und eilte hinaus. In der Milchglasscheibe der Durchreiche über dem Abwaschbecken sah sie verzerrt seinen Kopf, als er vorbeiging, und überlegte, ihm in den Flur zu folgen und ihm ein bißchen Beine zu machen, als sein komisches dicklippiges Gesicht wieder in der Durchreiche erschien. Seine Hände strichen über die Scheibe, und sie sprang auf.

»Würde es, ähm, würde es Ihnen etwas ausmachen …« Er öffnete die Scheibe einen Spalt, streckte den Kopf hindurch und machte ein Zeichen in Richtung des Tisches. »Würde es Ihnen etwas ausmachen? Ich habe ihr eine Tasse Tee gemacht. Sie steht dort drüben. Ich habe sie vergessen.«

»Ist sie wach?«

»Ja, ja. Aber sie möchte Tee. Den Tee bitte.«

Sie verdrehte die Augen.

Jetzt laß es bloß gut sein, Malcolm, um Himmels willen.

Dann reichte sie ihm die Tasse. Er riß sie ihr aus der Hand. »Danke. Und die Kekse, tut mir leid, nur noch die Kekse, wenn Sie so freundlich wären.« Er strich sich mit der Hand über den Kopf. »Joni ist eine anspruchsvolle kleine Dame.«

»Um Himmels willen, Malcolm.« Rebecca reichte ihm die Keksschachtel. *»Würden Sie sie jetzt bitte aufwecken!«*

»Natürlich, natürlich«, antwortete er höflich, packte ihr Handgelenk und drehte es heftig herum.

48. KAPITEL

In Shrivemoor wurde die Befragung der Nachbarschaft organisiert, der Besprechungsraum duftete nach Kaffee, nach frisch gebügelten Hemden und Rasierwasser. Marilyn und Essex saßen im Büro des Senior Investigation Officers, als Jack mit nassem Haar und zerknittertem Anzug eintraf. Ohne ihre Mienen zu beachten, nahm er ein Adreßbuch von seinem Schreibtisch und schlug die Seite mit Lewisham auf. Er war der Lösung schon ganz nahe, sie lag praktisch auf der Hand. Er mußte nur den Scheinwerfer in die richtige Richtung lenken.

Schnell schrieb er fünf Namen heraus. Alle Straßen im Umkreis von hundert Metern um die Baustelle in der Brazil Street. »Marilyn«, sagte er, erhob sich und hielt den Zettel hoch. »Gib die in HOLMES ein, und sag mir die Treffer.«

Er hielt inne.

Das Fax von St. Dunstan lag seit letztem Abend immer noch auf seinem Schreibtisch, die Deckseite war zerknittert. Alle Namen, die mit B begannen:

Bastin, Beale, Bennet, Berghassian, Bigham, Bliss, Bowman, Boyle.

»Jack?«

Aber Jacks Ausdruck hatte sich verändert. Sein Blick hatte sich an der Adresse unter Malcolm Bliss' Namen festgesaugt.

34A Brazil Street.

Das Gesicht auf dem Bild – die schlechten Zähne. Bliss, der sich über Bauarbeiten beklagte, als er ihn das erste Mal im St. Dunstan getroffen hatte. Mein Gott, wie konnte er das nur übersehen haben!

»Jack. Hören Sie?«

Er sah auf. Maddox, Essex und Marilyn starrten ihn an.

»Hören Sie uns zu?«

»Ja, ich...«

»Ich habe gerade gesagt, daß Sie die Nachbarschaftsbefragung heute leiten können.« Maddox verschränkte die Arme. »Stellen Sie mit Marilyn einen Fragebogen zusammen.«

»Nein.« Jack riß die Seite ab und schob sie in die Tasche. »Ich brauche einen aus dem Team.«

Maddox seufzte. »Also gut. Nehmen Sie, wen Sie wollen.« Er machte mit dem Kopf ein Zeichen auf Essex. »*Ihn* wahrscheinlich.«

Bliss zerrte sie über das Ablaufbrett zur Durchreiche hin, und ihr Hüftknochen krachte gegen das Spülbecken. Eine Teekanne fiel klirrend auf den Boden, und kalter Tee spritzte auf ihre Beine.

»WAS SOLL DAS?«

»Halt's Maul«, zischte er. »Halt's Maul und schrei nicht.«

»MALCOLM!«

Seine großen Hände umklammerten ihren Arm.

»WAS ZUM TEUFEL MACHEN SIE DA?«

»Ich *sagte*, halt's Maul.«

Und dann wickelte sich das Klebeband – *das Klebeband, das verdammte Klebeband, das ich für ihn abgezogen habe* – um ihre Handgelenke. Sie warf sich mit ihrem ganzen Gewicht gegen das Spülbecken und rammte den Arm durch die schmale Öffnung. Suchte nach seinen Händen. Fand sie. Kratzte. Schlug. Aber er wich nicht zurück.

Er ist stark. Der kleine Mistkerl, das sieht man ihm nicht an. Du gehst ihm in die Falle.

Seine roten Augen waren jetzt nahe der ihren, und seine Hände versuchten, ihr ein Stück Klebeband über den Mund zu ziehen. *Nein!* Sie riß den Kopf weg, aber das Band fand unglücklicherweise Halt, und plötzlich war Bliss verschwunden, den Gang hinunter.

O Gott. Heftig drehte sie die Hand. Das Band zog sich zusammen und grub sich tiefer in ihr Gelenk. *Was zum Teufel macht er bloß?*

Eine Tür schlug zu. Die Wohnung wurde still.

Rebecca lag über dem Abwaschbecken, atmete schwer durch die Nase, aber ihre Sinne waren aufs äußerste geschärft. Sie riß sich das Klebeband vom Mund, knüllte es zusammen und warf es ins Abwaschbecken. Sie griff durch die Öffnung und stellte fest, daß er ihre Hand an ein Wasserrohr gefesselt hatte. Sie hob ein Knie auf das Abwaschbecken und schwang sich auf das Ablaufbrett. Geschirr fiel klirrend ins Becken. Das Aluminium gab nach und sprang wieder in die alte Form zurück, als sie auf Knien zur Durchreiche hinüberrutschte.

»Joni!« rief sie den Gang hinunter. *»Joni!«*

Stille –

»Joni!«

Stille.

Rebecca ließ keuchend den Kopf sinken.

Also, komm, beruhige dich und denk nach. Was zum Teufel hat er vor, der kleine Mistkerl? Was zum Teufel denkt er sich bloß dabei.

Mit eisiger Klarheit tauchte der Gedanke in ihr auf, nahm ihr den Atem.

O mein Gott, nein!

Sie erstarrte, während sie in nassen Kleidern, mit aufgerissenen Augen und blutenden Knien auf dem Ablaufbrett hockte, mehrere Sekunden den Atem anhielt und nur ihr Puls pochte.

Mach dich nicht lächerlich, Becky, doch nicht er, doch sicher nicht er.

Und warum nicht er? Joni ist gar nicht hier. Er hat gelogen. Gelogen, um dich in seine Wohnung zu locken.

Aber Malcolm?

Warum denn nicht Malcolm?

Und dann kam der Adrenalinstoß, der weißglühend durch ihren Körper schoß und ihr neue Kraft gab. Sie holte tief Luft.

Wie rasend drehte sie ihre Hand und zerrte an dem Klebeband. Lieber wollte sie sich den Arm abreißen, als hier in der Falle zu sitzen.

Du großes, ausgefuchstes Mädchen, du VERDAMMTE IDIOTIN, du bist geradewegs hier hereinmarschiert.

»Sei still.« Sie hörte ein Flüstern am Ohr. »Halt dein verdammtes Maul, oder ich nehm' das.«

Detective Inspector Basset saß mit ausgestreckten Beinen, den Stuhl ein wenig nach hinten gekippt, an seinem Schreibtisch und hatte die Hände leicht über dem Bauch gefaltet. Er war seit einer Stunde hier, sah aus dem Fenster auf Leute hinaus, die in Royal Hill einkauften, und putzte sich mit einer Heftklammer die Fingernägel. Er dachte über Susan Lister und ihren Mann nach. Der Chief Superintendent hatte ihm heute morgen eine Predigt gehalten, daß er engere Verbindung mit dem AMIP halten müsse.

Das Telefon klingelte auf seinem Schreibtisch.

»Detective Inspector Basset, CID.«

»Bitte. Bitte unternehmen Sie etwas, Detective. Ich halt' das nervlich nicht mehr aus. Es wird gebrüllt und geschrien. Es ist unglaublich.«

Basset ließ den Stuhl zurückkippen. »Hallo? Wer spricht?«

»Violet, Violet Frobisher.«

Rebecca wirbelte herum. Keuchend, mit glühenden Augen und entblößten Zähnen.

Er stand einen guten Schritt von ihr entfernt, gerade außerhalb ihrer Reichweite, und hatte den Finger an die dicken Lippen gelegt. Er öffnete seine Strickjacke und wandte die Augen ab, als er auf seine Lenden hinunterdeutete, als wäre das, was er ihr zeigte, so unanständig, daß er selbst keinen Blick darauf zu werfen wagte. Zögernd senkte sie den Blick. Und dort, in seinem Hosenbund, wie ein Säugling an seinem unbehaarten Bauch ruhend, steckte die dunkelblaue Elektrosäge.

Er streichelte sie zärtlich und seufzte, als wäre sie ein Teil seines Fleisches.

»Ich erinnere mich an deine Klitoris, Pinky. Ich habe deine kleine, rosafarbene Klitoris gesehen.«

Bleib mir vom Leib. Sie wich zurück. Der Wasserhahn bohrte sich in ihr Rückgrat, Wasser tropfte ihren Rücken hinunter.

»Wenn du brav bist und ruhig bleibst, lecke ich dir später deine *Klitoris.*« Durch die Lücken zwischen den Zahnstiften war seine dicke, nasse Zunge zu sehen. Wie ein Kater, der in die Luft schnupperte und ein Weibchen roch. Er hob seine Hand, legte sie an seinen Mund, streckte die Zunge heraus, bis die Zungenwurzel sichtbar wurde, und leckte die Handfläche vom Gelenk bis zu den Fingerspitzen ab. »Hmm. Die kleine Pinky-*Klitoris.* Würde dir das gefallen?« Er lächelte und ließ die Worte im Mund zergehen. »Pinky-Klitoris. *Süße kleine Pinky-Klitoris.*«

»Der Teufel soll dich holen.« Verzweifelt zerrte sie an ihrer Hand. »Der Teufel soll dich holen.«

»Nein!« Bliss knallte die Hand auf das Ablaufbrett. »*Dich soll der Teufel holen!* Miststück!« Er nahm die Säge aus dem Hosenbund und drückte sie ihr ans Gesicht. »Verdammtes Miststück!«

Sie schreckte zurück und wand sich wie wahnsinnig. Das Band auf ihrer Hand dehnte sich und riß. Plötzlich war sie frei, fiel zurück und stürtzte vom Abwaschbecken, während Bliss über ihr stand. Sie hatte noch kaum das Gleichgewicht wiedergefunden, als sie der schwere Griff der Säge hart auf den Nacken traf.

Caffery drosselte den Jaguar auf Schrittempo. Langsam fuhren sie die Brazil Street hinunter.

10, 12, 14.

An den Toren des Schulhauses vorbei. Der Regen hatte nachgelassen, das Raupenfahrzeug war jetzt in Bewegung und fuhr in den Spuren auf und ab.

28, 30, 32, 34.

34.

Das Haus hatte Doppelfenster und war mit Rauhputz versehen; vergilbte Spitzenvorhänge hingen in den oberen Fenstern. Es gab keinen Vorgarten, die Auffahrt war verbreitert worden, und eine häßliche Garage stand auf einer Seite. Leer.

»Ich kenne ihn«, sagte Essex, als Caffery den Wagen vorbeirollen ließ. Ein flaschengrüner Rover parkte auf der Straße, halb verborgen hinter der niedrigen Ziegelmauer, und ein großer, grauhaariger Mann in dunklem Anzug trat heraus, sah in die Garage und rückte seine Krawatte zurecht. Caffery fuhr an den Randstein.

»Was ist los?« Essex steckte das Telefon in die Tasche.

»Hier ist Detective Inspector Basset. CID Greenwich. Bitte kommen.«

Sie eilten die Straße hinunter, zogen ihre Jacketts an und blieben in der nächsten Einfahrt stehen, wo sie von den unteren Fenstern aus nicht zu sehen waren. Basset hatte die Hände in die Taschen gesteckt und sah in die Fenster der Erdgeschoßwohnung. Als er Essex bemerkte, der vom Vorgarten des Nachbargrundstücks herübergestikulierte, wirkte er verwirrt. Dann beunruhigt.

Er eilte zu ihnen hinüber. »Gott im Himmel«, sagte er. »Ich bin hoffentlich niemandem auf die Zehen getreten? Ich hätte mich mit Ihnen absprechen sollen, aber es sah so aus, als würden sie nicht herkommen, und sie hat mich am Telefon in den Wahnsinn getrieben.«

»Beruhigen Sie sich«, flüsterte Caffery, zupfte ihn am Ärmel und zog ihn weiter hinter den Zaun. »Also, was wollen Sie uns sagen?«

»Es geht um Mrs. Frobisher, die, von der ich Ihnen erzählt habe.«

Caffery und Essex tauschten einen Blick aus. »Von der Sie uns erzählt haben?«

»Ja, Sie wissen schon, die mit dem Nachbarn.«

»Ich verstehe bloß Bahnhof«, flüsterte Essex.

»Ich habe Sie angerufen. Erinnern Sie sich? Hab' eine Nachricht bei einem Detective hinterlassen und gesagt, Sie sollten die Sache überprüfen. Dann hab' ich nichts mehr gehört und angenommen…« Er trat unbehaglich von einem Bein aufs andere, sah von Caffery zu Essex und dann wieder zurück. »Regel Nummer eins, was? Keine Annahmen. Ich schätze, Sie wissen nichts über Mrs. Frobisher und ihren Nachbarn. Den Gestank? Die auslaufende Kühltruhe?« Er stellte sich auf die Zehenspitzen und warf einen Blick über den Zaun. »Tote Vögel in den Abfalltonnen und jetzt jemand, der in der Wohnung schreit?«

Caffery schloß die Augen und legte die Hand an den Kopf. »Wir haben einen Verdächtigen in 34A. Das ist das Haus.«

»Frobisher ist 34B. Ihr Nachbar wohnt im Obergeschoß.«

»Und Sie haben unserem Detective Inspector gesagt – *wann?*«

»Ungefähr vor einer Woche. Ungefähr um die Zeit, als die Presse die Harteveld-Geschichte brachte.«

»Mist.« Caffery sah Essex an, der auf seine Füße starrte.

»Diamond«, sagte er.

»Genau der«, seufzte Caffery. »Also gut.« Er richtete sich auf. »Was liegt an? Haben Sie dort drüben mit jemandem gesprochen?«

»Niemand zu Hause.«

»Sie waren drin?«

»Nein, Mrs. Frobisher hat vor etwa zwanzig Minuten völlig aufgewühlt angerufen und gesagt, sie habe Schreie gehört. Die arme alte Schachtel ist außer sich vor Angst. Sie wollte uns eigentlich nicht mehr bemühen, weil sie dachte…«

»Sie dachte, wir kümmern uns um die Sache?«

»Ja.« Basset sah verlegen aus. »Mist, das wird dem Chief Superintendent gefallen.«

»Tut mir leid.«

»Nichts zu machen. Nichts zu machen.« Ein Geräusch drang aus dem Haus. Basset beugte sich über den Zaun und gab ihnen ein Zeichen, ihm zu folgen. Die Haustür hatte sich geöffnet, Mrs. Frobisher, die ein blaues Patchworkkleid und Männerhausschuhe trug, stand auf der Schwelle. Eine Schildpattkatze schlängelte sich um ihre Beine.

»Mrs. Frobisher.« Basset ging mit ausgestreckter Hand auf sie zu. »Schön, Sie zu sehen.« Einen Moment lang sah sie verständnislos auf seine Hand, ergriff sie dann und sah über seine Schulter auf Caffery und Essex. »Tut mir leid, darf ich Ihnen meine Kollegen, die Detectives Caffery und Essex vorstellen?«

Sie nickte den beiden ernst aussehenden Männern zu.

»Ich mache gerade Tee.«

»Großartig.« Essex trat ein.

Die Wohnung war sauber, aber unordentlich, in den Ecken lagen stapelweise Zeitschriften, und außer dem Duft von Tannennadelspray war ein leichter Geruch von Essen wahrnehmbar. Die Männer saßen auf abgewetzten Sesseln in einem Nebenraum der Küche und betrachteten Mrs. Frobishers ausufernde Sammlung von Nippes: Plüschtiere, eine Auswahl von Tankstellentassen und Fotos von Gregory Peck, die aus Magazinen ausgeschnitten und in unechte Silberrahmen gestellt worden waren.

In der Küche führte Mrs. Frobisher Selbstgespräche, während sie blaugeblümte Tassen auf gestreifte Untertassen stellte. Sie nahm einen gehäkelten rosafarbenen Teewärmer hervor und öffnete eine Schachtel Cremetörtchen.

»Es war gestern nachmittag gegen vier, weil ich mir gerade »Judge Judy« angesehen und eine Tasse Tee gemacht hatte.« Sie stellte das Tablett ab. Die Katze saß mit ordentlich zusammengestellten Pfoten unter dem Tisch und hatte zufrieden die Augen geschlossen. »Ich habe Tippy gerufen, sie bekam ein Tellerchen Milch, und dann habe ich draußen Stimmen gehört. Es war vor dem Haus, mit einer jungen Dame.«

»Wie hat sie ausgesehen, die junge Dame?«

»Für mich sehen sie alle gleich aus. Blond. Der Rock reichte nur bis hier. Sie ist ziemlich beschwipst vor dem Haus rumgetorkelt. In der Einfahrt ist ihr schwindlig geworden, und er mußte sie reintragen. Danach hab' ich keinen Mucks mehr gehört. Hab' gar nicht mehr daran gedacht. Bis heute morgen, als ich plötzlich hörte...« Die Teetasse in ihrer Hand zitterte leicht. »Ich hab sie schreien hören. Und zwar so, daß mir das Blut gefror.«

»Haben Sie einen Schlüssel für die untere Wohnung?«

»O nein. Er ist nicht mein Mieter. Aber...«

»Ja?«

»Ich hab' gesehen, daß er ein Fenster offengelassen hat, so eilig hat er's gehabt fortzukommen.«

»Haben Sie eine Ahnung, wohin er gegangen ist?«

»Er hat noch eine andere Wohnung, das weiß ich. Irgendwo auf dem Land, glaube ich. Vielleicht ist er dorthin gefahren. »Sie sagten, ich sollte mir die Marke seines Autos merken.«

»Und haben Sie's getan?«

Sie nickte. »Ein Peugeot. Die Marke kenne ich, weil meine Schwiegertochter ein solches Auto fährt.«

Essex stieg durch das Strebenfenster ein, während Caffery in der Garage wartete und dachte, wie geschützt sie war, wie einfach es wäre, den Wagen ans Tor zu fahren, den Kofferraum zu öffnen und...«

»Jack.« Essex öffnete die Tür. Sein Gesicht war bleich. »Er ist es. Wir haben ihn gefunden.«

49. KAPITEL

Die Räume der Wohnung waren dunkel, die Vorhänge waren dicht vorgezogen, die Luft roch säuerlich. Sie hatten sich von Mrs. Frobisher Tiefkühlbeutel geliehen, um sie über die Schuhe zu ziehen, und bei jedem ihrer Schritte lösten sich Flocken angetrockneter Substanzen von den klebrigen Teppichen.

»Sehen Sie sich das an.« Essex stand in der Tür des Schlafzimmers. »Ist das zu glauben?« Jeder Zentimeter der Wände war mit Fotos beklebt: Polaroids, Schnappschüsse, Zeitungsausschnitte. Viele zeigten Joni, aber andere stammten aus holländischen oder deutschen Pornomagazinen: Eines zeigte ein Kind, das an einem prallen Penis saugte, auf einem anderen machte sich eine Frau über einen Schäferhund her, und auf einem unscharfen Standfoto, das für Caffery nach einem Snuff-Movie aussah, war ein asiatischer Junge mit gespreizten Armen und Beinen an ein Bett gefesselt; er hatte Blut auf den Schenkeln.

Aus einem Einbauschrank war der schwache Schlag von Flügeln zu hören. Essex öffnete ihn, und die beiden Männer starrten sprachlos auf den Käfig. Auf der Stange saß ein einsamer Zebrafink mit nassen und verklebten Federn. Er blinzelte sie tonlos an. Auf dem Boden im Streusand lagen zusammengedrängt vier Vogelleichen, die mit Maden übersät waren.

Sie gingen durch die Räume. Essex warf einen Blick ins Wohnzimmer und sah, was an die Wände geklebt war. Mit bleichem Gesicht drehte er sich zu Jack um.

»Krank«, murmelte er. »Dieser Mann ist krank.«

Es waren Polaroidfotos von den toten Opfern.

Craw, Wilcox, Hatch, Spacek, Jackson. Vergewaltigt und verstümmelt. Eines zeigte Shellene Craw, die wie eine Schaufensterpuppe, in stehender Position, zwischen Fernseher und Wand eingekeilt war, ihre Augen waren geöffnet und ihre Arme steif zur Seite gestreckt.

»Die Perücke«, flüsterte Caffery und deutete auf das Polaroid.

Essex trat hinter ihn und pfiff durch die Zähne. »Sie hatten recht, Jack. Sie hatten absolut recht.«

Am anderen Ende der Wand standen sie vor einem Polaroid von Susan Lister, die nackt, blutüberströmt, gefesselt und geknebelt war, ihre Augen waren schwarz und verschwollen.

»O verdammter Mist.«

Verschwomme Spuren verliefen über das Gesicht auf dem Foto. In der unteren Ecke war ein weißer Klumpen zu sehen. Caffery verstand. Bliss hatte sich fotografiert, als er über Susan Listers zerstörtem Gesicht ejakulierte.

In der Küche fanden sie frisches Blut auf dem Ablaufbrett. Auf dem Boden zerschlagene Teller. Sie inspizierten die Kühltruhe und die verschiedenen chirurgischen Instrumente in einer der Schubladen. Im zweiten Schlafzimmer legte Caffery die Hand auf Essex' Arm. »Sehen Sie.«

Oberhalb des Bettes waren feine Blutspritzer über die Wand verteilt, die wie ein verziertes Kopfteil wirkten. Die Laken waren blutverschmiert, und in der Mitte der Matratze war ein gelbliches Handtuch um zwei gallertartige Gebilde gewunden. »Was ist das?« fragte Essex und näherte sich vorsichtig. »Die sehen aus wie ...«

»Ich weiß, was das ist.« Caffery stand da und sah auf die beiden Implantate; der kleine Pfropfen auf der Unterseite des einen war mit geronnenem Blut und Fett verklebt.

»Joni. Er hat sie ihr herausgeschnitten.«

Das Land war wieder trocken, als der blaue Peugeot in Wildacre Cottage ankam. Der Bungalow lag am Ende einer Durchfahrt, die ein Kornfeld mit langen, weichen und flachliegenden Halmen durchschnitt, die an das nasse Haar eines blonden Mädchens erinnerten. Er war abgelegen, hier lief Bliss nicht Gefahr, beobachtet zu werden, als er die Frauen, mit Kissenüberzügen über dem Kopf, in den dunklen Bungalow zerrte und sie im Flur gegen die Milchglasscheibe neben der Tür lehnte.

Als »Die Klitoris« zu schreien begonnen hatte, waren Bliss die Nerven durchgegangen. Er wußte, daß er die Fahrt riskieren mußte. Sie einzuladen war relativ leicht gewesen: eine in den Zwischenraum hinter dem Rücksitz, die andere in den Kofferraum, unter Anoraks und einem alten Schlafsack verborgen. Obwohl er aufgeregt die Straße hinaufsah und jeden Moment die Polizei erwartete, waren an diesem regnerischen Mittag unter der Woche natürlich kaum Leute daran interessiert gewesen, anzuhalten und zuzusehen, wie ein unauffällig aussehender Mann seinen Wagen belud.

Der Schutz der Garage war hilfreich gewesen. Sowohl das als auch die Tatsache, daß er beide Frauen mit dem Griff der Elektrosäge bewußtlos geschlagen hatte.

Er ging zum Wagen zurück, nahm vier Einkaufstüten aus dem Kofferraum, trug sie ins Haus, und die Fliegentür fiel klappernd hinter ihm zu. Murmelnd redete er mit den Frauen, während er die Tüten auspackte, Schalen mit Schokoriegeln und Weingummis füllte, Papierschlangen an die Fenster hängte und pastellfarbene Luftballons aufblies. Er sagte ihnen, daß er Geburtstag habe, und erklärte ihnen seine Pläne für den kommenden Tag. Keine der beiden konnte ihn hören, aber dennoch quasselte er weiter, kratzte sich das Gesicht und hörte mit seinem Gefasel nicht auf.

Als Essex aus der Wohnung trat, hatte es aufgehört zu regnen. Er ging in den Garten, wo sich die Kräne der Baustelle gegen den aufklarenden Himmel abzeichneten, und dort fand er Jack, der in der Mitte des Rasens auf etwas starrte, das im hohen Gras lag.

»Jack?«

Er gab keine Antwort.

»Jack? Was ist?«

Caffery sah ihn mit leerem Blick an. Schweigend deutete er auf etwas auf dem Boden.

»Was ist das?« Essex kam näher. Zu Jacks Füßen lag ein Fahrrad im Gras. Es war grau und weiß gestrichen. Es lag auf der Seite, als wäre es dort hinausgeworfen worden. »Ein Fahrrad?«

»Es gehört Rebecca«, sagte Caffery leise.

Auf dem Rückweg zum Auto rief er in ihrer Wohnung an. Der Anrufbeantworter schaltete sich ein. Er hinterließ eine Nachricht und rief in Shrivemoor an.

Marylin nahm ab. »Jack, gut. Ich hatte gerade Jane Amedure am Apparat. Das Haar, es stimmt überein. Die möchte, daß Sie…«

»Marylin, hören Sie mir zu. Sagen Sie Steve, wir haben etwas gefunden. Ich brauche die Territorial Support Group. Und ein forensisches Team: Fiona Quinn, Logan. Wir sind in der Brazil Street, Lewisham.«

»In Ordnung, in Ordnung, bleiben Sie dran.« Er hörte, wie sie murmelnd mit jemandem sprach. Dann kam Maddox an den Apparat.

»Jack? Wo sind Sie?«

»In Lewisham. Brazil Street.«

»Welche Nummer in der Brazil Street?«

»34A.«

Maddox schwieg einen Moment. Im Hintergrund schrie jemand aufgeregt. Maddox räusperte sich. »Jack, wir haben einen Treffer gelandet bei dieser Adresse. Sie ist uns bereits untergekommen. Auf Hartevelds Telefonrechnung. Er hat an dem Morgen, nachdem Craw verschwunden war, zweimal jemanden in der Brazil Street 34A angerufen, und zweimal in der Woche, in der er sich umgebracht hat. Logan und Betts sind jetzt auf dem Weg zu Ihnen.«

»Er ist es, Steve!«

»Was haben Sie gefunden?«

»Fotos, Chirurgenkittel, Skalpelle. Sein Name ist Malcolm Bliss. Er hat Angst gekriegt und ist abgehauen. In einem blauen Peugeot. Er hat jemanden bei sich.«

»O Gott.« Maddox klang erschöpft.

»Ich glaube, er fährt irgendwohin aufs Land. In etwa zehn Minuten habe ich eine Adresse. Ich möchte, daß uns die Territorial Support Group begleitet.«

»In Ordnung. Marylin setzt sich mit den Einsatzzentralen in Verbindung, also eine Lagebesprechung in Greenwich in, sagen wir, dreißig Minuten?«

»Sagen wir, in zwanzig.«

50. KAPITEL

Caffery und Essex waren überrascht, im Büro von St. Dunstan Lola Velinor anzutreffen; ihr hübsches schwarzes Haar war zu einem Knoten geschlungen, und über einem marineblauen Leinenkostüm trug sie eine schlichte Perlenkette. Jetzt verstanden sie, daß Peaces Leiche nicht zufällig in Lolas Vorgarten gefunden worden war.

»Ich wußte nicht, daß Sie in der Personalabteilung arbeiten.«

»Sie haben mich nicht gefragt.«

»Wer ist hier der Chef?«

»Ich.«

»Und Bliss?«

»Malcolm? Malcolm ist mein Assistent. Er hat Urlaub.«

»Er kannte Harteveld.«

Sie reckte den Kopf und runzelte die Stirn. »Ja. Das habe ich gesagt, als Sie mich befragt haben. Na und?«

Essex setzte sich an ihren Schreibtisch, beugte sich vor und redete mit vertraulich zur Seite geneigtem Kopf und in sanftem Ton auf sie ein. Aber Caffery war ungeduldig.

»Erzählen Sie ihr keine verdammten Lebensgeschichten, Paul. Wir brauchen die Adresse!«

Lola Velinor sah zu ihm auf, wandte ihr markantes byzantinisches Gesicht nach oben und kniff ihre großen Augen zusammen. »Ich muß Ihnen gar nichts geben, Detective.«

»Da sind Sie im Unrecht: Paragraph 17, Artikel 19, ich kann die Unterlagen sofort beschlagnahmen, wenn ich will.«

»Schon gut, schon gut.« Essex hob die Hand. »Jack, wir wollen die Sache ruhig angehen.«

Lola Velinor schloß ihre Lippen und neigte anmutig den Kopf zur Seite. Schweigend erhob sie sich und führte sie in den dunklen Raum hinter dem Büro, wo Wendy, die ins Personalbüro zurückversetzt worden war, zwischen riesigen Aktenschränken saß und still wie eine Maus Tee trank.

»Detective Caffery!« Wendy stand auf. »Ich mache Ihnen eine schöne Tasse...«

»Wendy.« Lola Velinors lange Kieferknochen arbeiteten kaum merklich unter ihrer Haut. »Geben Sie Detective Caffery alle Unterlagen über Malcolm.«

»Malcolm?«

»Ganz recht.«

»Oh.« Sie drehte sich zu dem Aktenschrank, der neben ihr stand, und zog eine Schublade auf. Sie kniff ihr kleines fuchsartiges Gesicht zusammen und wurde vom Halsansatz aus rot. »Hier.« Sie öffnet die Akte. »Brazil Street 34A, das ist in Lewisham. Und dann gibt es noch das frühere Haus seiner Mutter, sie ist letztes Jahr gestorben und hat ihm ein Cottage in Kent hinterlassen; Wildacre Cottage. Hier ist die Adresse und die Telefonnummer, falls Sie sie bauchen.«

Essex schrieb die Einzelheiten auf, und Wendy sah ihn durch ihre Brillengläser verständnislos an.

»Er hat immer unter dem Schreibtisch seinen Reißverschluß geöffnet«, platzte sie heraus und setzte sich unvermittelt nieder. »Wenn Sie wissen, was ich meine, und er hat sich gerieben, wenn er mit Frauen sprach. Sie konnten es von der anderen Schreibtischseite aus nicht sehen. Aber ich schon.« Sie zog ihr Taschentuch aus dem Ärmel und preßte es einen Moment lang an ihre Lippen. Ihre Hand zitterte. »Ist er deswegen in Schwierigkeiten?«

»Wegen so was in der Art«, sagte Essex. »Wegen so was in der Art.«

Der Schlag mit der Elektrosäge hatte ein kleines Hämatom auf Rebeccas Hinterkopf hinterlassen, was sie zuweilen benommen machte und ihr manchmal Schmerzen verursachte, wenn sie das Kinn nach unten beugte. Aber ihr Denkvermögen war unbeschadet, und im selben Moment, in dem sie zu sich kam, wußte sie genau, was los war.

Am Anfang lag sie ganz still da und stellte sich in allen Einzelheiten vor, was Bliss getan hatte. Er hatte ihr die Shorts und die Unterwäsche ausgezogen und ihr dann, von den Zehen bis zur Mitte der Schenkel, die Beine mit irgendeinem Klebeband zusammengebunden. Das T-Shirt hatte er ihr angelassen und sie mit an den Bauch gepreßten Händen auf die Seite auf den Boden gelegt. Als sie sie zu bewegen versuchte, stellte sie fest, daß auch ihre Finger umwickelt waren, jeder einzelne, um ihn von den anderen abzutrennen.

Und Bliss war hier. Etwa fünf Meter von ihrem Gesicht entfernt. Leicht rechts von ihr. Sie konnte ihn hören und riechen. Er führte leise Selbstgespräche, murmelte vor sich hin, im Singsang, lächerlich.

Wahnsinnig. Er ist wahnsinnig, Becky. Und du wirst sterben.

Eine Folge von Verwünschungen, immer im gleichen Rhythmus, um sich zu beruhigen, sich zu überzeugen, eine einseitige Konversation; Bliss gehorchte seiner eigenen perversen Logik.

Sie strengte sich an, versuchte, sein zusammenhangloses Gefasel zu verstehen, versuchte, die verschiedenen Klangarten zu erfassen, um die Größe und das Klima des Raums zu erspüren. Sie befanden sich nicht mehr in der Wohnung. Das sagte ihr die andersartige Luft, die andere Akustik. Es war still hier. Nur Vogelgesang draußen. Keine Züge, keine Autos, kein Innenstadtlärm. Hier war es so friedlich wie in einem Schlafzimmer ihrer Kinderzeit. Also in einem Vorort? Oder auf dem Land? Vielleicht Meilen von anderen Häusern entfernt, und niemand wußte, wo sie war.

Das Gefasel hörte auf. Rebecca hielt den Atem an und lauschte angestrengt. Erst als sie ganz sicher war, daß Bliss das Zimmer verlassen hatte, öffnete sie die Augen und atmete endlich aus.

Der Raum war dämmerig und hatte etwa die Größe, die sie vermutet hatte. Sonnenlicht strich über die Muster der geschlossenen Vorhänge, die mit Pfingstrosen, Vögeln und Pfauenfedern bedruckt waren. Hinter Schwingtüren befand sich eine abgedunkelte Küche. Im Vordergrund, weniger als zwei Meter von dem Ort entfernt, an dem sie lag, standen sechs blaßrosafarbene Lloyd-Loom-Stühle um einen Tisch aus Bambus und Glas, auf dem sich ein Pappteller, eine Flasche Cherry Brandy, Partyhüte und ein halbaufgegessener Geburtstagskuchen befanden. Und wie eine Versammlung faszinierter Zuschauer hingen, knisternd und zitternd, eine Menge Luftballons an der Decke. Knallrosa, lavendelblau und sonnengelb, sie drängten sich aneinander, machten sich gegenseitig den Platz an der Decke streitig, die Schnüre hoben sich träge in der kühlen Luft, und Joni, oder was von Joni noch übrig war, lehnte in einem der Korbstühle. Das starke Klebeband, mit dem sie umwickelt war, hielt sie aufrecht, aber sie war tot.

Tot? Sie muß tot sein, wenn sie so aussieht, muß sie ..., dachte Rebecca. Dann flüsterte sie: »Joni?«

Schweigen. Joni hatte ihr das Profil zugewandt, sie war nackt und mit Wunden übersät, und der Kopf sank ihr auf die Brust. Auf den Tisch waren ein Stück Geburtstagskuchen und ein Champagnerglas gestellt worden. Eine kleine Papierserviette war über ihren Schoß gebreitet, und ihr Haar war zu einem Pony geschnitten worden. Darunter, wo sich normalerweise die Höhlungen und Wölbungen von Auge, Wange und Stirn befanden, war eine zarte, gesprenkelte Blutblase.

»Joni?« Rebecca erhob sich unter Schmerzen ein paar Zentimeter. *»Joni?»*

Joni rollte den Kopf zur Seite. Einen Moment lang schien sie Rebecca nicht zu erkennen, dann zuckte ihre Zunge.

»Bitte...« Ihre Stimme war hauchfein, weniger als ein Flüstern. Eine Träne erschien in ihrem gesunden Auge. *»Bitte, schau nicht zu.«*

»Ist schon gut.« Rebecca leckte sich die Lippen, stützte sich auf den Ellbogen und wand sich unter den Schmerzen in Kopf und Hals. »Ist schon gut.«

Sie versuchte, das Ende des Klebebandes zu erwischen, um ihre Beine zu befreien, aber Bliss war so schlau gewesen, ihr die Handschuhe aus Klebeband anzulegen, denn als sie mit den Zähnen daran zog, spannten sie nur um so fester um ihre Glieder. Keuchend ließ sie die Hände sinken.

Es muß doch etwas geben, na komm, Becky, es gibt eine Möglichkeit, hier rauszukommen; alles Nötige ist da, genau hier. Denk nach.

Sie prägte sich jeden Gegenstand ein, der von Nutzen sein konnte. Neben einem Gasfeuer stand ein versilbertes Gestell mit Feuerzangen, Schürhaken und einer kleinen Schaufel, auf der Resopalplatte in der Küche, an das Fenster mit den geschlossenen Vorhängen gerückt, ein schöner hölzener Messerblock. Und auf dem Tisch? Sie konnte es aus diesem Winkel nicht genau erkennen. *Aber Messer, es muß doch Messer geben, wenigstens Gabeln. Ich könnte in zwanzig Sekunden am Tisch und wieder zurück sein. Ich würde ihn hören, wenn er zurückkommt.*

Sie holte tief Luft, rollte auf den Bauch und kniff vor Schmerz und Ekel das Gesicht zusammen. Sie warf sich auf den Boden und schob sich vorsichtig mit dem Unterleib voran. Plötzlich sah sie sich: die Augen geschwollen, halb nackt, erschöpft und blutend, wie sie sich über den Boden schleppte, wie ein Hund, den ein Auto angefahren hatte. Sie preßte die Zähne aufeinander, wollte das Bild verscheuchen. Der Tisch war nur einen Meter entfernt, sie hatte ihn fast erreicht. Sie zog die Beine an und …

Irgendwo wurde eine Toilette gespült. Eine Tür geschlossen.

Rebecca erstarrte, ihr Herz raste, ihre Augen waren aufgerissen.

Wendy Dellaney hielt sich für eine loyale Person. Sie war stolz auf den Ruf des St. Dunstan. Stolz dazuzugehören. Und *wü-*

tend, einfach *wütend*, daß Malcolm Bliss weiter Schande auf das Haus geladen hatte. Sie saß an ihrem Schreibtisch, starrte zitternd auf Malcolms Akte, trank Tee und atmete tief. »Ich hätte größte Lust...« Sie nahm den Hörer ab.

»Wendy?« Lola Velinors Kopf tauchte plötzlich auf. »Was machen Sie da?«

»Ich werde ihm in aller Offenheit sagen, was ich von ihm halte. Er ist ein schmutziger, ein schmutziger, *ekelhafter* kleiner Mann.«

»Nein, nein, nein.« Lola stand auf und nahm ihr sanft den Hörer aus der Hand. »Mischen Sie sich nicht ein. Sie wissen nicht, wie ernst es ist, überlassen Sie die Sache der Polizei.«

Wendy zog sich mit verängstigten, verschreckten Augen in die Ecke zurück und versuchte, sich möglichst unsichtbar zu machen. Zehn Minuten später, als Miss Velinor ging, um den Krankenhausleiter zu treffen und ihn über den Polizeibesuch zu informieren, war der Vorfall vergessen. Wendy wartete bis sich die Tür geschlossen hatte, dann griff sie zum Hörer.

51. KAPITEL

Bliss stand über ihr. Er sah sie seltsam an, als wäre sie eine kleine Schnecke, die er über seinen Wohnzimmerboden hatte kriechen sehen.

»Wieder bei Bewußtsein?« sagte er leichthin.

»Sie stirbt.« Rebecca versuchte, die Beine hochzubiegen, um die Hebelwirkung zu nutzen, aber das Band grub sich in ihr Fleisch und unterbrach die Blutzufuhr. Sie gab auf und fiel keuchend zurück. »Wenn Sie nicht aufhören, bringen Sie sie um.«

»Ja.« Bliss zupfte sich nachdenklich an der Innenseite seines Nasenflügels. »Ja.« Er legte die Hände auf die Knie und beugte sich vor, um Joni, deren Kopf schlaff auf der Brust hing, genauer anzusehen. Dann nickte er und richtete sich auf.

»Ja«, sagte er und wischte sich die Hände an den fetten Schenkeln ab. »Du hast recht. Jetzt zu dir. Möchtest du's noch mal?«

Zitternd vor Schmerz hob sie die Hand hoch. »Rühren Sie mich nicht an.«

»Zu spät. Das habe ich schon.«

»Sie lügen.«

»Nein«, sagte er freundlich. »Nachdem ich dich durch meine ganze Küche *geprügelt* habe, habe ich gebumst, was übrig war. Du bist bewußtslos gewesen.«

»Das ist nicht wahr.«

»Siehst du.« Er drückte die Spitze seines nassen und prallen Schwanzes zwischen den Fingern und lächelte. »Siehst du? Ich bin bereit. Ich schneide das Band auf, und dann kannst du die Beine für mich breit machen.«

»Sie wissen, daß ich bei Ihnen bin. Ich habe sie angerufen, bevor ich in Ihre Wohnung gekommen bin, ihnen gesagt, wohin ich gehe. Sie sind schon auf dem Weg.«

»Halt's Maul.«

»Das stimmt.« Ihre Stimme zitterte, aber sie hielt den Kopf hoch. »Zuerst werden sie anrufen, und dann werden sie zu Ihrer Wohnung fahren.«

»Ich hab' gesagt, halt's Maul.« Er strich sich mit der Zunge über den Mund. »Jetzt leg dich ruhig hin und ...«

Plötzlich klingelte unheimlicherweise das Telefon im Flur. Bliss zuckte zusammen, sein Blick richtete sich zögernd auf die Tür, und Rebecca wußte, das sie ihn hatte.

Er glaubte ihr.

»Das sind sie«, flüsterte sie und setzte alle Hoffnung auf diesen unerwarteten Glücksfall. »Das ist die Polizei.«

»Halt's Maul.«

»Gehen Sie nur. Nehmem Sie ab, und hören Sie selbst.« Sie deutete mit der Hand auf die Tür. »Das sind sie. Sie wollen mit Ihnen reden. Sie werden Ihnen vorgaukeln, Sie seien in Sicherheit, aber egal, was auch passieren wird, sie werden Sie kriegen, Malcolm!«

Sie hätte es wissen müssen, Bliss war derjenige mit dem Herzen eines Raubtieres, nicht sie.

»HALT'S MAUL, FOTZE.« Ein Fußtritt traf sie in den Magen. Sie rollte zur Seite, keuchte und versuchte, sich nicht zu erbrechen. Die Luftballons an der Decke bewegten sich, wispernd und hüpfend, als wünschten sie sich eine bessere Sicht auf ihre Qual. Jetzt konnte sie Bliss in der Küche hören, der in Schubladen herumwühlte; in den Schubladen, zu denen sie hatte gelangen wollen, diejenigen mit *Messern und Scheren.* Sie wandte den Blick zur Küche und hatte gerade genügend Zeit, um einen einzelnen, an der Decke hängenden Metzgerhaken aufblitzen zu sehen, bevor Bliss mit einer elektrischen Säge und einer Rolle Klarsichtfolie herauskam. Er schob ihr das Skalpell über die Innenseite ihrer Schenkel hinauf und schnitt das Klebeband auf.

»JETZT MACH DEINE VERDAMMTEN BEINE BREIT, FOTZE.«

Gegen ihren Willen begann Rebecca zu wimmern.

52. KAPITEL

Wildacre Cottage war überhaupt kein Cottage, sondern ein häßlicher Bungalow aus Betonfertigteilen mit rotem Ziegeldach und einem Generator auf der Rückseite. Es lag oberhalb der Themsemündung am Rand eines Fichtenwaldes in den gelben Rapsfeldern östlich von Dartford. Hier draußen war die Luft salzig, Reihen von Eibenbäumen, die im Seewind gesprossen und hochgewachsen waren, säumten die Felder, ihre Äste bogen sich wie Haarnadeln dem Inland zu. Zwei Meilen nördlich, auf der anderen Seite der blauen Mündung, ging der stille Horizont in die sandfarbene Erde von Southend über.

Caffery hielt den Jaguar auf einem versteckt gelegenen Feldweg an. Er, Essex und Maddox wandten sich auf den knirschenden Ledersitzen um und beobachteten, wie die drei gepanzerten Fahrzeuge der Territorial Support Group, gefolgt von einem Feuerwehr- und einem Notarztwagen, einbogen.

Plötzlich sah Essex auf der Windschutzscheibe eines Wagens hinter ihnen Sonnenlicht aufblitzen.

»Was zum…«

Der Sierra des F-Teams hielt direkt vor dem Jaguar an. Diamond stieg aus, ließ die Schnallen seiner Jacke aufschnappen und zog Zigaretten aus der Tasche.

»Hey.« Maddox öffnete die Tür. »Was machen Sie denn hier? Ich sagte Ihnen doch, Sie sollten im Hauptquartier bleiben.«

»Bin ich im Weg?«

Caffery sprang aus dem Wagen und schlug mit der Faust auf die Kühlerhaube des Dienstwagens. »Er hat Sie was gefragt. Er hat Sie gefragt, was *zum Teufel* Sie hier eigentlich wollen?«

»Detective Inspector Jack Caffery.« Diamond strich über seine Krawatte und glättete die Falten seines Hemds, als er breit lächelnd um den Wagen herumging. »Sind Sie etwa, na, was wohl? Gestreßt? Irgendeine persönliche Anteilnahme an dem Fall?«

»Vor mehr als einer Woche hat eine Dienststelle einen Tip bezüglich Bliss durchgegeben, und Sie, Detective Inspector Mel Diamond, haben ihn einfach nicht beachtet.«

»Ach, kommen Sie«, unterbrach ihn Diamond. »Ich glaube, Ihre Phantasie geht ein wenig mit Ihnen durch, nicht wahr?«

»Wir reden nicht von Phantasie. Sondern von Fakten. Jetzt fahren Sie Ihren Dienstwagen ans Ende der Straße und parken dort auf der Seite.«

»Ha?«

»Halten Sie jeglichen Verkehr auf.«

»Moment mal, Moment...«

»Sie sind Ihren Job los, wenn Sie nicht tun, was ich sage.«

»Jetzt warten Sie mal, ich bin schließlich kein verdammter Streifenbulle, wissen Sie. Und Sie sind nicht mein Vorgesetzter, Sie eingebildetes Arschloch.« Er sah Maddox an. »Also? Unternehmen Sie was dagegen?«

»Sie haben ihn gehört.« Maddox zog sein Jackett an und wandte sich ab. »Nehmen Sie den Wagen, und verschwinden Sie aus meinem Blickfeld.«

Die Luftunterstützungseinheit traf mit ihrem schwarz-gelben zweimotorigen Hubschrauber ein, er kreiste über dem Bungalow, legte das Gras flach und verbreitete den heißen Dunst von Kerosin. Nachdem er gelandet war, konnte Detective Inspector Diamond, der am Anfang des Wegs unter einer alten Eiche stand, wieder das Summen der Insekten und das Knistern des sich abkühlenden Motors seines Dienstwagens hören. Er suchte in seiner Tasche nach Zigaretten, als ihm etwas ins Auge fiel.

Ein kleiner Mann, der eine fleckige Weste und schmutzige

Hosen trug und von dessen Hand eine Einkaufstüte baumelte, war wie durch Zauberei plötzlich auf dem Weg aufgetaucht.

»Guten Tag.« Er steckte nervös die Hände in die Taschen und lächelte kurz, wobei er kleine, gelbverfärbte Zähne entblößte.

»Tag.«

»Das ist ja ein ziemliches Polizeiaufgebot, wie ich sehe. Irgendwas, worüber man sich Sorgen machen müßte?«

Diamond zuckte die Achseln. »Irgendein Perverser hat sich dort unten verschanzt.«

»Ein Perverser? Wie schrecklich. Wa–, was werden sie mit ihm machen?«

Diamond wandte sich ab, um seine Zigarette anzuzünden. Er richtete sich auf und stieß in einem schnellen, dünnen Strom den Rauch aus. »O sie…« Er zupfte sich einen Tabakkrümel von der Lippe. »Sie werden ihn festnageln. Ihn am Arsch aufhängen. Wird nicht lang dauern.«

»Wirklich?«

»Ja, wirklich.«

Bliss trottete davon, kratzte sich die Stirn und murmelte vor sich hin. Er folgte der Biegung des Weges, stieg die mit Gras bewachsene Böschung hinauf und klopfte sich den Schmutz und die Nesseln von den Füßen. Schweiß sammelt sich in seinen Körperfalten, der eher vom Ärger als von der Anstrengung herrührte.

Als das Telefon im Flur zu läuten begann – er hatte vergessen, daß es überhaupt existierte – wußte er sofort, daß das Miststück nicht log. Schnell und geschickt erledigte er, was er zu erledigen hatte. Das Klingeln hörte auf, aber er verlor keine Zeit mehr: Er zog sich an und verließ leise den Bungalow, bevor die Polizei eintraf. Seine Ohren dröhnten, sein Kopf schmerzte, aber er eilte durch den nassen Wald voran, um sich so weit wie möglich vom Bungalow zu entfernen, bevor er ein feuchtes, grasbewachsenes Versteck gefunden hatte, in das er sich verkriechen konnte. Der Regen hatte nachgelassen, und die salzige Luft brannte in seiner Nase. Er legte sich auf den Boden und horchte, wie die Polizei sich sammelte.

Jetzt, nur etwa hundert Meter vom Sierra entfernt, zögerte er, sah zum Himmel hinauf und schnaubte verächtlich. Hier oben auf der Böschung, hinter einer Reihe dichter Weißdornbüsche, war er vom Weg aus nicht zu sehen, wie er feststellte. Er brauchte bloß einfach weiterzugehen und auf der Hauptstraße einen Bus zu nehmen. Aber er wußte, daß es aus für ihn war. Jonis Tod hatte in seinem Inneren etwas zum Überlaufen gebracht. Aber wenn es schon aus mit ihm sein sollte, dann wollte er einen blutigen Stempel auf diesem Planeten hinterlassen. Er wollte *den Kampf aufnehmen.*

Er dachte an das stumme Fleischgebilde, das er im Bungalow zurückgelassen hatte. Er schloß die Augen und lächelte. Ja. Das war ein guter Anfang.

Versonnen summend kratzte er sich am Hals, drehte sich um und ging den Weg hinauf, bis er zu seiner Linken das Dach des grauen Sierra sah. Die Sonne war verschwunden, und ein paar Regentropfen fielen, als er auf der Höhe des Wagens ankam. Er ging langsamer und blieb hinter einer hohen, mit Efeu bewachsenen Eiche stehen. Ihm war etwas Interessantes eingefallen. Gedankenverloren kaute er auf der Innenseite seiner Lippen, griff in die Einkaufstasche und strich mit den Spitzen seiner stummeligen, rosafarbenen Finger über das Sägeblatt. Unter ihm, ganz dicht bei dem Sierra, stieg der dünne Rauchfaden einer Zigarette auf.

In seinem schwarzen Pullover und der kugelsicheren Weste wirkte Sergeant O'Shea von der Territorial Support Group, der TSG, auf diesem hübschen Feldweg genauso fehl am Platz wie ein Raubtier aus dem Dschungel. Mit ernsten Gesichtern, die Hüften vorgeschoben, die Arme verschränkt und die Hände unter die Achseln gesteckt, stand seine Truppe da und beobachtete, wie er vor ihnen auf und ab ging.

»Hiesige Polizeikräfte sind einmal am Objekt vorbeigefahren, und da um dreizehn Uhr ein blauer Peugeot in der Einfahrt stand, haben wir zehn Minute lang versucht, telefonisch Kontakt aufzunehmen, aber niemand hat abgenommen, daher ist auch unser psychiatrischer Berater folgender Meinung: Obwohl wir es nicht soweit kommen lassen wollten, müssen wir die Sache gewaltsam beenden. Wir wissen nicht, über welche Art von Waffen der Verdächtige verfügt; wir haben keinen Hinweis auf Feuerwaffen – vermutlich handelt es sich eher um irgendwelche Arten von Klingen, also seien Sie auf der Hut. Achten Sie auf Ihre Hände und Ihren Hals. Sie sind gefährdet. Lassen Sie den Sichtschutz nach unten geklappt, und halten Sie sich bei der Entwaffnung des Verdächtigen an die Vorschriften, die bei der Festnahme gelten. Sturmkommando, wie ich die Lage einschätze, rücken wir in Gruppen nach und nach vor.«

Caffery stand ein paar Schritte weiter oben auf dem Weg, rauchte und spähte durch die Hecke auf den Bungalow hinunter. Keine Autos fuhren vorbei, nur der Hubschrauber dröhnte über ihm. Von Zeit zu Zeit war er sicher, ein Telefon klingeln zu hören.

»Sehen Sie, Jack.« Essex deutete in die Ferne. Schwarze Wolken zogen sich über der Flußmündung zusammen, als wollten sie die Einfahrt blockieren. »Wenn das kein Vorzeichen ist.«

»Er hatte genügend Zeit, es zu tun, Paul. Sie könnte bereits....«

Essex sah in Cafferys Gesicht und biß sich auf die Lippen. »Ja. Sie müssen darauf gefaßt sein.«

»Funkkontakt wie üblich.« O'Shea spannte seine tätowierten Hände an. »Die Außenteams halten ständig Funkkontakt. Wenn die Sache schiefgeht, seid ihr dran. Ihr wißt, was ihr zu tun habt.«

Diamond hatte dem kleinen Mann eine Weile nachgesehen, bis er den Weg hinunter verschwunden war. Dann gähnte er, kratzte sich an der Nase, rauchte seine Zigarette zu Ende und warf sie auf den Teerbelag. Es hatte zu regnen begonnen. Er suchte in seiner Tasche nach den Autoschlüsseln; es hatte keinen Sinn, hier draußen naß zu werden, das wollte er den Helden überlassen. Seine Hand lag auf der Wagentür, als Bliss, inzwischen schwitzend, ihn wie ein nasses Schlingengewächs von hinten anfiel.

»Hallo«, flüsterte er.

Diamond ließ die Schlüssel fallen und sackte zitternd, mit vor Schmerz geweiteten Augen auf den Sierra zurück: Bliss hielt ihn an seinen Gentialien fest. Hopsend ging er neben ihm her, die gelben Augen nur Zentimeter von Diamonds Gesicht entfernt. »Langsam, langsam, Sie werden sich weh tun.«

»Ich bin Polizist. Die Polizei.« Er kämpfte mit Bliss' Hand, versuchte sich zu befreien, aber die Säge sprang schnurrend an und fuhr einmal gelassen über seine Knöchel; der Schnitt war nicht tief, reichte aber aus, um eine Blutfontäne aufspritzen zu lassen. Diamond schrie und riß die Arme weg. »Schneiden Sie mich nicht, schneiden Sie mich nicht. Ich bin die Polizei.«

»Versprechen Sie, die Hände still zu halten? Sie über dem Kopf zu halten?«

»Ja, ja, ja.« Keuchend hob er die Arme und lehnte sich gegen den Baum. »Ja.«

»Sagen Sie's. Sagen Sie, ich verspreche es.«

»Mein Gott. Ja, ich verspreche es.«

»Auf Ehre und Gewissen.«

»Auf Ehre und Gewiss...« Diamond begann zu zittern. »Was haben Sie mit mir vor?«

»Seien Sie still.« Bliss funkelte ihn wütend and. »Seien Sie einfach still.« Speichel sammelte sich in seinen Mundwinkeln. Er konnte ihn nicht wegwischen, denn mit einer Hand hielt er den Griff der Säge fest, die andere hatte das weiche, knorpelige Fleisch des Schwanzes und der Hoden des Detectives umschlungen. Ihre Augen befanden sich auf gleicher Höhe, und Bliss konnte die nackte Angst im Atem des Detectives riechen.

»Hören Sie«, sagte Diamond, wie Espenlaub zitternd. »Ich habe mit der Sache nichts zu tun. Ich habe sie nicht hergerufen.

Man läßt mich noch nicht mal in die Nähe des Hauses. Deswegen stehe ich hier oben.«

»Wer trifft die Entscheidungen?«

»Entscheidungen? Diamond leckte sich über die Lippen. »Entscheidungen? Die trifft unser, unser …«

»Ja?«

Diamond zögerte, eine plötzliche Erkenntnis flackerte in seinem Blick auf. Er beruhigte sich merklich. »Das ist unser Detective Inspector Caffery. Jack Caffery.«

»Dieser Liverpooler?« sagte Bliss und entblößte seine verfärbten Zähne. »Wo ist er?«

»Er ist unten am Hügel. Soll ich's Ihnen zeigen?«

»Das wäre nett.«

»Werden Sie mich gehen lassen?«

»Wir werden sehen. Jetzt geben Sie mir Ihr Funkgerät.«

Der Regen wurde stärker. Er rann über Cafferys Kragen hinab und durchnäßte seine Schuhe. Die pechschwarzen Wolken waren über die Flußmündung gezogen und schienen über dem Haus stehenzubleiben. Die Fenster blieben dunkel und verschlossen.

»Nimm den Hörer ab, du Mistkerl.«

Er und Essex standen zurückgezogen, etwa in Höhe der Mitte des Felsens, das Funkgerät schwieg, und sie versanken im Morast. Selten war sich Caffery so nutzlos vorgekommen. Er wußte, daß Rebecca in dem Bungalow war, und er stellte sich eine Reihe entsetzlicher Möglichkeiten vor. Er erhaschte nur einen kurzen Blick auf das Sturmkommando der TSG, das in Gruppen am Ende des Grundstücks stand, Handschuhe überzog und den roten Türspreizer schulterte.

Essex drehte sich um. Bleich und schweigend stand Detective Diamond am Rand des Waldes und winkte ihn zu sich her.

»Dieser Kotzbrocken. Was zum Teufel will er bloß?« Rasch und ruhig ging er zum Waldrand hinüber. »Was machen Sie hier?« zischte er.

»Da entlang«, flüsterte Diamond und zog sich in den Wald zurück.

Essex folgte ihm. »Sie sollten doch auf der Straße bleiben.«

»Hier entlang.«

»Was ist mit Ihrer Hand passiert? Sie bluten ja…«

Von seinem Versteck aus, das aus einem Haufen verfaulter Blätter bestand, handelte Bliss schnell und treffsicher. Mit einer einzigen Bewegung durchschnitt er Essex' rechte Archillessehne.

»Ach du verdammte Scheiße.« Zu verblüfft, um zu schreien, stürzte er wie ein alter Baum zu Boden, fiel auf die Schulter, und sein Funkgerät wirbelte fort, als er inmitten des Bluts die Enden seiner durchtrennten Sehne zu fassen versuchte.

»Und jetzt die andere.« Bliss, dessen Augen vor Aufregung tränten, warf sich mit surrender Säge auf ihn. Aber Essex war schneller, als er aussah. Stöhnend rollte er sich rasch auf den Rücken, holte mit dem Arm kräftig aus und schmetterte ihn krachend auf Bliss' Rückgrat.

Bliss ließ die Säge fallen, stürzte mit einem müden, entsetzten »Uff« in sich zusammen und wand sich zwischen den nassen Blättern.

»DU STÜCK DRECK, BLISS«, brüllte Essex, rollte nach vorn und hielt Bliss unter seinem schweren Körper fest. »DU VERDAMMTES DRECKSTÜCK.«

Laut stöhnend rutschte er voran, bis er, keuchend wie ein gestrandeter Fisch, auf Bliss' Rücken lag. Sein Funkgerät war weg, und er wußte, daß er schwer verletzt war. Er wußte, daß sein Fuß lose am Gelenk baumelte, daß die Muskeln und Adern freilagen. Seine einzige Waffe war sein Gewicht, das ausreichte, um Bliss am Boden zu halten, bis Hilfe kam.

»Diamond«, schrie er. »Nehmen Sie mein Funkgerät. Rufen Sie alle Einheiten.«

Aber Diamond zitterte am ganzen Leib und hielt die Hand hoch. »*Der Mistkerl hat mich geschnitten*«, murmelte er. »*Hätte direkt durch eine Arterie gehen können.*«

»DIAMOND!«

»Sie ist ohnehin tot«, sagte Bliss und spuckte in die modrigen Blätter. »Das sind sie beide, die Miststücke.«

Essex packte Bliss oberhalb der Schulterblätter am Hemd.

»Was hast du gesagt, du Dreckstück?« Aber Bliss' Gesicht war ruhig, geradezu selig gelassen und still. Essex rammte ihm den Ellbogen in den fleischigen Rücken. »Hast du sie umgebracht?« Erneut stieß er den Ellbogen nach unten und ignorierte das leise Knirschen der Bänder seines Fußes. »Was hast du getan, du elender Wichser? Hast du sie getötet?«

»Essex?« Caffery wußte sofort, daß etwas nicht in Ordnung war, als er sich umdrehte und an der Stelle, an der Diamond gestanden hatte, niemanden entdeckte. Er ging ein paar Schritte auf den Waldrand zu und hielt sein Funkgerät griffbereit. Dann blieb er stehen.

Aus der Tiefe des Waldes drang ein leiser, fast unhörbarer Schrei. Unmenschlich. Und dazwischen ein kurzes, beunruhigendes mechanisches Surren.

»Essex?« Nichts. »Paul? Alles in Ordnung?«

Stille.

Hier stimmt was nicht, Jack. Hier stimmt was nicht.

Langsam ging er weiter und hielt das Funkgerät an seinen Lippen. Das Surren wurde leiser und verstummte. Angst saugte an seinen Eingeweiden.

»Bravo 602 an alle Einheiten.«

Er ging um eine Gruppe Silberbirken und blieb stehen.

Diamond lehnte an einem umgestürzten Stamm, preßte einen Arm an die Brust und starrte auf Essex, der, mit bläulich erstarrtem Gesicht, etwa zehn Meter tiefer im Wald, Bliss auf den Boden drückte. Einer von Bliss' Armen war auf den Rücken gedreht. Seine Augenlider waren krampfhaft aufgerissen und zeigten die rosafarbenen Augenwinkel. Ein kurzes Stück entfernt davon rotierte die Elektrosäge wie ein müder Hund, der mit dem Schwanz wedelte.

»*Mein Gott*, – Paul.«

Essex sah auf. »Er sagt, er hat sie umgebracht, Jack.«

»Halten Sie ihn fest.« Vorsichtig ging Caffery auf die beiden zu. »Bleiben Sie ruhig. Halten Sie ihn!«

Aber Diamonds Arm schoß vor und packte ihn am Ellbogen. »Ich konnte nichts machen, ich konnte nicht; sehen Sie...« Er streckte die Hand vor. »Sehen Sie das Blut, sehen Sie die Farbe?« Sein bleicher Mund bebte. »Es ist zu rot. Er hat zu tief reingeschnitten.«

»Diamond.« Caffery drehte sich zu ihm um. »Habe ich Sie nicht gewarnt?«

Ohne nachzudenken oder im Gehen innezuhalten, brach er Diamonds hübsche kleine Nase an zwei Stellen.

Diamond ging brüllend zu Boden und preßte sich die Hände aufs Gesicht. »*Warum zum Henker haben Sie das getan? Warum, verdammt?*« Zwanzig Meter weiter entfernt erkannte Bliss seine Chance.

Er zog die Elektrosäge zu sich heran und drückte mit einem schnellen, behenden Ruck Essex' rechten Arm auf sie hinunter. Essex schrie brüllend auf.

Caffery sprang nach vorn. »PAUL!« Aber Bliss war schnell.

Blinzelnd und ganz auf seine schwierige Operation konzentriert, rollte er unter dem schreienden Mann und dem hellen Blutstrahl hinweg und erwischte Essex' andere Hand. Bevor Jack die Entfernung überwunden hatte, war Bliss auf den Beinen und schoß, über und über mit Essex' Blut bespritzt, wie der Blitz davon. Er schwankte, glitt auf den nassen Blättern aus, rappelte sich hoch, fand das Gleichgewicht wieder und rannte mit heftig pumpenden Armen aus dem Wald hinaus.

»Paul?« Jack warf sich auf Essex und preßte sein Gesicht gegen dessen kalte Wange. »Hat er beide Arme erwischt?«

Essex nickte, seine Augen verdrehten sich vor Schmerz.

»Diamond! Los.« Jack sprang auf, packte Diamond hinten am Jackett und zerrte ihn zu Essex hinüber. »LOS! Geben Sie mir Ihre Hände!«

»Lassen Sie mich los, verdammt.«

»Geben Sie mir Ihre Hände! Legen Sie sie hierhin.« Er riß Diamonds Finger von dessen blutender Nase und preßte sie auf die großen Armarterien in Essex' Achselhöhlen. »Drücken Sie zu. Fester.« Er riß sich das Jackett und die Krawatte herunter und verband damit die Wunden am Handgelenk. Caffery hakte sein Funkgerät aus und warf es Diamond vor die Füße. »Binden Sie die Arterien ab, und holen Sie dann Hilfe.«

Diamond sah ihn mit blutunterlaufenen Augen an. »Sie Mistkerl.«

»Haben Sie gehört!« Er stand auf, packte Diamonds Ohr und zog seinen Kopf hoch. »Haben Sie mich gehört?«

»Schon gut. Schon gut. Lassen Sie mich los.«

»Machen Sie schon.« Jack stieß ihn weg und setzte Bliss nach.

Er war etwa hundert Meter entfernt. An der Stelle, wo der Wald sehr dicht zu werden begann, entdeckte er ein rosa und weißes flatterndes Wesen, das durch den Regen eilte. Es war schnell. Aber Caffery war leichter. Stärker und flinker. Er rannte durchs Unterholz und hörte nur seinen Atem und den Regen, der von den Ästen über ihm tropfte.

Er rief nicht. Das hätte zuviel Kraft gekostet. Schlamm und Blätter spritzten hinter ihm auf, und er hatte ihn fast eingeholt. Bald konnte er Bliss' Atem hören und die kurzen Arme flattern sehen.

Mist! Er sah den schwarzen Teerbelag der kleinen Küstenstraße durch die Bäume aufblitzen. *Das ist eine öffentliche Straße – warum ist sie nicht abgesperrt worden? Wo sind die hiesigen Polizeikräfte? Die TSG? Entlang der Hecken sollte es vor Unterstützungsmannschaften wimmeln.*

Vor ihm tauchte Bliss plötzlich unter einem niedrigen Ast hinweg, er schoß durch das tropfende Blattwerk und kletterte einen Graben hinunter. Rutschend glitt er die Böschung hinab und wurde immer schneller, bis er unten auf den Stacheldrahtzaun traf.

Essex lag auf der Seite, das Gesicht in den Blättern, die Kinnlade schlaff herunterhängend. Er wußte, daß er nicht mehr lang bei Bewußtsein bleiben würde.

Seltsam, seltsam, daß es im Juni so kalt war…

Er schaute auf seine Hände hinab, die vor ihm schlaff auf dem Boden lagen, als gehörten sie jemand anderem. Diamond machte sich an ihnen zu schaffen, er bastelte Kompressen aus dem zerissenen Jackett, verband die Schweinerei, die Bliss angerichtet hatte, und hielt von Zeit zu Zeit inne, um seine blutigen Finger zu heben und vorsichtig die eigene zerschlagene Nase zu betasten. Ein kleines Stück entfernt lag Cafferys Funkgerät im Morast. Maddox, dessen Stimme fern und metallisch klang, rief seinen Detective Inspector.

»Bravo 602, hier ist Bravo 601, bitte melden.«

Der Hubschrauber schwebte über dem Haus. Die TSG würde es stürmen. *Zu spät,* dachte Essex. *Die Mädchen waren bereits tot. Für sie konnte nichts mehr getan werden. Und Jack war bei Bliss. Irgendwo im Wald – ohne Funkgerät.*

»Diamond…« Die Anstrengung war enorm. Sie löste ein dumpfes Hämmern in seinem Kopf aus. »Diamond – das Funkgerät…«

Diamond antwortete nicht.

»*Diamond!*«

»Was?« Er sah auf. Ärgerlich. »Verdammt, ich bin doch nicht taub.«

»Das Funkgerät…«

»Ja, *ich weiß.*« Er knotete die Enden des Lappens um Essex' Handgelenk fest. »Ich tu' mein *Bestes,* verdammt noch mal.« Er zog eine Grimasse und rollte weg; mit einer Hand bedeckte er sein Gesicht. Diamond zog das Funkgerät heran und drückte den orangefarbenen Alarmknopf, der auf allen Kanälen ein zehn sekunden langes Notrufsignal auslöste.

»Bravo 603 an alle Einheiten. Dringender Notfall – wiederhole, dringender Notfall.«

Erschöpft ließ Essex den Kopf sinken. Ein bebender

Schmerz kroch durch seine Glieder. Seine Wahrnehmung, seine Sicht der Bäume, des Himmels, der abgefallenen Äste, das Bild von Diamond, der schnell und wütend ins Funkgerät sprach, hatte sich verkrümmt, sich verzerrt, als wäre die Luft selbst angeschwollen und blähte sich ihm entgegen. Auch das Tageslicht veränderte sich, wie er verschwommen wahrnahm: Es wurde immer grüner und allmählich kälter.

Dein Herz wird schwächer, Paul, dachte er vage. *Du alter Trottel, das wird dir eine Lehre sein. Dein armes, elendes Herz gibt auf…*

Die Wucht des Falls war so groß, daß er mit ausgestreckten Händen immer weiter den Graben hinabrutschte, immer näher auf den Zaun zu. Er stemmte die Fersen bremsend in den Boden, und seine Finger ergriffen den glatten Draht zwischen den Stacheln. Knapp ein paar Zentimeter vor ihnen blieb er mit rasendem Herzklopfen liegen. Sofort fand er das Gleichgewicht wieder und wirbelte keuchend und kampfbereit herum.

Aber zwei Meter entfernt von ihm hatte Bliss weniger Glück gehabt.

Sein Körper hatte sich im Zaun verfangen; mit flach auf den Boden gestellten Füßen, die Knie gebeugt und die Puppenarme nach oben gestreckt, war er leicht schaukelnd darin hängengeblieben. Die Stacheln hatten sich in seine Haut gebohrt, in sein Haar, tief unter zarte Sehnen. Er gab keinen Laut von sich, blinzelte nur ein- oder zweimal, und sein Gesichtsausdruck wurde ruhig und konzentriert.

Langsam ließ Caffery die Hände sinken. »Bliss?«

Keine Antwort.

Mein Gott, was jetzt?

Zögernd trat er einen Schritt näher.

»Bliss?«

Warum rührt er sich nicht?

Malcolm Bliss' Gesichtsausdruck war ruhig und gelassen,

nur seine Kiefer bewegten sich fast unmerklich, als konzentriere er sich, als setzte er alles daran, vollkommen reglos zu verharren. Caffery überlief ein Schauer, und er begriff.

Bewegung bedeutet Schmerz für ihn. Er sitzt in der Falle.

Er stieß den Atem aus.

Da war er nun, gefangen und ihm ausgeliefert. Seine Beute. Der Vogelmann.

Zitternd wischte er sich den Schweiß von der Stirn und beugte sich vor. Er achtete darauf, nicht in seiner Konzentration nachzulassen, dieser unerwarteten Wendung nicht allzu großes Vertrauen zu schenken. Bliss, der starr in seinem Drahtgefängnis hing, starrte ergeben in die Ferne, als Caffery ihn rasch und präzise inspizierte, den Blick über die Stachelreihen gleiten ließ und abschätzte, was schmerzte, warum es schmerzte und welche Hebelwirkung er ausnutzen könnte. Er stellte unzählige kleine Wunden fest, die geringfügig, aber schmerzhaft waren, bevor er das Wesentliche entdeckte: einen einzelnen Stachel, der sich tief in Bliss' Hals gebohrt hatte. Noch trat kein Blut aus, aber das rosafarbene Fleisch, das sich darum erhob, pulsierte leicht. Die Halsschlagader – bereit, durchstoßen und angezapft zu werden.

»Hier«, sagte er flüsternd zu Bliss und legte die Finger auf den Draht. »*Hier* habe ich dich.«

Langsam drückte er den Draht nach unten und testete, wann der Schmerz einsetzte. Bliss atmete durch die Nase ein und ließ das kindische Spiel über sich ergehen. Geduldig schloß er die Augen, als müsse er keinen Schmerz ertragen, sondern nur eine Erniedrigung, die ein infantiler Quälgeist ihm zufügte. Caffery ließ den Druck kurz nach und drehte den Draht in die andere Richtung.

»So verhält sich ein Feigling, Mr. Caffery«, sagte Bliss plötzlich mit belegter und angespannter Stimme. »So verhält sich ein Feigling.«

Caffery schob das Gesicht näher an ihn heran. »Hast du es getan? Hast du sie umgebracht?«

»Ja.« Bliss schloß die Augen. »Und sie gebumst. Vergessen Sie das nicht.«

Caffery starrte ihn an; seine Finger lagen reglos auf dem Draht. Der Hubschrauber über den Baumwipfeln ging plötzlich in Schräglage, entfernte sich vom Bungalow und flog in Richtung Straße. Das Rattern wurde lauter, der Boden erbebte, und Regentropfen sprühten von den Bäumen, aber Caffery blieb bewegungslos stehen und nahm außer seiner Wut nichts wahr, während er in Bliss' Gesicht starrte und die günstige Gelegenheit sich ihm so heftig und lebendig aufdrängte, daß seine Augen zu tränen begannen.

Doch dann war dieses Gefühl mit einem Schlag vorbei. Weg.

Er atmete aus, wischte sich den Schweiß vom Gesicht und schüttelte den Kopf; sein Herz war schwer. Er murmelte etwas, ließ den Draht los und kletterte langsam, ohne Bliss eines weiteren Blickes zu würdigen, den Graben hinauf.

Der Hubschrauber flog vorbei. Essex rollte auf den Rücken und starrte in den grauen Himmel jenseits der zitternden silbernen Blätter hinauf. Ein Vogel, der dort kreiste, richtete beobachtend den Blick auf ihn. Seinem angeborenen Instinkt folgend, pochte sein Herz mühsam weiter und pumpte die letzten nutzlosen Blutreste durch die Wunden an seinen Handgelenken. *Komisch,* dachte er, *ich kann den Regen auf meinem Gesicht nicht spüren. Warum kann ich nicht spüren, wie er auf mein Gesicht tropft?*

Zwanzig Sekunden später zuckte sein Herz, dessen Innenwände klebrig, von Gespinst durchzogen und fast trocken waren, kurz zusammen und blieb stehen. Der Regen fiel in klaren Tropfen herab und prallte hart wie Glaskugeln von seinen offenen Augen ab.

Der Hubschrauber verpaßte Caffery und Bliss; etwa fünfhundert Meter von dem Graben entfernt flog er vorbei und folgte der Straße in Richtung Flußmündung.

Weit unten, unter dem Dach der Bäume, hatte Caffery gerade den Rand des Grabens erreicht, als ihn etwas innehalten ließ.

Er preßte sich die Hände an die Schläfen, als befände sich dort ein Schmerz unter der Haut, den er wegmassieren könnte. Er drehte sich um, starrte eine Weile auf Bliss hinunter, der, von Blut und Nässe bedeckt, geduldig wartete. Ein Buchfink, den das im Zaun verhedderte Objekt angelockt hatte, war einen Meter entfernt in einem Platanenschößling aufgetaucht. Er war nicht größer als eine Kinderfaust. Er blinzelte und schätzte mit zur Seite geneigtem Kopf ab, ob es Futter für ihn gab. Caffery sah ihn lange an, bevor er tief Luft holte, wieder den Graben hinunterschlitterte, sein Hemd über die Finger zog und den Draht ergriff.

Ein dünner Blutstrahl schoß in die Luft: Die Ader war durchbohrt. Bliss kreischte und zuckte; seine Füße tanzten, seine Hände schossen reflexartig zum Hals. Caffery hielt den Atem an und packte fester zu.

Dann trat er zurück. Daß hier ein Leben erlosch, berührte ihn nicht, er verspürte nur Triumph, beschwingenden, berauschenden Triumph.

Danach zählte er bis hundert, um sicher zu sein, daß es vorbei war. Er wandte sich ab, glättete sein Hemd und kletterte wieder den Graben hinauf.

Sergeant O'Sheas Männer fanden Joni, deren Körper den engen Flur blockierte. Ein kurzer Blick sagte ihnen, daß sie tot war. Niemand hätte diese Verletzungen überlebt. Fiona betrat mit dem Kamerateam den Bungalow. Zwanzig Minuten später tauchte sie mit ernstem Gesicht wieder auf, um Caffery und Maddox hineinzubegleiten.

»Die andere hat er hier drinnen zurückgelassen.« Sie leuchtete mit der Taschenlampe den dunklen Flur hinunter. »In der Küche.« Fiona blieb stehen und drehte sich zu den beiden um. »Sind Sie sicher, daß Sie das sehen wollen?«

»Natürlich«, murmelte Caffery. Sein Hemd war von Blut und Regen durchtränkt. »Natürlich.«

Fiona drückte die Tür auf.

Der Geruch in dem Raum erinnerte an eine Ferienhütte. Die Jalousien waren heruntergezogen, die Möbel starr angeordnet. Bunte Blumenkissen lagen in Eßstühlen aus Weidenholz. Jemand hatte eine Geburtstagsparty gefeiert; einen Kindergeburtstag. Kuchen war über den Tisch verschmiert. Die Luftballons, die an der Decke hopsten, waren mit Blut bespritzt.

»Hier.« Fiona trat in den Raum. »Drehen Sie sich um.«

»Wo?«

Fiona leuchtete mit der Taschenlampe auf die Schwingtüren und an die Küchendecke.

Maddox hielt den Atem an. »O Gott.«

Sie hing mit dem Kopf nach unten in der Küche. Sie war nackt, abgesehen von der Klarsichtfolie, die um Kopf und Schultern geschlungen war. Ein dünner Streifen Tageslicht fiel auf ihre Schenkel.

Fiona legte die Hand auf Cafferys Arm. »Ein Fall für die Rechtsmedizin, Sir.«

»Nein.« Er trat in den Raum.

»Jack«, sagte Maddox warnend. »Jack. Wir brauchen hier zuerst die Gerichtsmediziner. *Jack!*«

Caffery ging langsam durch das Zimmer, und die großen Muskeln im oberen Teil seiner Brust zogen sich zusammen; instinktiv wehrte sich sein Körper gegen die Reaktion. Das Linoleum am Boden war klebrig. Seine Zehen stießen gegen die metallene Bodenleiste, er blieb stehen und drückte seine Hände auf die Schwingtür.

Die groteske Figur drehte sich leicht, als wäre sie von einer Brise angestoßen worden. Rebeccas Gesicht unter der Folie war eingedrückt und verschwollen.

Langsam, ganz vorsichtig, erlaubte sich Caffery zu atmen.

Deine Einbildungskraft ist nicht so großartig, wie du geglaubt hast, Jack. Du hättest dir das nie ausdenken können. Und du hast wirklich geglaubt, du wolltest Ewan finden. Du hast wirklich geglaubt, du wolltest es sehen.

Ein einzelner Tropfen fiel von Rebeccas Nase aus einer Falte in der Folie herab.

»Becky?« Die Träne fiel auf das Linoleum. *»Becky?«*

Eine Vene an ihrem Hals zuckte.

53. KAPITEL

Rebecca wurde im Allgemeinen Krankenhaus von Lewisham behandelt. Caffery hatte sich geweigert, sie zum St. Dunstan bringen zu lassen. Es wurden Computertomographien, Angiographien und Bluttransfusionen durchgeführt. Vierundneunzig Stunden vergingen, bevor die Ärzte sicher waren, daß sie am Leben bleiben würde. Sobald er die Nachricht bekommen hatte, fällte Jack die Entscheidung, über die er lange nachgegrübelt hatte. Er spielte Gott und Geschworenenversammlung, wog das Urteil vor seinem persönlichen Gerichtshof ab und beschloß, vollkommen ruhig, die Tötung von Bliss nicht zu gestehen.

Vier Tage lang hatte er überlegt, welche Möglichkeiten für ihn bestanden: Diziplinarverfahren, Anhörungen, interne Nachforschungen. Eine Entlassung wegen kriminellen Verhaltens und anschließend ein unabhängiges Verfahren. Dies alles wog er gegen die Möglichkeit ab, die Sache auf sich beruhen zu lassen, die Welt weiterhin im Glauben zu lassen, daß Bliss bei einem Unfall gestorben war, bevor man ihn hatte festnehmen können.

Während der Untersuchung von Bliss' Todesursache log Caffery mühelos und hielt dem Blick des Leichenbeschauers stand, während er eine glatte Reihe von Unwahrheiten ablieferte.

Komisch, wie ruhig du bist – ist das alles, was man können muß? Ist es wirklich so einfach, zu lügen und Glauben geschenkt zu bekommen?

Aber, so bruchlos er sich den Wandel auch vorgestellt hatte,

Rebecca ließ sich nicht täuschen. Sie sah sofort, daß er etwas Neues mit sich herumtrug. Sie hatte am ersten Tag, nachdem sie das Bewußtsein wiedererlangt hatte, sein Gesicht berührt und einfach gefragt: »Was?«

Er hatte ihre Hand an den Mund gezogen und sie geküßt. »Wenn du wieder gesund bist«, murmelte er. »Sobald du gesund bist, das verspreche ich.«

Aber es ging langsam; sie brauchte noch drei weitere Bluttransfusionen, bevor sie außer Gefahr war, und zehn Tage später war sie zu schwach, um ihn zum Begräbnis zu begleiten. Also fuhr er allein zu der kleinen Kirche in Suffolk hinaus, saß eingezwängt in einer kalten Bank neben Marilyn Kryotos, und fühlte sich unbehaglich in seinem geliehenen Anzug.

Zwei Reihen vor ihm saß trockenen Auges Essex' Mutter, sie war zu verwirrt, um zu weinen; auf ihrem Hutschleier zitterten winzige Schmetterlingsschleifen. Peinlich berührt, hatte Caffery bemerkt, wie ausgewogen Essex' Züge zwischen ihr und ihrem Mann verteilt waren, als wäre es fast schändlich, daß sich die beiden hier zwischen den Lilien im Kirchenschiff zeigten. Er fragte sich, ob er sein eigenes Gesicht in den Zügen seiner Eltern wiederfände, falls er sie jemals wiedersähe. Er fragte sich, was für einen Hut seine Mutter bei einer Beerdigung trüge, und bei der Erkenntnis, daß er nicht die leiseste Ahnung hatte, lief ihm eine Gänsehaut über die Arme.

Die Lobgesänge begannen. Marilyn beugte sich neben ihm vor und stützte die Ellbogen auf die Gebetbank. Sie senkte den Kopf.

»Mami?« Jenna, die ein kleines schwarzes Samtkleid, eine schwarze Strumpfhose und Lackstiefelchen trug, schlüpfte aus der Bank, klammerte sich an Marilyns Beine und sah besorgt unter ihrem Haarschopf hervor. »Mami?«

Zur Rechten von Marilyn saß Dean und zupfte am Kragen seines ersten Erwachsenenhemdes. Er war verlegen. Keiner konnte so tun, als sähe er die Tränen nicht, die das bestickte Betkissen zu Marilyns Füßen benetzten.

Caffery erinnerte sich an das Gefühl; genauso wie Dean hatte er auf die Tränen seiner Mutter gestarrt, die unter dem Vorhang ihres Haars herabfielen, ihr Zittern gespürt, als sie betete, Gott anflehte, sie Ewan finden zu lassen.

Es ist eine beschissene Ausrede, um sein Leben nicht leben zu müssen.

Die Worte kamen mit solcher Klarheit, daß er seine Stirn berührte und die Hand aufs Gesicht legte, aus Sorge, die anderen könnten seinen Ausdruck bemerken.

Du solltest inzwischen losgelassen, weitergelebt haben.

Was ist das, dachte er, was haben sie alle auf ihre eigene Weise gesagt: die Frauen, die Freundinnen im Laufe der Jahre? Vielleicht war ihr Zorn berechtigt gewesen, vielleicht wußten sie besser als er, was man festhalten und was man loslassen sollte. Da saß er nun: dreißig Jahre alt. Dreißig Jahre war er alt und wußte immer noch nicht, wie man das Spiel spielte, das große, wichtige Spiel. Ganz so, als hätte er sein Leben nicht wirklich gelebt, sondern wäre dagesessen, hätte in die andere Richtung gestarrt, beobachtet, geplant, versucht, Verbesserungen vorzunehmen, versucht, die Vergangenheit festzuhalten, während sein Leben ohne sein Zutun ablief. Er konnte es so weiterlaufen lassen, fortfahren, sich daran aufzureiben, sich von Pendecki ködern lassen, ihm erlauben, neue Möglichkeiten zu finden, die Qualen frisch zu halten, und sich allein und kinderlos durchs Leben schleppen. Oder…

Oder er konnte sich dazu entscheiden, den Kampf aufzunehmen.

Als der Pfarrer mit dem Sterbegottesdienst begann, beugte sich Caffery, plötzlich beruhigt und leicht geduckt, nach vorn. Marilyn putzte sich die Nase und sah auf.

»Was ist?« flüsterte sie und legte die Hand auf seinen Arm. »Was ist?«

Er starrte in die Luft, als hätte sich aus dem Querschiff ein Geist ins Deckengewölbe erhoben.

»Jack?«

Nach einigen Sekunden klärte sich sein Gesicht. Er setzte sich in die Bank zurück und sah sie an.

»Marilyn«, flüsterte er.

»Was?« Er roch so sauber. Sie wartete, während ihr bedauernd all die kleinen Dinge des Lebens einfielen, die er ihr ins Bewußtsein rief. »Was ist?«

»Nichts.« Er lächelte. »Etwas Verrücktes.«

Nach dem Leichenschmaus fuhr er schnell durch das flache, sonnige Suffolk nach London zurück. Als er zu Hause ankam, war es früher Abend. Der Himmel über dem kleinen Reihenhaus war mit orangefarbenen Streifen durchzogen.

Mehr als zwei Wochen war Jack nicht mehr in Ewans Zimmer gewesen; jetzt ging er ohne zu zögern hinein, warf alle leeren Akten in einen Müllsack, band ihn zu, trug ihn auf die Straße hinaus und warf ihn in die Abfalltonne. Er wischte sich die Hände ab, ging ins Haus zurück, zog sein Jackett aus, holte einen Schreinerhammer aus dem Schrank unter der Treppe und öffnete die Hintertür.

Nun, da der Juli nahte, hatte der Garten seinen jahreszeitlichen Rhythmus gefunden. Von der sommerlichen Sonne erweckt, war er zu vollem Leben erblüht: Leuchtendbunte Blumen wuchsen in den Beeten, und die Klematis, die seine Mutter gepflanzt hatte und die jetzt zwanzig Jahre alt war, stand ruhig neben dem Zaun, ihre rosafarbenen Blüten entfalteten sich wie Babyhände. Jack duckte sich unter der Weide hindurch, ging direkt auf die alte Buche zu und warf den Hammer ins Gras.

Mach es. MACH ES. Wenn du jetzt darüber nachdenkst, gerätst du wieder ins Schwanken.

Er krempelte die Ärmel hoch, holte tief Luft, ergriff die niedrigste Planke und drückte sie gegen den Baum nach oben. Sie war schwach und morsch, löste sich fast wie von selbst vom Baum und ließ eine Wolke von Holzstaub auf seine Hemdbrust rieseln.

Kein Zögern!

Er trug das Brett ein paar Meter am Zaun entlang, warf es hinüber und ließ es ins dichte Unterholz fallen. Er wischte sich die Stirn ab, ging zu der Buche zurück und machte sich an die nächste Planke.

Der Hammer lag unbenutzt im Gras, und die Schatten wurden lang. Bald waren seine Handflächen aufgeschürft, der Schweiß lief an ihm herab, sein Hemd war verdreckt, und eine einzelne Planke baumelte nun seitlich am Stamm herunter. Als er sie ergriff, einen Schritt zurücktrat und alle Kraft zusammennahm, ließ ihn etwas innehalten. Eine Gestalt war in sein Blickfeld getreten, die dem Abend in Sekundenschnelle eine andere Färbung verlieh.

Er ließ die Planke los und sah auf.

Von irgendeiner Ahnung angelockt, als hätte er Jacks veränderte Einstellung riechen können, war Penderecki im Garten jenseits des Bahndamms aufgetaucht. Er stand am Zaun, in Hosenträgern und die schmutzige Aertex-Weste auf dem Leib, er kaute und kratzte sich am Hinterkopf und beobachtete ihn mit blinzelnden juwelenhellen Augen.

Jack holte tief Luft und richtete sich auf. Normalerweise wäre er weggegangen, oder, schlimmer noch, er hätte sich in das Spiel hineinziehen lassen. Aber jetzt stand er aufrecht und gelassen da und sah Penderecki offen in die Augen. Beherrscht.

Keine Züge fuhren vorbei. Kein Geräusch war zu hören. In den Fenstern der Reihenhäuser spiegelten sich die leuchtenden Abendwolken, die über den Bäumen hinzogen. Eine Möwe, die von ihrem Kurs über der Themse abgekommen war, kreiste am Himmel und sah die beiden Männer an. Und dann flackerten Ivan Pendereckis Augen.

Es war kaum mehr als ein Schatten, aber Jack sah es.

Es bedeutete, daß er gewonnen hatte.

Er lächelte. Er lächelte zögernd, und ihm wurde leicht ums Herz. Er trat einen Schritt zurück und riß mit einer einzigen Bewegung die Planke aus der Verankerung. Er trug sie zum Zaun, wartete lange genug, um sicher zu sein, daß Penderecki immer noch hersah, und schleuderte sie vier Meter oder weiter ins Unterholz. Entlang des »Todespfades«. Des letzten Ortes, an dem er Ewan gesehen hatte.

Die Planke landete auf dem Boden, sprang zweimal wieder auf, war kurz über den Spitzen der Grashalme und Schlüsselblumen zu sehen, drehte sich noch einmal um sich selbst und blieb, außer Sichtweite, im Gras liegen. Er wischte sich die Hände ab und sah auf.

Gut!

Pendereckis Gesichtsaudruck hatte sich verändert.

Er zögerte einen Moment und klopfte mit den Fingern auf den Zaun, während er die Eidechsenaugen gesenkt hielt und seine Blicke, unbehaglich flackernd, von rechts nach links schossen. Dann schob er plötzlich die Daumen unter seine Hosenträger, spuckte auf den Bahndamm, wischte sich den Mund ab und drückte sich, ohne aufzusehen, vom Zaun ab. Er drehte sich um, sein Rücken war jetzt steif, seine Arme hingen starr zu beiden Seiten hinunter, und ging mit abgezirkelten Schritten direkt zum Haus zurück. Er schloß sorgfältig die Tür hinter sich zu.

Auf der anderen Seite des Bahndamms wußte Jack, der zum zweiten Mal in seinem Leben einen Cut trug, daß es vorüber war. Er senkte den Kopf und stand, die Finger um den Draht gelegt, am Zaun, und sein Herzschlag beruhigte sich, während um ihn der Abend niedersank.

Plötzlich ratterte ein Pendlerzug vorbei, der mit Angestellten aus der City besetzt war, die spät aus dem Büro nach Hause fuhren. Erstaunt sah er auf. Als wäre ein Zug das letzte gewesen, was er auf einem Bahndamm erwartete hätte. Er beugte sich vor und beobachtete den gelben Rumpf des Zuges, der in der Ferne verschwand. Als er unter der Brockley Bridge verschwunden war, sah er der kleinen schimmernden Bewegung noch lange nach, bis er nicht mehr wußte, ob er den Himmel, die Abendhitze oder eine Luftspiegelung beobachtete.

Er ging ins Haus zurück, zog den Anzug aus, duschte sich und fuhr ins Lewisham-Krankenhaus.

DANKSAGUNG

Mein Dank gilt allen beim AMIP Thornton Heath, vor allem Detective Superintendent D. Reeve, Detective Sergeant Porter und Detective Constable M. Little sowie Dr. Ian West von der Abteilung für forensische Pathologie am St. Thomas und Guy's, Dr. Elizabeth Wilson und Doug Stowton vom Forensic Science Service und dem Pathologen Ed Friedlander von der University of Health Sciences, Kansas, deren professioneller Rat und deren Unterstützung das Maß ihrer Pflichten weit überstieg.

Mein besonderer Dank gilt Detective Chief Inspector Steve Gwilliam für seine Geduld und Hilfe.

Für ihre Freundschaft und ihren Glauben an mich danke ich: Jimmy Brooks, Karen Catling, Rilke D, Linda Downing, Jon Fink, Jo Goldsworthy, Jane Gregory, Dave und Deborah Head, Sue und Michael Motley, Doreen Norman, Lisanne Radice und Sam Serafy. Auch Caroline Shanks danke ich, die mir vor Jahren das Leben gerettet hat, ebenso Mairi Hitomi, die dies weiterhin tut, sowie meiner ungewöhnlichen und wunderbaren Familie; den gebildetsten und klügsten Menschen, denen ich je begegnet bin, und, vor allem, Keith Quinn.

MINETTE WALTERS

Wellenbrecher

Roman

Aus dem Englischen von Mechthild Sandberg-Ciletti
413 Seiten · Gebunden

»Die Frau lag auf dem Rücken am Strand und blickte still in den wolkenlosen Himmel. Ihr blondes Haar trocknete in der heißen Sonne zu kleinen Locken. Sie hatte einen Arm entspannt um den Kopf gelegt, der andere ruhte mit der Handfläche nach oben auf dem Kies, und ihre Finger schienen mit den kleinen Wellen der steigenden Flut zu spielen ...«

Südengland, in der Nähe von Chapman's Pool: Zwei Jungen klettern an einem heißen Augusttag durch die Felsen und entdecken durch ihr Fernglas eine zierliche Blondine am Strand. Doch die junge Frau nimmt kein Sonnenbad, sie ist tot. Steve Harding, ein Schauspieler aus London, der den beiden aufgeregten Kindern auf einem einsamen Spaziergang begegnet, alarmiert sofort die Polizei. Als es den Beamten schließlich gelingt, die Identität der Toten zu ermitteln, stehen sie vor einem Rätsel: Wie kam Kate Sumner, die mit Wassersport nie etwas im Sinn hatte, aufs Meer hinaus? In dem entfernten Seebad Poole wird unterdessen ein verstörtes kleines Mädchen aufgegriffen, das offensichtlich unter Schock steht: Kates dreijährige Tochter Hannah. Das Kind reagiert auf jeden menschlichen Kontakt äußerst abwehrend, auf ihren Vater sogar fast panisch. Könnte William Sumner etwas mit dem Tod seiner Frau zu tun haben? Denn daß dieser kein Unfall war, steht schon bald fest. Irgend jemand hat Kate ermordet und ihre Tochter, die den Tathergang womöglich beobachtet hat, verschont. Auch Steve Harding zählt zum Kreis der Verdächtigen, nachdem er sich immer weiter in Widersprüche verwickelt – und sich herausstellt, daß er mit Kate ein Verhältnis hatte.
Gab es hier noch eine offene Rechnung zu begleichen?

»Minette Walters ist Meisterklasse!«
Daily Telegraph

GOLDMANN VERLAG